Botho Strauß

Sie / Er

Erzählungen

Ausgewählt
und mit einem Nachwort
von Thomas Hürlimann

Carl Hanser Verlag

1 2 3 4 5 16 15 14 13 12

ISBN 978-3-446-23865-7

Satz: Satz für Satz. Barbara Reischmann, Leutkirch
Druck und Bindung: Friedrich Pustet, Regensburg
Printed in Germany

»Was wollen Sie sagen? Sagen Sie es mir! Sie brauchen nicht laut zu sprechen. Ich sehe Sie unter Ihrer Schreibtischlampe sitzen, Sie beugen den Kopf über das Buch, doch Sie lesen nicht. Ihr Blick streift nur eben diesen Flitterkram der Schrift, man möchte meinen, er stöbere darin wie die Fußspitze des verkaterten Frühaufstehers, der am Morgen nach dem Fest im bunten Abfall von Luftschlangen, Seidenpapier, zerfetzten Knallbonbons raschelt, lustlos, ohne den geringsten Versuch, mit dem Aufräumen zu beginnen. Sie sehen hinein, als hätten Sie gestern eine Bekanntschaft gemacht, von der Ihnen heute nur noch ein rötlicher stechender Umriß geblieben ist. Von der Ihnen heute etwas ebenso Ungefähres wie Unliebsames schwant. Sie haben vielleicht irgend etwas getan, oder besser gesagt: Sie haben etwas in die Vergessenheit befördert, um die Art und Weise Ihres Vorgehens einmal höflich zu umschreiben. Sie können sich nicht von diesen Zeilen trennen, denn Sie spüren eine gewisse Geborgenheit in ihrem bequemen, geraden Verlauf, eine gewisse Leichtigkeit, auf ihrem Fluß dahingetragen zu werden. Sie können sich nicht von ihnen trennen, aber Sie hängen auch nicht an ihnen. Sie könnten genauso gut das Buch schließen, Ihren Papierkorb ausleeren, die Servietten im Schrank umsortieren oder etwas beliebig anderes tun, um Ihre Gedankenverlorenheit zu genießen. Um sich schließlich doch dafür zu entscheiden, leise und vorsichtig mit dem Sprechen zu beginnen, es auszusagen, was nun einmal heraus muß, mir das Vertrauen zu schenken, das ich verdiene.«

Der Leser senkte den Kopf und blies in die feine, staubfeine Stimme hinab, die aus der Ritze zwischen den Seiten, aus der Vertiefung des Buchs geflüstert hatte. Er war tatsächlich sehr müde und kämpfte mit dichtem Auge gegen die Gewalt des Verlesens an. Die Zeilen wurden dunkler und vager, so daß er den deutenden Finger zur Stütze nahm. Doch die Sprünge, die Schründe des goldenen Mißverstehens taten sich unter ihm auf, und er sah die Irrlettern tanzen, die Grammaiaden glänzend fließen und hörte wieder die winzige Stimme, die ihm befahl: »Nun sprich! Buch zu!«

Aber das wollte er nicht, um keinen Preis, wenn es auch in seiner Kehle zuckte und seine Wangenmulden zu zittern begannen.

»Sie lesen, um von den Zeilen gefressen zu werden. Wie andere reisen, um vom Reisen gejagt zu werden. Wann endlich befällt Sie der Ekel vor dem Gewürm der Schrift und der Ekel vor der Last, mit Hilfe dieser kleinen Krüppel sich etwas Schönes in den Geist zu rufen? Wann endlich zermürbt Sie der kalte Fleiß, mit dem Ihre Vorstellungskraft das unermüdliche Symbolstechen betreibt? Nur um in irgendeinem ungestalten Buchstabeninsekt den Adler zu sehen? Wann endlich wird Sie das leise Fauchen der Schrift nicht mehr antreiben, es sich emsig auszumalen, Wort für Wort, was Sie da lesen? Ich warte nur, bis Ihr ganzer großer Vorstellungsraum feurig zusammenstürzt wie ein Riesenstern und seine Masse sich, endlos weiterstürzend, schließlich zum schwarzen Loch in Ihrer Kognition verdichtet, so daß Ihnen nichts, gar nichts mehr lesbar sein wird und Sie endlich wieder lernen, auf Stimmen zu hören und in Bildern zu leben, ohne Trennung von nah und fern, von außen und innen, alles glaubend und allem gehorsam. Dann werden

Sie Ihre Hände auf die Druckseiten legen wie auf feinstes Sägemehl und sie nicht-lesen, denn Ihr Sinn wird durch diesen Streu hindurchgehen verständnislos wie durch jede andere Materie …«

»Ich will nicht reden!« rief endlich der Leser kläglich aus, da ihm Hermetia, die Buchfee, so lästig zusetzte und sichelnd einflüsterte. »Ich erinnere mich an nichts und bestehe genau wie Sie selbst von innen nach außen nur aus Blättern und Geblättertwerden!«

»Aber ich! – Ich bin der Staubpuff des zugeschlagenen Buchs!« stöhnte sie den Bund entlang.

»Was sollte ich denn wohl mit einem zugeschlagenen Buch anfangen? Hinausgehen in die Welt und mich wieder unmöglich machen?

Vielleicht lebe ich hier wie ein Kranker und Süchtiger; vielleicht wie ein Greis oder wie ein reicher absonderlicher Erbe; jedenfalls als ein unbedingt lesendes Individuum. Blind, verrannt und unbelehrbar. Unbelehrbar, ja – und doch hängt dieses hilflose Dasein an der feinsten und sichersten Naht, mit der der Mensch an den Himmel geflickt ist. Ich bin nicht auf die Welt gekommen, um mich von ihr blamieren zu lassen.«

»Eine Stubengeburt. Ein Stubenleben. Ein Stubentod … Eine Stubenfliege«, verhöhnte ihn die Buchin. »Es wird aber der Tag kommen, da Sie mich mit lebendigem Auge erblicken und mit Ihrer ganzen stübischen Leidenschaft entdecken werden. Dann nämlich wird die Unansehnlichkeit, werden die häßlichen Schrift-Schnüre, in denen ich jetzt gefesselt liege, endgültig von mir gefallen sein und Sie werden mich mit ganzem Leib und in freier Gestalt vor sich finden – und dann, Leser, dann *du:* dann wirst du mir erzählen und nicht aufhören zu erzählen, denn ich werde mir entfallen sein …«

Mit diesen letzten Worten, die ihm dunkel blieben, hatte sie sich fürs erste verabschiedet, und es waren ihm darauf noch ein paar Stunden vergönnt, in denen er sich unbelästigt in sein Buch vertiefen konnte.

Seit geraumer Zeit hatte Friedrich Aminghaus unter dergleichen Störungen zu leiden, bei denen seine stete Lektüre von unregelmäßigen Einsprüchen, die aus der Stille kamen, unterbrochen und seine Zuverlässigkeit als Leser (im übrigen seine einzige zu Erwerbszwecken nutzbare Begabung) auf eine harte Probe gestellt wurde. Früher schon war es zu ähnlichen Einwirkungen gekommen von undeutlichen Wesen, die in sein Gehege gedrungen waren, ja sich regelrecht bei ihm eingenistet hatten. Da gab es eine Zeitlang jenen Mann im glänzenden Purpurgewand, die Kapuze über dem Kopf, der in einer Ecke des Zimmers beständig hockte, derselbe, der einst zu dem tafelnden Swedenborg gesagt hatte: »Iß nicht soviel!«, durchtriebene Erscheinung, hatte inzwischen eher eine Art Trainingsmantel übergeworfen, mit denen die Boxer in den Ring steigen, man sah ja nicht viel von ihm, bloß die nackten, spärlich behaarten Beine, der streunte offenbar seit Jahrhunderten durch die Geistesgeschichte und war nun auch Aminghaus zugewandert.

Nun mußte man ihm nicht Mäßigung im Essen anbefehlen, da er hierin eine beinahe ungesunde Zurückhaltung bewahrte. Des Gastes leise, wie nebenhin gesprochene, aber umstandslos klare Anweisungen galten denn auch dem einzigen Laster, dem Aminghaus verfallen war. Und so hörte er von früh bis spät: »Lies nicht soviel!« Kaum daß er am Morgen zu seinem Tisch schritt und die Bücher aufschlug: »Lies nicht soviel!« Folgte er nicht sogleich, dann wiederholte sich der Befehl bei jedem Umblättern der Seite, solange, bis er nicht mehr wagte, weiterzuschlagen, da ihm der unvermeidliche Verweis schon im voraus im Ohr klang und seine Geistesgegenwart von der Lektüre ablenkte. Da er aber bald bemerkte, daß dieser Bote zu nichts weiterem fähig war, als ihm einsilbig das Lesen zu vermahnen, und jede nähere Erläuterung schuldig blieb, sah er keine andere Möglichkeit, als ihm zunächst zu gehorchen und für sich selbst herauszufinden, was er denn statt des Lesens Richtigeres oder Gesünderes tun könnte.

Es war nicht leicht, mit diesem abseitigen Gesellen auszukommen, der immerzu anwesend war und nur diese eine monotone Order erteilte. Friedrich wünschte sich dringend seinen nächsthöheren Vorgestellten herbei, der ihn vielleicht mit weiterführender Hand in der neu entstandenen, lähmenden Offenheit allen beliebigen Tuns und Lassens betreut hätte. Aber dieser konnte so bald nicht erscheinen. Zuerst hatte man aus eigener Wahl den ersten richtigen Schritt zu tun. Vom Einstellen des Lesens führte ein direkter Weg zum Handeln als seinem klassischen Gegenteil. Dieses wiederum war in noch unabsehbarere Bereiche unterteilt, als selbst die Bibliotheken von Alexandria es gewesen sein mögen. Man konnte Gutes tun und man konnte Schlechtes tun. Man konnte Sport treiben oder Geschäfte machen. Man konnte seinen Garten pflegen oder dem Staat dienen. Die Welt des Handelns für sich genommen war schon unermeßlich, ganz zu schweigen davon, daß nicht auszumachen war, ob Handeln tatsächlich der erste richtige Schritt weg vom Lesen war. Dieser hätte ebensogut im Schreiben liegen können oder im Reisen. Oder im Gespräch mit guten Freunden. Lauter Beschäftigungen, die weder mit Lesen noch im strengen Sinn mit Handeln etwas zu tun hatten. Er versuchte es also zuerst mit dem Reisen, der Einfachheit halber und der angeblichen Zerstreuung, die man dabei ähnlich wie beim Lesen erfahren sollte. Er reiste ohne ein einziges Buch im Gepäck – und erfuhr nie bewußter und hilfloser, von Bestimmung und Charakter ausschließlich ein Leser zu sein, als unterwegs in der Entbehrung des Buchs.

Nichts konnte ihn weniger von sich selbst entfernen als die weite Reise, die großen fremden Städte, die er nur besuchte, um sie zu sehen und sie sehenswürdig zu finden. Im Mittelpunkt seiner Ausflüge standen nicht die Straßen, Bauwerke, Gärten und Säulen, im Mittelpunkt stand einzig sein unentwickeltes, mangelhaftes Interesse daran, der quälende Schwund an Beeindruckbarkeit, der sich vor Ort, vor den Kostbarkeiten, den Denkmälern der Fremde jedesmal einstellte. Sein borniertes Erleben war es, das ihn am meisten befremdete und ermüdete.

Er dachte: indem ich meine Erkundungsgänge vornehme, kehre ich in die ewigen touristischen Runden ein, die wie magische Pfade sind und mich der Kraft zu einer einzigen besonderen Wahrnehmung berauben. Diese Pfade unterströmen den Einzelgänger mit einer universellen Gleichgültigkeit, gegen die er kaum Widerstand aufbieten kann. Er sah sich dann zuweilen unterwegs wie der gefangene Greis vormals in der Spandauer Festung, der auf seinen Hofgängen schon mehrfach die Erde umrundet hatte.

Warum bin ich hier? Warum bin ich ausgesetzt in der Mitte all derer, die hier so offenkundig und so unberührbar heimisch sind? Die ihre Kirchen, Plätze, Caféhäuser, Gassen und Brunnen nicht angaffen müssen, sondern mit Gewohnheit erfüllen, sie benutzen und leicht übersehen dürfen. Die heimische Welt, die man bei sich selbst zu Haus niemals zu spüren bekommt, hier läuft sie ab vor dir, vordergründig und unantastbar wie ein Film. In der Trägheit des Trottens, im Zerfall des Sehens erhöhte sich das Begehren, und er suchte die schönen Gesichter der Entgegenkommenden, der Verkäuferinnen oder der Käuferinnen, mehr war im Grunde nicht zu unterscheiden, im Augenblick der intimen Zuwendung, in der plötzlichen Begegnung mit ihm, dem Fremden, zu erraten. Alles reizte doppelt in der flimmernden Interesselosigkeit. Wenn also die Fremde die Gesamtheit alles Heimischen ist außer dir, so sagte er sich, dann gibt es nur ein Abenteuer, das sich hier lohnt, und das ist, einen Fuß in ihre Tür zu kriegen ... Wo Worte und Verbindungen fehlen, suchen es eindringliche Blicke allein zu schaffen. Jedoch bei einem Film, dieser unnahbaren Haut, kann man von außen niemanden zum Innehalten bewegen. Man wird nicht einmal bemerkt. Zu Hause ist man nicht heimisch, in der Fremde sind es die anderen. Wo soll man hin? Man kann versuchen am Ende des Trottens, abends, einige Worte mit dem Hotelportier zu wechseln, der englisch oder französisch versteht. Das kann Wunder wirken, große Erleichterung schaffen, wenn man sich kurz vor dem Zubettgehen noch einmal als sprechender Mensch bewährt hat. Vielleicht nur, um eine Flasche Rotwein aufs Zimmer zu bestellen. Funktionslust. Es klappt. Um zehn Uhr ist der Abend noch sehr früh (wenn man sich nicht gerade im Ostblock oder in Zürich aufhält). Es wird zur Qual, sich vorzustellen, wie aus allen Schlupfwinkeln das erfrischte Leben in die Straßen treibt, das man bereits um sechs Uhr gesucht hatte, als es jedoch nur geschäftig und abgespannt hatte sein können. Aber nun nichts mehr. Nicht wieder hinunter und am Film entlang. Man hat genug gesehen. Und genug Blicke tun jetzt noch weh, die alle gebeugt, unterworfen wurden von Mauern, dunklen Augen und teuren Gemälden. Morgen früh ist eine Busfahrt angesetzt um achtuhrdreißig, nach dem Frühstück ohne deutsches Brot. Der Tag ist gut verplant, die Zeit gestreckt und hängt nicht durch. Es wird nicht ganz unwichtig sein, wer im Bus neben einem sitzt. Die Tour soll viereinhalb Stunden dauern. Man wird wiederum nichts sehen. Vor den Dingen wird man die letzten geringen Kenntnisse verlieren. Die Ahnungslosigkeit und Stumpfheit vor diesen unzugänglichen Orten, den Sehenswürdigkeiten, bei denen man abgesetzt wird, ist so geheimnisvoll und dicht geballt, daß eigentlich im nächsten Augenblick der Umschlag in ein fremdartiges Erkennen, eine geschichtliche Entrückung erfolgen müßte. Dazu kommt es jedoch nicht: die Gemeinschaft der Gaffenden, der mittelmäßig Aufmerkenden, mittelmäßig Informierten, mittelmäßig Erfreuten und Einfühlsamen, die Gemeinschaft mit diesen leichten Besichtigern, die weder ganz ergeben noch ganz vergeßlich sind, die sich die Dinge allesamt verkleinern und einreihen können, die ein Ding bereits haben, wenn sie nur die geringste Ähnlichkeit mit einem anderen, ihnen bekannten daran entdecken, die sich vollkommen gewiß sind, daß dieses seltene, erlesene Ding ihnen, den Massen, gehört und folglich nur von den mittelmäßig aufgeklärten Massen auf die angemessene, in der Geschichte bisher einmalige Weise verstanden werden kann – diese Gemeinschaft verschluckte sein Bewußtsein. Das war alles.

Der Leser blieb daraufhin wieder zu Haus. Offenbar hatte er aber doch einen ersten richtigen Schritt unternommen, denn mit Hermetia, dem Plaggeist im Buch, war zweifellos ein ranghöheres Wesen zu ihm geschickt worden. (Welche Hierarchie in der sonderbaren Versuchung, die ihm angetan wurde, und in wessen Namen diese überhaupt herrschte, blieb ihm jedoch weiterhin undurchsichtig.) Zwar lief auch das Flüstern und Drängen dieser

Gesandten auf denselben Befehl hinaus: das Buch zu schließen, das er gerade las, doch stellte sie dem Nicht-Lesen nun ein festes Ziel in Aussicht, und dieses war sie selbst, ihre leibhaftige Gesellschaft. Allerdings, im Vergleich mit dem einsilbigen, im Dunklen kauernden Swedenborg-Mann erwies sich die sehr gesprächige Hermetia als die weitaus lästigere Störung. Um sich ihrer Zudringlichkeit zu entziehen, benutzte er den nächstliegenden Ausschlupf und suchte Zuflucht in der zentralen öffentlichen Bibliothek. Natürlich würde er ihr auch an diesem Ort nicht unerreichbar sein. Aber da es hier nie ganz still war, sollte es ihr nicht so leicht gelingen, mit ihrer staubfeinen Stimme aus der Mitte des Buchs, in das er jeweils vertieft war, bis an sein Ohr zu dringen.

Literatur mag zu mancherlei nützlich sein. Gewiß dient sie auch dazu, daß sich der Mensch während seiner eigenen geringen Lebensspanne einen zweiten, größeren Zeitraum erschaffe, insofern er, was in Wirklichkeit vielleicht hundert oder mehrere hundert Jahre entfernt voneinander entstand, auf seiner Tischplatte genauso wie in seinem Geist enge zusammenrückt und in eine auffordernde, beunruhigende Nachbarschaft versetzt. Auf diese Weise durchlebte ein so gewaltiger Leser wie Aminghaus, der, außer dem spärlichen Grüßen morgens, wenn er die Bibliothek betrat, kaum einen Menschen beachtete, die Ideen von Fortschritt und Niedergang, von Hoffnung und Empörung, Verdammnis und Erlösung quer durch die Zeitalter in der gedrängtesten Folge, und dabei löste sich das geschichtlich Gebundene von seinem Grund und verwob sich ihm zu einem nervlichen Einerlei; selbst das Feinste, Tiefste und Unvergänglichste der Kulturen enthüllte im Tempo des Lesens seine letzte bittere Wahrheit: eine unerhörte Vergeblichkeit. Zuletzt waren es eben nur schöne Flausen, die durch die Geschichte tanzten, sehr viel Schönes, gewiß, aber nichts darunter, an das man sich auf Dauer halten konnte – jedenfalls, wenn man immer weiterlas.

In Wirklichkeit zog ihn das große *Totum simul*, das Megagedächtnis, in dem er dahinstrudelte, immer tiefer in die Windungen einer Zerstörung hinein, bis ans Herz der Erschütterung, immer tiefer hinein in die Ruinenstadt der *Erzählung*, denn dies hier war ihre Nekropole, wo alles *miteinander* hauste, wie in den gewaltigen Wandelhallen, die man jetzt draußen vor den Städten errichtete zum Kaufen, Spielen, Geschäftemachen, mit Eisbahnen, Kinos, Gräbern und Zoo, alles unter dem Lichtdach für immer. Wer nicht in der Halle geht, den straft die Zeit. Die huschenden Geister, die stehende Geschichte, Wahn und Bewahrung, Verenden in einem dunklen Zimmer und Empfänge in einem festlichen Spiegelsaal, das endlose Nebenan. Der Zuspruch des Weisen und der Biß einer wollüstigen Zecke im Busch. Einst, Jetzt, Nie, demokratisch vereint, die Toten, die Unsicheren zwischen Tod und Leben und die Erfundenen. Die Erloschenen in ihrem blühenden, goldschimmernden Damals und die Jetzt-Chimären, die mit winzigen Fuchsköpfen aus ihren Schneckengehäusen lugen. Und all das weitläufige Volk von Helden und Krüppeln, Mädchen und Priestern, Nachtpförtnern und Dschungelkindern, sarabanda notturna, girotondo di una compagnia immortale. Angestellte und Führer des erdumkreisenden Traums, Atem-Hülle des Geistes, unsere Nähr-Zeit aus etwas, das es nie gab und niemals geben wird.

Und doch beschlich ihn manchmal der Verdacht, daß die Große Bibliothek ihm etwas verbarg, das er nie entdecken dürfte.

»Ich habe den Wälzer gewälzt, ich habe die Blume im Album gewendet: ich habe nie die Kehrseite gefunden, die dunkle, wo die Asseln hausen. Jedes Umschlagen brachte ein neues Vorderblatt. Vielleicht rückwärts der letzten Seite, die ich lesen kann, beginnt *alles* ein Ungeziefer gewesen zu sein.«

*

Da saß er nun als der letzte Leser des Tags allein am langen Tisch der Bibliothek. Durch die trüben Fenster der Galerie brach die sinkende Sonne einen schmalen Lichtsteig, der über Buchrand und Tischplatte hinab auf das zerstoßene Parkett führte. Im Prismenrauch schwebte die feine Last seines trockenen Atems, winzige Sicheln und Grieße des Staubs schimmerten wie galaktische Schleier.

Er hatte beide Hände flach auf die Buchseiten gelegt. Er zögerte vor dem klaren und nahen Glück dieser Zeilen, die sich jeder eifrigen Kenntnisnahme, jeder raschen Nutzung wie Elfen entzogen. Ein sanftes Nachgeben seines Geistes mußte er abwarten, eine innerste Bereitschaft zum Nicht-Verstehen.

Das Buch – das einzige Wesen, vor dem der heutige Mensch noch den Blick niederschlägt, niederschlagen muß! Alles Höhere sonst wird geradeaus besehen, ohne Scham und Scheu!

Es gab noch eine andere Leiter als das geschliffene Licht, das von draußen eindrang. Sie hing an einer Schiene vom oberen Rand der Galerie. Dort oben war es dämmerig jetzt, und dunkle hohe Folianten ragten wie Föhren auf dem kahlen Berg. Aus dieser Abgeschiedenheit, in die der Lesesaal um jene Stunde getaucht war, und aus der Stille, die erst recht geräumig wurde, wenn draußen in der Garderobe die Wärter plauderten, aus einer spürbaren Hohlstelle in der gesamten Ereigniswelt stiegen lang und länger, Sprosse für Sprosse hinab die hohen Beine, die spitzen Absätze, die burgunderroten Schuhe, der enge, geschlitzte Rock, der erhabene Rücken, der weiße Nacken, das aufgesteckte platinblonde Lockenhaar – trat hervor die hellste je aus dem Dunkeln niedergestiegene Frau.

»Ich habe Sie nicht bemerkt. Ich dachte, es wäre niemand mehr hier«, sagte sie noch auf der Leiter, wobei sie anhielt und auf Aminghaus herabblickte. »Ich habe dort oben Stunden gewartet, aber er kam nicht.«

»Warum haben Sie nicht gelesen?« fragte er erstaunt.

»Ich habe gewartet, ich war beschäftigt. Wir waren hier verabredet schon für den frühen Nachmittag. Ich habe die Buchreihen durchgezählt von links nach rechts, von oben bis unten. Ich glaube, er liest auch nicht gern. Wir lesen beide nicht gern. Aber so genau kannte ich ihn noch gar nicht! Und jetzt, fürchte ich, haben wir nichts mehr miteinander zu schaffen!«

Sie ging, sie wiegte sich herbei. Wahrhaftig, sie gehörte nicht in diesen Raum, sie querte eine fremde Welt!

Sie setzte sich leicht zu ihm über die Tischkante, schlug die Beine übereinander und klappte den linken Schuh auf und ab. Sie schien rundum unschlüssig und nur allzu bereit, für die geplatzte Verabredung irgendeinen Ersatz zu finden. Dies spürte Aminghaus und es machte ihn beklommen. »Lesen wir«, sagte er plötzlich leise und verwirrt, »lesen wir hier. Lesen wir augenblicklich. Sie werden sehen, selbst Platon zu lesen ist weitaus einfacher, als eine U-Bahn-Karte zu lösen am Automaten ...« Da mußte die Frau auf seinem Tisch lachen, aber sie lachte ihn nicht aus, es klang etwas Schönes, Gläsernes, Fernes aus ihrem Mund.

Aber war sie es etwa – war das vielleicht Hermetia, Hermetia ohne Schrift, wie sie sich ihm für einen nahenden Tag angekündigt hatte? Oh nein! Sie war es noch lange nicht. Nur eine ihrer vorderen Botinnen, Wegweiserinnen, in deren Folge er schließlich bis zu ihr, bis ins Haus der Verführerin selbst gelangen sollte. Aber seltsam! Ihm schien, die Mittlerin könnte ebensogut bereits die endliche Geliebte sein, so wie in burlesken Romanen bisweilen der Held die Quartiermacherin heftig und gerne verwechselt mit der später eintreffenden, heimlichen Braut. Ja, er folgte ihr, der herabgestiegenen Blonden, er konnte ihrer Anziehung nichts mehr entgegensetzen. Er ließ das Buch aufgeschlagen und unverstanden auf seinem Platz zurück und schnürte hinter der elegant und frei den Käfig des Geistes durchschreitenden Gestalt. Natürlich verlor er draußen sehr bald ihre Spur. Auf der Straße, unter dem Verkehr der vielen Menschen, die er nicht zu unterscheiden geübt war, verschwand sie ihm auf einmal zwischen vielen ähnlichen. Aber sie hatte bereits ihre Aufgabe erfüllt, er war vom Tisch und Buch fortgebracht, er irrte umher. Denn ihrem Einfluß allein war es zuzuschreiben, daß er an den folgenden Tagen mit einer nie gekannten Unruhe die Stadt durchstreifte, nicht etwa in der Hoffnung, sie wiederzusehen, sondern vielmehr um ›innerlich‹ voranzukommen, wie er meinte, um mit dieser Rundung, die auf seiner Tischplatte geruht hatte, und mit diesem sicheren Auge, das mit einem einzigen Aufschlag sein Versteck ausgehoben hatte, irgendwie ins reine zu kommen …

Die Straße

»Nach einer solchen Arbeit wirst du erst einmal in ein tiefes Loch fallen.« Man hatte mich gewarnt. Es war dann auch genauso gekommen. Ich wußte nichts mit mir anzufangen. Tagsüber lief ich in der Stadt herum, suchte mir die Zeit in Cafés und Spielhallen zu vertreiben, in Kinos, Parks und Kaufhäusern. Am Abend dann, ganz zufällig und doch unvermeidlich, fand ich mich in der Nähe des Theaters ein. Ich erkundigte mich nach dem Kartenverkauf, ich beobachtete den Zulauf des Publikums, ich besuchte die Schauspieler in ihren Garderoben, ich saß in der Kantine mit den Bühnenarbeitern beim Kartenspiel, oft bis in den frühen Morgen.

Aber irgendwie gehörte ich nicht mehr dazu. Meine Inszenierung war nun in den gewöhnlichen Betrieb des Theaters übergegangen. Was auf der Bühne geschah, erschien durchaus als das eigene Werk der Schauspieler, kaum ein Zuschauer hätte hier nach dem Regisseur gefragt. Die neuen Wagnisse, die die Schauspieler Abend für Abend mit guten oder weniger guten Vorstellungen, mit wachem oder stumpfem Publikum bestehen mußten, hatten längst das intime Abenteuer verdrängt, das uns über sechs Probenwochen so eng und schonungslos zusammengeführt hatte. Zwar empfingen mich die Schauspieler gern und behandelten mich freundlich – schließlich hatte unsere Aufführung wider Erwarten doch noch einen mittleren Erfolg erzielt –, aber ich spürte wohl, wie unsere Fühlung bald nachließ und vager wurde. Schon waren sie in neue Proben eingespannt und hatten sich einem anderen Seelenführer anvertraut.

Zwei- oder dreimal hatte ich mir die Vorstellung noch angesehen, aber es hatte mich nur gequält. Ich war nicht imstande, eine nützliche Abendkritik zu machen. Ja, es fiel mir sehr schwer, aus dieser engen, bewegten Gemeinschaft, in die ich mich begeben hatte, so plötzlich wieder ausgeschieden zu sein und vollkommen alleine zurückzubleiben. Ich fühlte mich hundeeinsam. Von bitterer Enttäuschung, von süchtiger Anhänglichkeit gleich stark geplagt, verfolgte mich meine erste größere Theaterarbeit mit den zwiespältigsten Nachwirkungen. Immer, wenn ich unterwegs war und ringsum die blöde Gegenwart erblickte, kamen mir in dichten, abgerissenen Schwaden die dunkelsten und schwierigsten Tage der langen Proben in den Sinn, und es regnete dann noch einmal all die schreckenerregenden Vorzeichen, die tausend Widrigkeiten, Infamien und Wechselfälle auf mich hernieder, die ich hatte ertragen müssen, und jedesmal war es so, als stünde mir das Ganze erst noch bevor. An die spätere, dann doch eher sieghafte Schlußphase erinnerte ich mich dagegen sehr viel seltener. Nein, Erinnerung war es ja nicht, meine Nerven käuten wieder, es war die reine Vergegenwärtigung. Oder um es mit einem Lieblingswort der Theaterleute zu sagen: *intensive* Zustände ließen mich Furcht und Krise dieser Tage in ungemilderter Augenblicklichkeit noch einmal erleben. Gewiß war auch dies eine Spätfolge des ungewohnten und absonderlichen Zeitmaßes der Wiederholung, welches das Theater beherrscht und dem ich mich wochenlang unterworfen hatte. Diese beschwörenden Wiederholungen, die gleichwohl Stück um Stück etwas zutage befördern, entstehen lassen oder auch nur etwas zurückgewinnen wollen, das vielleicht ganz zu Anfang, auf den ersten Proben bereits ›da war‹, zum Greifen nahe, *vollendet*, jedoch nur im glücklichen Vorschein. Oft genug sorgt ja eine ganze langwierige Inszenierung einzig dafür, daß am Ende die überraschende Höhe des *Anfangs*, der Anfang selber wiedergefunden, erfüllt und festgehalten wird. Das klingt wahrhaftig leichter als es ist. Ich kann es bezeugen. Mir jedenfalls fiel es sehr schwer, mich in der nötigen Geduld zu üben und in die runde Zeit hineinzufinden, oder sagen wir: in die spiralförmige, die keinen unumwundenen Fortschritt kennt und gegen die gerichtet am Theater selbst der heftigste Überschwang, die erhellendste Idee, der eisernste Wille nicht das geringste vermögen.

Wie aber sollte es nun weitergehen? Ich hatte meine Arbeit beendet. Ich war ein Regisseur geworden. War ich damit nicht ans Ziel meiner Wünsche gelangt? Ich dachte jetzt eher: ich hab's hinter mir. Gerettet, geschafft. Nichts wie weg. Auch dachte ich nun häufiger wieder an die verzweifelten Versuche meines Vaters, mich von dieser Reise, dieser fluchwürdigen, nach Köln, von dieser Höllenreise zum Theater abzuhalten. Bis zum letzten Augenblick hatte er mich nicht losgeben wollen, hatte mich zu Hause in Kandern nicht nur an den Bahnhof gebracht, sondern war auch noch mit in den Zug gestiegen und bis Freiburg mitgefahren, unablässig bemüht, mich zur Umkehr, zur Aufgabe meiner törichten Absichten zu bewegen.

»Tu es nicht, Leon. Ich bitte dich. Laß dich doch nicht auf diese Albernheiten ein.« Er hielt die Schauspielkunst noch für weit überflüssiger als das Turmspringen oder das Dressurreiten. »Es genügt, die Klassiker zu Hause zu lesen. Man verdirbt sich bloß die Fantasie, wenn man ins Theater geht. Dort herrscht der Firlefanz, das Showgeschäft.« Das war nun seit langem seine Meinung und ihr getreu hatte er, solange ich mich erinnern kann, niemals eine Theateraufführung, und erst recht nicht an den Städtischen Bühnen, besucht. Folglich war auch ich als der Nachgeborene seiner beiden Söhne erst verhältnismäßig spät mit dem Theater in Berührung gekommen. Anders als es bei meinem Bruder geschehen war, wollte er meine Lenkung und Bildung nicht der Mutter überlassen, sondern drängte sie viel zu früh von mir und verschloß mich eifersüchtig in seiner Obhut. Die rein väterliche Erziehung führte mich denn auch unweigerlich in die einzige Richtung, die ihm überhaupt vertraut war und in der er furchtlos voranschritt, nämlich geradewegs auf sein eigenes Lehrfach zu, die Religionsgeschichte. Zu der Zeit, da es zwischen uns über meinen Werdegang wohl nicht zum Zerwürfnis, aber doch zu nervösen Meinungsverschiedenheiten kam, war er längst emeritiert, fuhr jedoch noch zweimal wöchentlich in sein Freiburger Seminar und las über koptisches Christentum. Seine späten Jahre waren ausschließlich der Montanus-Forschung gewidmet, seinem eigentlichen Spezialgebiet, und hierin hatte er auch mich, nachdem ich erst wenige Semester in seinem Fach studiert hatte, zu seinem Gesprächspartner und dann zu seiner wissenschaftlichen Hilfskraft ausgebildet. Mit kaum 22 Jahren war mein Horizont erfüllt von frühchristlichen Ketzern und Anachoreten, von Säulen- und Höhlenheiligen, und während anderswo meine Altersgenossen zum Aufruhr riefen, überall Väter stürzen und Völker befreien wollten, da ergab ich mich geduldig dem Studium der aramäischen und koptischen Sprache, da entzifferte ich an der Seite des Vaters brav die gerade erst entdeckten Schriftrollen gnostischer Evangelien. Die große Leidenschaft, mit der der alte Mann seine Forschung betrieb, seine erzählerische Begabung und Fantasie, mit denen er mir den trokkenen Gelehrtenstaub von den Dokumenten blies, hatten ihre Wirkung auf mich nicht verfehlt. Er erreichte es bald, daß ich mich freiwillig und neugierig in jene christlichen Geheimlehren vertiefte, in denen so viel von weiblicher Weisheit, von ›Gott der Mutter‹ die Rede war, von einer allmächtigen erotischen Gnade, wie ich es denn empfand.

Jedoch, ich mußte für einen Ausgleich sorgen. Ich war bereit, den gestrengen Ansprüchen an meinen Dienst zu genügen, aber nicht, mich vollkommen von ihnen beherrschen zu lassen. Ich war durchaus zu der Überzeugung gelangt, daß ich nicht für die Wissenschaft taugte und auch die Arbeit des Vaters nicht nach dessen Tod fortsetzen wollte, wie er es doch heimlich erhoffte.

In Freiburg hatte ich damals einen jungen Dramaturgen kennengelernt, einen mir ganz entgegengesetzten Charakter, einen rundum kritisch eingestellten Menschen, der sich von Herzen für kaum etwas erwärmen konnte, am wenigsten für das Theater, an dem er selbst beschäftigt war. Doch ich suchte ihn häufiger auf. Es interessierte mich nicht nur, seine Meinungen und kritischen Lebensbeschwerden zu erfahren, sondern auch, was denn seine Tätigkeit an den Städtischen Bühnen eigentlich ausmachte. Durch ihn erhielt ich eines Tages die Aufforderung, vor einigen Schauspielern, die gerade Shaws ›Heilige Johanna‹ einstudieren wollten, ein Referat über Stimmen und Visionen, über Seherinnen und Gottbesessene zu halten. Hierzu mußte man mich nicht lange überreden. Ein paar Tage später stand ich, sorgfältig vorbereitet, vor dem Ensemble und hielt meinen kleinen Vortrag. Offenbar gelang es mir, ihr Interesse zu gewinnen, denn sonst hätten mich nicht hinterher einige von ihnen, darunter der Regisseur, so eindringlich gebeten, auch die kommenden Proben zu besuchen und sie, falls ich Gefallen daran fände, mit fachlicher Beratung zu begleiten. Nur zu gerne willigte ich ein, ich fühlte mich herzlich begrüßt und zutiefst hingezogen zu dieser anderen, gemeinschaftlichen Welt des Schauspieltheaters. Von nun an ließ ich mein Studium merklich in den Hintergrund treten und teilte meine Arbeit gewissenhaft zwischen der häuslichen Gelehrtenstube und der Probebühne des Städtischen Theaters. Es dauerte auch nicht lange und ich hatte mir nebenbei eine ganze Reihe von bühnenpraktischen Kenntnissen erworben. Ich lernte mit einem allesfressenden Eifer und Ehrgeiz. So war es denn nicht weiter verwunderlich, daß man mir schon für eine der nächsten Produktionen die Stelle eines Regieassistenten anbot. Mein Interesse und meine grundsätzliche Befähigung für das Theater erhielten durch diese neue Anforderung einen großen Aufschwung, und meine wachsame Mitarbeit brachte mir im Ensemble Freundschaft und Zutrauen ein. Ein halbes Jahr darauf sollte ich eine erste eigene Regie übernehmen, umständehalber, denn der vorgesehene Mann, ein zwischen ›befreitem Theater‹ und radikaler Theaterverneinung schwankendes Talent, hatte es kurzerhand vorgezogen, in den – wie es damals hieß – politischen Untergrund zu verschwinden. So standen nun auf einmal drei leibhaftige Schauspieler fordernd vor mir und erwarteten, daß ich etwas Aufregendes mit ihnen anstellen würde. Ich sollte innerhalb von drei Wochen ›Fräulein Julie‹ von Strindberg inszenieren.

Bis hierher waren meine Abschweife zum Theater unter der kritischen Duldung des Vaters geschehen, wenngleich seine gegrummelten Beschwerden, daß die gemeinsame Arbeit zusehends Schaden nähme, nicht zu überhören waren. Er war wohl der Meinung, daß man einem jungen Menschen schlecht jede Art von Ablenkung und Unterhaltung abschlagen könnte. Daher wollte er mir das Theater als beiläufige Liebhaberei gestatten, zum Ausgleich für die harte Wissenschaftsfron. Die Mutter hingegen hatte längst verspürt, daß meine Neigungen tiefer reichten, und heimlich unterstützte sie diese sogar. Der einseitige und übermächtige Beschlag, unter den mich der Vater genommen hatte, schien ihr auf die Dauer eine Gefahr zu bedeuten. Sie fürchtete um meine selbständige Fortentwicklung, auf welchem Gebiet diese auch stattfinden würde. Sie setzte ein blindes und warmes Vertrauen in mich. Es hätte mich auch wunderbar festigen und vorantreiben können, wenn nicht der schwere, dunkle Flügel des Vaters sich schon in aller Frühe so dicht über mich gelegt hätte.

Mein Verhältnis zu ihm verschlechterte sich nun alle Tage. Zu gewissen Zeiten war ich durch meine Theaterarbeit so stark in Anspruch genommen, daß ich zwangsläufig den Dienst am großen Montanus-Werk einschränken mußte. Der alte Mann sah nun schon unsere offene und endgültige Trennung heraufziehen, machte mir bittere Vorhaltungen und zeigte sich überhaupt unleidlich und griesgrämig.

Aber meine ›Fräulein Julie‹ hatte Erfolg! Die Inszenierung bekam sehr gute Kritiken in der Lokalpresse und erwarb sich sogar einen gewissen Ruf über die Stadtgrenzen von Freiburg hinaus. Vor allem Theaterleute kamen, zuweilen aus entfernten Städten, um sich die vielversprechende Anfängerarbeit, wie es hieß, anzuschauen.

Unter ihnen befanden sich eines Abends auch die beiden ersten Schauspielerinnen des Kölner Theaters, Margarethe Wirth und Petra Kurzrok, die mir wohl bekannt waren, wenngleich ich sie nie auf der Bühne gesehen hatte. Ich erhielt Nachricht von meinem Intendanten, daß mich die beiden nach der Vorstellung in der Halle ihres Hotels zu sprechen wünschten. Recht beklommen war mir zumute, als ich mich schließlich dort einfand. Ich lief etwas tapsig umher, konnte aber die berühmten Gestalten nirgends entdecken. Ich wußte nicht, wie ich meine Unruhe verbergen sollte, mochte aber auch nicht den Gelangweilten spielen und mich in eine Zeitung vergraben. Da bemerkte ich plötzlich hinter einem dichten Spalier von Gummibäumen zwei blitzende Augenpaare, die keine Bewegung von mir ausließen und mich offenbar schon seit längerem beobachtet hatten. Natürlich, es waren die beiden Schauspielerinnen, die dort hinter dem Grünzeug wie die Raubkatzen lauerten und jeden meiner unsicheren Schritte überwacht hatten. Ich trat ihnen also entgegen, und sie begrüßten mich mit freundlichen, förmlichen Worten. Ich sah, daß sie ein sehr ungleiches Frauen-Paar abgaben. Margarethe war die größere, damenhaftere Erscheinung. Ihr langes rotblondes Haar fiel offen über ihre Schulter, sie trug einen plissierten dreiviertellangen Rock, eine graue Seidenbluse unter einer dunklen, ärmellosen Weste. Sie hatte sich zweifellos für den Theaterbesuch eigens umgezogen. Anders die Kurzrok, die ihre Arbeitskleidung nicht gewechselt hatte und in ihrem schäbigen Jeansanzug sich beinahe etwas gewollt gegen den schlichten bürgerlichen Stil ihrer Kollegin abzusetzen suchte. Gleichwohl gehörten die beiden aufs engste zusammen, das war nicht nur überall bekannt, man konnte es auch auf den ersten Blick selber bemerken. Sie bildeten ein ebenso schmiegsames wie eifersüchtiges Gespann. Pat kam mir überraschend klein vor, zierlich und zäh, von fast knäbischer Statur, weshalb wohl auch die Koseform des ›Patrick‹ an ihr hängengeblieben war und ihren weiblichen Vornamen verdrängt hatte. Dunkelblonde lange Ponyfransen verdeckten ihre starke, gewölbte Stirn. Am Hinterkopf war das kurze Haar mit einem gewöhnlichen

Gummiring zu einem schlappen Zöpfchen zusammengefaßt.

Es dauerte nicht lange und ich erhielt bereits eine Kostprobe ihres feinentwickelten Paar-Spiels. Ohne Umschweife begannen sie über ihren Theaterbesuch zu sprechen und führten sich dabei so auf, als sei ich gar nicht anwesend. Sie nahmen die Sache wahrhaftig gründlich durch. Eine solche Kollegenkritik kann sich auf eine sehr zartfühlende und schlangenhafte Weise an denjenigen heranschleichen, der schließlich das eigentliche Opfer sein soll. Zunächst hält man sich ein wenig beim Bühnenbild auf, findet daran manches problematisch, nicht sehr hilfreich, letztlich schrecklich. Daraufhin riskiert man die eine oder andere launige Frage an das Stück, sieht seinen heutigen Aussagewert verblassen, läßt es aber dabei schnell wieder bewenden, denn hier hat der Gegenstand womöglich schon härtere Prüfungen bestanden, als sie der eigne kritische Geschmack vornehmen könnte. Dann muß es wohl an der unzureichenden Übersetzung liegen, daß das alte Werk keine durchschlagende Wirkung erzielen konnte. Jetzt nähert man sich bereits der heiklen Zone, in der es gewisse schauspielerische Schwächen zu beklagen gibt. Dabei werden die Kollegen als solche säuberlich geschont, es wird vielmehr die Besetzungsfrage aufgeworfen oder schlimmstenfalls eine glatte Fehlbesetzung festgestellt. Hiermit ist man endlich in den Verantwortungsbereich des Regisseurs vorgedrungen, und nun kommt es darauf an, wer was bei wem ausrichten möchte. Denn alles bis dahin Vorgebrachte kann nunmehr zum höchsten Tadel des Regisseurs wie auch zu seiner bedingten Entschuldigung zusammengefaßt werden. Die zwei berühmten Schauspielerinnen hatten dieser Art unsere ›Fräulein Julie‹ Punkt für Punkt durchgesprochen, als sie sich schließlich mit besonderer Gewichtung auf dem eigentlichen »Dilemma« des Abends niederließen und mit dem jungen, sehr jungen, allzu jungen Strindberg-Regisseur ins Gericht gingen. In dessen menschlicher, weltlicher und erotischer Unerfahrenheit fanden sie denn auch die Ursache dafür, daß man auf der Bühne zwar einer reizenden Fülle von formalen Übungen, aber nur einem Minimum an seelischer Handlung beigewohnt habe.

Sie sprachen nach wie vor kunstvoll einander zugewandt, in geübter Wechselrede, in der ein heftiges gegenseitiges Beipflichten nur zu oft zu einer schrecklichen Verschärfung ihrer Urteile führte. Hin und wieder traf den Delinquenten dabei ein rascher Seitenblick, und er traf ihn wie ein Prankenhieb. Nein, die verehrten Frauen ließen wahrhaftig kein gutes Haar an meiner Inszenierung. Ich fand aber ihre Schmähungen ungerecht und übertrieben und wäre am liebsten heulend davongelaufen. Alle frühere Anerkennung, Presselob und Talentbeweis waren mit diesem Verriß hinfällig geworden und in den Staub gestürzt. Da aber unterbrachen sie plötzlich ihren Bund und öffneten sich zu mir hin. Nun legten sie auf einmal eine schamlose Liebenswürdigkeit an den Tag. Aus heiterem Himmel erklärten sie, wie sehr ihnen daran gelegen sei, gemeinsam mit mir in Köln ›Die Zofen‹ von Genet zu erarbeiten.

Halb Kandern sollte an meinem Abschied von zu Hause und meiner großen Lebensveränderung Anteil nehmen, da mein Vater es sich nicht verkneifen konnte, mir noch im Bahnhofswartesaal vor allen Leuten eine anstrengende Szene zu machen.

»Der Regisseur!« rief er immer wieder, »der Regisseur! Was ist das überhaupt für einer? Ein Handlanger und ein Affendressierer, das ist er vielleicht, aber ganz bestimmt kein schöpferischer Mensch. Er ist nicht einmal ein richtiger Künstler!« Ich bat ihn, unbedingt leiser zu sprechen. »Du weißt ja gar nicht, wie wichtig heutzutage der Regisseur ist, Vater. Er ist der eigentliche Gestalter, er macht das Theater überhaupt erst zu einem Ereignis. Er kann sogar ein Visionär sein!« Nun mischte sich gleich unsere Nachbarsfrau ein: »Herr Professor, nun lassen Sie den Leon erst einmal losziehen. Man soll niemanden festhalten. Ich war mein Lebtag in keinem Theater, das dürfen Sie mir glauben, aber ich hab bei meinen sechs Buben immer darauf gesehen, daß sie sich rechtzeitig die Hörner abstoßen. Heute sind doch die jungen Leute viel besser dran. Warum soll er nicht nach Köln fahren, wo es doch ein besseres Theater gibt als bei uns hier. Vielleicht wird er noch einmal ein berühmter Mann, der Leon Pracht!«

Hierauf entgegnete der Vater erzürnt: »Berühmt! Was reden Sie da? Kennen Sie Dölger? Heiler? Reitzenstein? Na! Das sind berühmte Männer. Berühmt kann er auch in meinem Fach werden!«

Jetzt ging es lebhaft durcheinander, und beinahe jeder im Wartesaal teilte seine Ansichten zum Regisseursberuf mit, was immer er darunter verstehen mochte. Der Arbeiter vom Gaswerk, der neue Kinobesitzer, die Operationsschwester Frau Veldstein, sie alle stellten sich entschlossen hinter mich und nahmen an der starrsinnigen Haltung meines Vaters Anstoß. Er tat mir schon recht leid, wie er von allen Seiten getadelt oder mit Kopfschütteln bedacht wurde. Er setzte sich aber ungerührt über die leichtsinnige Parteinahme der Leute hinweg, beugte sich zu mir und beklagte sich nun leiser, aber dafür um so eindringlicher: »Du willst also unsere gemeinsame Arbeit endgültig im Stich lassen, mein Junge?« Ich erwiderte traurig, daß ich nun eben nicht für die Gelehrtenstube geschaffen sei und meinen eigenen Weg finden müsse.

»Aber für das Theater bist du auch nicht geschaffen! Jedenfalls nicht von mir!« Meine Mutter überhörte es, und sie versuchte zwischen uns zu schlichten. »Nun laßt es endlich gut sein. Leon macht ja doch, was er will.« Ich wollte den Vater auf einen versöhnlicheren Ton umstimmen und versicherte, daß ich auch ins Theater als sein erster Schüler einkehren wollte und dort gewiß meine Kenntnisse von religiösen Festen und Riten zu nutzen wüßte. Er ging nicht darauf ein, er war viel zu aufgewühlt, viel zu beunruhigt über die bevorstehende Trennung. »Jetzt hast du schon einmal Regie führen können. Ist denn das nicht genug? Warum willst du jetzt auch noch in eine andere Stadt? Es ist nicht deine Sache, Leon, glaub es mir.«

Als er später in Freiburg aus dem Zug stieg und unter mein Abteilfenster trat, kam es auch mich hart an. In solch mutloser Verlassenheit stand er da vor mir, daß ich es kaum mitansehen konnte. Er hatte nun aufgegeben. Er mußte ertragen, daß er nichts mehr über mich vermochte. Wie er noch einmal den Kopf zu mir erhob, den schmalen, den grauen und feurigen Gelehrtenkopf, da lag eine stille und tiefe Erschrockenheit auf seinem Gesicht. »Sieh mich nicht so an«, bat ich streng, doch die Stimme sank mir in die Kehle. Leise und aus unerfindlichem Anlaß sagte er darauf: »Sorg, daß du kein Blatt vor den Mund nimmst, mein Junge.« Ich wußte nicht, was mir dieser halbe, vage Rat bedeuten sollte. Ich nickte aber und gab ihm die Hand. Es war aus der sanften Verworrenheit seiner Worte eine Verständigung hervorgegangen. Der Zug begann lautlos und gleitend die Fahrt. Der Vater hielt die Hand lange mit kleinem, tatterndem Gruß in die Höhe. Ein heftiges Winken aus ganzem Arm, das den Abschied gleichsam auswischen möchte, schien ihm nicht angebracht. Das blieb Kindern und Verliebten vorbehalten. Der alte Mann aber nahm den Abschied an, und seine Hand erhob sich nicht gegen die rasche Entfernung.

In Köln war man zu folgender Überlegung gekommen: Alfred Weigert, der erste Spielleiter am Haus und zugleich der Leib- und Seelenregisseur von Pat und Margarethe, sollte endlich Gelegenheit erhalten, seinen ›Wallenstein‹ in allen drei Teilen zu inszenieren. Unterdessen durften sich die verwaisten Protagonistinnen ihrerseits einen langgehegten Wunsch erfüllen, nämlich in zwei ebenbürtigen Rollen gemeinsam auf der Bühne zu stehen und ihr ganzes Können einmal ohne den großen Meister unter Beweis zu stellen. Selbstverständlich sollte es sich dabei um eine kleine Produktion handeln, irgend etwas im Kammerspiel, nicht unter aller literarischer Würde, aber doch zuerst mit dem Anspruch auf Paraderolle und Solistenpart. Es lag nahe, sich hierfür Genets ›Zofen‹ auszusuchen; und da die beiden Stars zudem noch die freie Wahl des Regisseurs hatten und sie unbedingt, wie es damals hieß, »neue Erfahrungen« machen wollten, hatten sie sich also auf die Suche nach dem jungen, aufstrebenden Talent gemacht. Was sie sich letztlich von mir versprachen, war mir nicht ersichtlich. Vielleicht erhofften sie sich einfach größere Freiheiten, als sie ihnen ihr Meister zugestand, und dachten, daß ich sie in ihren Unarten nicht beschränken, sondern nur unterstützen würde. Aber ich verstand mich keineswegs als ein angemieteter Tourneetheater-Regisseur. Ich hatte ja etwas vor, ich kam mit großem Programm.

Die dritte Person, die wir brauchten, um die Rolle der Gnädigen Frau zu besetzen, wurde mir von Pat und Margarethe sozusagen wärmstens aufgedrängt. Es handelte sich um eine ältere Schauspielerin, die beide in den höchsten Tönen lobten, obschon sie doch eigentlich den Typ der gutmütigen Amme vorstellte und gewiß niemals die brutale Härte aufbringen würde, niemals derart Idolfigur und Herrin sein würde, um das Mordgelüst der beiden Mädchen glaubhaft erscheinen zu lassen. Es war klar, daß diese Kollegin lediglich als milde Zugabe gedacht war. Pat und Margarethe wollten sich die Schlacht alleine liefern, und ich sollte wohl am ehesten die Rolle des Ringrichters bestellen, der für einen fairen Kampf zu sorgen hatte.

Jedoch: wie anders dachte ich selbst über meine Berufung zu diesen wunderbaren Künstlerinnen! Geradezu ein neuer Montanus wollte ich sein, und so wie dieser Visionär mit seinen beiden Prophetinnen, mit Priscilla und Maximilla durch die phrygischen Städte gezogen war, um die Herabkunft des neuen Jerusalems zu verkünden, so wollte auch ich mit meinen beiden Schauspielerinnen eine Erneuerungsbewegung mindestens des Theaters, der Schauspielkunst begründen. Während der vielen, einsamen Wochen, in denen ich mich auf meine Arbeit vorbereitete und die Inszenierung schon bis ins kleinste Detail voraussah und vorausbestimmte, verstärkte sich in mir der Gedanke, daß ich meinen Vormarsch mit Pat und Margarethe durchaus als Sendung aufzufassen hatte, als eine legitime Travestie des montanischen Dreier-Bunds. Dieser war mir durch die lange Arbeit mit dem Vater so vertraut geworden und saß mir als Sehnsuchts-Modell so tief inne, daß ich mehr und mehr zu der Überzeugung kam, die beiden Schauspielerinnen seien aus meinen Studien gleichsam wie ausgebrütet hervorgegangen. Ich glaubte wahrhaftig, daß ihr Erscheinen in meinem Leben nicht zufällig und abrupt, sondern durch ursprüngliche Verwandlung geschehen sei. Allzu leicht übersah ich dabei, daß der eigentliche Montanus des beglänzten Paars jedoch Alfred Weigert hieß, ihr Erwecker und Wundertäter, ihr Seelengeleiter; es gab ihn schon.

Ich wußte also genau, wie es auszusehen hatte, mein Theater, meine Zofen, mein ekstatisches Spiel. Ich nannte es nicht mit geringen Namen. Die Gegen-Welt, die Mythenwanderung, die Überschreitung, die Bühne als Eingangspforte zur Großen Erinnerung, Tanz der Reflexionen mit den Geistern, das Gebärden-Zeremoniell, die Lupe hinhalten, auf die Jagd gehen, den Zuschauer in den ›Hinteren Raum‹ locken, Zustände auslösen ... Ach, die Begriffe türmten sich und schwankten. In meiner Konzeption spielte das Stück in einer nicht allzu fernen Zukunft. Eigentlich nach dem Zusammenbruch aller menschlichen Kommunikation. Die Menschen haben sich in ihre Zeremonien zurückgezogen, verkrochen, verkapselt. Die Spiele sind ihre seelischen Überlebensnischen. Der Ort: eine Höhle in der Zeit ...

Du liebe Güte. Und was ist am Ende dabei herausgekommen? Eine Inszenierung, über die es in den Kritiken hieß, sie wäre im ganzen ein wenig bieder ausgefallen, trotz einiger überragender Schauspielerleistungen. Die eigentliche Überraschung des Abends sei weniger der junge Regisseur als vielmehr die Entdeckung, daß ein poète maudit veraltet, ein Genet staubgrau geworden sei. Und dafür hatte ich nun mit den höllischen und herrlichen Gewalten gerungen, war ich durch Ohnmacht und Kälte, durch Feuer und Sümpfe geschritten. Aber so ist wohl das Theater: ein gewundenes Instrument, in das man seine ganze Seele hineinblasen muß, um am Ende wenigstens einen kleinen geziemenden Ton herauszubringen. Mehr nicht, aber schon dafür braucht man eine große Puste.

*

Montag früh. Eine Stunde vor Probenbeginn bin ich ins Kammerspiel gekommen. Der Bühnenbildassistent und zwei Bühnenarbeiter haben eine Probendekoration hergerichtet, die in etwa dem entspricht, was ich mit Volker, dem Ausstattungsleiter, verabredet hatte. Es sieht abscheulich aus. Ich will nicht diesen Plüsch und Plunder auf der Bühne. Keinen stickigen Boudoir-Pomp, auch nicht mit Blumen überladen, selbst wenn ich damit gegen die Anweisungen des Autors verstoße. Mit V. alles noch einmal neu durchdenken! Dies hier ist nicht das abgewohnte Futur, das ich mir vorgestellt habe.

Was für eine lange Flucht ist dieser Zuschauersaal! Wie soll ich denn meine abgeschlossene Nische auf diesen schmalen Schlauch hin ausrichten? Theater, Geburt des Spiels, sollte doch immer vom Publikum halbwegs umrundet sein ... In einer knappen Stunde beginnt nun unwiderruflich mein Abstieg zu den Geistern. Die Nervosität nimmt zu, die Beklommenheit, die nackte Angst – oder, um wie der Traum die Wörter beim Bild zu nehmen: die Angst, nackt dazustehen. Obschon bis an die Zähne bewaffnet mit Zetteln, Plänen, Skizzen, auf denen jede Stellung, jeder Gang vorgezeichnet ist, fühle ich mich plötzlich ungenügend vorbereitet. Werde ich schnell und angemessen reagieren, wenn etwas Unvorhergesehenes eintritt, wenn plötzlich Änderungen fällig werden, wie etwa jetzt beim Bühnenbild? Ich weiß doch, daß mich das Tatsächliche, wenn es mit voller Wucht in Erscheinung tritt und nicht der Vorstellung entspricht, jedesmal in eine tiefe Schreckenslähmung versetzt.

Ich verlasse den kleinen Tisch auf der Bühne, an dem wir in Kürze mit dem Lesen des Stücks beginnen werden. Der Blick in den Abgrund des leeren Zuschauerraums macht mich schwindelig. Man gewinnt besser Fassung, wenn man profund von unten nach oben schaut, etwa aus der dritten Reihe Mitte, die Arme rechts und links über die Lehnen ausflügelnd. Es riecht nach Staub, Molton, erwärmtem Lack. Obgleich ich doch bestimmt in eine Grube eingefahren bin und unter Tage arbeiten werde, um das kostbare Mineral dieses Spiels zu fördern, kommt mir jetzt unter dem diffusen Probenlicht mein Ort viel zu hell und ungeborgen vor. Von allen Seiten starren sie mich an, die sachlichen, ernsten Anforderungen einer zwielichtigen Wirklichkeit. Arbeiter, die keine richtigen Arbeiter sind. Technik, die zu nichts Vernünftigem dient. Termine, die zur Einrichtung einer Schein-Handlung streng beachtet werden müssen, und selbst Zeitung und Milchtüte auf dem Inspizientenpult bleiben hier keine unangefochtenen Alltagsdinge. Ich spüre sehr deutlich, daß die ganze Grube erfüllt ist mit ungeschriebenen Gesetzen, die ich nicht kenne und nicht beherrsche, die ich indessen auch nicht blindlings befolgen könnte, denn dazu fehlt es mir an natürlichem Instinkt. Sie sind aber da, ich merke es an der gewaltsamen Einschränkung meiner inneren Bewegungsfreiheit, meiner Fantasie, seitdem ich hier im Theater sitze und auf die Schauspieler warte.

Matthias, mein freundlicher Assistent – er ist in meinem Alter, wenn auch etwas weltlicher verträumt als ich, und hält sich unter der Bob Dylan-Kappe versteckt –, er erinnert mich daran, daß Frau Adams, die die Rolle der Madame spielt, auf eine Stunde später bestellt worden ist. Offenbar habe ich das versehentlich selber so angeordnet. Selbstverständlich müßte sie bei der ersten Leseprobe von Anfang an dabeisein.

Pat kommt durch die hintere Saaltür. Sie stürzt herein, sie stolpert, sie ist völlig außer Fassung, kaum daß sie uns begrüßt. Sie berichtet von einem brutalen Bandenüberfall, der ihr soeben auf dem Weg zur Probe vorgekommen sei. Sechs oder sieben blutjunge Burschen, eine Rockerbande, hätten einen Hygiene-Laden gestürmt, alles kurz und klein geschlagen, ausgeplündert, den Besitzer an den Haaren auf die Straße geschleift, mit Fußtritten und Kettenschlägen mißhandelt ... Was ist ein Hygiene-Laden? Ein Sexshop? »Na, irgendsowas! Aber am hellichten Tag, man muß sich das vorstellen. Wir haben hier Zustände wie im kaputten New York. Du kannst schon vormittags nicht mehr allein auf die Straße gehen ...«

Margarethe betritt über die Bühne den Theaterraum. Sie gestattet sich einen ausführlichen Auftritt. Sie läßt schon jetzt keinen Zweifel darüber, in welcher Gangart sie als Solange triumphieren will. Das Haar ist inzwischen fuchsrot gefärbt und zu einer breiten Mähne ausgekämmt. Sie zeigt ihre langen Beine unter einem engen, kniefreien Rock, sie schnürt mit nervöser Witterung durch das Bühnengehege. Pat wird nun ihre Geschichte vom Rockerüberfall ein zweites Mal los.

»Aber es ist doch sehr gut«, erwidert Margarethe, »wenn sich die Jungens gegen diese Schweinigeleien zur Wehr setzen.«

»Gut findest du das? Na ich danke.«

»Natürlich. Bevor wir vollends zu einer Gesellschaft von Schmierfinken werden –«

»Das ist die gleiche Gesellschaft, die bei dir abends im Publikum sitzt!«

»Das ist mir völlig egal. Ich spiele für jeden, der mich sehen will.«

»Ach? Es kommt aber vielleicht darauf an, ob die Leute, wenn du auf der Bühne stehst, zu dir hinaufblikken oder ob sie dich in ihre schmutzige Fantasie hinunterziehen.«

So ging es nun in rascher Folge hin und her. Keine von beiden schien irgendeine feste Meinung zu vertreten, sie wechselten unentwegt ihre Positionen, je nachdem, welchen Standpunkt die andere gerade einnahm. Es kam offensichtlich nur darauf an, jeweils das richtige Widerwort zu geben. Ich war gar nicht vorhanden. Sie spielten längst, sie spielten über meinen Kopf hinweg, und ich kam nicht dazu, ein einziges Wort zu sagen. Es mochte sich hierbei um ein eingeübtes und ausgepichtes Vorspiel handeln, das lediglich zu meiner Verwirrung und Erprobung veranstaltet wurde, denn es hatte schon bald keinerlei erkennbaren Inhalt mehr und verlief immer weitschweifiger. Ich hätte sie längst unterbrechen und zur Arbeit rufen müssen. Statt dessen versuchte ich die ganze Zeit, mich an den Gegenstand, den sie gerade behandelten, anzuheften; doch bevor ich etwas dazu beisteuern konnte, hatten sie ihn schon wieder gewechselt. Und wie ich darüber dachte, interessierte sie ohnehin nicht, sondern nur, wie ich mich überhaupt zu dieser unverschämten Verzögerung verhalten würde. Ihr Geplänkel wurde immer ausgeleierter, sie wiederholten sich schon und mußten beinahe selber darüber lachen. Aber sie warteten vergeblich darauf, daß ich sie unterbrach. Ich tat es nicht. Schließlich verstummten sie von selbst und öffneten sich in einer einzigen, gleichzeitigen Wendung zu mir hin, genauso wie am Ende unserer ersten Begegnung in der Freiburger Hotelhalle. Nur trafen mich jetzt bedeutend kältere Blicke, fast schon entmutigte, so als wollten sie sagen: Nun, junger Mann, du willst hier die Führung übernehmen und bist nicht einmal imstande, uns zum Schweigen zu bringen?!

Erste Leseprobe. Wir sitzen zu fünft am kleinen Tisch auf der Bühne. Pat beginnt die Claire zu lesen. Sie vermeidet jede emphatische Hervorhebung. Sie nimmt mit äußerster Vorsicht einen Text zum ersten Mal in den Mund, in dem vielleicht eine Raserei verborgen liegt und noch lange nicht geweckt werden darf. Nach einigen Minuten unterbricht sie sich aber und kommt auf einen Satz vom Anfang zurück, in dem es heißt: »Du glaubst wohl, du könntest den Milchmann mit ihnen (den Gummihandschuhen) verführen?«

Pat stöhnt und windet sich: »Der Milchmann! Da ist er! Ich hab es doch gewußt, da war ein Stolperstein. Und was machen wir jetzt mit diesem Jungfrauenschreck?«

»Das ist allerdings ein arges Klischee«, sagt Margarethe leise und schiebt den Text von sich weg, als habe sie eine sehr enttäuschende Entdeckung gemacht.

In diesem Augenblick richtet Pat erstmals das Wort unmittelbar an mich, den Probenleiter.

»Können Sie mir sagen, wie ich heute, im Jahre 1969, einen Milchmann als Liebhaber verkaufen soll? Glaubhaft, meine ich. Ohne daß sich die Leute die Haare raufen.«

Die frontale Anrede ließ mich zusammenzucken. Fast hätte ich vor Schreck geantwortet: ›Das weiß ich leider auch nicht.‹ Tatsächlich hatte ich mit einer solch banalen Frage am allerwenigsten gerechnet. Ich kannte den Text bis in seine verborgensten Schattierungen, aber nie wäre mir doch der Gedanke gekommen, daß dieser alberne Milchmann irgendein Problem abwerfen könnte. Matthias meinte, man dürfe doch ebensogut vom Postboten oder Zeitungsausträger sprechen.

»Nein, nein!« warf ich nun lebhaft ein, denn es fiel mir bedeutend leichter, mich gegen den kleinen Assistenten abzusetzen und an seinem glücklichen Irrtum anzuknüpfen, als den beiden gebieterischen Zofen direkt zu antworten. »Für mich ist es der Milchmann und niemand anderer«, erklärte ich frei heraus. »Denn: wann spielt das Stück? Man wird sagen, es spielt in den vierziger Jahren dieses Jahrhunderts, wahrscheinlich doch zur selben Zeit, da es geschrieben wurde. Und doch spielt es auch jetzt, nein, noch ein wenig später – wenn alles vorüber ist. Es spielt auf einer längst abgegrasten Weide der Gesellschaft. Überall lungern verlorene Gruppen herum, kauern entstellte Einzelwesen auf ödem Boden. Nichts zieht sie mehr voran. Alle Entwicklungen, alle Antriebe und Fortschritte sind zum Erliegen gekommen. Die Weide ist abgegrast. Die Menschen fürchten nichts so sehr wie die auseinanderfließende Zeit. Denn sie scheint wirklich zu schmelzen wie die Eisschilde auf den Polkappen bei erhöhter Erderwärmung. Vor ihren Schmelzfluten flüchten sich die Gesellschaftslosen in den Schutzkreis der Kulte und Gebräuche. Ihre ganze Begehrlichkeit gehört den schönen Formen, so wie die Begehrlichkeit der Zofen den schönen Kleidern, dem kostbaren Plunder der Madame gehört. Weg vom Küchendreck, von den Abwässern, dem Geröll, dem Moränenschutt! Wir, die Formlosen, versuchen aufzutreten, das ist das Theater, und wir schützen uns durch seine festen Spielregeln. Während andere mühsam, fast verendend schon, Mama und Papa spielen, Arzt und Patient, Chef und Gehilfe, Lehrer und Schüler, da betreten wir den durchsichtigen Raum der geordneten Bedeutungen, strecken uns aus in einem Schaufenster, durch das man in eine unbekannte, mit Leben erfüllte Welt zurückblicken kann. Und in diesem Fenster liegen auch die beiden Schwestern, Solange und Claire, erwachen an einem wunderschönen Morgen und blinzeln durch die hohe Scheibe in einen besonnten Vorgarten hinaus, wo libellenhafte Rasensprenger Taxuskuppeln und aufrollbare Grünflächen befeuchten. Dort knien dann und stehen diese Leute von gegenüber, von denen die Zofen sprechen, ihre fernen Nachbarn, die nichts von ihnen sehen sollen, deren Blicken sie aber nicht ausweichen können. Seltsame Wesen in weißen Overalls, Tankwarten oder Flugzeugeinwinkern ähnlich, Männer und Frauen, und sie gaffen euch an, sie erwarten das Schauspiel von euch und erwarten, daß euer letztes Spiel beginnt, mit allem Drum und Dran, erhaben und lächerlich, fremd und vertraut, gemein und zärtlich, das letzte Spiel der Sinnengewalten, denn ihr müßt bis zum Ende gehen mit eurer Geschichte, mit eurer Zeremonie bis an die Grenze, wo sie zerbricht und das Unwiederholbare beginnt.

Und so werdet ihr dankbar sein, von Dingen zu sprechen, die es nicht mehr gibt, Kleider zu tragen, die kostbar und veraltet sind; den Milchmann werdet ihr anrufen wie den Hünen vom Berg, und er wird mit seinem wackligen Karren herüberkommen, die nackte Betonpiste entlang, das endlose Rollfeld, und seine Anwohner, das gesamte müßige Bodenpersonal wird vor dem Bärenstarken scheu zurückweichen. Mit inbrünstiger Leidenschaft wird Solange die Schuhe der Herrin wichsen, mit glücklicher Demut sie bespucken. Eure symbolischen Handlungen werden sich wie ein Metopenband um die Stirn des Tempels schlingen, in dem der Mord vorbereitet wird. Die sexuellen Gleichnisse werdet ihr als die letzte große Symbolsprache der Alten Welt erfahren, sie wird euch Halt bieten und zugleich das unfehlbare Mittel eurer Selbstzerstörung sein, beinahe wie der beliehene Griechenhimmel, der vor Zeiten deutsche Dichter und Philosophen erhob und verwarf. Draußen nämlich hat das Lebendige Schaden genommen. Das Gleich-Gültige verschlang jede Gestalt, jede Opferhandlung. Jedes Symbol. Ihr aber dient wie Tempelprostituierte dem Heiligtum der Abhängigkeit und der Hörigkeit. Der Bindung.

Hütet euer durchsichtiges Versteck und stellt euch zur Schau! Nur als Gefangene seid ihr die verfänglichsten Wesen für die da draußen, die auf dem Rollfeld stehen ...«

Oh, sie hörten mir zu! Sie hörten mir wahrhaftig zu! Frau Adams machte sogar eifrig Notizen.

Möglich, daß ich mich fürs erste etwas übernommen hatte. Ich hatte vielleicht zuviel auf einmal verraten. Fast hätte ich ja in einem Durchgang den ganzen *Sinn* meiner Inszenierung ausgeplaudert. Das, was man einmal über meine Zofen denken sollte und hoffentlich auch denken würde. Die Beurteilung einer Tat, die noch gar nicht geschehen war, hatte ich vor allen Anfang gesetzt.

Margarethe Wirth fragte, ob das Stück nicht als eine Art Spiel beginnen müsse. Dem Zuschauer solle doch Claire zunächst als die echte Gnädige Frau erscheinen und nicht etwa als Zofe, die diese nur nachahme.

Zu meiner großen Enttäuschung mußte ich feststellen, daß sie offenbar nichts von meinen Ausführungen begriffen hatte. Ich ließ mir aber nichts anmerken und erwiderte höflich, daß ein solcher Eindruck, wie sie ihn schildere, durchaus entstehen dürfe, freilich nur als unwesentliches Teil einer von Anfang an mehrdeutigen Spiegel- und Rollen-Maschinerie. Noch mehr sei mir aber daran gelegen, daß Solange und Claire ein sehr dichtes und wechselvolles Gebärdenspiel entwickelten, welches anzeige, daß sie entschieden stärker voneinander als von ihrer Herrin abhängig seien. Folglich käme es nicht in erster Linie auf eine getreuliche Kopie von Madames Gehabe an. Ein Spiel im Spiel könne es recht besehen bei einer solchen Auffassung des Stücks eigentlich nicht geben.

Frau Adams fragte, für wie groß man die tatsächliche Macht der Gnädigen Frau einschätze. Ihrer Meinung nach nehme die Herrin die einzig stabile Position im Stück ein. Letztlich überlebe sie eben unangefochten den Domestikenkampf, der sich in ihrem Boudoir austobe. Von ihr gehe (Frau Adams' Meinung nach) eine reale, unbezweifelbare Macht aus. Nur so könne man erreichen, daß die Zofen mit blutigem Ernst spielten und sich wirklich von ihrer psychischen Unterdrückung befreien wollten.

Ich besaß nun eine ziemlich genaue Vorstellung von der Rolle der Madame, doch die betuliche Fragerei der Frau Adams kam mir an dieser Stelle höchst ungelegen. Ich war noch viel zu sehr in Fahrt und so vom Ganzen schwellend, daß ich vorerst nur die beiden Stars für mich gewinnen wollte. Ich mochte es daher gar nicht leiden, daß mir die graue Nebendarstellerin, die natürlich dringend den Anschluß suchte, sogleich in die Parade fuhr und mir den Rückfluß, den ich von den beiden anderen erwartete, abgrub. Ich stotterte also etwas unwillig herum und empfahl, sich eine exaltierte Mama vorzustellen sowie zwei Schwestern, die eigentlich einen Muttermord begehen wollten. Das war mir, in der Kürze, zweifellos danebengegangen. Margarethe protestierte auch umgehend. Wenn wir uns in solche Gründe begäben, würden wir unweigerlich in einem tiefenpsychologischen Schlammbad versinken und die überhitzten Figuren würden am Ende zu austauschbaren Teilen eines totalen Psychodramas. Hierauf entgegnete ich eilends, daß ich weder eine psychologische noch eine soziale Bewertung der Figuren vornehmen wolle, daß es mir einzig um ihre *kulturelle* Definition zu tun sei. Spiel und Kampf der Zofen an sich stellten doch bereits in unseren Augen, in den Augen von uns Heutigen, so etwas wie heroisches Leben dar. Ihr äußeres Benehmen müßte daher einem Turnier ähnlicher sehen als einem therapeutischen Rollenspiel.

Das Zeremoniell, die Institution der Formen sollten zuerst unsere Sehnsucht erwecken, bevor sie uns dann zutiefst erschreckten. Gleichwohl müßte aber unterhalb des hohen Kamms der Riten und Allüren stets der Brodelgrund, das Zischen der Gelüste zu vernehmen sein. Das Amorphe. Die Beutegier nach der Rolle – nach der Macht …

Da war mir plötzlich die Puste ausgegangen. Ich wußte nicht weiter.

Warum hatte Pat die ganze Zeit geschwiegen? Sie hatte nicht eine einzige Frage gestellt. Es schien sie nicht im geringsten zu interessieren, was hier besprochen wurde. Sie blickte mich immerzu geradeaus an und überhörte alles, was ich vorbrachte. Offenbar erforschte sie, *wer* da sprach und was dieser Mensch denn wohl eigentlich zu sagen hatte. Sie musterte ungeniert das Untere des Teppichs, die Rückseite des Entwurfs, das Knüpfwerk.

Als wir die Probe beendet hatten, streifte sie an mir vorbei und sagte: »Passen Sie auf, junger Mann. Pumpen Sie nicht zuviel hinein in das kleine Stück!«

Beschämt verließ ich das Theater. Meine Unterkunft, draußen in Nippes, war die Anderthalb-Zimmer-Wohnung eines jungen Schauspielers, der für einige Monate in Hamburg gastierte. Hier umgab mich auf engstem Raum so ziemlich alles, was zum schlechten Geschmack jener fröhlichen Jahre gehörte. Die affigen Poster – Frank Zappa auf dem Klo und Lenin auf dem Roten Platz –, die kahlen Kiefernholzmöbel, die Metallregale mit der bunten Revolutionsliteratur, die Räucherstäbchen und der mit Kerzenwachs bekleckerte, flauschige Afghanenteppich. Diese Wohnung, abgenutzt von einem Menschen, dem ich nie begegnet war und der doch als der gemeinhin Bekannte, der getreue Zeit-Kumpan ständig anwesend war – wie heftig stieß sie mich nun ab, als ich erschöpft, durch und durch befremdet von dieser ersten Probe zurückkehrte. Ein klägliches Heimweh befiel mich. Ich wünschte innig, neben dem Vater draußen unter den Obstbäumen zu sitzen, an einem leichten Sommertag, und wir würden endlich das Register zu seinem »Montanus« fertigstellen. Er ruft mir Seite für Seite die Namen zu, und ich schreib sie in die Listen.

Hatte Pat mir denn gar nicht zugehört? Vielleicht habe ich zu abstrakt geredet, zu weit ausgeholt. Ich weiß noch nicht, was ich von ihnen verlangen kann, wie ich sie für meine Ideen interessieren soll.

Von unserem Garten können wir Ausschau halten. Er liegt am Hügel abseits des Städtchens, und eine Straße führt heran, die kaum befahren wird, nur von Anwohnern aus der Nachbarschaft. Oft steigen hier die Feriengäste hinauf zum Wald. In einem Krieg, so wie es ihn in grauer Vorzeit gab, wäre ich gern der Wächter auf der Mauer gewesen, der nur sieht und nicht schießt.

Ausschau halten, vor dem Haus sitzen, ist mir urtümlich lieb. Man kann auch aus seinem modernen Körper noch etliche Haltungen herausspüren, die reichen tiefer als andere, berühren symbolischen Grund. Auf dem Fahrrad sitzen reicht bestenfalls bis zu einer Jugenderinnerung zurück; vor dem Haus sitzen dagegen kann sogar unser Stammhirn reizen, kann uns aus der Geschichte entführen, bis hinter die Zeitrechnung. Ja, darauf käme es an: die Schauspielerinnen müssen ein geschichtliches Gefühl für ihre Haltungen und ihre Körperlichkeit entwickeln. Zum Beispiel: was bedeutet es, wenn eine Dame in der Art raucht wie früher ein Maurer vor dem Bauherrn, die Zigarette in der hohlen Hand versteckt? Die Frauen müssen ständig nach einem Lust-Unlust-Schema ihre Haltungen überprüfen! Auch im Text wird auf die erhöhte Reizbarkeit angespielt, mit der jede das körperliche Betragen der anderen beachtet. Claire muß genau wissen, was sie an Solange gern sieht und was sie nicht ausstehen kann (Beine übereinanderschlagen: widerlich!). »Ich kann unsere Ähnlichkeiten nicht mehr ertragen«, ruft sie einmal aus.

*

Die erste Woche ging. In der zweiten begannen die Bühnenproben und für mich eine Zeit der schweren Prüfungen. Pat und Mag ließen keine Gelegenheit aus, mich meine grobe Unerfahrenheit und Praxisferne spüren zu lassen. Keine Probe verging, ohne daß ich nicht empfindliche Blamagen einstecken mußte. Jetzt merkte ich erst, mit welch hochkomplizierten Schlachtschiffen ich es zu tun hatte, die ich weder zu lenken noch irgend sinnvoll zu bewegen imstande war. Jede meiner vorgefaßten Erfindungen prallte an ihnen ab, wurde als unbrauchbar, erklügelt, eben als aufgesetzte ›Erfindung‹ zurückgewiesen. Sie legten es ehrgeizig darauf an, mir auch den letzten Bestand an Plan und Konzept noch aus der Hand zu winden. Es gelang ihnen natürlich mühelos, mich einzuschüchtern, und die Folge war, daß ich wirklich einen Fehler nach dem anderen beging. Kaum ein Regiezuruf, der nicht auf Anhieb danebentraf oder auf Widerspruch stieß. Es lief nun aber auch alles quer. Solange hatte gerade damit begonnen, sich die ekligen Gummihandschuhe überzustreifen, schon meinte ich ihr beikommen zu müssen und rief hinauf: »Gieriger! Viel emsiger stell ich's mir vor!« Mag unterbrach ihr Spiel und trat mir mit schrecklicher Besänftigung entgegen: »Nun lassen Sie bitte schön erst einmal etwas entstehen, mein Freund! Bevor mir diese Dinger hier noch nicht gehören, brauchen Sie mich wirklich nicht zu unterbrechen.«

Bei einem solchen Tadel lief es mir jedesmal eiskalt über den Rücken. Er wurde ja nicht aus persönlicher Gereiztheit ausgesprochen, sondern weil ich, wieder einmal, ein ursprüngliches Theatergesetz, eine Grundregel des Handwerks mißachtet und verletzt hatte. Infolgedessen wurde ich übervorsichtig und hielt mich ungebührlich zurück. Ich sah zu, wie die beiden sich anspielten, sich warmspielten, wie sie schließlich mit gelerntem Text ohne jeden Aufenthalt beinahe das ganze erste Zeremoniell durcheilten, Pat mit unerträglicher Exaltation die Gnädige Frau vorstellend, Mag mit nicht geringerer Verausgabung sich als Dienstmädchen hinstreckend. Es ging alles entsetzlich schnell und übertrieben vonstatten, und es gefiel mir überhaupt nicht. Was sie da miteinander trieben, gelang an der Oberfläche bereits so geschickt, erschien so unnahbar und unaufhaltsam, daß es sich von einer mißglückten fertigen Aufführung in nichts unterschied. Ich wagte aber nicht, sie zu unterbrechen. Erst als Solange sich auf eine besonders anzügliche Weise an die Textstelle klammerte, wo es heißt: »Wir sind unglücklich. Ich könnte heulen«, beendeten sie von sich aus das Vorspielen und traten aus ihren Rollen heraus. Wie sie es eben gewohnt waren, forderten sie mich auf, sogleich eine ausführliche Kritik abzuhalten. Es war mir aber das Ganze viel zu schnell vorübergezogen, und in meiner Verblüffung hatte ich mir überhaupt keine Einzelheiten merken können. Vergeblich verlangten sie zu wissen, was ich denn auf der Bühne gesehen hätte und wie es womöglich zu verbessern wäre. Ich brachte lediglich ein paar allgemeine Bedenken vor, mit denen sie sich aber keineswegs zufriedengaben. Als sie denn einsahen, daß ich die erforderlichen, »handfesten« Beobachtungen nicht zu liefern vermochte, boten sie freimütig an, einige kürzere Passagen zu wiederholen, damit ich meinen Blick besser üben könne. Aber damit wollten sie mich nur in eine neue Falle locken. Sie spielten nämlich ein und dieselbe Sequenz hintereinander in verschiedenerlei Tempo und Allüre, und ich sollte nun entscheiden, welcher Version ich den Vorzug gäbe.

»Sie können es so oder so haben. Sie können im Grunde alles von mir haben«, erklärte Pat mit bitterer Frivolität, »Sie müssen es nur genau festlegen.«

Aber ich konnte und wollte es nicht festlegen. Ich unterschied auch gar nichts von Bedeutung. Wie sie's auch anfingen, es entsprach nicht meinen Erwartungen, meinen *Vorstellungen.*

So prüften und beschämten mich die zwei grausamen Königinnen viele Stunden lang und etliche Tage. Sie schienen überhaupt nie die Lust daran zu verlieren, meine Unzulänglichkeit immer erneut unter Beweis zu stellen. Allerdings: sie ließen nicht ab von mir. Sie schickten mich nicht in die Wüste. Offenbar wollten sie mich mit allen fairen und unfairen Mitteln dazu erziehen, ihnen gewachsen zu sein.

Wie soll unser Stück, wie soll das verschlossene, tödliche Spiel beginnen? Meine Vorstellung ist es, daß der Anfang dem Freisetzen eines Brieftaubenschlags ähnlich sehen sollte. Aus der märchenhaften, pflanzengleichen Garderobenwand, an der die Kleider nachwachsen, wenn man sie abpflückt, kommen die Zofen hervorgeflattert, gaukeln ordnungslos durch den Raum und wieder zurück in ihren Verschlag, an ihren Nistplatz. Margarethe hält nichts davon. Sie kann sich nicht vorstellen, wie sie aus solchem Geschwirr in die klare, unbedingte Anfangsposition, in die Herrin-Zofe-Stellung hineinfinden soll.

Sie betont ein weiteres Mal, daß der Zuschauer nicht der Illusion beraubt werden dürfe, in Claire die wirkliche Herrin, in Solange die wirkliche Dienerin anzunehmen. Wenn dieser Anfang nicht haarscharf stimme, nicht ganz fest verankert sei, werde das ganze Stück haltlos auf den Wellen irgendwelcher Erregungen, irgendwelcher beliebiger Ekstasen dahintrudeln.

Ich bitte die beiden, meinen Vorschlag doch ein einziges Mal wenigstens auszuprobieren. Sie tun es auch, aber nur, um mir seine ganze Lächerlichkeit vor Augen zu führen. Es hat keinen Zweck. Sie wollen meine Ideen nicht. Sie wollen sich auf meinen Anfang nicht einlassen. Ich weiß nicht, wie ich jetzt vorgehen soll. Eine peinliche Stille streckt sich aus. Sie sitzen am Bühnenrand und warten schamlos auf meinen nächsten Vorschlag.

Kratzkatzen,
mit gebundenen Pfoten,
da sitzen sie
und blicken Gift.

Irgendwie aber mußte es ja weitergehen. Und wenn sie mich tatsächlich in die Lehre nehmen wollten, so war es unvermeidlich, mich hin und wieder eine Aufgabe lösen zu lassen. Daher waren sie schließlich bereit, mir ein wenig entgegenzukommen. Weil es aber auch mir nicht an Halsstarrigkeit fehlte, griff ich nun unverzüglich auf mein bedrohtes Programm zurück, holte meine Lieblingsidee von der Gebärde und der Körperformel wieder hervor und versuchte davon so viel wie möglich, wenn sie bei Laune waren, in die Probe einzuschmuggeln. Zuweilen gelang es sogar, sie zu kleinen, gesonderten Übungsstücken zu überreden. Etwa sollte sich Pat an einer bestimmten Stelle mit den gespreizten Fingern beider Hände durch die Haare fahren.

»Sie müssen es so machen, daß jeder Zuschauer Ihre Nägel auf seiner eigenen Kopfhaut spürt. Stellen Sie sich vor: ein schwerer, müder, auswegloser Kopf. Mit gespreizten Fingern, jawohl, so! Sie möchten Ihren Kopf förmlich jäten, von allem Unsinn reinigen. Sie möchten Ihren Gedanken und Ihrem Gesicht Klarheit verschaffen. Sehen Sie, Sie machen es verkehrt. Sie tun nur so als ob. Sie tun es nur, weil wir es so verabredet haben. Sie müssen aber an dieser Stelle ein heftiges Jucken auf Ihrer Kopfhaut verspüren, sonst wird es nichts.«

Die bescheidenen Erfolge, die ich mit solchen Minuzien erzielen konnte, stimmten mich nicht gerade übermütig. Aber sie gaben mir allmählich ein Gefühl dafür, was von meinen Vorstellungen ich bei den Schauspielern durchsetzen konnte und worauf ich besser verzichten sollte.

Leider brach dieses empfindliche Hilfsgerüst eines Morgens mit entsetzlichem Krach und Getön in sich zusammen. Ein einziges, von mir falsch gegriffenes Wort hatte genügt, um die zögernde Verständigung zwischen uns jäh zu beenden. Ich hatte ohne jede böse Absicht darüber geredet, daß wir die ›Zofen‹ so wahrhaftig wie nötig, so grenzgängerisch wie möglich aufzuführen hätten, und nebenbei – mit der Treffsicherheit einer modernen Trägerwaffe – angemerkt, daß sich Pat und Mag zu diesem Zweck noch von einer gewissen *Mimenmentalität* befreien müßten …

Frau Wirth sprang auf, griff vom Boden ihr Textbuch und schleuderte es in meine Richtung hinunter in den Zuschauersaal.

»Sind Sie verrückt geworden?!« schrie sie mich an, »was fällt Ihnen ein? Sie sind ein Unglück! Sie sind eine einzige ständige Behinderung für uns Schauspieler! Was haben Sie hier verloren? Was suchen Sie überhaupt am Theater?«

Pat lief unterdessen in großer Erregung auf und ab; beinahe verzweifelt stieß sie hervor: »Wie kann ein Mensch nur so roh sein?! Wie können Sie nur!«

Ich verstand absolut nicht, worum es ging. Ich hatte keineswegs das Gefühl, etwas Anstößiges gesagt zu haben.

»Warum nennen Sie uns Mimen?« rief Pat wieder, »warum sprechen Sie so verächtlich von unserem Beruf?«

Wie denn nur? Dies kleine flapsige Wort sollte einen derartigen Sturm an Fassungslosigkeit, an Empörung, ja sogar an stolzer Klage ausgelöst haben? Ich konnte das nicht glauben. Mir schien, sie übertrieben ihre Verletzung maßlos und taten es nur deshalb, weil ihnen im Augenblick nicht die angemessene Entgegnung einfallen wollte. Aber ich sah doch auch, daß Pat am ganzen Körper bebte, daß sie sich über eine Kleiderkiste warf und erbärmlich weinte. Margarethe lief zu ihr und nahm sie in den Arm.

»Dieser Specht!« kreischte sie, »Sie da unten sind ein Specht, mein Herr! Ein Specht wird aber niemals eine Eiche fällen! Sie, Herr Specht, können bloß auf unseren Nerven herumklopfen mit Ihrem ganz kleinen grünen Spitzschnabel!« Ich muß gestehen, jetzt wurde mir zumute wie jemandem, der versehentlich einen Waldbrand, einen Lawinenabsturz, eine Umweltkatastrophe ausgelöst hat. Der Schaden schien jedenfalls ins Unermeßliche zu gehen und wuchs beständig weiter. Die Frauen wandten sich nun behutsam einander zu, umgaben sich mit Küssen und Geflüster und versicherten sich ihres festen Zusammenhalts. Wieder einmal entdeckte ich hier im Theater, abseits vom Spiel, dies rätselhafte Zwischending: etwas menschlich Bewegendes trug sich zu und besaß doch nur eine täuschende Ähnlichkeit mit dem echten Vergießen von Herzblut. Ein zweifellos hohes Gefühl brach hervor, aber es verdankte sich einem Umstand aus Pappe, einem künstlichen, nichtigen Anlaß. Ich konnte das beim besten Willen nicht begreifen.

Die folgenden Tage wurden zur Tortur. Zwar probierten Pat und Mag mit ganzem Einsatz, doch taten sie es durchweg so, als sei ich gar nicht anwesend. Ich mußte den Assistenten zu ihnen hinaufschicken, wenn ich ihnen eine Mitteilung zu machen hatte. Als ich aber doch einmal selber vorsprang und ihnen etwas ansagte, hielten sie augenblicklich still, sahen zu Boden und warteten ungerührt, bis ich ausgesprochen hatte. Danach nahmen sie ihre Szene an der Stelle wieder auf, an der ich sie unterbrochen hatte, ohne meinen Vorschlag im entferntesten zu berücksichtigen.

Was sollte ich tun? Davonlaufen, alles hinschmeißen, mich aus diesem giftigen Staub machen? Es wurde von Tag zu Tag schlimmer. Die Frauen machten sich jetzt nur noch lustig über mich, sie trieben ihren groben Spott mit mir. Sobald ich nur die Bühne betrat, begannen sie zu stöhnen und künstlich zu jammern.

»Gehen Sie nicht so! Gehen Sie doch nicht *so* auf unserer Bühne herum!«

Aber wie gehe ich denn? Und Pat antwortete in dem verächtlichsten Ton, dessen sie fähig war: »Sie gehen wie ein Sargträger, der sich auf seine offenen Schnürsenkel tritt. Das ist deprimierend!«

Es hat keinen Zweck. Ich schaffe es nicht. Ich habe kein Glück. Kein Talent. Verheerende Probe. Am liebsten würde ich den Zug noch in der Nacht nach Freiburg nehmen. Ich habe mich wahrhaftig zu weit vorgewagt. Und wie nützlich könnte ich jetzt meinem Vater sein! Statt dessen betreibe ich hier das lächerlichste und fratzenhafteste Geschäft, das kein Mensch von Ehre und Verstand je über sich bringen würde. Der Regisseur, soviel habe ich begriffen, besteht zu drei Vierteln aus geliehener Macht, aus Projektion, aus Abhängigkeitsbedürfnis, womit ihn die Schauspieler ausstopfen wie eine Weihnachtsgans. Niemals aber werde ich ein solch scheinhaftes Machtgeschaukel beherrschen, niemals auch nur es erstrebenswert finden! Hier habe ich nichts verloren, an diesem letzten, innerlichsten Hinterhof des Absolutismus, an dem sich, ganz ins Nervliche verflossen und mit den falschen Tönen eines modernen Bewußtseins überdeckt, die Zentralgewalt des Souveräns erhalten konnte. Und was ein solcher Regisseur nicht selber an sich hat, das wird ihm durch die erhöhte Stellung ausgeliehen, die Mitte macht den Mann. Ich weiß sehr wohl – schon manchem hat das Theater als wahrer »Persönlichkeitsbrunnen« gedient; ein unscheinbarer Fips ging er hinein und kam garantiert mit dem gewissen Etwas wieder heraus. Falls er sich nicht hat unterkriegen lassen, falls er nicht zu skeptisch und zu aufrichtig war ... Aber was das schlimmste ist: ich kann nicht mit Menschen umgehen. Ich besitze nicht das Geschick, sie für meine Sache zu gewinnen. Auch der Bühnenbildner hat mir jetzt eine Absage erteilt. Meine Vorstellung, den Raum in ein heruntergekommenes Futur zu übersetzen, sei nicht realisierbar, sagt er. Natürlich ist sie realisierbar! Man muß es nur wollen. Aber ich schwieg. Ich war zu niedergeschlagen. Morgen werde ich rücksichtslos sein. Auch wenn es noch so schlimm kommt: ich werde selbstbewußt auftreten. Ich werde sie alle im Handstreich überzeugen. Andernfalls gibt es einen unerhörten Zusammenbruch. Pat und Margarethe werde ich hart anfassen. Ich muß sie moralisch besiegen. Ich muß ihnen eine Botschaft bringen. Sie müssen lernen, daß sie zu dienen haben, zu dienen und nochmals zu dienen. Nicht mir, sondern dem Stück und der gemeinsamen Mission. Ich werde sie anhalten, mit blutigem Ernst, mit heiligem Eifer zu Werke zu gehen. Ich werde es nicht zulassen, daß sie wie die Flamingos eitel über den Text hinwegstolzieren ...

Doch was will ich wirklich?

Ich besitze ja keine Lehre, keine Theorie, keine Vision von einer neuen Schauspielkunst. Was mir fehlt, ist die klare Richtung für meinen Kampf. Wo will ich denn Erneuerung? Ist nicht, was mir vorschwebt, ganz einfach das perfekte Spiel – der Idee nach dem perfekten Mord verwandt? Das wäre freilich etwas, das man bestenfalls schon immer hätte erreichen können. Nichts grundsätzlich Neues also. Aber ist es nicht gerade ihre Perfektion, die mich so heftig abstößt, ihr unmenschliches Können, das mich behindert? Es wird mir schlecht, wenn sie ihre hohlen Gesten abperlen, wenn ich sie in ihren glatten, prahlerischen Theatergängen dahinschnüren sehe ...

Oh, zersägt von tausend Widersprüchen, statt *eines* Geistes Kind zu sein! Ich kann ihnen ja doch nicht beikommen. Sie verstehen mich nicht. Ich laß sie laufen, wie sie eben laufen. Nein, wahrhaftig: sie haben keinen Geist in den Knochen ... Sie beachten die Menschen nicht mehr, niemand draußen kann noch Eindruck auf sie machen. Alle ihre Bewegungen stammen aus dem Fundus.

Ich hörte sie nur noch von fern, leises Fauchen der Raubkatzen. Manchmal ein törichtes Gewisper.

»Ich glaube, er leidet unter Absencen. So traumstarrend wie er dasitzt. Ich habe einen Neffen, der hat diese kleinen Anfälle, dieses ... Petit mal.«

»Das kleine Übel … das kleinere Übel.«

»Ich meine, ich weiß bis heute nicht, was wir da eigentlich spielen.«

»Ich finde, das Stück erzählt eine ganze Menge über uns.«

»Über uns? Finde ich nicht.«

»So mußt du dir's vorstellen: du wirst Margarethe durch mich. Und ich, Pat, werd nur ich durch dich.«

Da erhob ich meine Augen mühsam und sprach sie an. Schwer, beinahe lallend.

»Es muß noch etwas dahinter sein, hinter Ihnen, ein Raum … spüren Sie ihn? Der hintere Raum dort.«

Pat legte ihre Fingerspitzen an die Schläfen und straffte ihre Stirn.

»Was meint er bloß? Bin ich denn vollkommen verblödet?«

»Und hinter Ihnen, Margarethe, muß auch etwas dahinter sein. Hinter Ihrem Rücken, eine Riesin. Spüren Sie es? Können Sie mich verstehen?«

Margarethe antwortete: »Kaum. Ich verstehe Sie kaum noch.«

Nun stand ich auf und rief aus Leibeskräften: »Und ich verstehe nicht, was Sie da oben spielen!«

»Hören Sie, Leon«, erwiderte sie gelassen, »hinter mir ist gar nichts. Hier steh allein ich. Eine einfache Schauspielerin. Sie müssen schon vorliebnehmen mit dem, was Sie *vor* sich haben!«

»Ich bin der Lehrer, ich will es Ihnen zeigen, das geheime Reich, ich bin Ihr Führer!« rief ich wie toll und bäumte mich auf. Dann aber sank ich zusammen. Ich war nicht mehr bei Sinnen. Ich rannte aus dem Theater, rannte halb bewußtlos durch die Straßen, hinunter zum Rhein, hetzte auf der Promenade hin und her, wie ein Hund hinterm Zaun, immerzu am Fluß entlang, aufwärts, abwärts, als müßte ich seinem ständigen Abschied entgegenwirken.

»Das ist der Winter!« rief ich zum Wasser hinunter, »das ist der Winter, der kalt und streng und einsam ist. Aber ich werde auch mit dir noch fertig, Freundchen ...«

Später muß ich in die Kaufhäuser gelaufen sein. Auf einmal befand ich mich in einer großen Halle mit vielen Ständen. Dort mäkelte ich an allen Waren herum und stritt mit den Verkäuferinnen. Manches von meinem abwegigen Verhalten bemerkte ich peinlich genau, konnte es aber nicht unterbinden. Anderes geschah ohne mein Bewußtsein. Welch ungeleitete Gänge mußte ich tun! Ich verschwand in der Höhle des endlosen Theaters, es umgab mich wie eine Vierte Dimension. Das Schweigen, das Atmen, das Wissen. Ich sah alles, was ich brauchte. Ich wußte mein Teil. Manchmal schlug noch ein Blitz herunter, von oben aus dem bestürzten Verstand. Ich sah's aber wie auf einer Pfütze, die still den wilden Himmel spiegelt.

Ich erschien nicht mehr auf den Proben. Ich mußte den ganzen Tag laufen. Ganz so wie der Mönch von Heisterbach hatte ich meine Zeit verloren. Dieser war doch im Grübeln über dem Bibelwort, daß vor dem Herrn tausend Jahre wie ein Tag seien, unmerklich entrückt worden und erst dreihundert Jahre später zu seinem Kloster heimgekehrt.

Auch ich hatte einen Besuch auf der anderen Seite der Zeit gemacht, und als ich nach zwei Tagen wieder ins Theater zurückfand, da war mir, als wachte ich in einem anderen Lebensalter auf.

Jetzt wußte ich, in welche Richtung ich mich vorkämpfen mußte. Jetzt ging es nicht mehr um irgendeine Inszenierung, die gut oder schlecht ausfallen würde, es ging einzig darum, diese Prüfung zu bestehen. Das Theater war jetzt deutlich zu erkennen als eine eherne Pforte, die ich durchschreiten mußte, um die weiteren Schritte ›hinter die Dinge‹ zu tun, wie Alfred es genannt hatte.

Nun erschreckte es mich auch nicht mehr, daß vor diesem Tor zwei grausame Schauspielerinnen wachten, die nicht zu meiner Unterhaltung, sondern zu meiner schmerzhaften Weihe bestellt waren.

»Du hast einen großen Sprung nach vorne gemacht«, sagte Pat zu mir und gab mir ein zaghaftes Lächeln. Auf einer langen, erschöpfenden Probe war es uns zum ersten Mal gelungen, die dunkle Konvention zu berühren, die unsere Zofen zusammenhalten würde und die es den Schauspielern ersparte, ihre Individualität zu überfordern. Nun lächelten sie, Pat und Margarethe, sie gaben sich beflissen und zutraulich, fast als hätten sie die ganze Zeit über die peitschenschwingenden Initiationswärterinnen bloß gespielt – aber für mich *waren* sie es!

Ich weiß nicht, wie es geschehen konnte, aber von nun an gingen die Dinge leicht. Ein beharrliches Gleichgewicht, in dem ich mich selber befand, hob auch außer mir allen Streit und alle Verspannungen auf. Gemeinsam mit den Schauspielern gelangte ich zu einem sicheren Ausgleich von Zeigen und Schauen, Handeln, Wirken und Verstehen. Nichts mußte mehr erpreßt, nichts vom Himmel gezerrt werden. Meine Worte, so dünn sie auch waren, schienen gewissermaßen verstromt worden zu sein, denn obgleich ich kaum etwas anderes sagte als früher schon, setzten sie sich doch gleichmäßig in Energie um und bewirkten nützliche Fortschritte. Vielleicht lag es aber auch daran, daß ich bis zu dem entscheidenden Zeitpunkt durchgehalten hatte, da aus der kreisenden Wiederholung ganz von selbst einflußreiche Kräfte hervorgingen. Wie auch immer, der Fuchtler war zum Verfüger geworden.

»Du hast eine günstige Entwicklung durchgemacht in den letzten Tagen«, sagte nun auch Margarethe, und es fiel auf, daß sie mich häufig bei der Hand nahm und mich gern in der Nähe ihres schönen, schlanken Körpers spürte.

Aber ich sah doch schon, daß ich nicht bleiben würde. Das Theater konnte mich nicht festhalten. Es war mir nur als ein Übergang von Nutzen. Ich dachte mir eher: das Märchen gebar einst den tapferen Jungen, das Theater nun den erwachsenen Mann, und so entstehen wir fortdauernd von Fruchthülle zu Fruchthülle. Wie aber würde es weitergehen? Welches sollte denn meine nächste Verwandlung sein?

Schon zog es mich immer häufiger an den späten Nachmittagen in die Straße hinein – die Straße, in der ich zuvor Ohnmacht und Unglück ausgebadet hatte, in diesen blinkenden Fluß der Augen und Waren, der mich erst verschlungen und dann wieder hatte aufleben lassen. Die Straße, in der ich Krise und Klärung erfahren hatte. Und je länger ich schritt und je stärker ich schaute, um so mehr enthüllte sich mir, der ich unter Tage arbeitete, das normale Leben, die anfallende Gegenwart als ein ausladendes Gemälde in übertrieben leuchtenden Farben, eine einzige gewaltige Bewegung aus Zeit und Unzeit, vielfach verschlungen und stets auf der Kippe, augenblicklich zu einer ungeheuren Plastik, zu einem schreckhaften Monument zu erstarren, zu schwirrendem Stillstand zu gelangen.

Die Entgegenkommende

Abends in der späten Dämmerung schritt er eine Kehre zur Vorstadt hinauf, als schon aus den Häusern der blaue, kalte Fernsehschimmer fiel und straßenlang bei gleichem Schnitt der Lichtwert wechselte. Er näherte sich einer Villa, zu deren Eingang ein doppelter Treppenaufgang führte. Er sah, wie die vom Flur erleuchtete Tür sich öffnete und eine Frau, ihm schien: ein Mädchen beinah noch, mit einem Brief in der Hand, den sie in halber Höhe vor sich hintrug, den linken Treppenflügel herabtrippelte, als würde der Brief, der in den Kasten wollte vor dem Haus, unter der Neonbogenleuchte, sie buchstäblich vorwärtsziehen. Sie warf ihn ein und wollte gleich ins Haus zurück. Da war sie ihm so nah, daß sie einander ansehen konnten. Mit dem Blick verzögerte sich ein wenig ihr Schritt, und der seine tat es auch. Er hatte keinen Zweifel, daß sie eine Herzenspost abgeschickt hatte, so wie sie die Treppe hinuntergeeilt war und den Brief schon auf die Reise vorgestreckt hatte. Jetzt aber stockte sie, und der Brief lag im dunklen Kasten, und er stockte auch. Sie standen einander für Sekunden still gegenüber, sie auf der halben Treppe, er unten auf dem Bürgersteig, wenige Meter vor dem Tor, das in den Vorgarten des alten Hauses führte.

Jetzt erkannte er auch ihr Gesicht, nachdem er sie bereits am Gang und an ihren Umrissen sicher ausgemacht hatte, sah ihre etwas dunkle Hautfärbung, die schmalen blaßroten Lippen, die auseinanderliegenden, dunkelbraunen Augen, die zierliche, etwas aufstehende Nase – hunderte oder unzählige Male, so sprach er für sich, sind wir uns begegnet, unzählige Male haben wir genau diesen Blick getauscht und wagte ich nicht, dich anzusprechen. Runde um Runde auf dem Schulhof, die Jungen in die eine Richtung, die Mädchen in die entgegengesetzte; sie untergehakt in Kette, wir lose und schlaksig nebeneinander. Die Frau, die da im Halbdunkel verharrte – verhoffte, wie man bei einem witternden Wild sagt, trug immer noch das gleiche glatte, rußschwarze Haar, an der Seite mit natürlichen Locken und in der gleichen Länge bis an die unteren Halswirbel und immer noch mit dem lichten Mittelscheitel ... Die jüngere Schwester war sie eines ihm unsympathischen Klassenkameraden; sie galt für spröde oder schien sich nur für ›ältere Jahrgänge‹ zu interessieren. Sie war sehr hübsch, aber er hielt sie für unbedarft und etwas dümmlich, da sie seine Schulhofblicke offensichtlich nicht ernstnahm, sondern immer mit der gleichen eingebildeten »Warum schaust du mich so an?«-Miene entgegnete. Er brachte es eben nicht fertig, es ergab sich einfach nicht oder er verpaßte stets die Gelegenheit, ein einziges Wort an sie zu richten. So ist es im Grunde geblieben für alle spätere Zeit: nie hatte er diejenige angesprochen, die er tief genug angesehen hatte; er erwartete auf seinen sprechenden Blick ihr erstes Wort als Antwort. Runde um Runde, wie viele Male, kleine Pause, große Pause, letzte Pause vor der letzten Stunde. Wehe, sie hatte früher aus, drei Klassen unter ihm war sie, die Runde blieb leer oder er sah sie die Schultasche auf den Gepäckträger schnallen, sie hatte aus, er aber noch eine Stunde Physik, nur um zu dösen in dieser Mittagsfaulheit, ohne Hoffnung, sie später noch am Fahrradständer zu treffen.

Er hatte längst ihren Namen vergessen, offenbar wohnte sie jetzt in dieser ihm fremden Stadt, in der er sich zufällig für ein paar Tage aufhielt, und bald ein Vierteljahrhundert lag zwischen den Pausen der Schule und denen des Kongresses, den er jetzt besuchte. Und wenn er nicht sofort, als er ihren Schatten in der Tür bemerkt hatte, die Erinnerte gesehen hätte, so wäre ihm zweifellos aufgefallen, daß ihr Haar jetzt einer erwachsenen Frau in den Enddreißigern gehörte, ein wenig erschlafft, mit einer Äderung weißer Strähnen, und daß ihr Mund jetzt vom Gebrauch so oft wiederholter Worte, vom Druck so vieler gewöhnlicher Küsse etwas schwerer und blöder geworden war, als es ihm vor Augen stand.

Aber wir kannten uns nicht, wir hatten nie ein Wort miteinander gewechselt – wie hätten wir es jetzt tun sollen! Zum ersten Mal sahen sie sich nicht im Entgegenkommen, nicht in der verläßlichen Runde, sondern sie kamen fast im rechten Winkel aufeinander zu. Und ihr Weg war nicht wiederholbar. Er ging, etwas langsamer als vorher, die Straße weiter; sie nahm, unvergleichlich langsamer als auf dem Hinweg, die letzten Treppenstufen zur Haustür zurück. Er bemerkte aber, daß sie nicht gleich ins Haus trat, sondern vielmehr die halbe Stiege zur anderen Seite wieder hinunterschritt, um ihm in der Dämmerung nachzublicken. Sie nicht anders als er starrte in das Gedächtnis eines Gesichts, das den trägen und geschlossenen Kreis der stündlichen Wiedersehen nie verlassen hatte, den ungestörten Kreis der vergeblichen Erwartung, an den beide soeben eine späte Tangente gelegt hatten.

Er bildete sich selbstverständlich nicht ein, daß sie damals nur ihn angeblickt hätte. Sie mußte ja noch einige Jahre länger die Runden drehen, und ein anderer mochte ihr zweifellos entgegengekommen sein, vielleicht mit weniger sprechendem Blick, dafür aber mit den passenden, unbekümmerten Worten. Er hingegen konnte sich nicht entsinnen, in jenen großen und kleinen Pausen auf dem Hof jemals einer anderen entgegengesehen zu haben als ihr, und noch jetzt war es ihm unbegreiflich, weshalb diese kraftvolle Ausschließlichkeit niemals von selbst übergesprungen war in ein einziges Wort.

Später in der Nacht blieb er unter einem schwach erleuchteten Fenster stehen, aus dem Böen von Gelächter entwichen. Er hörte sogleich, daß es ein grundloses Lachen war, andauernd, nicht nachlassend, jedoch auch ohne Steigerung und Gipfel, beinahe monoton und, obgleich vielstimmig und durcheinanderbrechend, auf steife Weise unentwegt. Ja, sie lachten grundlos. Es war ihm, als kreise dieser schallende Wind in der Todesgrube allen Humors. Jedwedes lebendig Komische, das ihn noch hätte über die nächsten Pflasterplatten springen lassen, mußte vor diesem immerwährenden, durch nichts gestifteten, durch nichts abzustellenden Gelächter dahinsinken in grauer Entmutigung. Er dachte: vielleicht übt dort oben ein Chor das Lachen, um es demnächst auf einer Bühne oder sonst einer öffentlichen Aufführung kunstgerecht darzubieten. Denn es war ganz undenkbar, daß ein zurückliegendes Ereignis – ein überlegen gescheiter Witz oder das einzigartige Versehen eines armen Menschen – eine derart nichtendenwollende, längst zum Schallgespenst verflüchtigte Belustigung ausgelöst haben konnte. Es war im übrigen nicht die Spur von Frohsinn oder Heiterkeit aus dieser lachenden Höhle zu vernehmen, auch nichts an sich selber Unersättliches, sondern viel eher der erbitterte Ernst eines Leistungslachens, das sich einem unmenschlichen Rekord näherte.

Leicas

Wir waren daran gewöhnt, uns kurz auf den Mund zu küssen am Morgen, wenn wir vor dem Schultor eintrafen, wir gingen nicht in dieselbe Klasse und kannten uns aus der Foto-Gruppe. Sie war nicht besonders hübsch, hatte ein bleiches rundes Gesicht und trug eine Brille, die Augen waren wäßrig vergrößert, sie war weitsichtig, und wir küßten uns auch nicht als Verliebte, sondern wie reife Gutbefreundete. Kurz vor Betreten der Kirche küßten wir uns auch, denn wir hatten unsere Schulgänge so aufeinander abgestimmt, daß wir fast immer zur gleichen Minute vor dem Eingang zusammentrafen. Mit der Zeit schien unser flüchtig-ältlicher Kuß etwas länger und haftender zu werden, es war, als ob wir auf dem Weg des regelmäßigen Küssens erst allmählich zu einer gewissen Verliebtheit fänden.

Wir betraten die Kirche. In der Kirche gab es keinen Gottesdienst, sondern die Arbeitsgruppe Fotografie war dort versammelt. Alle Bänke waren dicht besetzt, der Andrang aus den Klassen zu dieser Arbeitsgruppe war sehr groß. Neben uns saß wie immer Florian. Über ihn hatten wir unser erstes Gespräch geführt. Und wir kamen eigentlich immer wieder auf ihn zurück. Bislang drehte sich fast alles, was wir uns zu sagen hatten, um Florian. Ja, unsere Verständigung über den Dritten hatte sogar spontan zu unserem ersten Kuß geführt, Kuß der übereinstimmenden Meinung. Florian war leidenschaftlich an der Fotografie interessiert, besaß aber keinen eigenen Fotoapparat. Immer wenn der Lehrer neben dem Altar und vor der Demo-Wand dazu aufrief, den Apparat hochzunehmen, »das Auge an den Sucher« lautete das Kommando, und hundertzwanzig Schüler und Schülerinnen hoben ihre Leica und drückten ihr Auge an den Sucher, nur Florian hatte keinen Apparat, und immer, wenn es soweit war, bat er mich oder Annette, ihm mit einem unserer Apparate auszuhelfen. Er sagte einfach: Gib *mir* mal!

Und wir liehen ihm abwechselnd, Annette und ich, unsere Leicas. Es brachte uns furchtbar gegen ihn auf. »Wie kann man einen Fotokurs besuchen«, sagte Annette nach dem Unterricht, »und keine eigene Kamera besitzen!« Und ich sagte: »Man kann sich ja für Fotografie interessieren auch ohne Apparat, aber einen praktischen Fotokurs sollte man nur besuchen, wenn man auch dafür ausgerüstet ist!« Und Annette wieder: »Ich finde es unmöglich von ihm! Praktisch nimmt er mir einfach die Kamera aus der Hand. Und wenn Richard (der Fotografielehrer) irgend etwas praktisch erklärt, habe ich das Nachsehen.« Und ich sagte: »Er ist ein Sonderling. Man gibt ihm die Kamera praktisch nur, weil er in Theorie so unschlagbar gut ist.« Das war der entscheidende Punkt. Florian besaß keinen Apparat und konnte praktisch überhaupt nicht fotografieren. Aber er wußte alles über Blenden, Zoom und Raster, kannte jedes technische Detail, sogar vom Entwickeln und Vergrößern verstand er mehr als Richard, unser Lehrer. Annette und ich waren also immer etwas eingeschüchtert durch sein großes Wissen (von dem wir gelegentlich auch profitierten), doch zugleich empörte uns sein Verhalten. Lange machten wir die Sache unter uns aus, Annette und ich steigerten uns in mißgünstigen Äußerungen und schroff ablehnenden Bemerkungen über Florian, die auch seine physische Ausstrahlung, seinen Körpergeruch, seine schiefen Vorderzähne, sein ganzes *ungewaschenes Maul* mit einbezogen, wir wurden immer ausfallender gegen ihn und gaben uns regelmäßig den trockenen Kuß der Verständigung.

Eines Tages lieh Florian meine Kamera, nahm sie mir einfach aus dem Schoß, ohne zu fragen, und schoß eine schnelle Serie von Richard (dem Lehrer), der vorn neben dem Altar mit dem Aufbau von zwei parallelen Kameras und den zugehörigen Stativen nicht zurechtkam, stand auf und knipste ihn nieder. Richard trat wutschnaubend auf die oberste Altarstufe, wagte aber nicht, Florian das Knipsen zu untersagen, so daß sein ganzes hilfloses Gehabe mit auf die Serie kam, seine zornbebende Verhaltung und seine erbärmliche Schwäche. Florian besaß nun einmal ein großes Ansehen. Er gab mir die Kamera nicht zurück, nachdem er sich wieder gesetzt hatte. Ich fragte Annette leise, wie ich mich verhalten solle. Sie sagte, ich solle sie ihm später abnehmen, und lieh mir ihre Leica. Nach dem Unterricht steckte Florian meine Leica in seine Schultasche und ging zum Ausgang. Annette lief sofort hinter ihm her und stellte ihn zur Rede. Florian sagte jetzt: seine Eltern hätten sich geweigert, ihm eine Leica zu kaufen. Sie könnten ihm vielleicht auch keine Leica kaufen, aber da sei er sich nicht so sicher. Sie hätten einfach Scheuklappen, moralische Scheuklappen. Sein Vater habe ihm gesagt: er, in Florians Alter, hätte lediglich eine Agfa Clack besessen, und eine Agfa Clack (oder ein Nachfolgemodell) genüge auch heute noch für den Anfang. Er habe seinem Vater tausendmal erklärt, daß er kein Anfänger mehr sei und weshalb er das nicht sei, aber es habe nichts genutzt, der Vater sei nicht von der Agfa Clack abzubringen. Also hätte er lieber auf jede Kamera verzichtet, unter einer Leica wolle er es praktisch gar nicht erst versuchen, dann lieber ohne jede Kamera unter hundertzwanzig Leica-Besitzern.

Er hatte etwas gesagt, der Damm war gebrochen. Ich bekam meine Leica zurück. Im tiefsten war er so sehr das Zentrum unserer Versammlung, der ganzen Fotogruppe, daß ihm ein geheimes Verfügungsrecht über jede einzelne der hundertzwanzig Leicas zustand, das spürte auch jeder von uns, jetzt, da er sich offen bekannt hatte, noch viel stärker. Nur ich sperrte mich ein wenig gegen diesen neuen Sog. Bei Annette, neben ihm, konnte ich ihn deutlich bemerken. Sie schob ihm ihre Kamera buchstäblich in den Schoß. Es ging eine Abtretungs-, eine Art Opfergabenwelle durch die gesamte Fotogruppe. Immer wieder suchte jemand die Gelegenheit, Florian die eigene Kamera auszuhändigen, ja aufzudrängen, vor allem Schülerinnen schoben sie ihm zu und entfernten sich dann schnell, als wollten sie vor lauter Dingscheu nicht sehen, was er mit ihrem Besitz anstellte. Manche taten es auch so, als hätten sie ihr liebstes Ding aus Zerstreutheit bei ihm liegengelassen oder vergessen. Nicht selten lief ihnen Florian dann nach und drückte ihnen ziemlich gewalttätig, ordinäre Verwünschungen ausstoßend, den Mädchen vor allem, ihre Kamera in den Nacken und in die Handtasche. Annette hatte es mehrmals durchgespielt. Florian das Ding überlassen, sich abgewandt, die Flucht angetreten, Florian hinter ihr her, sie greifend und maßregelnd, die Kamera ihr, verbunden mit üblen Flüchen, in den Bauch pressend.

Ich hielt meine Leica fest, wurde immer skeptischer und besuchte immer seltener die Arbeitsgruppe, in der der okkulte Faktor zunehmend an Bedeutung gewann. Längst gab es den trockenen Kuß der Verständigung zwischen Annette und mir nicht mehr, wir trafen niemals mehr zur gleichen Minute vor dem Schultor oder dem Kirchenportal zusammen. Sie hatte ihre Leica irgendwann in der Kirche Florian zu Füßen gelegt, und er war in einer Art Derwischtanz darauf herumgetrampelt, bis er das Ding kurz und klein getreten hatte. Ich hatte sie danach zu ihren Eltern gefahren, sie war vollkommen aufgelöst.

Der Pakt

Therese redete eintönig und fließend, aber es blieb etwas leidversiegelt ungesagt im Grund ihres Geredes. Nebenan wurde ein Tisch von Opernbesuchern besetzt, die die Vorstellung in der Pause verlassen hatten. Mein Blick streifte hinüber, als dort ein Mann an seiner Tischnachbarin vorbei einem anderen blitzschnell mit dem Handrücken ins Gesicht schlug. Ich sah's eben noch, aus einem Wort aufblickend, das ich an Therese gerichtet hatte. Die Brille des Geschlagenen zerbrach. Er wehrte sich nicht. Zweifellos hatte er irgend etwas in seiner stillen, unerträglich überlegenen Art auf die Spitze getrieben, eine herablassende Bemerkung gemacht. Die Gesichter der Frauen wurden blaß, und ängstlich zupften sie über den Schultern an ihren Kleidern. Der Geschlagene zeigte ein bittersüßes Lächeln und pflückte sich die Glassplitter der Brille aus dem Mund. Er sprach dabei weiter, vielleicht um eine entscheidende Nuance weniger unverschämt, nur daß diese Maske der Selbstbeherrschung ebenso provozierend wirken mußte. Kurz darauf verließ er mit der Frau, an der vorbei ihn die Hand des anderen getroffen hatte, das Lokal.

Therese, die seit einigen Jahren Deutschunterricht im Französischen Außenministerium gab, verliebte sich als reife Studentin in Paris in den Professor, der sie mit einer Arbeit über Marat promovieren sollte. Einen Marxisten, verstrickt in zahllose Kontroversen mit der Annales-Schule. Als sie bei ihm anfing, stand sein Name noch in vollem Glanz. Aber sie hatte ihre Dissertation noch immer nicht beendet, als niemand mehr die Wege der klassenkämpferischen Revolutionsforschung beschritt. Angeblich starb der streitbare Historiker in ihren Armen. Aber sie wich immer aus und sagte: »Von großen Männern behauptet man gern, sie seien gestorben, als sie gerade in einer Frau waren. Das Zweideutige füttert die Legende.«

Ihr Vater, der Gymnasiallehrer für Geschichte gewesen war, beanstandete in dem einzigen Aufsatz, den sie je publiziert hatte, über Marat natürlich, den Ausdruck »Schote«. Irgend jemand habe Marat eine Schote erzählt. Er kannte die Wendung einfach nicht. Sie glaubte darauf selbst nicht mehr, daß es Schote in dem von ihr gewünschten Sinne gab. Sie strich das Wort aus dem Manuskript.

Später lernte sie einen rumänischen Maler kennen, einen Schrank von einem Mann, Robert, der alles, was ihm über den Weg lief, benutzte, um schnell zu Erfolg zu gelangen – aber am Ende doch nur der Assistent eines blinden Kunsthändlers in St.-Paul-de-Vence wurde. Therese hatte ihm nur als Verbindungsperson gedient, um Eintritt in Diplomatenkreise zu erlangen. Dann kam Daniel, ein zum Verlagschef aufstrebender Vertriebsleiter einer großen Publikumszeitschrift. Er stammte aus bester Familie, sie bewohnten ein Haus neben den Monetschen Gärten in Giverny. Dort erfolgte die Zusammenlegung ihrer beiden Bibliotheken. Zu diesem Zeitpunkt war noch nicht abzusehen, daß Daniel bald ein steiler Aufstieg bevorstand, an dem Therese nicht mehr teilnehmen durfte. Daniel heiratete ein knappes Jahr nach ihrer bibliothekarischen Vermählung eine Biologentochter, ebenfalls aus sehr guter Familie, die seiner Mutter bedeutend lieber war als die spröde Fremde, die deutsche und ortlose Therese mit ihrer gedämpften, unmelodischen Stimme. Jetzt saß sie allein im neunten Stock eines Hochhauses in Gentilly, bekam nach und nach ihre Bücher zurück und blickte aus ihrem Fenster in den Hof einer großen Reinigungsfirma. Während eines Weihnachtsbesuchs beim Vater in Berlin verliebte sie sich in einen afghanischen Physiker, der aber Familie hatte, und zwar einen ausgefalteten Clan, der eng zusammenhielt. Dennoch gelang den beiden eine heimliche Reise nach St.-Jean-de-Luz. Sie gingen zwei Tage am Meer spazieren, wohnten eine Nacht im Palasthotel auf den Klippen von Biarritz, aber damit war auch diese Etappe von Thereses erotisch-intellektueller Pelerinage schnell wieder beendet.

Wenn sie einmal ihre Zeit betrachtete, durch die Reihe der Männer, die in den vergangenen zwanzig Jahren ihre Liebhaber waren, für kurz oder länger: wieviel falsche Schwüre hatte sie zu hören bekommen, und wie oft war sie bloß Hebamme bei einem schweren überfälligen Abschied gewesen, den jemand von einer anderen nahm! Wahrscheinlich, daß es sogar ihr weibliches Schicksal war: immer nur das Lösungsmittel zu sein, nie das Ziel. Dabei war sie nur allzu begierig, sich der Leiden, der Reue, der frischen Wunden ihrer Männer zu bedienen, um sie noch tiefer zu quälen. Ihr bevorzugtes Opfer war der skrupulöse Ehebrecher, der beklommene Liebhaber, der, von schlechtem Gewissen geplagt, in vielerlei Beziehung nicht der beste sein konnte, so daß sich immer ein Anlaß fand, ihn kurzfristig wieder zu verlassen. Nur um zu beweisen, was sie sich von Anfang an beweisen wollte, daß es auch mit diesem Menschen nicht ginge. Und natürlich: um mir alsbald am Telefon ausführlich bis zur bitteren Frivolität davon zu erzählen. Schließlich rechnete sie fest mit meiner stillen Zufriedenheit darüber, daß kein anderer ihr der Rechte sein konnte. Alle halben Jahre die ähnlichen Anrufe, so ging es dahin, und früher, als wir noch etwas jünger waren, kam es zuweilen nach einer gescheiterten Affäre zu einer kurzen Wiederbegegnung zwischen uns, einer gemeinsamen Reise, zufällig meistens zu Ostern, oder zweimal in den »geplatzten« Sommerferien, wenn der Liebhaber mit seiner Familie verreisen mußte.

Aber auch diese flüchtigen Wiederberührungen der alten, allzu vertrauten Lippen und Hände ... was für ein Greifen und Lassen! Was wollte, was suchte sie nur? Sie, deren Gesicht zusehends wie ein Mond von Trübsinn über dem schönen, vollen Körper stand.

Und war doch eine, der ich als Halbwüchsiger nicht widerstehen konnte, deren Lachen so hell und gewinnend war, wenn auch nicht frei von Belustigung, die mein Anblick, meine Unreife ihr bereiten mochte. Auf dem Gang durch die Felder konnte sie mir sagen, daß ich sie als Mann – wir waren erst siebzehn! – nicht leidenschaftlich interessierte, um gleich darauf mich zu sich zu rufen und mit allen Kräften an sich zu ziehen. Als Kind hatte sie eine starke Rückgratverkrümmung, bekam eine Stange eingebaut, und in meiner Vorstellung lag in ihrem Rücken hinter den großen Narben die gewundene Wirbelsäule wie die Schlange um den Äskulapstab. Ihrem Schicksal zu trotzen, nahm sie neben der Schule Ballettunterricht, ließ sich ordentlich zur Tänzerin ausbilden und war natürlich in der Tanzklasse die Beste. Kurz nach der Schule reiste sie eine Zeitlang mit einer freien Tanzgruppe. Nur einen einfachen Purzelbaum brachte sie wegen der Stange im Rücken nicht zuwege.

Wir beide waren die ersten in unserer Klasse, die miteinander geschlafen hatten, und man sah es uns an, wir gingen engumschlungen in den Pausen, während sonst Jungen und Mädchen getrennt in eingehängten Reihen und gegenläufig ihre Runden um das Schulhaus drehten ...

Obgleich wir uns so lange kannten, sprach sie bei unserem Wiedersehen selten in geradem Anblick zu mir, sondern immer ein wenig beiseite, ein wenig abschätzig lächelnd über ihre eigenen, umständlichen Geschichten. Diese Scheu und zugleich dieser Drang, unfaßbar eintönig aus ihrem Leben zu berichten, als seien es Randbemerkungen, die jemand anders an ihr Herz geschrieben hatte, rührten zum einen her von ihrem grundsätzlich gedämpften, von ständiger intellektueller Selbstprüfung zernagten Temperament. Zum andern aber verbarg sich darin der Grund, der eigentliche Grund, der sie wieder in meine Nähe geführt hatte. Fast belustigt erwähnte sie es einmal, ganz rasch und nebenbei, so daß es leicht zu überhören war und von einem leisen Kichern sofort wieder verwischt wurde ... ah, wie wenig ausgewogen erschien ihre Gescheitheit mit ihrem fülligen, schönen, betrübten Leib, und wie häßlich verbog, verkniff sie ihre weichen Lippen, als sie es aussprach! ... War's nicht abgemacht, einmal, in den frühen Tagen, auf den Parkbänken der ersten Liebe, beim Aufblicken aus den Büchern (o ja, gewiß, das Lesezeichen stak im zweiten Band von »Les chemins de la liberté«, als wir einander die Unschuld raubten ... aber welche Unschuld senkt sich jetzt, von heute gesehen, wieder über die Parkbänke dieser ersten Freiheit!) ... war's nicht abgemacht, gaben wir uns nicht das Wort? ... Gaben uns die Freiheit, daß jeder seiner Wege gehen könne, doch am Ende dieser Wege würden wir wieder voreinander stehen, es war doch versprochen.

Wie gesagt, so freimütig und lyrisch hätte sie es zu diesem Zeitpunkt nicht vorgebracht, und auch nicht als einklagende Forderung. Sie spielte nur flüchtig mit einer Erinnerung, die uns beide erheitern sollte. Und doch war in diesem winzigen Nebenbei der große, letzte Schritt enthalten, den sie unternommen hatte, um mich aufzusuchen, und diesmal in unmittelbarer Nähe meiner Familie (wenn sie auch vorgab, für ein paar Wochen in der Handschriftenabteilung des Stadtarchivs arbeiten zu müssen).

Das erste, was ich an ihr wahrnahm, war das alte Gelöbnis. Ich sah das kindliche Versprechen, das wir uns gegeben hatten, förmlich aus ihrem Gesicht strahlen, als einen zwiespältigen Glanz von Erwartung und Vergeltung. Ich selbst hatte es auch nicht vergessen. Aber ich gab nichts mehr darauf, im Herzen war es längst leeres Stroh, hinfällig und bedeutungslos wie der Existentialismus mit seiner rührenden Sorge, uns Moderne an ein tragisches Dasein zu erinnern. Wir haben aber seither ein rücksichtslos befreites und unverbindliches Leben geführt, in dem kein Pakt, außer gewissen mit Kreditanstalten geschlossenen, irgendeine unauflösliche Kraft besäße. Was sollte mir also ein Versprechen, das ich einer Jugendfreundin gegeben hatte, heute noch bedeuten? Und doch war sie auf einmal wieder da und war offensichtlich am Ende ihrer Laufbahn angelangt, war mit keinem Mann zurechtgekommen, was sollte es anderes heißen, einfach wieder dasein, als mich an den Pakt zu erinnern, während ich selbst mich keineswegs in vergleichbarer Lage befand, im Gegenteil, ich hatte mit Lis seit vielen Jahren einen anderen Weg eingeschlagen, der durchaus nicht zurückführte an den Ausgangspunkt, wo Therese auf mich wartete, sondern vorwärts, hinaus, an der Seite vor allem von Kerstin, meiner kleinen Tochter.

Nun, ich hatte ihre Worte nicht überhört, obschon sie an der Schwelle des Überhörtwerdens ausgesprochen worden waren, so flüchtig und unsicher wie eine Floskel, die man sofort zurückzunehmen bereit ist, als hätte sie gesagt: »Ich erwähne es nur: Wir sind uns versprochen ...«

*

Die Bibliothek wuchs, das Zimmer wurde dunkler, die Regale schlossen an die Decke, im Schacht der Bücher saßen wir bei langen Lampen, Lis und ich, Abend für Abend und Jahr um Jahr, wir lasen und verfielen, hoben unsere Augen hie und da von den Seiten und sahen heimlich nach dem anderen, ob irgend etwas aus den Büchern nicht auch auf ihn, ein wenig und so ähnlich, zutreffen könnte.

Am Ende, wenn man unsere Lage bedenkt, hatten wir uns wahrscheinlich zu häufig heimlich angeschaut und zu selten umarmt. Irgend etwas muß ja das Versäumte sein, das brennt. Etwas, das zu einem bestimmten Zeitpunkt nicht mehr zu ändern ist. Für immer, vermutlich, werden wir die Liebe unausgeschöpft zurücklassen. Wieviel mehr, ach, wieviel wäre noch möglich, wäre zu riskieren, zu feiern, zu verschwenden gewesen! Aber es hätte auch ein Mehr an umstürzlerischen Empfindungen dazugehört, an Nachtseiten, Gemeinheiten und Zumutungen, die den seidenen Faden, der diese beiden blassen und gewichtlosen Leben aneinanderband, schnell zerrissen hätten. Statt dessen sind wir einander in unzähligen höheren Versionen begegnet, und nie verloren wir bei der Schilderung von Liebesbetrug und Eifersucht, von roher Gewalt und bitterem Dulden das Bild des Menschen gegenüber aus den Augen, verglichen uns in den infamsten und den schönsten Abenteuern zwischen Mann und Frau.

Ich frage mich also: Wer wären wir uns, wenn sich unser Zimmer nicht ansteigend verdunkelt hätte? Wer, wenn wir es nicht ertragen hätten, aufblickend von den Seiten, uns verfallen zu sehen?

Aber war sie meine Frau? Ich fand oft nur ein kaltes Gefallen an ihr. Sie war sehr schön – mit dem einzigen Makel, daß sie sich selbst für sehr schön hielt. Das versteifte, verkünstelte ihre Züge, sie dirigierte sie unbeholfen. Das Bild, das sie von sich besaß, entsprach einem etwas frostigen und glatten Ideal, und es verriet, daß ihr Schönheitsbegriff nicht sehr reich entwickelt war und sich mit Regelmäßigkeit zufriedengab. Eine ähnlich enge und klare Anlage des Begreifens und Erfassens beherrschte häufig auch das Urteil, das sie über andere Menschen hatte, so daß ich mich oft fragte, was wir in unseren Büchern wirklich gemeinsam lasen und einig erkannten. Doch das Verstehen, das die großen Werke einem Leser geben, ist wohl allemal größer als sein eigener Verstand.

Mit den Jahren hatte die Anständigkeit zwischen uns die Oberhand gewonnen. Ich achtete sie, ich bewunderte sie sogar ihrer tatsächlich makellosen Gradheit und Aufrichtigkeit wegen. Aber Leidenschaft – Leidenschaft braucht nun mal ihr nötiges Quantum an Verschlagenheit, Täuschung, Lüge und Schweinerei. Und daran fehlte es zwischen uns beiden. Sie war glücklich mit unserem Leben, und es erheiterte, es erfreute mich ihr Glück, ja es stimmte mich auf zaghafte Weise selber ein wenig glücklich. Es genügte, daß der Klang ihrer Empfindungen eine bescheidene, ungedämpfte Resonanz bei mir fand, so daß ich keinen eigenen hohen Ton zugeben mußte und sie ihn auch nie vermißte.

Therese hingegen war eine Gehemmte und eine Verdorbene zugleich. Jemand, der sich und andere durchschaute, alles Unglück im voraus kommen sah und sich dennoch ständig aufs neue auslieferte, töricht und sperrig, hungrig und bitter. Es ging ihr alles schief, aber das mit einer Figur, die gewöhnlich nur standhafte und siegreiche Frauen besitzen.

»Lis ist eine wunderbare Person«, sagte ich zu meiner ersten Liebe, hörte ich mich sagen, »aber reden, reden, wie ich's mir vorstelle, kann ich nur mit dir. Wie eh und je.« Ich glaubte nach wie vor an meine Verschwiegenheit. Ich glaubte, daß nur der Teil von mir redete, auf den es nicht ankam. Damit der andere um so ungestörter schweigen konnte ... »Versetze dich in meine Lage, wenn ich dir die folgende Begebenheit schildere, und du weißt, wie es um mich bestellt ist: Ein Mann im schwarzen Polohemd, der hinter dem Hotel in den Garten tritt, zum Balkon hinaufstarrt, auf dem Lis und ich kurz nach der Ankunft den ersten herrlichen Ausblick genießen, während der Kerl auf dem Kiesweg frech wie ein Straßenjunge ihr unter den Rock starrt und schief vor sich hin pfeift. Wenig später klopft es an der Tür, und der Dreiste steht schon im Zimmer. Er stellt sich vor, er scherzt, er mildert seine Unverschämtheit, wird feiner und charmanter, ein Strolch mit zarten Tönen. Er sucht die gefällige, entspannte Übereinkunft unter dreien herzustellen. Für mich aber bleibt es dabei: in *meinen* Augen tritt er nach wie vor als der ebenso lächerliche wie abgefeimte Mann für Frauen zwischen uns. Ich zögere indessen, ihn hinauszuwerfen, denn auf einmal bin ich mir nicht mehr ganz sicher, wie er eigentlich auf meine Begleiterin wirkt ... Ja, du hast richtig gehört: Begleiterin. Die allervertrauteste Person an meiner Seite: diese fatalen Minuten entrücken sie wieder zu einer frühen, halb unbekannten Begleiterin, deren Charakter und Lebensart mir noch ein Rätsel sind, wie auf einer ersten gemeinsamen Reise. Flog da nicht der Schatten eines Lächelns über ihr Gesicht? Du fürchtest, ja du spürst es sogar ganz deutlich, daß dieser Eindringling für deine Geliebte von Interesse sein könnte, wenn auch vielleicht nur im geheimen, nicht eingestanden – und dies aufgrund einer gewissen geschlechtlichen Atmosphäre, aufgrund von Aroma und Nimbus, die den geschlechtlichen Mann umgeben und für die du zwar nicht unempfänglich, jedoch nicht der richtig entschlüsselnde Empfänger bist. In dieser Materie, davon zeugt allein sein Mut, uns zu überrumpeln, ist das Niedrigste nie nur das Niedrigste! Oder umgekehrt: auch das Sublimste ist hier durchtrieben, vom Niedrigsten ersonnen. Also hast du es mit etwas durch und durch Ungewissem zu tun. Du schwankst und läßt den Fremden unverständlicherweise gewähren. Sie aber, deine zur Begleiterin zurückgestufte Frau, ist es schließlich, die kurz und entschieden das Wort ergreift und ihn hinauswirft.

Was also? Der Bursche hat sich getäuscht und doch ins Schwarze getroffen: in *deinen* Augen war deine Frau gewinnbar. Sie aber bewies dir, daß du ein Schwächling, ein Kleingläubiger der Liebe bist.

Oder sollte noch anderes im Spiel gewesen sein? Gab es nicht eine weitere, alles umkehrende Nuance, die du nicht bemerken konntest? Wie kam es denn zu diesem Zögern um Minuten, wie dann zu diesem prompten, allzu beherzten Wort, mit dem sie ihm die Tür wies? Lag in dem kühlen, schnittigen Hinauswurf nicht eine Spur zuviel Gebärde? Worauf – wie ja deutlich zu sehen – der Eroberer es lächelnd hinnehmen konnte, daß lediglich sein erster Versuch gescheitert war. Dieser Mann, der ebenso auf den Effekt seiner Rücksichtslosigkeit wie auf die Leistungen seines Feingefühls vertrauen durfte, hatte gewiß den Keim einer künftigen Zuwendung sofort bemerkt, der sich in der verspäteten Unerschrockenheit regte, mit der deine Frau ihm begegnete – und eigentlich unmöglich das erste und einzige Mal begegnet sein konnte.

Du bist infiziert. Obgleich das Verhalten deiner Frau dir niemals Anlaß zu Mißtrauen oder Argwohn gab. Aber die über die Grenze der Wahrscheinlichkeit gesprungene Frechheit des fremden Mannes läßt alles übrige, das bloß wahrscheinlich war, nicht mehr gelten ...«

*

»Ich muß dir eine Neuigkeit über den Unglücklichen berichten, den Mann von Geist und gefährdetem Geist, mit dem ich mein schmächtiges Leben teile.« So schrieb sie, die schweigsame Lis, an den fernen Freund, dem sie sich seit vielen Jahren anvertraute, ohne daß es je zu einer Wiederbegegnung zwischen den beiden gekommen wäre.

»Nun ist es also geschehen (nein: wirklich geschehen ist bisher gar nichts!): er ist seiner alten Liebe wiederbegegnet. Eine gewisse Therese, ein dickliches spätes Mädchen mit unappetitlich fettigem Haar. Soviel ich weiß, ist sie in Paris erst kürzlich (mit beinah vierzig Jahren!) zur Historikerin promoviert worden. Wenn du sie sähst, bliebe es dir genauso unvorstellbar wie mir, daß unser André ihr je verfallen konnte, ja schlimmer: daß sie noch heute Macht über ihn hat. So ist es nämlich. Seitdem sie in der Stadt ist, merke ich, wenn er nur zur Tür hereintritt, daß *mein* Mann wieder in ihre Sphäre eingetaucht ist. Sie hat Macht über ihn, sie wird, solange beide leben, Macht über ihn haben. Ich hingegen ... nun, Du weißt, er hat mich niemals fürchten müssen. In seinen Augen bin ich immer die kühle, arme Träumerin geblieben. Die erlernte, die eingefleischte Behutsamkeit, die unseren Umgang miteinander bestimmt, nein: die unsere Tage und Nächte immer gewaltsamer beherrscht, bringt es wohl mit sich, daß zwischen uns mehr unausgesprochen bleibt, als die gesunde Ehe verkraften kann. So erzählt er selbstverständlich auch nichts von seiner Begegnung mit Therese. Doch gleichzeitig legt er meine ungeschmälerte Zuwendung für dumpfe Ahnungslosigkeit aus. In deren Schutz glaubt er sich rücksichtslos verändert zeigen zu dürfen. Bekanntlich hält er sich für unschlagbar auf dem Feld der geheimen und empfindlichen Beobachtung und war seit jeher davon überzeugt, daß es über seine Selbstwahrnehmung hinaus nichts an ihm zu bemerken gibt. Dabei treten in seinem Verhalten Anzeichen, die ihm selbst entgehen, immer zahlreicher und dreister hervor. Ja merkt er denn tatsächlich nicht mehr, was er mir in verdeckten Worten, unterlassenen Handlungen unentwegt zu verstehen gibt? Wenn das so ist, dann dankt es sich bereits dem Einfluß dieser starken Rückkehrerin.

Wie kann er sich derart plump in Sicherheit wähnen und vergessen, daß er mir, der so tief bekannte Mensch, in allem eine offene Anzeige ist? Der heimtückischste Beschattungsapparat könnte mir über Therese und ihn keine genaueren Nachrichten liefern als er selbst mit jedem seiner Gesichter, Schritte und Worte. Daß er mir dies Bemerken nicht zubilligt, nicht mehr von mir erwartet, nicht fürchten muß, das ist, mein Freund, für mich weitaus kränkender als alles, was womöglich noch zwischen den beiden geschieht. Und de facto – auch das ist leicht zu erkennen – ist gar nichts geschehen. Noch nichts. Weder hat die Glutlose sich den Mann gegriffen, noch windet er sich zu ihren Füßen, noch gar fassen sie beide einen hinterhältigen Plan. Dennoch ist jede dieser Wendungen unbedingt anwesend, wenn sie sich treffen, und liegt in der Luft, die ihn umgibt, wenn er heimkehrt. Aber noch bleibt alles in einem Nu der Möglichkeiten ungeschieden, im Kräftefeld von Anziehung und Ablassen völlig wechselhaft.

Aber fändest Du es nicht faszinierend, bis in die Urnebel der Absicht, in die rohe Unentschiedenheit vorzudringen, wo alles gleichzeitig getan und ungetan ist, bis in die innerste Wirre einer Stunde, in der nichts geschieht und gleichsam alles bereits geschehen ist, so daß man sich anschließend genauso verhält, als seien vollendete Tatsachen geschaffen ... Mein Gott! Lebten wir nicht von Anfang an, André und ich, seit eh und je in der Geschiedenheit und mitunter sogar in der vollzogenen Geschiedenheit und blieben dennoch beieinander, Aug in Aug? Es geht doch im Grunde nur darum, die tödliche zeitliche *Abfolge* der Ereignisse, die bis zum bitteren Ende führt, nicht zu erleben, nicht stattfinden zu lassen! ... Es ist meine tiefe Überzeugung, daß das, was uns fügt und wieder löst, unentwegt und immerzu gegenwärtig ist und zu jedem beliebigen Zeitpunkt kreuz und quer durcheinanderwirkt. Und ich denke, daß wir nichts mehr zu vollziehen haben. Die Entfernung, sogar der Bruch bleiben einbeschlossen in diesem gemeinsamen Äther, aus dem jeder von uns seinen Atem empfängt. Nichts dringt heraus, nichts Endgültiges bildet sich, kein letzter Schritt wird getan. Man lebt und verharrt in der Anwesenheit von Abschied und Fortgehen, praktiziert wird nichts. (Ist nicht die Liebe zu jedem Zeitpunkt die virtuellste aller Welten? Überreich an Möglichem, an Tatsächlichem eher arm.) Warum sollte nicht auch diese hartnäckige reale Anfechtung namens Therese in den Wettern, die André und mich umgeben, wieder in eine imaginäre verwandelt werden und sich zu reiner Möglichkeit läutern lassen? Zugehörigkeit wird immer, um unverbrüchlich zu sein, in ihrem Kern eine tiefe Befremdung, eine ursprüngliche Zurückweisung bewahren. Ist es nicht so, mein liebster Freund? Könnte es so nicht sein? Sag es mir in Deinen Worten. Denn von ihnen lebt ja Deine ...«

*

In der Folge kam es zwischen Therese und mir zu einer Begegnung, bei der ich ihr aufs gröbste verändert erscheinen mußte. Der erste Blick, der sie traf, war ein rascher, von verächtlicher Wut. Sie wußte sofort, daß etwas vorgefallen war; etwas, das uns alle drei über Nacht aus der vorsichtigen Schwebe, in der wir uns bis dahin befanden, verstoßen hatte. Und ihre voraussehende Miene veranlaßte wiederum mich, mit einer unlogischen Floskel und eher im Ton des Angriffs als der Unterrichtung zu beginnen: »Du weißt, daß ich Lis gestern niederschlug? Ich schlug ohne jeden Grund, einfach von Erbarmungslosigkeit ergriffen, und als nach dem ersten Schlag dies Lächeln der Geringschätzung auf ihren Lippen stand, wie ich niemals zuvor eins gesehen hatte, verlor ich jede Besinnung und verfiel einer Art Blutrausch wie ein bißwütiger Köter. In diesen Augenblicken fühlte ich nichts mehr von mir, ich war leer und seelenlos, null und nichtig.«

Und ich fuhr fort, mich wortreich anzuklagen, immer neue Umschreibungen meiner Nichtswürdigkeit und Entartung zu finden. Therese besaß natürlich eine zu feine Witterung, um nicht zu erkennen, daß meiner Selbstbezichtigung ein übler Reviergeruch anhaftete, der vor allem ihr in die Nase stechen sollte; daß es allemal gegen sie gerichtete Vorwürfe waren, die ich in meinem schimpfenden Peccavi hervorstieß. Ja, sie verstand, sie nahm es an – und hielt ihrerseits den Augenblick für gekommen, die unausgesprochenen Rückstände, die sich in unseren Unterhaltungen angesammelt hatten, plötzlich herauszulassen.

»Überall entfernen sich Befreundete voneinander«, begann sie, scheinbar ohne auf den geschilderten Vorfall einzugehen, »sie verlieren sich für immer aus den Augen. Nur bei uns schließen sich am Ende die Wege wieder zusammen –«

»Es ist nicht das Ende!« rief ich erregt und fiel ihr ins Wort. »Noch nicht das Ende!«

Da sie nun einmal die erste Hürde genommen hatte, drang sie unbeirrt voran und kam im nächsten Satz schon auf die »Ablösung« zu sprechen und begann nun alles in peinlich deutliche Worte zu fassen, was vorher ihre betrübt-hungrige Anwesenheit ganz von selbst bezeugt hatte.

»Es ist soweit, André. *Jetzt* ist es soweit ... Ich möchte sehen, wo gäbe es das noch: zwei, die nicht aufhören, miteinander zu sprechen, während in ihrem Rücken die Welt die Kulissen wechselt, während Länder und Meere und Menschen, geliebte und fremde, sich um sie drehen, ohne daß in der Mitte des Wirbels, in ihrem Gespräch nur die leiseste Störung aufkäme!«

Fern jeder Sentimentalität erwiderte ich: »Du solltest die Schar deiner Liebhaber endlich an einer großen Tafel zu einem festlichen Bankett versammeln. Du solltest dich einer einzigen, letzten, verschwenderischen Geselligkeit hingeben. Du hast Halt bei jedem einzelnen gesucht, und keinen hast du halten können. Auch mich nicht.«

»Es liegt wohl an meiner Art«, sagte sie in einer scheinbaren Rückkehr zur Mutlosigkeit, die mir nichts Gutes verhieß. »Diese Art, wie ich nun einmal bin, langsam und zu wiederholten Versuchen bereit ... Aber so war's ja nicht immer, so bin ich ja schließlich erst geworden. Nicht ganz ohne dein Zutun. Die Willkür, die ungeheure Willkür, für die du dich damals entschieden hast, es war vielleicht zu früh, ich war noch zu jung ... Man kann auch sagen, und das ist schon ein guter Ausdruck, wenn man es recht bedenkt, man kann auch sagen: Du hast mir das Herz gebrochen. Genauso ist es nämlich. Und deshalb bin ich eben nur mit halber Kraft durchs Leben gekommen.«

»Das ist Unsinn. So kann man es eben nicht sagen. Wenn überhaupt, so war es *zuerst* deine ganze Art, die dazu führte, daß du schon als junges Mädchen gewisse Vorfälle übertrieben ernst genommen hast. Anderen, Tausenden, passiert das gleiche. Erste Liebe. Die lachen heute darüber. Aber du hast eben eine Art, die alles um- und umwälzt und ewig mit sich herumschleppt.«

Nach einer winzigen Pause, in der sie sich aufrichtete und blitzschnell den gesamten Rest, den sie mir zu sagen hatte, überflog, begann sie ganz sacht und wie auf einem anderen Gleis ...

»Das ist auch Unsinn, nicht wahr, wenn es heißt: die Menschen redeten aneinander vorbei, sie verstünden sich nicht. Sie verstehen sich nur zu gut. Es ist nämlich ganz anders: sie suchen lediglich den Zweikampf bis zur letzten Entscheidung zu führen. Zweikampf der Überzeugungen, der Interessen, des Sich-Befindens. Was sie reden, dient ausschließlich geheimen Kampfzwecken. Natürlich finden die wenigsten den Mut, diesen Kampf bis zur letzten Konsequenz auszutragen. Es bleibt meistens bei oberflächlichem Geplänkel, dann drückt man sich auch in Worten feige aneinander vorbei. Offener Krieg und helle Freude brauchen keine Worte. Liebende allerdings, das ist nun eben ein riskantes, undeutliches Mittelding ... Du hast mich verletzt. Ich werde dich töten.«

Sagte sie? Hörte ich sie sagen?

Jedenfalls erinnerte ich mich in diesem Augenblick daran, wie wenig mir ihre Stimme behagte, als sie in den vergangenen Monaten mehrmals anrief, ohne mir im übrigen die geringste Andeutung ihres bevorstehenden Besuchs zu machen. Ihre Stimme oder vielmehr ihr lauerndes Hören und Aushorchen bedrückten mich seltsam, als hätte ich davon einen ersten Infekt des kommenden Übels empfangen. Ich merkte, daß mir ihre Vorsicht bei diesem Gespräch nicht geheuer erschien, ich spürte den starken Andrang unlauterer Gedanken und Absichten, den sie gewaltsam zurückhielt.

Allerdings muß ich einräumen, daß ihr Erscheinen später meine Verdächtigungen gleich wieder zerstreute, da das Auge wohl von Natur aus weniger mißtrauisch reagiert als das Ohr.

Dennoch hatte ich's gleich wieder im Sinn, wie sie am anderen Ende der Leitung forschte, ob irgend etwas bei mir nicht ganz so stimmte, wie ich es behauptete; ob da nicht irgendein falscher Ton von mir verriete, daß ich in Wahrheit meiner häuslichen Umstände überdrüssig sei; ob mir nicht eine kleine Floskel unterliefe, die nur unserem Gespräch, unserer alten Weise zugehörte, so daß wir uns unversehens wieder in einem tieferen Einklang befunden hätten, als ich ihn je mit Lis, meiner Frau, erreicht hatte. Ja, sie war ganz Ohr; auch wenn sie sich erkundigte und durch alle freundlichen Fragen nur die eine große Frage nach meinem Verderben stellte. Auch wenn sie sprach, klang ihr Gehör, und aus ihrem Gehör vernahm ich den Grundton der Verurteilung, der mörderischen Bitternis und Trauer.

Therese hatte ihr Leben über viele Jahre in einer dunklen Hinwendung zu dem meinen geführt, hatte es immerzu in einem provisorischen Zustand gehalten und sich nur auf Abruf mit dem oder jenem Mann eingelassen. »Zurückkehren« sagte sie in vielerlei anderen, beruflichen und zeithistorischen Zusammenhängen so häufig, daß sie es in dem einen, für den es mit Leib und Seele galt, nicht eigens auszusprechen brauchte. Sie lebte in Paris lediglich zu einem einzigen Menschen hin im Exil. Sie führte ein um sein Fehlen kreisendes Leben. Ohne daß es ihr zu Bewußtsein gelangte, nährte sie aus der Quelle seiner Abwesenheit die reinen und düsteren Wünsche, die sein tatsächliches und unwiderrufliches Verschwinden zum Ziel hatten. Diese nahmen an Heftigkeit zu, sie war schließlich beseelt von ihnen. Ich wußte nun: Sie suchte nicht mehr nach mir, sie suchte nach meiner vollendeten Abwesenheit.

Es gibt seltene Konjunktionen, Grenzfälle der Begegnung unter Menschen, bei denen die modernsten Sicherungen, über die unsere Seele verfügt, plötzlich unwirksam werden, so daß für schreckliche Augenblicke eine ganz ungemilderte Erlebnisfähigkeit von uns Besitz ergreift. Dann wird auch der Sinn einer dunklen Gerechtigkeit verstanden, der eine um ihre Liebe Betrogene dazu zwingt, den Schuldigen zur Verantwortung zu ziehen und ihm das endgültige Urteil zu sprechen. Und natürlich wird der Angeklagte bis zuletzt versuchen, das zentral erlernte und erfolgreichste Mittel des heutigen Menschen anzuwenden, nämlich sich herauszureden, sich erklärend, sich psychologisch zu entschuldigen. Doch je geschwinder er redet, je umfassender er wird, um so verzweifelter wird er bemerken, daß er mit seinen schmächtigen Worten der Gewalt dieses Urteils nicht mehr zu entfliehen vermag.

*

»Lieber Freund! ... In den vergangenen Wochen fand ich nicht die nötige Ruhe, um dir Mitteilungen der gewohnten geduldigen Art zu machen. Hör nur! Die Hoffnung, meine tiefste Hoffnung, es könne zwischen uns vieren alles in der schonenden Schwebe bleiben, es könne de facto nichts Veränderliches geschehen! ... diese Hoffnung ist nun endgültig zerstört. Es gibt sie also doch, die traurigen Ereignisse. André seit letzter Woche in der Klinik sediert. Er braucht jetzt fünf Minuten, um ein Messer richtig zu greifen und eine Orange zu schälen. Das gebrochene Schweigen führte zu einem hemmungslosen Redefluß. Dieser mündete über Nacht in einer kindischen haltlosen Frömmigkeit. Der Glaube kommt ja heute nicht selten erst als die Schlacke einer verbrannten, verzehrten Person zum Vorschein. André jedenfalls strebt jetzt, mit dem einig zu werden und darin zu verschwinden, was vorzeiten alle zusammenhielt. Nüchtern gesprochen: es packte ihn die nackte Furcht, er trat die Flucht vor uns an ... Aus den Nebeln eines nie erklärten Abschieds kehrte seine Erste Liebe zurück, Therese, langjährige Beschatterin unserer Ehe. Aus welcher Hoffnung, aus welcher Rücksicht auch immer, er hatte sich ihr nicht etwa nur in der Jugend versprochen, sondern erst vor wenigen Jahren seinen Schwur erneuert: ›Wenn es mit Lis vorbei ist, wenn diese große Kraft nachläßt (offenbar meinte er zu spüren, daß unser Glück seinen Zenit überschritten habe), dann bin ich für dich da, dann kehr zurück, und wir beschließen, was wir gemeinsam begonnen haben ... Ich schwöre es. Wenn es vorbei ist, dann komm!‹ Nun, sie schlug ein und gewährte den Aufschub.

Ich bemerkte anfangs ein langsames, fast zärtliches Zurückweichen zwischen uns. Wie zwei Abberufene in einem Zaubermärchen waren wir, die sich Schritt für Schritt rückwärts voneinander entfernen, ohne sich aus den Augen zu lassen, und sich Liebesworte nachrufen, bis sie beide rechts und links in den Kulissen verschwunden sind ...

Ich entfernte mich innerlich erst von ihm, als er zum Eiferer wurde. Und zwar zum Eiferer um sein eigenes Kind, unsere kleine Tochter Kerstin, die er auf eine gegen mich rücksichtslose Weise zu vergöttern begann. Ich wollte leben mit einem Mann und fand schließlich jemanden, der mir in pathetischen Begriffen auseinandersetzte, was den rechten Mann, was die rechte Mutter ausmache und welche sündhaften Versäumnisse ich mir zuschulden kommen lasse. Sein Geist umgab sich mit einem Panzer von Überzeugungen, und hinter diesem vollzog sich ein fortschreitender Verfall seiner Glaubwürdigkeit. Seine Bekenntnisse standen in keinem Verhältnis zu der tatsächlichen Verantwortung und Besorgung, die er für die Kleine übernahm. Das Kind existierte vornehmlich in seiner preisenden Sprache, und diese erhob sich letzten Endes zu einer einzigen Anklage gegen mich, die unmütterliche Frau, die im Kindbett ›nur einmal der Natur Genüge getan habe‹ ...

Unversehens war Therese wieder da. Sie kam, angezogen von seinem Kummer, von der Zersetzung unserer Ehe, über der sie wie ein Geier kreiste, er brauchte sie nicht zu rufen. Jetzt kam sie ein letztes Mal und legte die Schlinge des Erbarmens um seinen Hals. Weiche unerweichliche Rächerin, die endlich Vergeltung für ein Kind erwirken wollte, das sie einst nicht zur Welt bringen durfte, damals, als er, von Geltungssucht und Ehrgeiz zerfressen, gierig nach einem freien unabhängigen Leben strebte. Und als er sich abkehrte und gleichzeitig auf später schwur, hatte sie ihrerseits etwas geschworen: ›Irgendwann hol ich mir das Kind von dir oder hol mir dein Leben.‹ Sagte ihre Weissagung und verschwand. Senkte den Schwur wie einen Fundamentstein in seine leichte, rücksichtslose Jugend. Baute Jahr um Jahr, Wiederkehr für Wiederkehr am Haus ihres Raubs. Und jetzt, nach bald einem Vierteljahrhundert, hält sie den Kläglichen tatsächlich in ihren Armen. Er hatte aufgegeben. Zu schwach, um sich ihrer noch einmal zu erwehren, kauerte er schließlich an ihrem siegreichen Herzen und harrt, daß der Spruch auf die erste, für ihn glimpflichste Bedingung hinauslaufe. Und ich, um das Leben unseres armen Andrés bangend, sah mich zu guter Letzt genötigt, die Gebärmutter einer angejahrten Intellektuellen in meine Fürbitte einzuschließen ...

Auch sie war ja in den Eifer geraten. Denn es war keine Liebe mehr in ihrer maßlosen Treue. Nur Bekenntnis, nur die falsche Überzeugung vom Einzigen, Richtigen, dem Mann, der ihr das verdorbene Leben wiedergutmachen sollte. Ausgerechnet sie, die Jahrzehnte Strolchende, erstrebte nun Absolution für ihre Jugendsünden, klagte sich selber des Mords an, den sie an ihrer Frucht vor fünfundzwanzig Jahren begangen hatte. (Verzeih, aber diese neue Gesittung, diese moralische Selbstgeißelung, der man da begegnet, kommt mir so scheinheilig vor wie ein letztes, perverses Gelüst, kurz bevor die

Libertinage in völlige Erschöpfung und Gleichgültigkeit fällt ...)

André lebte schon Monate vor ihrer Rückkunft unter der Bedrohung der Bekehrten. Ja, er fürchtete sie wie der zum Biedermann gewordene Ganove, bei dem eines Tages ein soignierter älterer Herr auftaucht, ›um eine alte Rechnung zu begleichen‹ ...«

*

»Ich hatte nicht aufgehört ihn zu lieben«, mit diesen Worten begann nun auch Therese sich Rechenschaft abzulegen über die bekannten Vorgänge, und das hieß: sich mit den Mitteln der Aufrichtigkeit einer möglichst lükkenlosen Selbsttäuschung hinzugeben, wie es die beiden anderen vor ihr getan hatten.

»Als er sich tatsächlich entschloß, Lis zu heiraten, war ich zunächst schockiert. Ich hatte, ehrlich gesagt, auch nicht damit gerechnet, da ich Beweise genug besaß, daß er sie keineswegs liebte. Ich nahm an, daß ich nicht allzu lange abzuwarten brauchte, bis meine Zeit gekommen wäre. Nun, andererseits war meine Zeit auch nicht mehr unermeßlich ... Er war diese Ehe nur eingegangen, weil er die Plagen, Widrigkeiten, Entbehrungen und Schmerzen, die unser Verhältnis uns beiden auferlegte, nicht mehr ertragen und gewaltsam abschütteln wollte.

Für mein Empfinden hatte er Lis nur geheiratet, um aus unserem verzweifelten Hin und Her auszubrechen und endgültig ein Grenzmal, einen Pflock in die Erde zu treiben, der unseren allzu freizügigen Bewegungen eine feste Beschränkung bot. Als er dann aber ein Kind mit ihr bekam, riß unter mir der Boden auf. Gekränkt und verstört bewegte ich mich einige Zeit gleichsam unterirdisch fort, hielt keinen Kontakt mit ihm und war für ihn nicht aufzufinden.

Nach sechs Jahren meinte ich, daß die Zeit für mich reif sei, und ich rief das erste Mal wieder an, aus unserem Ferienhaus, das wir in der Nähe von Toulouse erworben hatten. Ich erklärte ihm, daß ich mich nun langsam auf den Weg machen würde, die Frist sei abgelaufen, er möge sich darauf vorbereiten.

›Welche Frist?‹ fragte er erschrocken, und ich mußte lachen, denn er erschrak über seine Freude, mich zu hören …

Es ist richtig, daß Lis niemals versuchte, ihn zu hintergehen oder zu irgendwelchen fragwürdigen Entscheidungen zu zwingen. Dennoch konnte sie keinen Zweifel haben, welche Rolle sie in unserer Verbindung spielte und daß sie nur vorübergehend, langsam vorübergehend seine Frau sein sollte. Gleichwohl waren dabei (in dieser Rolle?) die Schönheit und die Gradheit ihres Wesens immer deutlicher hervorgetreten. Ihre Gestalt, ihre Beherrschung, ihre Worte erschienen André wie eine stete anmutige Belehrung, wie ein lächelnd erhobener Finger, aber einer, der nicht droht, sondern nur zum Achtgeben anweist … Mehr Vorsicht, Lieber, lerne, wenn du mit uns Frauen rechnest … Ihre kühle Feinheit und Strenge verboten es im übrigen von selbst, daß sie je eine plumpe Aussprache über ihr wirkliches Verhältnis führten. So lebte er mit dieser zarten, fremdartigen Vermahnung, erkannte die Überlegenheit ihres klaren Herzens, und sie betörte ihn. Ihre Aufrichtigkeit – und das war für ihn sinnlich: ihr helles Aufgerichtetsein – wußte er letztlich nur mit dem Gefühl einer scheuen Verehrung zu erwidern. Zuweilen war ihm, als führten sie ihre Ehe nicht in einer modernen Neubauwohnung, sondern in der Zurückgezogenheit eines mittelalterlichen Gärtleins, umschlossen von einem Kreuzgang, in dem Worte wie Huld, Dank und Ehre in ihrer alten Ordnung widerhallten. Er hörte sich oft in solch ergebenen Worten zu ihr sprechen – über seine Lippen aber kamen sie nie. Von dem hohen Ansehen, in dem sie bei ihm stand, führten nur schwierige, klippenreiche Pfade hinab zur Befriedigung der gewöhnlichen Begierden, die von ihr ohne Ermüdung, ohne Nachlassen gefordert und erwartet wurde. Für ihn barg hingegen Begierde, sofern sie echt und schamlos war, immer die Gefahr, daß das Auge darin unterging und daß der Mund im Eifer log. Ihr Gesicht, wenn es sich in Lüsternheit verzog, war nicht mehr schön. Obendrein machte sie, die Unschuldigste, allerlei rührende Anstrengungen, von denen sie wohl annahm, daß sie auf einen gesunden Mann unwiderstehlich wirken müßten. Aber sie verstörten ihm ihr Bild, und Schamgefühle behinderten ihn.

Nun sind André und ich in diesem Punkt vielleicht besonders vorbelastet. Seit unseren Jugendtagen haben wir nach älterer Schönheit unter der Oberfläche des Alltags gegraben. Es kam ja überall noch ihr Urgestein zum Vorschein, man mußte nur auf einzelnes besser achten, um zu sehen, wieviel Schönheit, wenn auch in tausend Stücke gesprengt, über uns alle verstreut liegt und auch zum Strahlen kommt. Allein was nicht alles keusch sein kann selbst an einem ganz verkommenen Menschen! Und wenn es nur ein Schimmer seines Auges ist, ein Wink mit seiner Hand, und selbst mitten im Unrat, den er denkt und fühlt, taucht es plötzlich auf, das Unberührte ...

Ja, ich bin dieser Frau im stillen nachgefolgt. Sie war es, daran gibt es nun keinen Zweifel mehr, die mich über die letzten Jahre hin tiefer anzog als André, der Mann.

Sie war es, die das Unauflösliche meiner Verbindung zu André besser verkörperte als ich selbst. Es kam in ihr zu einer schöneren Erscheinung. Ich hätte mich nicht geschämt, sie weit über mich zu stellen. Aber es gab nun einmal diesen Pakt, der sie ausschloß, und ich mußte ihn erfüllen.«

Verlorene Liebesmüh

Ihr Schwiegervater, ein untersetzter runder Mann, saß auf der Ledercouch und zweifelte, ob er nicht besser aufgeben solle. Nicht mehr mitmachen, endlich Schluß mit der *verlorenen Liebesmüh*. Und wenn er beide Arme genügend weit ausgelegt hatte auf der Rückenlehne, dann sagte er, daß das alles so nicht weitergehen könne. Die Schwiegertochter hörte geduldig zu, empfahl ihm jedoch – sie sprach leise unter seinen Worten hinweg: »Knöpf doch bitte deine Jacke auf!« Über seinem Bauch spannte das mit einem Knopf zusammengehaltene Jakkett. Er dachte aber so heftig ans Aufgeben und Es-sein-Lassen, daß er die Bitte der Schwiegertochter jedesmal überhörte. Sie wurde auch stetig leiser und war nach dem fünften Mal nur noch ein Fingerzeig. Vielleicht schien es ihm auch zu unwesentlich oder einfach unpassend, im Zuge seiner bittersten Eingeständnisse, daß er's nicht geschafft habe, daß seine Zeit vorbei sei, lediglich an seiner Kleidung etwas zu korrigieren. Mit Genuß sich selbst quälend kam er immer wieder auf das Publikum zu sprechen, das sich zu seinen landschaftshistorischen Vorträgen in immer geringerer Zahl einfand.

»Ach Gott, die Selbstherrlichkeit dieser Menschen! Dieser Leutchen! ... Du weißt doch, die Führungen, die kleinen Veranstaltungen, die Vortragsreihen und was ich nicht alles arrangierte, um Leute in den Park zu lokken, aber das alles scheint nicht mehr besonders gefragt zu sein. Nicht *innovativ* genug für heutige Ansprüche. Schade. Ich weiß nicht, weshalb man aus allem immer ein großes Spektakel machen muß? Doch, doch. Die Menschen wollen durchaus Vorträge hören. Aber nicht meine. Sie verstehen mich nicht. Weil ich reden kann! Weil *ich* ein Redner *bin*. Das ist das Ausgestorbene an mir. Ein allgemein ausgestorbenes Talent, das bin ich. Deshalb kommen sie nicht oder nur wenige.«

»Knöpf oder knüpf dir doch bitte die Jacke auf.«

»*Ich* kann reden. Frei. Anschaulich. Prägnant. Mitunter witzig. Aber die Menschen ziehen die audiovisuelle Führung vor. Sie wollen lieber einen schlecht vom Blatt lesenden Provinzschauspieler hören. Laut Umfrage. Die möchten abgekapselt sein mit ihrem Apparat. Audiophone oder wie die Dinger heißen.«

»Du erinnerst dich vielleicht an Marga«, sagte seine Schwiegertochter, um ihn endlich von seinem nichtswürdigen Jammern abzulenken, »Marga war Ulrichs Lebensgefährtin, bevor es mich gab. Vor kurzem erfahre ich, daß sie ihn um alles in der Welt noch einmal sprechen möchte, denn die Leukämie, die ihr Blut zerfrißt, ist nicht mehr zu heilen. Eine Freundin von ihr rief an und weinte am Telefon, ob er sie nicht wenigstens noch einmal anrufen könne, die Todkranke. Sie weinte auf mein Band. Aber mein Mann, dein Sohn, ruft sie nicht einmal an. Er telefoniert so ungern. Angeblich hat er ihr eine Postkarte geschrieben, als er von ihrer Erkrankung erfuhr. Aber sie wollte ihn doch noch einmal *sprechen*! Vielleicht ihm etwas Letztes anvertrauen, ein ganz wichtiges Wort zum Abschied. Nach allem, was sie einmal miteinander hatten ... Er läßt sich nicht mehr sprechen. Dein Sohn. Mein Mann. Er hat sich hinter sogenannten *extremen Belastungen* versteckt, sie schirmen ihn von jedem Anstand, jeder Herzenspflicht ab. Verstehst du das? Er war schließlich – wenn man die Jahre überblickt – der wichtigste Mensch in ihrem kurzen Leben, dein Ulrich, mein Mann. *Ich* weiß, wie ihr zumute war, ich weiß, was es für sie bedeutet hätte! Am Ende. Ein einfacher Anruf! … Mehr wollte sie nicht. *Ich* weiß, was ich Marga zumuten mußte damals, es ist verdammt lange her, als ich sie ablöste. Als ich zwischen sie und Ulrich trat. Aber dieser Mann, der für sie immer der einzige blieb, immer der klügste und liebste Mensch ihres Lebens, dieser armselige Ich-kann-jetzt-nicht-Mann, dein Sohn, der sich dem letzten Wunsch einer Sterbenden versagt, ein Unmensch ist so jemand! Er ruft sie nicht einmal an auf ihre letzten Tage! Kannst du dir die maßlose Traurigkeit dieser Frau vorstellen? Kannst du dir vorstellen, wie sehnsüchtig sie auf seinen Anruf wartet, um sich von ihm zu verabschieden? Um ihn noch einmal an irgend etwas zu erinnern. Und kannst du dir das Schrumpfherz deines Sohns vorstellen, erbsengroß, das für diese letzte Sehnsucht einer Sterbenden nicht mehr empfänglich ist? Kein Kind, keine Karriere, nichts, worauf sie hätte stolz sein können, am Ende. Nur die Zeit mit Ulrich, bevor ich kam. Ehe die Krankheit ausbrach, hatte sie allerdings noch geheiratet, einen Industriekaufmann. Ich hoffe, mit ihm konnte sie für ein paar Monate noch glücklich sein, feiern und reisen und darüber zeitweilig die abscheuliche Nummer eins in ihrem Leben vergessen. Deinen Sohn, meinen Mann. Sie war ja eine seltsam weiche und gedämpfte Frau, immer die zweite, ungeliebte Tochter ihres Vaters, vom ganzen Typ her eine Zurückgesetzte. Und dann wird sie auch noch mit so viel Elend überschüttet. Wie grausam ist das! Sie, die ihr ganzes Leben im Unglück, in der Niederlage verbrachte – ausgerechnet sie fressen am Ende die weißen Blutkörperchen auf!«

»Ja, das ist furchtbar. Na, das wußte ich nicht. Ungeheuerlich ist das. Es gibt eben nur noch uns, die Aussterbenden, und auf der anderen Seite die Rücksichtslosen und Banalen, die uralt werden. Du mußt dir vorstellen, ganze zwanzig Leutchen, wenn ich über Fürst Pückler rede! Zwanzig. Mehr nicht. Ich bin keiner für den kleinen Haufen. Ich liebe, ich bewundere, ich vergöttere, worüber ich rede: ich bin mitreißend! Dazu gehört die Menge, nicht das verschwindend kleine Häufchen.«

»Mach doch jetzt ruhig den Knopf auf.«

»Mein Gott, Anja! *Du* weißt, was ich in die Waagschale werfe! Du hast mich oft genug gehört. Du weißt, was ich in die Waagschale zu werfen *imstande* bin! Sag doch einen Ton: soll ich es wirklich seinlassen?«

Falsche Vorstellungen

Ich hatte sie keineswegs beobachtet. Ich bildete mir ein, sie kurz und müde mit einem einzigen Blick gestreift zu haben, abschätzig vielleicht, aber so, daß sie es unmöglich bemerkt haben konnte. Sie war eine knäbische kleine Person, die mit sonorer Stimme sprach, perfekt amerikanisch, und in diesen lässigen Lauten unentwegt indiskrete Bemerkungen über mich machte und sie kurz darauf in ihr Notizheft schrieb. Ich dachte: Hier sitzt du nun, ein elend ruhiggestellter Poet – und diese knubblige kleine Vettel, eine blutige Anfängerin, übt sich in hastigen Mutmaßungen über deine Person, beobachtet dich mit ihrem femininen Hochmut, und vielleicht hättest du's früher umgekehrt selbst getan. »The man behind you is watching me«, sagte sie mit verkniffenem Mund zu ihrer Freundin, einer Japanerin oder Koreanerin, die ihr am Caféhaustisch gegenübersaß. Das unverbrauchte Talent hatte die Schuhe ausgezogen, sich in die Lehne gefläzt, die Füße auf den Rand eines leeren Stuhls gesetzt und schrieb auf ihren angezogenen Oberschenkeln. Überall sah ich jetzt diese kleinen Schreibzecken mit ihrem stilettzähnigen Enterhäklein und dem Saugrüssel, die sich auf alles herabfallen ließen, was über 36° warm war und ein bißchen Buttersäuregeruch verströmte. Ich fiel also ihrem frechen, verengten Beuteblick zum Opfer und spürte es förmlich im Nacken aufsteigen, was sie sich unter diesem Mann, diesem besonders ledernen Stück Mann einzubilden begann. Welch dummes Gesicht aber würde ich sehen, wenn ich ihr erklärte, daß ich auf ihrem Instrument selbst nicht ganz unbewandert sei und es mir leichtfiele, nichts auszulassen an ihr, wenn ich's nur wollte, wenn's mich bloß noch interessierte. Natürlich tat ich nichts dergleichen. Ich überließ mich ihren falschen Vorstellungen bereitwillig und stumm, ohne Ehrgeiz, den Eindruck eines unerfreulichen Mannsbilds, den ich auf diese Art Frauen gewöhnlich machte, zu zerstreuen oder zu korrigieren. Ich hielt still. Ich saß ihr Modell für ein Minutenporträt im Straßencafé …

Sie sah also die Summe meiner Nutzlosigkeit verkörpert in einem eitlen untätigen Mann, etwa zweiundfünfzig Jahre alt. Er trug ein dunkelblaues Jackett, und im Kragen seines weißen Hemds, das mit dunkelblauem Monogramm bestickt war, sollte ein nach Sandelholz duftendes Seidentuch einliegen. Natürlich fehlte die dunkle Sonnenbrille nicht, die Haare waren zu einer kurzen Welle geschnitten, mit vielen weißen Strähnen darin war es dennoch ein festes jugendliches Haar, die rotbraune Haut zeigte auf den Wangen tiefe Narben früherer Furunkel … Sicherlich, damit war zu rechnen, sie nutzte dies markante Merkmal meines Gesichts, das mich selbst dem oberflächlichsten Beobachter interessant und hintergründig erscheinen ließ und schon in zahllosen falschen Vorstellungen, die man sich von mir machte, gewürdigt wurde. Für sie war ich ein herumlungernder alternder Beau, der seine Tage mit Zeitunglesen in Straßencafés verbringt, sich immer noch für unwiderstehlich hält und ständig in Erwartung der Frau lebt. Jemand, der die Schönsten gerade gut genug für sich findet und dem es dann doch nur gelingt, die ermüdete Frau seines besten Freundes auszuspannen, freilich auch nur für eine kurze Weile, worauf er beide verliert, seinen Freund und die schlecht gewählte Geliebte. Beruflich bin ich nur noch lose mit meiner Immobilienagentur beschäftigt, die inzwischen hauptsächlich von meiner geldgierigen Nichte betrieben wird. Ein nutzloser Mann mit Namen Hartmut, der, wie es aussieht, bis zum Ende seiner Tage nichts mehr hinzugewinnen wird, schlimmstenfalls eine schwere Krankheit, denn er raucht in seiner grenzenlosen Eitelkeit und Muße an die fünfzig Zigaretten pro Tag.

Ein Mann, der sich nicht einmal langweilt, der seine Zeit damit ausfüllt, Figur zu machen, und mit sich rundum zufrieden ist, sieht man einmal von gewissen kleineren Plagen, von diesen leicht beunruhigenden Erwartungen des Geschlechtstriebs ab, doch die werden mitunter auch als angenehme Ventilation an stillen Vormittagen empfunden, und wenn sich, wie immer, keine erfüllt, so ist es am Abend auch nicht düsterer. Er kehrt nach Hause zu seiner Frau, legt das Jackett und die Lackschuhe ab und blickt unter viel Nasenbohren in den Fernseher. Später wendet er sich seiner Nächsten zu, bekleidet sie mit einer hübschen Illusion und gießt den unerfüllten Tag in ihre Seite.

Er besitzt weder Charme noch Intelligenz, er ist im Grunde gutmütig und wacker, wenn da nicht sein Äußeres wäre, das ihn irgendwann verdorben hat, ihm den Kopf verdrehte. Er lacht ziemlich nah beim Herzen, wenn auch meist nur kurz, damit das Gesicht nicht länger unterbrochen wird und sich die Züge dunkler Härte und Verwegenheit schnell wieder ordnen, von denen er meint, daß sie ihn zu einer unnützen Lebensform geradezu verpflichten.

Es stellt sich für die junge Autorin heraus (sie ist vernarrt in die bezeichnende Kleinigkeit): Mein Hemd, das bestickte, ist kurzärmelig unter dem Jackett. Das nimmt sie zum Anlaß, sich despektierlich über meine Angezogenheit und Unangezogenheit, meinen Geschmack und meine verborgenen Nachlässigkeiten zu verbreiten. Um schließlich mit ganz anderer Beachtung dann von meiner Frau zu sprechen. Sie habe einen Hochschulkurs für Kosmetik absolviert und bilde sich überhaupt ständig fort. In ihrem Auge blinke der kleine harte unverwirrte Funke der weiblichen Erlösbarkeit. Hundert Modezeitschriften, die sie im Jahr studiere, fielen wie mürbe Blätter dahin vor diesem einen heiligen Funken, und keine Television, kein männliches Scheinwesen, kein Lack und kein Konsum habe ihn zu löschen vermocht …

Nun, eines zumindest will ich nicht bestreiten: Ich liebe das Leben um der Löcher willen, die ich in die Luft starren darf. Ich habe nie gern einen geschäftigen Eindruck gemacht. Ich verweile mehr, als daß ich mich bewege. Aber ich bin gewiß nicht eitel, trage kein falsches Bild von mir in der Brust und habe schon gar keine Frau, die einen »Hochschulkurs« für Kosmetik absolviert hat. Die Wahrheit zu sagen: Es gab nie eine Frau an meiner Seite, ich erwarte auch keine und sehe keiner nach auf der Straße. Dieses derbe, gezeichnete Männergesicht gehört in Wahrheit zu einem Menschen, der dreimal in der Nacht aufsteht und nach seiner schlafenden Mutter sieht! Aus Angst, es könnte sie irgend etwas daran hindern, mich um Hilfe zu rufen … Es gehört jemandem, dem es Freude macht, seine alte Mutter zu begleiten, ihr das Haus zu besorgen, wenn es seine Zeit erlaubt (und das tut sie ausreichend), der in der S-Bahn mit ihr zum Einkauf fährt, gemeinsam mit auffallend vielen anderen in ihren mittleren Jahren aus der Bahn geworfenen Männern, Ausgeschiedenen aus Beruf und Ehe, die ebenfalls an der Seite ihrer Mütter, rüstigen Trümmerfrauen oft, aus dem Ostteil der Stadt nach Charlottenburg fahren und ihren Vormittag in Kaufhäusern verbringen. Denn es ist mein einziger Ehrgeiz, sie behutsam und verläßlich aus dem Leben hinauszuführen, geradeso wie sie mich einst hineinführte. Dies ist mein Weg. Nichts wird mich von ihm ablenken. Und wo er abbricht, werde ich reglos stehenbleiben.

Mir selbst wäre vor meinem Spiegelbild nicht geheuer, wüßte ich nicht mit Sicherheit, daß ich klein bin, von eher unscheinbarer Gestalt, jedenfalls das krasse Gegenteil des interessanten, verlebten Mannes, den man sich vorzustellen beliebt, wenn man sich in die oberflächlichen Male der Männlichkeit verguckt, mit denen ich ausgestattet bin und die rein epidermischer Natur sind, Risse, Narben, harte Spuren eines Lebens, das ich weder führte noch ertrug.

Unter den vielen falschen Vorstellungen, die mein robustes Äußeres bei den Leuten erweckt, befindet sich eine, die mir nahegeht, und es ist natürlich die, welche meine alte Mutter, aller mütterlichen Gewißheit zum Trotz, von mir hegt. Ich gestehe, daß mein tiefer Gehorsam, den ich ihr schulde, mich dazu verpflichtet, *ihre* Illusion, die sie von mir besitzt, schadlos zu erhalten, zu schützen und zu nähren. Ich habe mich also, meiner Mutter zuliebe, daran gewöhnt, ein Mensch mit verhältnismäßig engem Brustraum zu sein, in dem sich jedoch, wovon sie immer überzeugt war, ein halbes, nie ganz zum Zuge gekommenes Genie verbirgt, ein exzentrischer, gefährdeter Charakter, ein ordnungsliebender und eigensinniger Künstler-Zölibatär, der ständig in der Maske des gespitzten Bleistifts herumläuft, korrekt, überkorrekt gekleidet, von außen beinahe wie ein Kontorist vom alten Schlage, der mit seinem schmalen, keilförmigen Kopf durch die Wand will, während eine fettige Haarsträhne neben dem Scheitel albern in der Luft wippt, der aber zuweilen in ahnungsloser Kühnheit Umwälzendes daherredet, zum Beispiel in nächtlichen Kaschemmen und in finsterer Gesellschaft – wie ein Caravaggio! –, wo er im Übereifer seine Urteile wie fauchende Messer durch den Raum schleudert, ein immerzu bedrohter Geist, spitz aufgerichtet wie eine Rakete, dabei fest ummantelt mit Kontoristenmanieren – foris ut moris, intus ut libet! – und im tiefsten dazu befähigt, ein Mörder aus heiterem Himmel zu werden, nicht aus gemeinen Motiven, nicht einmal aus Jähzorn oder enthemmter Leidenschaft, sondern einfach aus zu heftiger Brustraumverengung ... ein solcher Mörder im übrigen, der seinem erwählten Opfer respektvoll über den Rücken streicht, einmal von oben bis unten, den langen Mantel entlang, beeindruckt von der Größe und Gradheit dieses Körpers, den er erlegen wird, denn er selbst, wie gesagt, ist eher zierlich gewachsen, sehr mager und blutarm.

Das Gespinst der Gänge, der Kokon der kleinen gewohnten Verrichtungen, in den sich die Greisin allmählich zurückzieht ... Ich saß wieder im Café Adlon an der Straßenkreuzung. Obwohl wir nun, nach über dreißig Jahren, in unser kleines Haus in Köpenick zurückkehren konnten, hielt sie ihrem Frisör die Treue, und ich begleitete sie einmal in der Woche zum Adenauerplatz. Wie allein wir sind, dachte ich auf einmal mit vollem Gewicht, ein Mann, verwirrt in seinem Zeitgefühl, und seine Mutter, die Achtzig hinter sich, deren Schritte immer kleiner wurden, zierliche schlurfende Schritte, die sich nur wenig vom Boden lösten. Die ihn unverständig, voller Güte und Dankbarkeit anstrahlte, das alte, noch längst nicht zerfallene Gesicht erhob mit ihrem viel gebrauchten lieben Lächeln.

Manchmal gerate ich in üble Stunden und fühle mich entsetzlich wehmutlos, bin erfüllt von Nüchternheit und

Zuversicht, als könnte ich ein neues Leben planen. Ich ertappe mich dabei, erschrecke und sage: Da hast du wieder eine kalte Stunde, in der du ihre Abwesenheit ertragen könntest ... Wenig später zehrt mein Auge dann an ihren engen beschränkten Bewegungen, ganz aus der Nähe verzehrt es sich nach ihnen, damit ich's nie vergesse, wie sie den Schmuck in ihr Samtschälchen legt, in der Küche sitzt und ihre Wortfindungsübungen macht, die ihr der Logopäde nach dem leichten Schlaganfall beibrachte. Dann möchte ich selbst in diesen Kreis der geringen Handhabungen, scheuen Behinderungen, in diesen im engsten abgerundeten Verstand einziehen und darin verschwinden. Ich höre das leise Pochen in diesen Verrichtungen, das ablaufende Zählwerk der Wiederholungen, das nichts mehr einläßt von einer Welt, die draußen schwankt und stürzt und rumpelt. Was hindert mich, daß ich einkehre unter ihre Hände? Weil sie und alles, was sie tun: der Kreis sind ... der Kreis, den man sein Lebtag suchte und dem man doch immer auf offenen fortstrebenden Linien entfloh. Sie ist der Kreis, und sie bereitet ihn mir.

Bald ist sie taub. Dann wird die Stille in ihrem Gehör wiederum an mir ziehen, die Greisin wird mich fesseln mit ihrem Gesicht, das aus dem Unvernommenen noch zarter, suchender und lieber nach mir lächelt ... Was ist das? Ist wie sacht sich schälender Glanz, sah's zuerst in ihrem linken Auge, als sie einen schlechten Mittagsschlaf hatte. Und dies da? Ein Ekzem, gefährlich rot, nässend, unter dem Ohrläppchen ... Ich hasse alles, was sich nicht im innersten Gewinde des Endens dreht. Ich hasse, was sich nicht auf engstem Raum wiederholt.

Niemals würde sie selbst es sagen: Komm doch mit ...! Sondern *es* sagt so: Ihr Dasein, in mir mündend, in mir versiegend.

Mit der frischen Dauerwelle in ihrem vollen silbergrauen Haar erinnerte sie mich zu meinem Mißfallen an irgendeine Fernsehansagerin der ersten Stunde. Ich mochte es ihr nicht sagen, wußte auch keinen anderen Stil vorzuschlagen. Als wir zum Charlottenburger Bahnhof gingen, sprang uns plötzlich die knäbische Kollegin in den Weg, die sich kürzlich gewisse Vorstellungen von mir gemacht hatte. »Ich kenne Sie!« rief sie, und mit diesem unsinnigen Ausruf steckte sie mir ihr Verfaßtes zu. Ich wandte mich schnell ab, doch sie ließ sich nicht abschütteln. Ich drehte mich um, schalt sie mit einer halben Kopfdrehung gen Himmel, um ihr nicht ins Auge zu schauen: »Dies meine Mutter! Bleiben Sie zurück!« So, als wollte ich den Satan abschrecken. Sie verfolgte mich aber wie die lästige Geliebte einer einzigen Nacht. Sie eiferte und flehte um Gehör, sie forderte ihr Recht an mir ... Ich packte den Arm der Schriftstellerin, die die mich zum Modell eines schäbigen Mannes gewählt hatte. Ich drückte, quetschte und schüttelte ihren Arm und schmiß ihn dann an ihren Körper zurück. Da war sie still und sah mit blöden Augen auf meine Füße. Ja, nun war es soweit. Ich duldete sie. Es war mir unbegreiflich, warum. Aber ich tat es von nun an. Sie war würdelos, zäh, unzerstörbar wie ein aus gepreßtem Müll geformter weiblicher Golem. Und doch mir haushoch überlegen mit ihrem rücksichtslosen, schauderbaren Erzählgeifer!

Im Herbst kam der todkranke Wilhelm mit einem Kleintransporter voll Pflanzen, pflanzte zwei Tage wie besessen, weil wir nun ein gutes Stück Erde um unser Haus haben. Flieder, Tulpenzwiebeln, Narzissen, Krokus, Scilla. Und kleine Bäume, Ahorn, Linde, Platane, Espe, Birke. Es sollte ein Geschenk für uns sein. Er setzte sein Vermächtnis in die Erde. Es war unmöglich, ihn einzuschränken. Es würde nun sein Garten sein für alle Zeit.

Jede Stunde nahm er ein dunkles Fläschchen aus der Hosentasche und ließ ein paar Tropfen Opium auf seine Zunge fallen. Seine Gesichtshaut war bleigrau. Die Zähne traten immer nackter hervor. Durch die Zähne kündigte sich die Herrschaft des Skeletts an. Es war schmerzlich, daß zwischen uns eine Barriere war. Ich konnte nicht so auf ihn eingehen, wie er's verdient hätte. Es war nie wieder so wie früher zwischen uns. Ich hielt meine Mutter von ihm fern. (Sie hatte ihn nie besonders gemocht.) Es gehörte zu meinen strengsten Pflichten, sie über Wilhelms Krankheit und den wahren Charakter unserer Freundschaft im unklaren zu lassen. Der Kollegin Barbara indessen, die sich bei ihr aufhielt, solange wir im Garten arbeiteten, konnte es nicht verborgen bleiben. Als ich ihr Wilhelm vorstellte, war ihre kaum verhohlene Verblüffung ein kleiner, flüchtiger Triumph für mich.

Sein pfirsichgroßes Lymphknotengewächs, das sich in die Magenwand gefressen hatte und das der Magen wie einen Fremdkörper umschloß, wurde mit Hilfe der Chemotherapie auf Pflaumengröße abgeschmolzen. Er lebte jetzt mit einem »ziemlich genauen physischen Empfinden« für sein Skelett. Seine »Utopie« nannte er's beharrlich: zusammengekauert in der selbstgezimmerten Kiste zu liegen. Wie belächelte er den Hochmut der Schönen, der Aufrechten, der Geschäftigen! Seine ärgste Furcht war es: »närrisch« zu werden. Seine innigste Hoffnung: rechtzeitig das Bewußtsein zu verlieren. Man wußte nie, ob er im nächsten Moment eine obszöne Unverschämtheit oder eine fromme Anrufung herausbrachte ... »Da! Ich geb dir meine Stimme. Hast du was zum Erinnern. Hast du übrigens nicht verdient. Vielleicht das letzte Mal, daß du sie hörst!« sagte er zu jemandem, den er mitten in der

Nacht anrief. Er war: der unleidliche Todgeweihte. Der tödlich Getroffene, dem die Galle übergeht.

Niemand, der ihn in den letzten Monaten am Krankenbett besuchte, wurde von seinem Grimm verschont. »Ich bin schon Aas«, mußte ich mir anhören, »entweder du beugst dich zu mir in die Fäulnis, in den Gestank, oder du machst, daß du wegkommst.« Fast ein Dutzend Mittel bekam er gen Ende. Zum Schlafen, zum Defäzieren, zum Schmerzstillen, AZT immer noch, die Tausend-Mark-Spritze der Chemotherapie nicht mitgerechnet. Andererseits war er geradezu wohlhabend geworden auf seine letzten Tage durch Krankenhausgeld und Versicherungsauszahlungen. Neidisch beobachtet er den Tod der Stubenfliege. Die fällt auf die Flügel, zieht die Beine an, strampelt noch einmal heftig, legt dann die Gliederchen alle ordentlich an den Leib und läßt sich rasch erstarren.

Als ich Barbara fragte, ob ihr das Caféhaus-Gekritzel über mich nicht peinlich sei, nun, da sie die Wahrheit kenne, antwortete sie, daß sie nur an meine »Physis« glaube, daß sie nur meiner Physis traue; was hinter ihr lebe, interessiere sie nicht. Sie glaubte an meinen Körper! Ausgerechnet! ... Ich nahm alles hin, ich ließ sie gewähren, denn sie gefiel meiner Mama.

»Für mich gibt es Dinge, die ich nicht mehr ausspreche, und manches, mich allein betreffend, das ich nicht einmal denke. Vielleicht fällt es dir leichter ... Es ist mir dreißig Jahre lang gelungen, das, was ich nicht mehr nenne, vor ihr geheimzuhalten. Es bleiben nur noch wenige Jahre, die ich durchzuhalten habe. Ich habe übrigens einen Pakt mit meiner ›Physis‹, wie du es nennst, geschlossen: daß sie mich nicht im Stich lasse, solange die Mutter noch lebt. Danach werde ich nicht den geringsten Widerstand leisten. Sollte sich aber entgegen unserer Verabredung die ›Physis‹ unfair verhalten, so bitte ich dich, bitte dich mit dem Gewicht und der Verpflichtung einer letzten Verfügung: die Lüge, die du über mich begonnen hast, fortzusetzen mit allen Mitteln, die dein erzählerisches Talent hergibt, um *sie* damit vor Aufklärung zu bewahren. Die Illusion meiner Mutter bestand seit eh und je aus einer halben, genau begrenzten Ahnung, die am kritischen Punkt abbricht und in ein kreatürliches, wohltuendes Unwissen entschwindet. Ihre falsche Vorstellung von mir ist für mich schützenswerter als alles übrige auf der Welt.«

Ich konnte nicht erkennen, ob ich die kleine Schreibzecke angesprochen hatte oder Barbara, die Nothelferin bei Blitzgefahr und Plötzlichem. Sie nickte und schüttelte leicht den Kopf. Offenbar war sie einverstanden, ohne recht zu verstehen.

Wilhelm kam unter Quarantäne. Er besaß so gut wie keine Leukozyten mehr. Jeder Keim konnte ihn dahinraffen.

Als ich ihn wieder besuchen durfte, war der Mann zu einem schmächtigen Greislein geschrumpft, nicht mehr zu unterscheiden, ob weiblich oder männlich. Ich erschrak, als ich in die Tür trat, denn im ersten Anblick glaubte ich die Mutter zu sehen und von ihrem Gesicht nur noch das Loch des röchelnden Munds. Das Loch war gen Himmel gerichtet, so offen und bereit, die Seele herauszulassen und nichts mehr hinein.

Da lag sie, die Lunge voller Wasser, und wollte sich umwenden im Bett. Die Hand, die ein Zeichen geben wollte, um Hilfe bitten, war schon zu schwach. Was ist das für ein Sterben? Das Bleigewicht der Schwäche, die sie hinabzieht. Und alle Sehnsüchte des Lebens scheinen nun auf eine einzige zusammengeschrumpft: nicht mehr diese gewaltige Anstrengung aufbringen zu müssen, das Zeichen zu machen, damit jemand das Glas Wasser reicht, diese Sehnsucht, daß es einen nie wieder dürsten möge …

Ich schloß die Augen und sagte: »Ich bin glücklich, dich zu sehen.« Und er antwortete langsam und gleichlautend: »Ich bin glücklich, dich zu sehen.« Ich merkte bald, daß er nur noch, kaum hörbar, wiedergab, was man zu ihm sagte. Es entstand auf einmal eine große gemeinsame Stille in diesem Krankenzimmer. Mir kam die Erinnerung an unseren Besuch bei den Mennoniten, damals, als wir ihr Haus kaufen wollten in der Nähe von Coburg, weil wir der Großstadt müde waren. Alles war dort aus Holz gemacht, und es herrschte eine unvergleichliche Zeitvergessenheit in den Räumen der alten Fabrikantenvilla. Die Leute wollten zurück nach Paraguay, zu ihrer Missionsstation, in ihr Reservat. Drei Frauen in schwarzen Schürzengewändern saßen zu Mittag auf dem Sofa und lasen in der Bibel. Überhaupt gab es nur dies eine Buch im ganzen Haus, aber überall herrschte Würde und Maß, nicht wie in einem Museum der Frömmigkeit, sondern es war wie ein Einschluß Weltabgewandtheit in der harten Weltkugel, die ohne diese machtvollen Verstecke der Stille auseinanderflöge. Und wie freundlich, wie vollkommen mild lag der Mittag auf dem großen Bett mit dem hohen Kissen, in dem beschützt und entrückt das kleine Mädchen schlummerte, das an Masern erkrankt war … Als ich von diesem friedlichsten Bild erzählte, das wir in unserer gemeinsamen Zeit gesehen hatten, schien ein kleiner Lichtstreifen von Erinnerung über sein eingefallenes Gesicht zu ziehen.

Anfangs hatten unsere Gebete eine Bitte des heiligen Sebastian einbeschlossen, »daß du mir eine Wohnung bereitest in den Sternen«, und Wilhelm, als ihn sein Grimm noch nicht verlassen hatte, wollte aus derselben Legende die Zeile auf seinen Grabstein setzen: »da schossen sie so viele Pfeile auf ihn, daß er stund wie ein Igel«.

Er starb drei Tage vor dem Pfingstfest. Am Nachmittag war ich noch einmal bei ihm. Er lag in einem einzigen Weiß, Haar, Laken, Haut, Kittel. Er japste schwer und regelmäßig wie ein Wesen aus dem Wasser, das in unserer Luft nicht atmen kann. Das Herz schlug leer und heftig. Die Schwester, die Ärztin vom Dienst kamen und betteten ihn neu. Sie strichen seine Zunge, seinen Gaumen mit weißer Salbe, damit sie nicht rissig würden. Die matten Augen – aller Glanz: abgeschält! – gingen noch einmal suchend und entgleitend auf, als er meine Stimme hörte. Er sah mich nur noch kurz, und der Blick, so fremd, ließ mich spüren, daß wir einander nicht mehr nahe waren, nicht mehr in derselben Sphäre. Kurz darauf schlug sein Herz nicht mehr gleich. Von nun an hätte man die Schläge wohl zählen können ... abzählen, bis zum letzten. Es läuft nicht aus. Es steht mitten in seinem sturen Rhythmus, nach einer letzten Störung, still. Aus. So lange gearbeitet ohne einen einzigen freien Tag ...

Das war der Tod. Er zeigt dir den geliebten Menschen noch, wie er eben war: wie er atmete, wie sein Körper, dessen Fleisch noch warm ist, sich hob und senkte. Dann läßt er die Haut seiner Jahre, das Gewand seiner Geschichte leer in deinen Armen zurück. Diese Hülle, »was er gewesen ist«, kannst du mit dir forttragen und aufbewahren.

Wenn der Aufenthalt in einer fremden Stadt zu Ende geht und man sitzt zu früh bei schon gepackten Koffern, raucht und zählt den Rest der fremden Währung; wenn der Ort schon schwindet und man selbst streckt sich in

Gedanken vor in die gewohnte Umgebung, obwohl man noch eine volle Stunde warten muß und in dieser überflüssigen Stunde nicht hier, nicht dort sein kann – so war der Zeitraum, den ich von nun an zu bewohnen hatte ... Himmel! dachte ich, das soll schon alles gewesen sein? Die paar Augenweiden, Irrwische, das Gesehene, das Leben, nur Fusseln immerzu, nur mouches volantes?

Der Himmel war schwarz wie der edelste Rappe. Es war niemand zu Hause. Durch die Fenster stach das Zwielicht des nahen Unwetters. Eine vertrocknete Hortensie stand in einer kleinen Vase vor dem Spiegel. Die Vase zersprang, die Blume fing Feuer ... es war die Stunde der Barbara. Doch sie war verschwunden. Auf ihrem ungemachten Bett lag eine Schachtel mit ausgekippten Teebeuteln. Schränke und Schubläden waren leer geräumt. Auf dem Schreibtisch keine Nachricht, nur ein Einkaufszettel, Besorgungen für den Haushalt, die sie nicht mehr erledigt hatte.

Die Mutter rief aus einer Telefonzelle an. Sie wagte sich nicht allein auf den Heimweg wegen des aufziehenden Gewittersturms.

»Wo steckst du? Wo ist Barbara?« schrie ich erregt.

»Sie ist heim zu ihrem Kind«, sagte sie in einem harschen, vorwurfsvollen Ton, den ich nie von ihr gehört hatte. Ich herrschte sie an, befahl ihr, sich zusammenzunehmen, denn ich glaubte, es sei nun eingetreten, wovor ich mich immer am meisten gefürchtet hatte, sie sei verwirrt. Ich wollte es um keinen Preis wahrhaben, ich schrie und hoffte, daß ihr vor Schreck der Verstand wiederkehre. Andererseits klang ihre Stimme so fest und befremdlich, daß es mir kalt über den Rücken lief: was war um Himmels willen vorgefallen? Was hatte die Fremde ihr erzählt? Ich holte sie mit dem Taxi ab. Sie hatte sich bis nach Grünau verirrt, war allein mit der S-Bahn aus der Stadt gefahren und im Forst spaziert. Ich fand sie erschöpft, aber nicht verwirrt. Auf meine Vorhaltungen und Fragen antwortete sie nicht. Sie wich mir mit einer unangenehmen, pikierten Traurigkeit aus. Ich glaubte, daß alles verloren, ruiniert sei, und schwieg ebenfalls. Dann sagte sie: »Wußtest du eigentlich, daß sie ein Kind hat, daß sie verheiratet ist in Amerika?« Mit einer vorsichtigen, halben Erleichterung gab ich die einsilbige und aufrichtige Antwort: »Nein«.

Es beschäftigte mich in diesen Augenblicken weniger, was für eine Geschichte, schlecht erfunden, die knäbische Autorin über sich selbst erzählt haben mochte, als vielmehr der furchtbare Verdacht, daß es da noch etwas anderes gab, das meiner Mutter zu schaffen machte und das ihrer Stimme jeden Ausdruck von Arglosigkeit und Einfalt geraubt hatte.

Zu Hause löste sich die Spannung, sie weinte, schluchzte ein paarmal heftig wie eine unglücklich Verliebte. Ich konnte es nicht mit ansehen und saß doch wie gelähmt bei ihr. Ich wagte nicht, sie in den Arm zu nehmen. Sie kam jedoch wieder nur auf Barbara zu sprechen, die mir inzwischen ziemlich gleichgültig war oder allenfalls verdammenswert erschien, weil sie nicht zuverlässig auf meine Mutter aufgepaßt hatte. Sie sagte, sie sei so enttäuscht und aufgeregt gewesen, daß sie einfach habe »ausreißen« müssen. Aber das war noch nicht alles. Sie sprach nun sehr leise und angeekelt, die Erinnerung an das Vorgefallene verhärtete ihr Gesicht. Die kleine Asiatin sei gekommen und habe der Barbara eine böse Szene gemacht. Es sei sehr schlimm gewesen, was sie im Nebenzimmer, schließlich im ganzen Haus, habe mit anhören müssen. Im Streit sei dann eben alles herausgekommen …

Meine bleiche Neugierde erstarb in diesem Augenblick. Es war unmöglich, weiter in sie zu dringen, zu erforschen, was sie nun eigentlich wußte und was nicht. Alles, was sie vorbrachte, kreiste immer wieder um Barbara (»Wie kann man sich in einem grundanständigen Mädchen so furchtbar täuschen?!«) und um den Skandal ihres Kindes: daß sie bereits zu Wochenanfang in Vermont sein müsse und daß sie Olivers Einschulung schlicht vergessen habe! ... Und es endete zu guter Letzt bei einem maßlos übertriebenen Bedauern und kläglichen Entschuldigungen, daß sie nicht anders gekonnt habe, als vor den beiden – weil sie's nicht mehr hören wollte! – aus dem Haus zu flüchten. Aber weshalb war sie in *Wahrheit* davongelaufen?

Wir befanden uns in einem heillosen Durcheinander von falschen Tönen, falschen Annahmen, falschen Rücksichtnahmen, von unterstellten Gefühlen und vorgeschützten Worten, so daß wir uns unablässig etwas zu verstehen gaben, das jeder für sich auslegte, wie er mochte. Eine einmalige Eröffnung, eine unumstößliche Wahrheit, gar die Aufdeckung einer sogenannten Lebenslüge hätten in dieser aufgelösten Situation keine größere Glaubwürdigkeit für sich beanspruchen können als irgendeine der verdeckten Mitteilungen und unechten Beteuerungen. Und so glichen sich die gefährlichen Signale am Ende harmonisch aus, nachdem wir uns ein wenig beruhigt hatten und wieder in das Schwerefeld unserer Liebe eingetreten waren.

Der arme Angeber

Er ist ein Aufschneider und Phantast. Ein Großsprecher und ein Spinner. Ein Windmacher. Mein Lieblingstyp, heimlicher Genosse: der arme Angeber. Seine Ahnen sind der Hochstapler, der Heiratsschwindler, der Scharlatan, der Prahlhans und der Mythomane. Er ist der bunte Unglückliche, der die Frauen anzieht. Unzuverlässig und ruhlos. Einsamer Spieler, der über niemanden gewinnt, mit niemandem im Streit. Hoch auffliegend und abgrundtief stürzend, und noch von ganz unten hört man seine Rodomontaden der Verzweiflung und der Selbstanklage.

Beim Frisör sitzt er und muß stillhalten im Sessel. Dem Mädchen, das ihm die Haare schneidet, läuft's aus Augen und Nase. »Schon der vierte Schnupfen in zwei Monaten!« Er macht sie leis verrückt mit Komplimenten und tiefen Blicken in ihr Spiegelbild. Sie lächelt, sie kichert, sie hustet und lacht. Er lobt die Gehilfin vor ihrem Chef mit ausgesuchten Worten. »Was für ein Spinner!« sagt die Kleine, als er fort ist, doch ihre vertrieften Augen strahlen. »Redet der einen Stuß!«

»Aber charmant war er«, sagt anerkennend und etwas altmodisch der Chef.

»Er hat mich heut abend zum Essen eingeladen.«

»Und? Gehst du hin?«

»Mal sehen. Möchte mal wissen, ob das nicht bloß leere Versprechungen waren.«

Natürlich erscheint er nicht. Jede Durchführung langweilt ihn, nur die Eröffnung zählt. In ihr erschöpft sich sein Interesse und sein Überschwang. Statt dessen finden wir ihn abends in einer U-Bahn, weit draußen in einer Vorstadtsiedlung, wo er eigentlich nichts verloren hat. Aber er bleibt in der Linie sitzen und verklärt eine beleibte Blonde, eine stattliche Mama; entfaltet ihre verschlossenen Gesichtszüge, modelliert mit seinen Worten ein schönes Lächeln, ein belustigtes Auge. Er will keineswegs verführen – er flieht die Handlung. Er ist ein Schwätzer. Ein Vagabund der Conférence. Manch einem, der nicht genauer zuhört, möchte es wohl scheinen, als liefe da jemand mit einem schweren Talkshow-Tick durch die gehemmte reale Mitwelt. Aber wie er's macht, ist es viel seltsamer und unbekannt und stimmt die meisten Angesprochenen heiter, bringt sie auf leichtere Gedanken, und sie genießen halb erstaunt, halb verlegen die Wohltat eines Unsinns, der belebt.

In der Regel unterscheidet er mit sicherem Instinkt die ansprechbaren Menschen von den allzufest versiegelten. Fast immer sind es Frauen, bei denen noch am längsten der Funke einer ziellosen Erwartung glimmt und das uns angestammte Neugierde-Verhalten nicht restlos verkümmert ist. Frauen, allein unterwegs oder gern auch mit einer Freundin, da sind sie sogar noch leichter zu unterhalten.

»Hätte ich nicht einen Aufschrei gehört, wäre ich nicht zu Ihnen gekommen. Den Aufschrei Ihres ganzen Wesens ... Man muß sich etwas zutrauen, man muß mutiger sein, viel mutiger. Sehen Sie, ich komme viel herum. Seit vier Jahren bin ich Trainer der deutschen Tischtennisnationalmannschaft, da lernen Sie sich durchzusetzen ...«

Einmal allerdings versieht er sich, gerät an eine Rundfunkreporterin, die dann sofort zurückschnappt, ihn nicht mehr ausläßt. Er entwischt verschreckt, sie setzt ihm nach. Der Mann ist ihr kurios genug, ein ausgefallener Zeitgenosse, er muß vors Mikrofon. Er befiehlt sie dem Teufel und wehrt sich rabiat, ganz ohne Schmelz und Witz. Er fühlt sich in seinem geheimen Umtrieb aufgestört und bloßgestellt. Zu Haus ist er in einem Dreckloch von Dreizimmerwohnung. Seine Frau, alkoholkrank, verlor die Arbeit. Er sorgt nach besten Kräften für sie. Er hängt sehr an ihr. Bis vor kurzem war sie angestellt als Modezeichnerin, hat es dann aber nicht mehr geschafft. Er selbst hatte nie einen ordentlichen Beruf. Nach dem abgebrochenen Studium der Volkswirtschaft wurde er Mitinhaber einer Leasing-Firma. Die Sache ging schief, er saß auf der Straße. Dreimal die Woche fährt er jetzt Wäsche aus. Er las immer viel, mit Vorliebe historische Romane. Aber auch handlungsstarke Dramen. Er weiß nicht, was er tut, wenn er ausgeht und Menschen anspricht. Er tut es mit blindem Gespür; halb Laster, halb Mission, als gelte es, dem einzelnen eine frohe Botschaft vom anderen einzelnen zu überbringen.

Immer wieder auch bricht er zusammen, verfällt dem schweren Trübsinn. Entweder verstummt er dann vollkommen oder klagt aufwendig und endlos über die Nichtswürdigkeit seines Daseins. Die Frau, die sich selbst kaum auf den Beinen halten kann, versucht ihn zu trösten und wieder aufzurichten. Sie träumt nur noch vom Auswandern und einem Farmerleben bei ihrer Schwester in Bolivien.

Eines Tages verliebt er sich wirklich. Das Spiel ist aus, die Tragödie beginnt. Sie ist Einkäuferin für Schmuckwaren. Sie wurde Zeuge einer groß angelegten Szene, in der der Schwätzer einen verklemmten Jüngling anwarb für den gemischten Chor der Innungskrankenkasse. Sie mußte sofort über ihn lachen. Als er sie ansieht, kann er nicht mehr davonlaufen. Er geht mit ihr, wird ihr Liebhaber. Ihre Überlegenheit ist offenkundig, er ist ihr ganz ergeben. Er verliert jedes Interesse an anderen, beiläufigen Menschen. Er verstumpft als Aufschneider, erschlafft als Windmacher. Er verrät seine Frau – er betrügt sie nicht nur, sondern verleugnet sie.

Eines Abends wartet sie vor dem Hotel, in dem die beiden Verliebten sich aufhalten und zu Abend essen. Als sie herauskommen, tritt sie auf ihren Mann zu und bittet, seiner Begleiterin vorgestellt zu werden. Der Mann drängt sie schroff beiseite wie eine halbverrückte, lästige Person. Er steigt in ein Taxi mit der Schönen und fährt davon. Er begleitet die Händlerin auf einer ihrer ›Tourneen‹. Krankhafte Eifersucht befällt ihn, da er ertragen muß, daß sie fast regelmäßig die Abende mit ihren Geschäftspartnern verbringt. Er wird unausstehlich. Der ausgediente Phantast, der kleinlaute Großsprecher, der jeden Charme der Prahlerei eingebüßt hat, wirkt nun doppelt banal, wesenlos; und so wie er sich kläglich an sie klammert, sie mit Vorwürfen traktiert, möchte sie ihn schleunigst wieder loswerden. »Was bildest du dir ein? Welche Ansprüche stellst du? Wer bist du überhaupt?« Er wird vor die Tür gesetzt und muß bitter leiden.

Schließlich kehrt er nach Hause zurück, findet dort aber seine Frau nicht mehr. Ein Freund erzählt, wie schlimm es ihr ergangen sei. Am Ende habe sie in die Klinik gemußt. Nein, nicht in der Stadt, sondern irgendwo in der Nähe von Stuttgart. Er reist also dorthin und will sie aus dem Sanatorium holen. Die Ärzte halten ihn zurück und beschwichtigen ihn. Sie liegt gerade in einem Heilschlaf und sollte weitere drei Monate verschont bleiben mit allem, was sie belasten oder beunruhigen könnte. Er darf sie im Schlaf sehen und ein paar Blumen hinstellen. Sie wird nicht einmal erfahren, daß sie von ihm sind.

»Wir wollen sie gesund machen«, sagt der Arzt, »es gibt Chancen, aber man kann sie schnell verspielen.«

»Aber es könnte ihr doch helfen, wenn sie wüßte, daß ich wieder an ihrer Seite bin.«

»Warten. Ruhe. Lange Zeit.«

Er wartet lange, doch sie kommt nicht zurück. Er erkundigt sich in der Klinik, dort heißt es, sie sei vor ein paar Wochen entlassen worden. Sie ist nicht wieder nach Hause gekommen. Eine Zeitlang treibt es ihn, kreuz und quer in der Stadt nach ihr zu suchen. Es fällt ihm schwer, er bringt es kaum noch über sich, fremde Menschen anzusprechen. Er fährt jetzt öfter Wäsche aus. Er liest viel.

Später, über ein Jahr später sieht er sie zufällig im Park am Arm eines kleinen, älteren Mannes, der einen schwarzen Hut trägt. Er ruft ihren Namen. Sie reagiert nicht. Er läuft hinter ihr her. Da dreht sie sich um. Er bleibt wie erstarrt stehen. Er ruft sie noch einmal. Sie schüttelt den Kopf. Nein, sie ist es nicht. Das Paar geht weiter. Er hat sich nicht getäuscht: sie ist eine Fremde geworden.

Mädchen mit Zierkamm

Es ist Mittag, und sie sonnt sich in der kleinen Anlage vor der U-Bahnstation. Sie bückt sich nach einem Teil, einem Haarschmuck, etwas, das verloren neben der Bank am Boden liegt.

Sie selbst trägt ein stakig kurzes Punkhaar, steife Strähnen, wie in einer Alb-Nacht gezaust und zu Berge stehengeblieben. Vanilleton mit schneeweißen Streifen. Dazu ein violetter Pulli mit schlappem Schalkragen, ein sehr knapper Lederrock, schwarze Strumpfhose, schwarze abgelaufene Stiefeletten, auch die Augen in schwarz ausgemalten Höhlen. Sehr kleines Gesicht, dünne, mondbleiche Haut, so daß an der Schläfe die Ader blau hervorschimmert. Zierliche, glatte Nase, bleigrün gestrichene Lippen, ein etwas zu breiter Mund, abfallendes Kinn.

Was also anfangen mit der kleinen Schildpattharke? Sie betrachtet sie, sie wendet sie, kratzt mit dem Daumennagel am Lack. Echt oder nicht? Sie lehnt sich zurück, nimmt das hübsche Fundstück zwischen die spuchtigen Finger, spielt damit, als riefe es irgendeine Erinnerung herauf, an eine Freundin, eine Schwester vielleicht oder auch an die eigene Frisur, wie sie vor Jahren war ... Dann werden die Ellbogen hochgezogen und auf die Banklehne gestützt, die Beine überkreuz, der rechte Fuß wippt angeregt. Die lasch herabhängende Hand schaukelt das Ding, zwischen Zeige- und Ringfinger geklemmt, immer noch schielt sie hin mit leicht geneigtem Kopf, hält es anhänglich im Blick. Ein denkwürdiges, ein willkommenes Ding, eine kleine Freude offenbar.

Das Ding ist keine Spange. Wie heißt es? Haarklemme. Wie sagt man genauer? Steckkamm. Die einfachsten Dinger, die man immer vergißt, verliert.

Das Mädchen ist bisher schlecht und recht mit den Menschen ausgekommen. Ihrer Meinung nach haben sie alle zuviel von ihr verlangt. Sie hat sich immer in der Lage befunden, irgend jemand anblaffen zu müssen. Sie hat ein loses Mundwerk, sagte man früher. Aber das ist es nicht. Ihr Mund hat sich zu einer kleinen schnellfeuernden Schallwaffe entwickelt. Sie läßt sich nichts gefallen, aber ihr gefällt auch von vornherein nie etwas. Alle wollen irgendwas von ihr, das sie absolut nicht will. Weil einfach nichts von ihr gewollt werden soll. Was *sie* aber will, versteht sowieso keiner.

Meistens ist sie allein am Vormittag. Aber irgendwer findet sich im Lauf des Tages, in der Spielhalle, im Café oder in den Anlagen. Irgendwer, bei dem sie dann haltlos zu quasseln beginnt. Wie eine verrückte Alte. ›Ansichtssache‹, ihr Ticwort; es schiebt sich wie das Leerklicken im Magazin zwischen die Salven gepfefferter Ansichten. Sie besitzt jede Menge Munition von diesem aufsässigen Unsinn. Zuerst muß sie sich Luft verschaffen und mit dem Mund wild in der Gegend herumballern. Aber damit ist es noch nicht vorbei. Jetzt zieht sie scharf und beginnt das gezielte Anblaffen. Die Flappe, der vorgestreckte Hals, die ausgefahrenen Lippen richten sich auf einen zufällig querstehenden Mitmenschen. So überhaupt nur, im Angriff, nimmt sie ihn wahr. Irgend etwas wird er schon gesagt haben, irgend etwas Mißverständliches, das sie in Wut versetzt. Und wenn nicht, der Wechsel von Ballern zu scharfem Schnauzen vollzieht sich von selbst, braucht keinen äußeren Anlaß.

›Unheimlich aggressiv‹ nennt sich das. Tatsächlich kann man wenig dagegen tun. Man beruhigt sie mit nichts, man kann nicht auf sie einreden. Das beste ist, man sucht schnell das Weite. Dann tut sie nichts, sie springt einem nicht in den Rücken. Wenn man außer Sicht ist, beruhigt sie sich. Früher schwer, jetzt zu gar nichts mehr erziehbar. Weiß alles, weiß auch, warum. Wer kümmert sich außerdem um eine Zwanzigjährige, die ihre beste Zeit hinter sich hat, herumhängt und mit niemandem zurechtkommt?

Vor vier, fünf Jahren, da waren noch eine Menge Leute wie sie. Oder sahen wenigstens so aus. Auf der Straße war noch viel los, und die Menschen waren überhaupt viel ansprechbarer. Aber es stellte sich heraus, das war auch bloß Getue, nur Modezirkus. Von denen ist keiner übriggeblieben. Kaum einer.

Schildpattkamm, Ansichtssache.

Es gäbe die Möglichkeit, wirklich die Frisur zu wechseln. Die Haare wachsen lassen, einfach ein anderer Typ sein. Sie beugt sich vor, hebt die Hand, sieht sich das Stück von nahem an. Schildkrötenpanzer.

Braungelb geflecktes Horn. Drecksding. Schildkrötenmörder. Sie stellt sich vor: wenn die Schildkröten hierzulande heilige Tiere wären wie die Kühe in Indien ... Eine Schildkröte sein in ihrem uralten Panzer und ganz langsam die Fahrbahn überqueren, bis der sinnlose Verkehr zusammenbricht.

Sie stellt sich vor: ihre Mutter hätte so ein Ding im Haar getragen. Warum eigentlich nicht? Schön war sie ja. Es fällt ihr dauernd aus der Frisur, wenn sie im Kiosk bedient, und ich muß es dann aufheben. »Tritt nicht drauf!« brüllt sie. Hej, es gibt auch welche aus Plastik, die sind bedeutend billiger, du!

Das Mädchen blinzelt durch die Kammzähne in die Sonne. Es träumt nicht. Es weiß Bescheid. Die Lage kann sich stündlich verbessern. Es hängt immer alles von irgendeinem entscheidenden Knackpunkt ab. Die Welt an sich macht alles mit. Es kommt bloß darauf an, wie du dich selber fühlst. An sich: jede Menge Erleichterungen. Man kann sich nicht beklagen.

Die Möglichkeiten sind immer ihr Schönstes gewesen. Sobald jemand da ist, gibt's keine Möglichkeiten mehr. Gibt's meistens Krach.

Menschenfreundlichkeit hängt stark vom Wetter ab. Ob man draußen allein auf einer Bank sitzen kann und von allen in Ruhe gelassen wird – dann sind die Leute Möglichkeiten, mit denen man umgehen kann. Der Mund hängt halbgeöffnet, schußbereit. Herumreden ist genauso schädlich wie Rauschgift, Suff und Tabletten. Aber eben: man kann's nur schwer lassen. Schöne Haare, große Mähne. Da braucht man nicht mehr viel sagen, das wirkt von selbst. Die Leute halten Abstand. Obwohl es wahrscheinlich zu mir nicht besonders passen würde. Da muß man schon den ganzen Typ verändern.

Reden ist Suff.

Hübsche Knie. Hübsche Ohren. Was noch? Vielleicht ganz hübsches Oberteil. Jedenfalls müßten die Ohren freibleiben. Man kann sich ja auch mit dem Ding die Haare bloß an der Seite hochstecken. Aber ich habe ein viel zu kleines Gesicht für lange Haare.

Früher ja. Aber im Sommer ist es die Hölle.

Das Mädchen nimmt, was es zuerst eine Haarklemme, dann einen Steckkamm genannt hat, zwischen die Ballen der rechten und der linken Hand. Sie spreizt die Ellbogen und drückt zu. Das Horn zerbricht, sie läßt die beiden Teile zwischen ihren Beinen zu Boden fallen. Sie lehnt sich zurück, steckt den Mittelfinger in die Nase, kramt, lutscht die Kuppe ab, reibt den Finger kreuzweis auf der Strumpfhose über dem Knie, blickt sich um.

Was kommt jetzt? Dies wäre der geeignete Moment für etwas Neues.

Alles nur kurz. Und das immer wieder.

Immer dasselbe, aber nur kurz.

Es wird Frühjahr. Die ersten warmen Tage. Die Leute fangen an, sich draußen auf die Bänke zu pflanzen.

Die Schmunzelkontakte breiten sich aus. Höchste Zeit, sich anderswo umzusehen. Das Mädchen zieht den Saum seines Minirocks vor – weit entfernt, damit die Knie zu bedecken. Uralter, zweckloser Anstandsreflex. Man sieht ohnehin der Strumpfhose bis in den Zwickel. Das Mädchen steht auf. Es schlurft in den knautschigen Stiefeletten über den gepflasterten Anlagenweg. Dürre, nach innen verdrehte Beine. Kein Tag ohne Erleichterungen.

Drüben

Hinter dem Fenster sitzt sie, es ist Sonntagnachmittag, und sie erwartet Tochter und Schwiegersohn zum Kaffee. Der Tisch ist seit langem für drei Personen gedeckt, die Obsttorte steht unter einer silbernen Glocke. Die alte Frau hat sich nach dem Mittagsschlaf umgezogen. Sie trägt jetzt ein russischgrünes Kostüm mit weißer Schluppenbluse. Sie hat ein Ohrgehänge mit Rubinen angelegt und die Fingernägel matt lackiert. Sie sitzt neben der aufgezogenen Gardine im guten Zimmer, ihrem ›Salon‹, und wartet. Seit bald vierzig Jahren lebt sie in dieser Wohnung im obersten Stockwerk eines alten, ehemaligen Badehotels. Die Zimmer sind alle niedrig und klein und liegen an einem dunklen Flur. Sie blickt durch ihr Fenster auf den Kurgarten und den lehmfarbenen Fluß, der träg durch den Ort zieht und ihn in zwei einander zugewandte Häuserzeilen teilt, in ein stilles, erwartungsloses Gegenüber von Schatten- und Sonnenseite. Auf der Straße vor dem Haus bewegt sich nur zäh der dichte Ausflugsverkehr.

Sie hält ihren Kopf aufgestützt und ein Finger liegt auf den lautlos sprechenden Lippen.

Nun wird sie doch ein wenig unruhig. Sie steht auf, rückt auf dem Tisch die Gedecke zurecht, faltet die Servietten neu, füllt die Kaffeesahne auf. Setzt sich wieder, legt die Hände lose in den Schoß. Wahrscheinlich sind sie in einen Stau geraten …

Sie kommt in Gedanken und muß sich ablenken. Aus der Truhe holt sie die Häkeldecke, setzt die Brille auf. Doch das Warten ist stärker, es fordert, daß man sich still verhält, damit nichts Schlimmes passiert ist. Sie legt die angefangene Decke beiseite und blickt wieder hinaus auf den Fluß.

Am anderen Ufer, ihr gerade gegenüber, steht eine behäbige Gründerzeitvilla, etwas unförmig geworden durch etliche Erweiterungsbauten. In früherer Zeit der Ruhesitz eines berühmten Wagner-Sängers, stand sie lange baufällig und leer, bis vor wenigen Jahren ein Altersheim darin eingerichtet wurde.

Hier hat sie sich ein Zimmer ausgesucht, schon vorsorglich einen Platz reserviert, für später einmal.

Sie meint, von dort werde sie dann – später einmal! – auf das Haus hinübersehen, in dem sie mehr als ihr halbes Leben zugebracht hat, auf die Fenster der vierten Etage zurückblicken, in der sie mit ihrer Mutter, ihrem Mann, den aufwachsenden Kindern so lange gewohnt hat. Sie würde sich auch bemühen, die Menschen, die nach ihr dort einzögen, kennenzulernen und einen Kontakt zu ihnen zu finden. Aber das hat alles noch eine Weile Zeit. Später einmal, wenn sie die Treppen nicht mehr wird steigen können. Drüben gibt es einen Aufzug.

Vor dem Balkonzimmer, das sie sich ausgesucht hat, sind meist die Rolläden heruntergelassen. Hin und wieder tritt eine schrullige Person im Bademantel heraus und schlägt mit einem Tuch in der Luft herum. Es sieht aus, als wolle sie ein Insekt ober üblen Rauch vertreiben. Jedoch, sobald sie ins Zimmer zurücktritt und die Tür hinter sich verschlossen hat, wirft sie erst recht die Arme hoch und gebärdet sich mit Entrüstung gegen das lästige Draußen. ›Geh weg, du helle, falsche Welt!‹, so schimpfen die Arme. Früher zogen auf dem Fluß viele Lastkähne vorbei.

Sie sind jetzt über eine Stunde zu spät. Die alte Frau kann sich nicht mehr in Geduld fassen. Es könnte ihnen schließlich etwas zugestoßen sein. So weit ist der Weg doch nicht, selbst bei zähem Verkehr, sie müßten längst hier sein.

Aber sie haben sich gar nicht auf den Weg gemacht zu ihr. Die Tochter und ihr Mann haben die Einladung bei der Mutter einfach vergessen. Sie sind unter Mittag ein Stück ins Land hinausgefahren, haben Freunde besucht und sitzen nun zusammen in einem Gartenrestaurant bei Kaffee und Kuchen. Die Freunde haben noch zu einem Umtrunk in die Wochenendhütte eingeladen, da fällt es nun doch der Tochter ein, siedend heiß, sagt man wohl, daß sie bei der Mutter erwartet werden. So wie die Stimmung aber ist hier draußen, endlich aufgeräumt und unbeschwert, und endlich Sonne!, da sträubt sich bei ihr alles, jetzt noch aufzubrechen, nach Haus zu fahren und sich zur Mutter in die stickige Wohnung zu setzen. Ihrem Mann ist es noch weniger recht, und so wird er zum Telefon geschickt, um eine Ausrede zu finden und abzusagen.

Die alte Frau sucht unterdessen in allen Zimmern nach ihrem Portemonnaie. Aus irgendeinem Grund fiel ihr plötzlich ein, daß sie der Tochter noch zwanzig Mark mitgeben muß für den Glaser. Da klingelt das Telefon. Der Schwiegersohn spricht von auswärts und entschuldigt sich. Sie seien gerade dabei, sich eine Eigentumswohnung anzusehen. Die Frau sagt ein wenig ungewiß: »Na, dann beeilt euch mal nicht.« Der Mann setzt nun vorsichtig nach und meint, sie möge nicht länger warten, es würde heute wohl nichts mehr mit dem Kaffee … »Ach so«, sagt die Alte still, und sie verabschieden sich.

Sie steht eine Weile auf dem dunklen Flur. Sie stützt beide Arme in die Hüfte und blickt auf den Läufer. Das Portemonnaie ist noch im Einkaufsbeutel! ... Tatsächlich findet sie es dort, nimmt zwanzig Mark heraus und legt sie unter den Kristallaschenbecher auf dem Garderobentisch.

Dann geht sie langsam zurück in den ›Salon‹ und steht vor dem gedeckten Tisch. Jetzt ist es zu spät zum Kaffeetrinken. Sie räumt die Teller und Tassen, die Bestecke und Servietten zusammen und stellt sie in den Schrank. Dann setzt sie sich an den Tisch auf ihren Platz, ein wenig schräg, die Beine zur Seite gestellt. Sie stützt den Ellbogen auf und legt wieder den Finger zwischen die flüsternden Lippen.

Die Eine und die Andere

Im Garten der Orangerie hockte die Fotografin mit geöffneten Knien, gestrecktem Rücken, erhobenem Arm, die Kamera hochkant vor dem Gesicht, um aus einiger Entfernung ein sonderbares Wesen, ein zierliches älteres Fräulein mit schwarzem Pagenkopf aufzunehmen, das sich neben die Violenrabatte gestellt hatte und die Arme steif an den Körper preßte.

Die Fotografin hatte ein volles kupferrotes Haar, das in langen Locken vom Kopf bis auf die Schultern floß. Sie trug eine sandfarbene Leinenhose mit weiten Seitentaschen und eine olivgrüne Seidenbluse, die bis zur Brust aufgeknöpft, aber nicht aufgeschlagen war. Ihre Augen, dunkel, fast basaltglänzend, waren mit feinem Strich untermalt. Sie hatte ein längliches, hartschauendes Gesicht, eine starke gerade Nase, nur der Mund mit leicht herabhängender Unterlippe schien etwas spannungslos und weich geformt. Sie machte den Eindruck einer mit Instinkt und Bestimmtheit handelnden Frau, die durch ihre Kamera etwas sah von der Welt, das außer ihr vielleicht niemand bemerkte.

Ihre Züge – außer um den etwas ins Törichte abfallenden Mund herum – waren von Willenskraft gespannt, nicht von schmalem Ehrgeiz; von einer wachen und prompten Bereitschaft zu allem äußeren Dasein, die indessen durch ein vorgewähltes Maß, eine innere cadrage der Wahrnehmung begrenzt und geordnet wurde.

Von mittelgroßer Gestalt, wirkte sie trotz kräftiger Schultern feingliedrig und behend, ohne dabei schlackse oder körperlich unbekümmerte Bewegungen auszuführen. Da ihre Beine um eine Spur zu kurz geraten waren, nahm sich ihr Gang nicht besonders grazil aus, sondern eher zuschreitend, fast ein wenig zu wacker. Wenn sie keine Kamera in der Hand oder um den Hals hängen hatte, stand sie mit Vorliebe leicht abgeknickt in der linken Hüfte, die rechte Fußspitze vorgesetzt, die Arme verschränkt unter den runden, ungestützten Brüsten, ein zusammengefaßtes, deutliches Gegenüber, jemand, der gelernt hatte, seine Augen stillzuhalten und sie nicht von jedem flüchtigen Reiz entführen zu lassen.

Es gab an ihr aber einen Erscheinungsbruch. Im auffälligen Gegensatz zu dem strengen Gewissen des Gesichts, seiner professionellen Kühle und Klarheit stand die Pracht, der Luxus, der Überfluß – das Haar nämlich, das üppige und großmächtige, bis kurz vor das Auge, bis tief zwischen die Schultern. Was bedeutete diese grobe Verlockung, die wie ein triviales Geschmeide blendete, bevor man die Stille und den Taternst an ihr bemerken konnte? Wie sah sie sich selber? Ja, man hätte fragen können: war diese sehr auffällige, verschwenderische Schönheit wirklich nach ihrem sonst so strengen Geschmack? Oder genoß sie es etwa, auf den ersten Blick bei Männern Vorstellungen zu erwecken, die sie dann auf den zweiten um so härter beugte, wenn sie ihnen mit dem Schrecknis ihrer kalten Genauigkeit und überlegenen Begabung begegnete?

Aber wahrscheinlich war es nicht einmal das; wahrscheinlich gab es in ihrem hochentwickelten Bild-Bewußtsein eben einen natürlichen Blindfleck, und das war das Bild von sich selbst. Die große Mähne war einfach verblieben, nicht aufgeklärt, als ein Ideal aus der Jungmädchenzeit, als ein Märchenbegriff von Schönheit, Kraft und Reichtum.

Jetzt straffte sich unter einem Anflug von Zorn und Ungeduld ihre Stirn, die Augen, die sonst nur wachsam waren, schienen sich nun wehren, stechen zu wollen. Sie ließ die Kamera sinken und löste sich für einen Augenblick von dem Objekt ihrer Erkundung, von der kleinen vagen Person, die wie angewachsen neben dem Beet stand, stocksteif, und freundlich-unglücklich griente wie ein gerade eingeschultes Kind. Diese zarte, zwittrige Sondergestalt! Sie trug einen schwarzen dreiviertellangen Rock, dazu eine altmodische weiße Bluse mit flachgefalteter Halskrause. Eine Jünglingin! Oder ein ältliches Mädchen. Oder ein großmütterlicher Ariel. Eine angewurzelte Fee. Wie sollte man dieses zwischen den Sphären, Altern, Geschlechtern einfach nicht faßbare Mischwesen auf ein Foto bannen? Wie diese Amphibin in irgendeiner ihrer wechselnden Ausstrahlungen festhalten oder gar in allen zugleich?

Die Fotografin hieß Elsa. Ihr ungewisser Gegenstand hieß Bernadette. Sie war Schriftstellerin. Oder Dichterin. Oder Philosophin. Die literarische Öffentlichkeit hatte es noch nicht eindeutig herausgefunden. Sie hatte Fräulein Bernadette eben erst für sich entdeckt und sogleich ein gehöriges Wesen gemacht um die ausgefallene und dunkle Autorin, die immerhin seit dreißig Jahren geschrieben und, wenn auch unbemerkt, mehr als ein Dutzend Bücher vorgelegt hatte. Sie war nun knapp über die Fünfzig, lebte seit vielen Jahren in einer kleinen Dreizimmerwohnung mitten in der Stadt, allein mit drei Katzen. Dank eines bescheidenen Familienvermögens war es ihr erspart geblieben, sich um irgend etwas anderes zu kümmern als zu schreiben und immer weiter zu schreiben.

Elsa war im Auftrag einer Illustrierten zu ihr gekommen, um eine Reportage über die plötzlich Berühmte vorzubereiten. Da man jetzt allenthalben auf ihren Namen stieß, mochte selbst ein Massenblatt an dem Phänomen nicht mehr vorübergehen.

Irgendein Mißverständnis, so hatte Bernadette eingangs erklärt, ein Mißverständnis, das ihr vollkommen undurchschaubar blieb, mußte zu diesem erregten Interesse an ihrer Person geführt haben. »Sie müssen wohl von Zeit zu Zeit irgend jemanden ans Licht zerren. Mit meinen Schriften kann das nichts zu tun haben. Es sei denn, man sieht etwas darin, das ich selbst beim besten Willen nicht zu sehen vermag.« Ob sie sich denn nicht auch freue, hatte Elsa daraufhin gefragt; soviel Anerkennung habe doch auch ihr Gutes.

»Wissen Sie, ich bin zwar noch nicht alt, aber früher, ganz früher, als ich anfing zu schreiben, da waren die Erwartungen so hoch –«

Sie unterbrach sich, lächelte. Das sollte wohl bedeuten: verleit mich nicht zu vielen Worten. Wir kennen uns nicht. »Nun, ich bin nicht alt. Aber ich möchte doch sagen: es kommt zu spät.« Elsa fiel auf, daß sie ›ich bin nicht alt‹ zwei Mal auf eine solch gewinnende, zutrauliche Art gesagt hatte, wie man zu einem Kind spricht, wenn man ihm mit viel Lächeln über die befremdliche Erscheinung, die man abgibt, hinwegzuhelfen sucht.

Vielleicht wäre ein solcher Moment auf einem Foto doch ein stabiler, deutlicher, scharfumrissener gewesen? Aber so ließ sie sich eben mit der Kamera nie erwischen.

Von den Fotos, die Elsa im Park gemacht hatte, war keins zu gebrauchen. Bernadette erschien darauf bis zur Unkenntlichkeit von sich selbst entfernt. Und wenn man genauer hinsah, verschwammen die Umrisse, überlagerten sich, und eine Unruhe wie das elektronische Wabern im Videoclip entstand auf dem einzelnen Abzug. Sie konnte sich nicht erklären, wie ein solch unstetes Bild technisch überhaupt möglich war. Nie zuvor hatte ihre Arbeit zu einem derart unbrauchbaren Ergebnis geführt. Schließlich überwand sie sich und rief das Fräulein an.

»Ich wollte Ihnen unsere Fotos zeigen. Aber es geht nicht.«

»Ich möchte sie auch gar nicht sehen.«

»Es ist kein Mensch darauf, sondern – ich weiß nicht – eine Wolke oder sowas.«

»Sie übertreiben. Sie wollen sagen, ich lasse mich nicht gut fotografieren. Das ist wahr.«

»Eigentlich müßte ich mich in Grund und Boden schämen.«

»Sie brauchen sich nicht zu schämen. Es ist seit jeher so, daß ich auf Fotos – sagen wir – nicht besonders vorteilhaft aussehe. Oder besser: Fotos mit mir darauf sind an sich schlechte Fotos.«

»Ich möchte es bitte noch einmal versuchen dürfen –«

Sie verabredeten eine weitere Sitzung, diesmal in der Wohnung des Fräuleins. Hier gab es kein Bild, keine Pflanze, keine Verzierungen. Nur leere, mit perlgrauer Tapete bezogene Wände. Ein Zimmer mit Büchern, Sessel und Leselampe. Ein Schreibzimmer mit einem alten Birkenholztisch und einem modernen Dreh- und Kippstuhl davor. Ein Flur mit Garderobe und Wandschrank. Küche und Schlafkammer. Elsa hatte gehofft, daß sich die Dichterin in ihrer gewohnten Umgebung etwas unbefangener und gelöster geben würde. Das war aber nicht der Fall. Kaum hatte sie die Kamera auf sie gerichtet, saß sie wieder kerzengerade da, machte ihre traurig-süße Miene und streckte die stumpf verschalte kleine Brust heraus. Sie bat sie, etwas aus einem Manuskript vorzulesen oder sich mit ihr zu unterhalten. Dazu war Bernadette aber nicht bereit.

Elsa legte die Kamera beiseite. Die Augen taten ihr weh. Sie hätte gern eine Zigarette geraucht, aber das war hier verboten.

»Was für ein Leben führst du?« fragte sie.

»Ich stehe morgens früh auf«, antwortete das Fräulein, »mache mir einen Brennesseltee und setze mich an die Arbeit.«

»Und ich stehe spät auf, frühstücke mittags und arbeite nachts. Jedenfalls in der Dunkelkammer. Am Nachmittag bin ich ja meist unterwegs. Und sonst? Ist das alles bei dir?«

»Das ist praktisch alles, ja. Ich versorge die Katzen, ich gehe unten ins Café, um Mittag zu essen, oder ich kaufe etwas ein.«

»Ich treffe natürlich eine Menge Leute. Das ergibt sich aus dem Beruf.«

»Wie hältst du es aus, so viele Menschen zu sehen?« fragte Bernadette und wandte sich schnell ab, deutlich beunruhigt, als fürchte sie, allein durch die Anwesenheit der Fotografin mit einer Menschenmenge in infektiöse Berührung zu kommen.

»Ich pflege einige Briefwechsel«, sagte sie später ungefragt. Gleichsam als Nachtrag, nachdem die gröbsten Unterschiede zwischen ihnen schon ausgesprochen waren.

Elsa wagte nicht, die Dichterin zu bitten, sich nicht so angestrengt in Pose zu setzen, sondern sie sagte: »Ich glaube, Sie setzen eine Tarnkappe auf, wie?«

»Nein«, sagte Bernadette und hielt ihren Kopf auf die drolligste Weise schief, »ich gebe mich wie ich bin.«

Sie merkte also gar nicht, welch mißliche Figur sie machte. Ihre verzwungene Haltung überkam sie und wirkte wie ein Abwehrzauber gegen den Kamerablick, ohne daß es ihr selbst bewußt wurde. Es war gar nichts zu machen, jedenfalls nicht, solange sie mitbekam, daß sie fotografiert würde. Und von diesem Vorgang war sie durch keine Umstände und Zufälle abzulenken.

»Es gelingt mir nicht, Sie so zu fotografieren, wie ich Sie sehe. Es läßt mir keine Ruhe.«

»Du bist eine Katze«, sagte das Fräulein, »du schleichst dich an, du lauerst mir auf.«

Da sie Katzen liebte, mußte Elsa es als Kompliment auffassen.

»Und du bist der Vogel Ungewiß. Du verdirbst mir noch meine Augen. Sie flattern nämlich schon.«

Bernadette hätte sich Elsa gern entzogen. Elsa kam nicht los von Bernadette.

Sie hatte eine Mappe mit ihren besten Porträts mitgebracht, und Bernadette blätterte sie langsam durch. »Es sind lauter sehr schöne Menschen, die Sie da fotografiert haben«, sagte sie, »ich lasse mich eben nicht gut fotografieren.«

»Das ist es nicht. Das kann es gar nicht sein!«

Elsa wurde jetzt ein wenig ungehalten. Sie dachte, sie sollte vielleicht ein bißchen Unruhe stiften, um dann, im geeigneten Augenblick, wenn sich das Fräulein nicht allzusehr beherrschte …

»Sie sind sehr ehrgeizig«, sagte Bernadette.

»Ich kann doch diesen Flop nicht auf mir sitzenlassen!«

Aus ihrem Unmut gegen sich selber sprach eine nur spärlich verhüllte Verärgerung über die Dichterin. Diese blieb aber still und ließ sich keine unverhoffte Regung entlocken. Nun wagte die Fotografin ein weiteres und gab dem Fräulein Anweisungen, versuchte es zurechtzurücken und zu behandeln wie ein Fotomodell. Dabei wurde sie sehr nervös und begann heftig zu fluchen.

Bernadette konnte diese Unruhe nicht länger ertragen und wies der Fotografin die Tür.

Drei Tage später erhielt Elsa einen Brief des Fräuleins.

»Liebe E., so geht es nicht. Sie reißen mir aus meiner Zeit und meinem Wesen gute Stücke heraus, dann verlieren Sie die Fassung, und ich muß Sie bitten zu gehen. Ich schlage Ihnen deshalb einen Pakt vor: Sie fotografieren mich so lange, bis Sie mit sich und Ihren Bildern zufrieden sind. Ich fordere dafür, daß Sie unter dieser Zeit keinen anderen Menschen fotografieren oder auch nur um sich dulden. Falls Sie damit einverstanden sind, kommen Sie am Donnerstagnachmittag gegen vier Uhr, und die Tortur kann beginnen. Die Ihre, B.«

Elsa gab den Auftrag, Porträts von der Dichterin, der spät berühmt gewordenen, anzufertigen, an die Illustrierte zurück. Sie war nun entschlossen, auf eigene Faust (und eigene Rechnung) die Arbeit fortzusetzen und die verstellte Person, die sich auf keine *Fläche* bannen ließ, aus ihren Gründen oder Fesseln zu heben, loszumachen, mit allen Mitteln des Handwerks und der Verführung.

So begann nun eine enge Klausur, gegen alle äußeren Einwirkungen abgedichtet, eine Wette oder ein Zweikampf sogar, in dem die junge, kräftige Frau beinahe ohne Unterlaß das zierliche, entgleitende Fräulein umgab, umkreiste, umstellte, in dem beide sich bis zur schieren Erschöpfung einander auslieferten.

Sprechen. Schweigen. Aufstehen. Ruhen. Warten. Blikken! Plötzlich, aber nicht zu oft.

»Haben Sie sich an die Kamera zwischen uns gewöhnt?«

B. hatte ihre Arbeit unterbrochen. Sie schrieb nicht während dieser Tage. E. sah niemand anderen.

Die Fotos wurden besser; befriedigten sie aber noch nicht. Die Maske war noch nicht zerschlagen. Allerdings entdeckte sie mehr Bernadette auf den vergrößerten Abzügen, als sie mit lebendem Auge bisher wahrgenommen hatte. In hundert Augenblicken hingeblättert, entfaltete das Porträt des kindlichen Fräuleins die zerstreuten Spuren eines mächtigen Antlitzes, das in diesem kleinen Gesicht nur ein ärmliches Asyl gefunden hatte. Nun wollte sie erst recht das *ganze* Antlitz entdecken, es ›herausholen‹.

»Es ist noch nicht das, was ich suche«, sagte sie immer wieder.

Sie bemerkte so viele kleine Abweichungen, unidentische Züge in diesem Gesicht, daß sie daran zweifeln mußte, es mit einem einzigen Individuum zu tun zu haben. Eine Handvoll Luftgeister, aufgestört und abgestürzt, sind in dieses Fräulein eingefallen ...

»Was wollen Sie von mir? *Sie* sind schön, ich bin es nicht. Bilden Sie sich selber ab.«

»Ich finde meine Schönheit verdorben, wenn ich Sie ansehe.«

»Sie haben mich fotografiert. Damit hat sich unsere Beziehung erledigt und verewigt.«

»Für mich nicht. Für mich hat sie sich weder verewigt noch erledigt. Ich habe Sie nicht fotografiert. Ich habe nicht ein einziges verläßliches Merkmal von Ihnen erwischt. Sie sind einfach zu schnell –«

»Aber ich habe doch die ganze Zeit stillgehalten!

Ich bin unvollkommen, das ist es. Ich bin unvollkommener als jeder andere Mensch. Ein solches Ziel bewegt sich immerzu.«

Wie heimtückisch, verschlagen, geifrig, ja wie diebisch geschieht der Akt der Fotografie, wie häßlich ist die Haltung des ›Knipsens‹, der Raub des rechten Augenblicks – aber wie stolz dann später, wie offenbar, wie souverän das fertige Geschöpf des festgehaltenen Moments. Aus diesem hastigen Stehlen geht eine Gegen-Schöpfung hervor: Stillstand. Fremde Welt. Nie gekannter, nie erfahrener Stillstand.

Es gelang nicht.

Bernadette wurde krank und lag mit einer Grippe zu Bett. Elsa kam, um sie zu pflegen. Sie brachte Blumen und Obst mit, sie bereitete das Essen und versorgte die Katzen. Es durfte nicht fotografiert werden.

Elsa hatte wieder in den Büchern ihrer Paktgenossin gelesen. Darin standen dichterische Meditationen, weitschweifige und schwierige Gedankengesänge, die sie seltsam berührt hatten, wenngleich sie kaum etwas deutlicher verstehen konnte. In den zuweilen steinig und unwegsam ansteigenden Versen wurde des öfteren ein Du angesprochen, von dem man nicht genau erfuhr, ob es sich um einen fernen, erinnerten Gesellen oder einen herbeigerufenen sphärischen Vorgesetzten handelte. Jedenfalls, irgendein umworbenes männliches Wesen schien es wohl zu sein. Sie hätte Bernadette gern zu ihren Schriften befragt. Doch sie ließ es nicht zu. Jetzt fiel es ihr noch schwerer, die Kamera auf sie zu richten.

»Ich bin eine Blickmacherin, keine Künstlerin«, sagte sie, »eher eine Jägerin.«

»Ich bin keine Künstlerin. Eher eine Goldwäscherin«, gab das Fräulein dazu.

»Wenn sich *mein* Sehen vordrängt, sehe ich nichts.«

»Wenn sich *meine* Sprache vordrängt, spreche ich nicht.

Ich habe dann die Dinge nicht erfaßt, sie haben mich nicht erfaßt.«

»Ich stehle. Doch ich gebe mehr zurück, als ich mir genommen habe.«

»Ich besitze nichts, ich gebe.«

»Ich bin Ihre Schülerin.«

»Ich bin Ihre Schülerin.«

»Ich werde Sie erwischen. Ich werde Sie sehen eines Tages, und zwar mit diesem meinem *einzigen* Auge.«

»Ich habe nichts zu sagen.«

»Ich halte es für ein Leuchtzeichen.«

»Diebin!«

»Irrwisch!«

»Jeden Morgen kehre ich heim aus einer anderen Pforte der Nacht und kann nicht fortsetzen, was ich begonnen habe zu sein.«

»Vor dir sah ich nichts, das mich hätte verwundern können. Wenn ich mich wunderte, dann waren meine Augen müd.«

Die Fotografin ging auf der Straße mit einem lahmen, ergebenen Blick. Das Sehen hing über, es konnte nicht mithalten, die raschen Bewegungen, die Fluchten der Fahrzeuge und Passanten hinterließen eine verschmierte Farbpalette. Rote Fahnen schwappten von Rücklichtern auf nassem Asphalt. Zu lange belichtet.

Im vierten Stock über der Wohnung der Dichterin strahlte eine kleine Krone von Neonlicht an der Hauswand. Eine Abendschule für Redenlernen, Nichterröten und festen Händedruck.

Zwei Ampelscharen gingen aufeinander los. Menschen durchbrachen die Fronten, ohne sich gegenseitig umzuwerfen.

»Es ist nicht das, was ich suche.«

Mit dem Schlüssel in der Tür, kurz bevor sie öffnete, blickte sie zurück in die belebte Straße, sah hinter sich, ob noch irgend etwas war, unerledigt oder unerwartet, ehe sie endgültig aus der vollen Stadt heraustrat und in die Stille, die Leere des Hauses zurückkehrte, die Tür zweifach hinter sich zusperrend.

Bernadette am Morgen, zurückblickend auf die Reste des Abends, Markierungen der Unruhe und der Abwesenheit; die eingedrückte Wolldecke, die aufgeschlagenen Bücher, die Teebeutel, der Teller mit Pflaumenkernen –

»Jeder verfällt, jeder verkommt in der zu großen Nähe eines anderen«, hatte sie zu Elsa gesagt.

»Sehen Sie, ich habe Ihnen ein Zufallsfoto mitgebracht. Hier, kurz vor dem U-Bahn-Eingang, ein Mann wird plötzlich von einem Schmerz ergriffen. Ist ihm eine Sehne gerissen? Sagen Sie mir: was können Sie Genaueres erkennen?«

»Alle sind auf dem Heimweg. Treppauf, treppab. Das Laternenlicht hat einen kleinen Fehler. Es flackert. Die dritte Seite der Tageszeitung ist vakat geblieben. Vermutlich eine raffinierte Anzeige. Die Slipper überwiegen bei weitem die geschnürten Schuhe. In den meisten Einkaufsbeuteln stecken ein bis zwei Schachteln Zigaretten.«

»Aber der Betroffene? Er schreit. Er greift sich ans Bein. Er hat ein schmerzschrilles Gesicht. Die Leute in seiner Nähe sind nur den Bruchteil einer Sekunde davor, anzuhalten, zu erschrecken, sich umzudrehen –«

»Ah!«

»Sehen Sie ihn?«

»Nein. Ich finde ihn nicht heraus. Sie schreien alle. Vielleicht ist es ein Suchbild, und seine Grimasse verbirgt sich in den Umrissen der eiligen Menge.«

»Seit ich Sie kenne, beginnen meine Fotos zu dunkeln.«

»Seit ich Sie kenne, ist meine Schrift auf der Flucht.«

Die Fotografin wurde auf der Straße von einem Mann angesprochen, der ihr einen frivolen Rat gab. Sie drehte sich um, nahm ihn mit Wucht beiseite und drückte ihn rücklings gegen eine Hauswand. Dort grinste er noch, stieß die Frau von sich, so daß sie zu Boden fiel. Er strich sich die Kleider glatt und beschimpfte sie. Sie stand auf und schlug ihm ins Gesicht. Er packte ihren rechten Arm und schrie sie an. Beide waren vor Wut kreidebleich. Der Mann genierte sich nicht und ließ sich nicht bloßstellen. Die Fotografin verlor die Fassung und trat ihm mehrmals vor die Beine. Der Mann holte aus und schlug ihr mit der flachen Hand gegen den Lockenkopf. Für einen Augenblick taumelte sie benommen und legte schützend die Ellbogen über den Kopf. Der Mann entfernte sich. Die Frau lief ihm nach, riß an seinem Arm und wollte ihn zur Rede stellen. Er drehte sich zu ihr und stieß eine scharfe Warnung aus. Sie blieb stehen, beugte sich vor und brüllte einen ordinären Fluch hinter ihm her. Er kam zurück, mit heftigen Schritten, als wollte er sie erneut greifen und schlagen. Die Fotografin richtete sich jedoch gerade auf, und der andere hielt im geringsten Abstand vor ihr an. Nun sprachen sie im leisesten, äußersten Haß. Es hätte zarte Verständigung sein können, wären sie nicht auf solch gespanntem Fuß voreinander gestanden. Plötzlich aber wandte sich der Mann ab und bestieg ein am Straßenrand parkendes Taxi. Die Fotografin sah ihm ungläubig nach. Sie senkte den Kopf und griff, eher verlegen als ordnend, in ihr Haar. Was war das?

Zwei ältere Frauen, die den Vorfall beobachtet hatten, gingen vorbei und machten abfällige Bemerkungen über sie.

»Als ich den Auftrag erhielt, einen berühmten Maler zu fotografieren, suchte ich dessen Atelier auf und befand mich in den Räumen des Mannes, der mich am Vortag auf der Straße belästigt und geschlagen hatte. Es blieb mir nichts übrig, ich mußte das machen. Ich bin kein Seelchen. Ich hatte eine Motor-Kamera dabei und verschoß drei Farbfilme mit ihm und seinen Leinwänden. Ich weiß nicht, was er von mir dachte. Wahrscheinlich tat es ihm wohl, wie ich um ihn herumstrich. Mir hat es nicht wohlgetan. An diesem Tag haßte ich meinen Beruf. Ich ekelte mich vor mir selbst. Ich habe kein überflüssiges Wort mit ihm gesprochen. Er hat mir eine Tasse Kaffee gemacht, das war alles. Die Fotos wurden dann wider alle Vernunft erstklassig. Erstklassig und ekelhaft wie der ganze Kerl.«

»Also haben Sie unseren Pakt gebrochen ...«

Elsa fingerte an ihrem unverwüstlichen Einauge. Bernadette stützte ihren schwarzen Pagenkopf in beide Hände.

»Er muß das Foto kurz vor seinem Tod noch gesehen haben. Ich schickte ihm die ganze Serie, weil wir es so verabredet hatten. Wenige Tage später erfuhr ich von dem Unglück aus der Zeitung …«

Elsa zeigte dem Fräulein ein postkartengroßes Foto.

»Wie finden Sie es?«

»Sie haben es sich nicht leichtgemacht.«

»Nein. Er hatte keine Ahnung, wie ich ihn sehen würde. Er wollte sich vor mir verstecken. Genau wie Sie. Aber ich habe ihn erwischt.«

»Dieser Mann scheint sich vor Ihnen zu fürchten. Das werden Sie von mir nicht behaupten wollen? Dies Foto wird ihn wie ein Blitzschlag aus heiterem Himmel getroffen haben.«

»Es unterscheidet sich nicht von seinem Unglücksfall.«

Bernadette dachte: die Wärme in ihrer Stimme; der blauschwarze Sturmhimmel in ihren Augen. Was es noch zu tun gibt, ist zögern.

»Es muß doch auch den Stillstand geben!« rief Elsa, »es darf sich nicht *alles* bewegen!«

»Man könnte mich auf eine steinerne Treppe setzen vor ein Haus, irgendwo in der Sonne … Ich könnte dort sitzen und mit einer Katze spielen.«

»Sie haben eine Art, sich vor der Kamera aufzubauen –«

»*Mir* kann sie nichts anhaben.«

Die Händlerin auf der hohen Kante

Eines Morgens wurde die Edelsteinhändlerin durch einen rohen, feuchten Windzug unsanft geweckt, und als sie sich von ihrem Bett erheben wollte, da erblickte sie unter sich, in einer Tiefe von einigen hundert Metern, die blaßroten Dächer der kleinen Stadt, in der sie ihr Geschäft betrieb. Hauslos, ohne jede schützende Umgebung ragte ihr Bett, das sie im Scherz zuweilen ihr ›Allerheiligstes‹ nannte, in Wolkenkratzerhöhe hinauf und schwankte auf seinen vier dünnen Pfosten frei in den Lüften.

Es war, als hätte Gott ihrem Jungmädchenbett, in dem sie sich mehr als zwanzig Jahre gekrümmt und ausgestreckt hatte, die Hammelbeine langgezogen. Oder es war, von der Kehrseite betrachtet, als sei ihre Schlafstatt wie der Sprungfederteufel aus der irdischen Kiste gefahren, so daß nun, als sie erwachte, ein dunkler, unförmiger Wolkenbauch über ihr lag. Es fehlt in den Sprachen der Völker ein Wort für die Anwandlung des Grauens, welche der Händlerin jetzt zugemutet wurde, aber es fehlt ja auf der Welt auch an einem vorangegangenen Beispiel, nach dem je ein Mensch in eine ähnlich freie und katastrophale Lage versetzt worden wäre. Selbst wenn man sich an die atemberaubenden Kunststücke von Hochseilakrobaten erinnern mag, die über Häuserschluchten hinwegbalancieren und oft genug einem plötzlichen Windstoß nicht mehr standhalten konnten und in den sensationsgierigen Rachen der Menge hinabstürzten – die einsame Aussetzung der Händlerin war dennoch weit gefahrvoller und furchtbarer. Ihr Bewußtsein war in diesen ersten wachen Sekunden selbst nichts als ein einziger Absturz, ein wirbelnder Fall, eine dumpfe Zerschmetterung. Sie wagte nicht sich zu regen. Sie lag mit aufgerissenen Augen und erstarrten Fingerkrallen in der Offenbarung der absoluten Furcht. Aber ist es nicht schon überirdische Grausamkeit, daß ein Mensch sich in einer solchen, seinem Verstand nicht mehr begreiflichen Lage befindet und trotzdem bei wachen Sinnen bleiben muß, die Regenluft riecht, den Wind fauchen hört, die Tiefe unter sich nach Metern abschätzt, anstatt daß er ohnmächtig wird oder daß ihm das Herz stehenbliebe? Das Bett schwang in einer leicht kreisenden Bewegung, das Gestell ächzte und knarrte, doch die dünnen Pfosten schienen weit elastischer, als gewöhnliches Lindenholz überhaupt sein kann.

Plötzlich brach über ihr der Regenbalg auf, und ein gewaltiger Guß überschwemmte ihr Bett, sickerte durch Laken und Matratze und rann ihr über die blanken Augen, die die vom Entsetzen gelähmten Lider nicht mehr beschützten. Kurz darauf dehnte sich die wulstige Wolke und ein gelber Sonnenstrahl stach hervor. Er blendete sie, so daß sie für eine Weile nur schwarze Fasern tanzen sah. Bald schien sich der Strahl jedoch zu mildern und räumlich zu erweitern, denn jetzt sah sie eine Art Kanal oder Schacht sich auftun, und dann konnte sie auf einmal eine lange Reihe von glitzernden Stegen erkennen, die schräg in die weitere Höhe führten. Wie denn? Noch höher hinauf? Sollte dies ihre einzige Rettung sein, nämlich in diesem Sonnenschacht höher und immer höher hinaufzusteigen? In eine völlig ungewisse Höhe, und dann ohne *jede* Verbindung zum Erdboden, die doch immerhin mit den langen Bettbeinen unterhalten wurde, und später vielleicht, mit schwindendem Licht, plötzlich selbst erloschen und fortgenommen sein? Nein, keinesfalls wollte sie in diese ganz andere Gefahr hinübertreten, obgleich sie die unterste Sprosse bequem hätte erreichen und umklammern können. Jedoch, verglichen mit dem Aufstieg ins Unbekannte, wenn nicht gar Endlose, schien ihr selbst das entsprungene, schwankende Bett mehr Sicherheit zu versprechen, zumal es für sie trotz allem noch immer mit Wärme und Geborgenheit zu tun hatte. Mit äußerster Behutsamkeit drehte sie sich vom Rücken auf die rechte Seite und drückte ihre Wange in das nasse Kopfkissen. In einiger Entfernung zog ein Bussard seine stille Runde und schwebte, ohne um sein Heil bangen zu müssen, in derselben freien Höhe, in der auch sie sich befand, die Emporgeschossene, die dem sicheren Fall Vorbehaltene. Plötzlich stand der Vogel, spähend über die Feldflur, rüttelte heftig und schoß pfeilschnell in die Tiefe. Nie hatte die Händlerin einem Vogelflug sehnsüchtiger zugesehen. Wann endlich werde ich fallen? dachte sie, wann geschieht das Unvermeidliche, wann bricht das Gestell? Ein Mensch, bloß, ohne Hilfsmittel, von der Natur nicht für die Lüfte gerüstet, ausgesetzt in seiner tödlichen Wiege, er kann ja nur fallen, nichts als fallen und sich zu Tode stürzen. In diesem Augenblick vernahm sie ein mächtiges Flügelsausen, und als sie leicht den Kopf anhob, da erblickte sie den Bussard wieder, der nun am Fußende ihres Bettes hockte und eine dicke Kröte in seinem Fang trug. Vor Schreck und Ekel riß die Frau die Beine und die Decke an sich. Der Vogel ließ seine Beute auf das Laken fallen, und die Unke versuchte noch einmal davonzuspringen. Da schlug sie der Greif mit seinem braunen Hakenschnabel, mit seinem im Stil der reinen männlichen Bosheit geformten Waffengesicht. Dann richtete er sich auf, wölbte seine Brust und blickte mit zornflammendem Auge anderswo aus, als hätte er jedes Interesse an seiner Beute verloren. Erst als die Kröte einen letzten plumpen Sprung tat, stieß er wieder zu, packte sie und schlug ihren glitschigen Leib. Er riß die Eingeweide, zerstörte Kopf und Kehle, rupfte und warf, damit noch der leblose Kadaver ihn durch Bewegung reizte, und kröpfte alles in wütiger, gezackter Eile. Es blieb nur ein schleimiger dunkler Fleck auf dem Bettzeug zurück, darin aber schimmerte ein helles Ding. Die Händlerin, die sich von dem grausamen Schauspiel nicht hatte abwenden können, starrte auf den blutverschmierten Opal, der da aus dem Inneren der Kröte übriggeblieben war und auf dem der Bussard nun übellaunig herumhackte. Dabei flossen ihm unzählige kleine Feldspinnen aus dem Gefieder, huschten über das Bett und auch über die Hände und das Gesicht der Frau. Sie spuckte sie von den Lippen und schüttelte sie von den Fingern. Da spannte der Raubvogel die Schwingen aus, als wollte er sich gleich auf sie stürzen, doch hob er sich plötzlich seitwärts in die Höhe und verschwand. Irgend etwas mußte ihn unterbrochen und vertrieben haben. Von dem leuchtenden Augenstein heftig angezogen, versuchte sich die Händlerin aufzurichten, um nach ihm zu greifen, doch da kam ihr ein kleines fischiges Händchen zuvor und nahm ihn ihr weg. Denn es war, ohne daß sie es bemerkt hätte, unterdessen aus dem offenen Sonnenschacht ein ruhmloses, giftiges Männlein heruntergeklettert und hatte sich auf dem Bettrand neben ihr niedergelassen. Dieses nun war ein grünschimmerndes Wesen und gehörte der Gattung der Halbflügler an, welche zwar nicht fliegen können, sich jedoch äußerst behend im elektrischen Feld der Lichtstrahlen fortzubewegen wissen. In dem sphärischen Mittelbereich, in dem sie sich tummelten, waren sie gleichwohl nur wenig vermögende Geister, und obgleich sie beinahe über alles und jedes Bescheid wußten, war ihnen doch ein eigenes Wirken unter den Lichtgestalten verwehrt. In unseren Verhältnissen hätte man sie zu den Intellektuellen gezählt und ihnen ein gewisses Ansehen zugebilligt. Hier oben aber waren sie gezeichnete Leute. Während ihr Körper einem nicht enden wollenden Verfall unterworfen war, befanden sich ihr Geschlecht und Verstand im Zustand einer schmerzhaften und stets gleichbleibenden Dauererregung. Kein Ariel und kein weibliches Luftgeschöpf hätte sich je mit ihnen eingelassen, alle flohen ihre unverschämte Gegenwart. Ein Wesen dieses Schlags hatte die Händlerin in ihrem Höhenbett ausfindig gemacht und sich zu ihr gesellt. Es war von Kopf bis Fuß mit grünlichem Schimmel bedeckt. Seine Wangen waren aschgrau und sein Gebiß bestand aus einer Kette von verdunkelten Goldzähnen. Die Frau wurde von Abscheu ergriffen, warf sich jäh auf den Bauch und drückte ihr Gesicht fest in das Kissen. Das Männlein konnte aber offenbar seine Stimme über ihren Körper wandern lassen, ohne sich selbst zu bewegen. Sein brüchiges Flüstern kitzelte sie mal am Ohr, dann in den Kniekehlen und unter den Achseln. In ihrer namenlosen Furcht war sie sich keiner Scham mehr bewußt, so daß sie nun mit einem bis über die Hüfte aufgerollten Nachtkleid dalag und nicht einmal bemerkte, daß die Decke von ihrem halbentblößten Rücken gerutscht war. Über diesen strich nun der schmierige Schwärmgeist hin und ergoß sich in einem Schwall von lüsternen Gebeten. Sein Äonenlebtag sei er der Erfüllung seiner Wünsche niemals so nahe gewesen wie jetzt, da er diese reine Gänsehaut auf ihrem Rücken betrachten dürfe; nur um dieses gespreizten blonden Flaumhaars willen sei er durch die Jahrhunderte geirrt und habe schon einen dicken Schimmelpelz angesetzt; nur zu dieser in abgrundtiefe Faulheit versunkenen Kehrseite sei sein Geist von Anbeginn unterwegs gewesen, zu dieser einzigartigen Rundung des Nicht-erhört-Werdens, zu dieser fleischgewordenen Taubheit Gottes, die nur ein Schrei aus der tiefsten Seele der Lust durchstoßen kann …

Die Händlerin bemerkte nun, wie seine Stimme immer zudringlicher wurde und seine Erregung, von Schwatzsucht aufgepeitscht, ihrem Höhepunkt entgegeneilte. Da unterbrach sie ihn plötzlich und rief nach dem Opal. Sie erklärte, daß sie manches zu seinem Wohlgefallen tun wolle, wenn er ihr bloß vorher den Edelstein aushändigte. Ohne es weiter zu bedenken, reichte ihr das drangvolle Männlein, wonach sie verlangte, und sie legte den mit Krötenblut und -gedärm verschmierten Augenstein in ihren Mund. Im nächsten Augenblick überwand sie ihren Ekel und wurde nun selbst von einer großen Begierde erfaßt. Sie griff sich den Schimmelpelz und setzte ihn auf ihre Hüfte. Doch wie sie ihn auch zu packen, zu drücken, zu empfangen suchte, er fühlte sich überall an wie morsches Geäst. Unter ihren erhitzten Händen zuckte das Männlein einmal schwächlich auf und schon war die Erfüllung seines Äonenlebtags vorüber, es war zu gar nichts mehr zu gebrauchen. Sie wollte es aber nicht lassen und zog und preßte es an sich, doch der Halbflügler entwand sich ihr mit flatterhaftem Gewäsch, versetzte sich in eine aufgeplusterte Hysterie und hangelte blitzschnell am nächsten Strahl hinauf und zurück in den Sonnenschacht. Die Händlerin aber schrie vor beleidigter Lust und wand sich in ihrem Bett. Da öffnete sich der Schacht und wurde zum herrlichen, weiten Sonnenhof; eine große, feierliche Musik strömte hernieder, im gleißenden Licht ragte ein vieltürmiger Palast empor, aus dessen offenen Fenstern schwebten goldglänzende Elfen und strömten zusammen, sie bildeten und ballten sich unter Jubelklängen zu einem einzigen prächtigen Mannesleib, der langsam herniedersank. Die Händlerin öffnete ihre Arme und stellte den Opal auf die Spitze ihrer Zunge. Da begegneten ihr zwei feste und weiche Lippen und nahmen den Stein in Empfang. Sie sah kein Gesicht und spürte niemandes Gewicht, aber doch hielten sie kraftvoll zwei Hände und floß eine gnädige Wärme über ihren Körper. Eine Masse aus Licht und Musik hielt sie umschlungen, und das Herrliche küßte sie mit feuerroten Lippen. So jagten sie beide das Glück und rollten den Stein von Mund zu Mund. Nun erkannte sie auch, weshalb sie so furchtbar erhoben worden war, nicht um zu stürzen und zu zerschellen, sondern weil die Gnade nicht bis zur Erde hinunter kann, um zu lieben, und man ihr auf halbem Weg entgegenkommen muß. Aber wie sie nun doch im höchsten Schwindel ihr Glück nicht bei den Haaren, den Schultern, dem Rücken zu fassen bekam, riß sie sehnlichst die leeren Arme empor, und die Überwältigung schüttelte so sehr das Bett, daß es die dünnen Pfosten nicht mehr trugen, sie knickten splitternd und brachen, das steile Gestell ihrer Weihe, es legte sich schief, der turmhohe, schwanke Aufbau stürzte nun endlich doch in die Tiefe. Im selben Augenblick ergriffen ihre aufgereckten Hände das verknotete Tau, das ein Helikopter über ihr ausgeworfen hatte, und sie ließ sich aus den Lüften bergen. Die Händlerin fügte sich aber teilnahmslos in ihre glückliche Rettung. Sie spürte nur immer ihren entleerten Mund, und in der grausamen Loslösung war ihr Gesicht zu einer unveränderlichen Schmerzensmaske erstarrt. Wie ein eben Geborenes, eingemauert in den ewigen Schreck, schwebte sie zur Erde hinunter.

Frau mit Telefon

Samstagvormittag und noch kein guter Abend in Sicht. P. saß in ihrem Morgenkittel am Frühstückstisch und blätterte in ihrem Adreßbüchlein. Sie hob das Telefon auf das nackte Knie und wählte die Nummer einer Freundin, um sich eine Unterhaltung für den Abend zu sichern. Diese Frau war kaum mehr als eine gute Bekannte, mit der sie früher einmal im selben Labor gearbeitet hatte. Eine bessere Freundin hatte sie aber zur Zeit nicht. Im letzten Jahr hatte sich durch Heirat und Umzug, durch Abnutzung und Abkühlung ihr Freundeskreis empfindlich gelichtet. Während sie mit der unsicher zwischen nah und fern schwankenden Person sprach, bemerkte sie, wie ihre eigene Stimme sonderbare Wege nahm. Bald stieg sie zu einem werbenden, schöntuenden Ton auf, bald gab sie sich schlagfertig und eifrig gewitzt. Auch ihr Körper wand sich dazu geziert und verfänglich, sie warf mehrmals mit der Hand das Haar aus der Stirn, stemmte sie dann in die Hüfte und hob das Gesicht, faßte den Ausschnitt ihres Kittels zusammen oder ließ ihn tief offen, und außer dem unruhig lauschenden Auge war eigentlich alles an ihr auf einen anwesenden Menschen bezogen. Sie hatte sich bereits aufwendig in Szene gesetzt, um dann doch zu erfahren, daß die andere für den Abend schon verplant war, wie sie es nannte, und offenbar etwas vorhatte, wobei die Gesellschaft einer dritten Person nicht willkommen war. P. legte den Hörer auf und rutschte für kurz in sich zusammen. Sie beugte sich vor, kratzte mit dem Fingernagel am Lack ihrer Fußzehe und blätterte mit der anderen Hand im Adreßbüchlein. Zwei weitere Anrufe, die sie vornahm, verliefen und endeten nicht sehr viel anders. Sie bot sich von der gefälligsten Seite, verlegte ihre ganze Wachheit und Figur in die Stimme, doch die Teilnehmer am anderen Ende der Leitung blieben dafür offenbar unempfänglich. Der eine hatte Reisevorbereitungen zu treffen am Abend, die andere mußte einen Vortrag ausarbeiten. Sie wollten oder sie konnten nicht. Aber so wie sie reagierten, so besonders flau und ungespannt, und ihre Stimme gegen die anspruchsvolle der Anruferin kaum erhoben, mußte sich diese jedesmal abgewiesen und unerwünscht vorkommen. Ganz gleich, ob ein triftiger Hinderungsgrund vorlag, sich mit ihr zu verabreden oder nicht, sie hätten sich wenigstens über ihren Anruf freuen können ... Nun verfiel sie in ein mißlauniges Grübeln, in eine beinah menschen- oder freundesfeindliche Stimmung. Was waren das auch für dürftige Gestalten, die es fertigbrachten, auf einen Abend mit ihr so nachlässig zu verzichten! Ich bin ihnen ganz einfach zu unbequem, dachte sie, das ist es wohl. Ich bin ihnen zu streng, zu wach, zu gefühlsbetont. Zu anstrengend. Mit einem Wort: ich bin diesen Dürftigen einfach zuviel! ... Beschäftigte Menschen, mit sich und anderen beschäftigt. Kein Interesse, keine Antenne, keine Unternehmungslust. Ich habe sie angerufen, ich habe sie hervorgerufen aus ihren trüben Schalen und Gehäusen, ich habe sie offenbar gestört ... Was habe ich an mir, was mache ich falsch, daß man mir so leicht, so ohne jedes Zögern die kalte Schulter zeigt? Was war denn los mit meiner Stimme, daß sie nicht einmal aufhorchen wollten, obwohl mir selbst doch schien, als hätte ich nie zuvor soviel Hinwendung, soviel Licht hineingetan? Was aber verriet dennoch meine Stimme, was verriet sie Unliebsames von mir?

Während sie nun die Frühstücksreste vom Tisch räumte und das Geschirr in den Abguß stellte, klingelte das am Boden abgesetzte Telefon. Ah, dachte sie, so ist es recht: ich habe nicht vergeblich in die Welt hinausgerufen – sie ruft schon zurück! Denn, ist es nicht so?, bevor ich den Hörer abgenommen habe, steckt hinter dem anonymen Zeichen noch die unvorstellbare Weite, die gesamte Möglichkeit aller irdischen Telefonverbindungen, das ganze Ruf*system.* Und weckt nicht dies anonyme und immer gleichtönende Zeichen zuerst die Ahnung von einem wildfremden, nie erwarteten Anrufer? Und dann, wenn sich doch, wie in den meisten Fällen, eine wohlbekannte Stimme meldet, bildet nicht jedesmal ein unhörbares ›Ach, du bist es nur …‹, eine subtile Enttäuschung, den flüchtigen Vorhalt des Gesprächs, der dann von der erhöhten Erwartung in die gemäßigte Tonart der Vertrautheit überführt?

Es meldete sich aber ein Mensch, dessen Stimme sie in der Tat nie zuvor gehört hatte, und er wünschte auch nicht, sie zu sprechen, sondern T., ihre ehemalige Mitbewohnerin, die jedoch vor einem Jahr bereits ausgezogen war.

»Ich bin der Jochen aus Goslar«, sagte der Anrufer und hatte, wie sich herausstellte, fest damit gerechnet, über das Wochenende bei T. Quartier zu finden.

Die wohnt nicht mehr hier. Nein, die neue Nummer hatte sie nicht. Keine Ahnung. P. schwieg und ließ ihn hängen. Er gab aber nicht auf und hielt nun ungerührt auf P. zu. Ob er nicht bei ihr unterkommen könnte für die zwei Nächte. »Hier wird nicht übernachtet«, beschied sie ihn. »Alles klar«, sagte der Anrufer und legte auf. Wieder war ihr die eigene Stimme sonderbar fremd und entfernt vorgekommen.

Was hatte sie dazugebracht, den Jungen so hart abzufertigen, einem Fremden das Gastrecht so kurz entschlossen zu weigern? Eben noch hatte sie selbst vergeblich versucht, sich eine Gesellschaft für den Abend zu verschaffen und war mit einer Reihe von gleichgültigen Absagen bedacht worden. ›Ich habe angerufen und mir wurde abgesagt. Ich wurde angerufen und ich habe abgesagt. Ich bin als Angerufene sofort die Überlegene, die erlaubt und gebietet. Die das Sagen hat. Aber als Anrufende bin ich immer die Bittstellerin …‹

Natürlich hatte sich in letzter Zeit manches verändert. Seitdem sie allein wohnte, war sie bedeutend empfindlicher geworden gegenüber jeder Art von lässiger Menschenberührung. Den Ton, den Jargon des allgemeinen Miteinander-Könnens, an dem sie früher niemals Anstoß genommen hatte, empfand sie jetzt als kaltschnäuzig und anmaßend. Aber war es nicht auch diese neue Unduldsamkeit, die sie nun jenen entfremdete oder nicht geheuer machte, deren größere Nähe sie erst zu gewinnen hoffte? Niemand wollte oder konnte so kindisch-streng freund zu ihr sein, wie sie es forderte und selbst erbot. Der Nächste unter Nahen, der Allernächste, der reine Nächste ließ sich ohnehin nirgendwo finden. Und es mangelte ihr vorerst an der nötigen illusionstreibenden Kraft, sich irgend jemanden vorzunehmen, ihn nach Gutdünken zu erhöhen und mit Träumen auszustopfen.

Es überkam sie wieder, sie geriet von neuem in den Sog des leeren Abends, an dem alle Welt sich finden würde, verabredet war, nach draußen ging, der nur ihr mit schauriger Ungestalt entgegendrängte. Und also griff sie ein weiteres Mal zu dem kahlen Knochen aller nur möglichen Menschenverbindungen. Sie wählte die Nummer eines »Ehemaligen«. Eines Sportmediziners. Der doch immerhin, wenn sie sich nicht täuschte, über einen gewissen männlichen Charme verfügte – oder war es das nicht, damals? Oder was war es damals eigentlich? Wieso denn ausgerechnet der? Sie fragte sich das, während sie es eine Weile tüten ließ. Sie war dann eher erleichtert, als niemand abhob. Es beförderte ihren Entschluß, endlich aufzugeben. Sie richtete sich darauf ein, den Abend alleine zu verbringen. Sie würde sich alle Mühe geben. Sie würde sich bildschön anziehen, einen Tisch in einem besseren Restaurant bestellen, anschließend vielleicht noch ein kurzer Besuch in der Spielbank. Sie begann ihre Garderobe zu mustern, legte das eine oder andere Kleid an den Körper. Der Rest des Morgens wurde für eine ausgiebige Toilette genutzt, die Haare gewaschen, verpackt und aufgedreht, die Haut und die Nägel, die Augen und die Ohren sorgsam behandelt und geschmückt.

Am frühen Nachmittag klingelte noch einmal das Telefon. Sie blickte befremdet von ihrer Näharbeit auf und betrachtete den scheinbar lebendigen Apparat. Sie zögerte einen Moment. Wie sprechen? Wie empfangen? Wie hören? Dann nahm sie den Hörer ab und hielt ihn ans Ohr. Sie ließ ihn gleich wieder ein wenig sinken. Sie schloß die Augen. Sie sah es kommen. Das war nicht der Wildfremde und nicht der Allzubekannte, es war: der einzig Richtige. Der höchst Willkommene, der weder erwartet noch jemals unerwartet war, der aufhob die Trennung in ihrer Stimme zwischen herzunten und herzoben, zwischen Erlauben und Ersuchen. Er war es, der Rechtzeitige.

Ein Ausrutscher

Ein Ausrutscher, dachte er, eine viel zu intime Berührung, daß er sie schlug, eigentlich eine Fremde, jemanden, den er kaum fünf Wochen kannte, so daß die Sache nun ihr rasches Ende gefunden hatte, aus und vorbei, wie er immer wieder brüllte in seiner zügellosen Erregung, die jedoch noch anderslautende geheimere Botschaften aussandte.

Bis dahin hätte er sich allenfalls vorstellen können, in äußerster Bedrängnis draufloszuschlagen, etwa wenn ihn die Niedertracht einer Frau in eine ausweglose Lage gebracht hätte. Warum schlug er aber die, die ohnehin bald wieder verschwinden würde, bei der er lediglich sein Vergnügen suchte?

Ja mußte er sich nicht eingestehen, daß er eine Unbeteiligte, an seinem Leben und Geschick vollkommen Unbeteiligte mißhandelt hatte, bloß weil sie log? Als wenn er nicht tagtäglich von Geschäftsleuten, Handwerkern, Verkäuferinnen dreiste Lügen zu hören bekäme, ohne daß er sie dafür mit den Fäusten traktierte …

Die zu Boden Gestoßene hatte aufgegeben. Es war genug. Sie hatte nach dem ersten Angriff hart entgegnet und dabei den Verblüfften mit langen Armschlägen ins Gesicht getroffen, zurückgedrängt, ihn bis aufs Blut gereizt, danach aber sein besinnungsloses Prügeln und Treten ertragen. Ihre Körperkräfte waren noch längst nicht verbraucht, aber der Affekt war plötzlich verschwunden. Wenn sie versuchte sich aufzurichten und jedesmal wieder mit dem Rücken von der Wand abglitt, so waren es nicht die Gliederschmerzen, sondern lähmende Traurigkeit, die sie zwangen zu bleiben, wo sie war. Sie hob die Knie nacheinander, zog sie an den Leib, stützte die Ellbogen darauf, lehnte sich mit Hinterkopf und Rücken an die Wand, verbarg das Gesicht hinter den geröteten Händen. Er sah die nackten, geknickten, runden Knie, einfältige, derbe Knie eines Mädchens, das auf dem Land aufgewachsen war; die Kniescheibe, ein flacher Knochen, zeigte weder Kuppe noch Spitze, nur grobe Rillen, bräunliche Haut, und darin eine lange weiße Narbe wie das Zeichen, mit dem man Richtiges oder Erledigtes abhakt. Sie würde gehen und keine Gelegenheit mehr haben, ihm die Geschichte der Narbe zu erzählen.

Unter den vorgehaltenen Händen zitterte ihr Gesicht, heulte und japste sie, rollte den einen unbewegbaren Gedanken, daß nichts mehr zu retten sei, das Ende, kein Blick mehr, kein Wort, nur noch den Platz räumen und die Tür zuschlagen ... und dann, wie ein Steinwurf gegen die Schläfe, trifft sie immer wieder das eine Wort »kennenlernen« ... »Du sollst mich kennenlernen«, hatte er geschrien unter den Schlägen. Dabei, ihn kennenlernen, es war doch dasselbe Wort und hieß doch eben noch: froh und neugierig bei ihm sein, sich aufrichten und anschmiegen, sich schlank entziehen und wiederkommen ... Wozu dieses verfluchte Spiel, die verfluchte Freude? Nur um das Wort ins Gegenteil zu kehren und mit dem Wort niedergeschmissen und getreten zu werden? Einziges Ziel des schönen Aufgerichtetseins: Sturz. Glück nur, um aus allen Wolken zu fallen. Schlankheit nur, um zum bebenden Fettgewebe, zum kauernden Kloß, um rund wie die Träne zu werden. Mit Brüsten, die wie zwei breite Zysten über dem zusammengedrückten Bauch liegen. Mit langen geschmeidigen, verwöhnten Händen, die zu zwei nestelnden Pfoten werden. Abstehende Überbeinkugel auf dem Handgelenk, wenn es nach innen geknickt auf den Knien lag ... Sie hatte die Hände vom Gesicht genommen, das Schluchzen gedämpft, den Kopf zur Seite gewendet. Die Augen wichen nicht von der leeren Wand, nur um dem Blick des Schinders nicht zu begegnen. Und ebendieser verweigerte Blick zog ihn an, gerade jetzt, wo der von Selbstgefühl, Allüre, Geschlechtlichkeit vollkommen verlassene Leib außerstande war, sein Interesse zu erregen ... Wenn wir allein sind, bedingungslos zu zweit (so sah er bei fortgeschrittener Abkühlung die Lage), werden wir zwangsläufig Zug um Zug die Regeln des Spiels entdecken, das uns beherrscht, das aus reinem nackten Gegenübersein hervorgeht, letztlich immer ohne Tricks und Finten gespielt wird, keinesfalls dem erfolgssicheren Instinkt, sondern nur den kurzlebigen, aber schicksalswendenden Affekten unterworfen ist. Und auch die soeben im Affekt gefaßte Überzeugung, daß dies unwiderruflich das Ende sei, schien ihm auf einmal nur mehr den Wert einer seelischen Prüfung und Erschütterung zu haben, weniger eine Entscheidung als eine reinigende Empfindung, und der gerade noch untrügliche Befund: das Ende! mochte in Wahrheit eine Art Initiation bedeuten, die Schmerzgeburt ihres gegenseitigen Erkennens nach dem Zusammenbruch des Kennenlernens.

Es war jedenfalls die kindliche Abkehr ihres Kopfes und daß sie, ihn meinend, an die Wand starrte, es war dies Zeichen, das sein Gefühl wendete. Scheinbar drückte es nur bitteren Trotz und Abriß der Verbindung aus. Stärker aber wirkte das vorzeitige Erbe, die Gebärde des abgewandten Blicks, des wehrlos gebotenen Halses, die auch unter Wölfen und Hähnen den Angreifer beschwichtigt. Hätte sie ihn jetzt geradeaus, gar flehend oder fassungslos angesehen, so hätte sich nichts gerührt in seinem Gewissen. Er hätte erneut ihre Lüge gesehen. So aber, als sein Stammhirn begriff, weshalb sie ihm das Auge verweigerte, kam nun ein reuiges Erbarmen über ihn, ein Erbarmen, das nicht etwa seine eigentliche Herzensgüte verriet, sondern vielmehr hatten Bosheit und tätiges Verschulden von vornherein kein anderes Ziel, als ihm zuletzt dies warme Gefühl der Reue zu verschaffen.

Er blickte auf seine Hände und sah sie noch einmal ihren Hals würgen, ihr Gesicht mit der Kante schlagen, ihr Kleid zerreißen, sie packen und gegen den Rand der Kommode schleudern. Es sind dieselben, selben Hände, dachte er, da mögen sie jetzt noch so still und vornehm, beinahe weise und tiefsinnig vor mir auf dem Tisch liegen und geduldig darauf warten, wieder ein sanftes Werk zu tun – sie waren es, die mordlüstern, viehisch gehandelt, gerast haben. Sie waren die willfährigsten, zuverlässigsten Schergen meiner Bosheit, als die Lippen längst ihren Dienst versagten.

In dem Augenblick aber, da er, ausgelöst von der Abkehr ihres Gesichts, eine nie zuvor empfundene Wärme des Herzens genoß, war der kleine Schaltkreis der Passion eingerichtet und abgeschlossen, der sie für unbestimmte Zeit voneinander abhängig machte.

In einem Nu geschieht mehr, als die Geschichte erzählen kann. Und was jemand im Affekt tut, übertrifft oder zerstört vielleicht alle seine geordneten Handlungen.

Der Ausrutscher, der erste, zufällige Akt der Überschreitung schuf eine Einrichtung, die das Bedürfnis nach Überschreitung in Abständen erneuerte. Und es war nur ein Ausrutscher, der eine leichte und unbedeutende Begegnung in eine ernste und dauerhafte Abhängigkeit, in ein süchtiges Verhältnis wandelte. Freilich enthielt der Ausrutscher, der kurze Affekt als genetische Inschrift bereits die ganze Geschichte einer unglücklichen Leidenschaft.

Die Getäuschte

Nach einem Vortrag, den ihr Mann vor der Florestan-Gesellschaft gehalten hatte, wurde Sibylle Fischer im Waschraum der Toilette von einer rothaarigen Dame aus dem Publikum angesprochen und in den Spiegel hinein gefragt:

»Sind Sie nicht seine Frau? Hören Sie! Wir beide müssen versuchen, *diese andere* … von seiner Seite zu vertreiben. Die kleine Schnalle preßt ihn aus. Sie wird ihn ruinieren. Und Sie dazu.«

Die Person drehte sich auf dem Absatz um und war verschwunden. Frau Fischer stand wie vom Schlag gerührt und wurde kreidebleich.

Welche andere? Sie wußte von keiner anderen. Und woher kam dieser Schreck mit schlaffem fuchsrotem Haar in den Spiegel? Sie hatte nie den geringsten Anlaß gehabt, ihren Mann zu verdächtigen, sie zu betrügen. Und jetzt waren es gleich zwei! Sie mochte beinahe annehmen, daß diese bürgerliche Kopie einer Animierdame sich einen geschmacklosen Scherz mit ihr erlaubt hatte. Und doch stellte sie zu Hause ihren Mann ohne Umschweife zur Rede.

Als sie sah, daß er sie nicht etwa auslachte, sondern seinerseits kreideweiß wurde, war sie sich plötzlich sicher, daß die Fremde im Spiegel die Wahrheit gesagt hatte. Roman entdeckte ihr mit wenigen kalten Worten seine frühere Verbindung zu Julia, eben dieser Rothaarigen, und behauptete, daß es sich bei ihrer infamen Einflüsterung um den letzten Störversuch, das verzweifelte Rachemanöver einer von ihm abgewiesenen Geliebten handelte, deren Leben er angeblich zerstört hatte. »Aber glaubst du mir auch?«

»Nein«, antwortete Billie. »Du hast mir nie von dieser Julia erzählt. Aber sie gibt es. Zu meiner Überraschung. Seit heute abend gibt es sie für mich. Und wenn es die eine gibt, warum sollte es dann *diese andere* nicht auch geben? Ich nehme an, du wirst um jeden Preis verhindern wollen, daß ich Julia kennenlerne, um von ihr etwas über *diese andere* in Erfahrung zu bringen.«

»Gegen das Gespinst von Lügen, Selbstbetrug, Phantasterei, in das sich Julia einschließt und jeden andern Menschen, der ihr begegnet, dazu, habe ich seit jeher wenig ausrichten können«, entgegnete Roman resigniert.

»Ich fürchte, auch du wirst ihm zum Opfer fallen. Nein, ich weiß es! So wie ich wußte, daß es ihr eines Tages gelingen würde, sich an dir zu vergreifen, um sich zu rächen. Und nun wirst du einer von mir enttäuschten, einer durch mich glücklos gewordenen Person mehr Glauben schenken als mir, der ich dich liebe. Denn gerade die Festigkeit und Ungestörtheit unserer Ehe-Liebe hat in dir inzwischen den Verdacht erregt, so etwas könne es eigentlich nicht geben, nicht auf Dauer zumindest, und jetzt scheint sich dein Verdacht mit einem einzigen Schlag – dem Sprung des Teufels aus dem Spiegel – zu bestätigen. Doch! So etwas gibt es, sagst du dir, aber eben nur unter der Bedingung der Unlauterkeit, des geheimen Betrugs! Einer verheimlichten Beziehung zu einer dritten Person. Genaugenommen ist aber dein Mißtrauen lediglich eine Frucht deines mangelnden Selbstvertrauens, das ich mit allen Kräften meiner Liebe nicht zu stärken vermochte. *Du traust dir nicht zu, mir die einzige zu sein.* Finde doch den Mut, es nicht genauer wissen zu wollen! Bist du nicht unablässig die Getäuschte in so vielen kleinen und großen Angelegenheiten des Alltags?

Die Getäuschte der Banken, die Getäuschte der Politik und der Wissenschaften und zuweilen sogar die Getäuschte des Taxifahrers. Zucke die Achseln und sage dir: Wer weiß, vielleicht bin ich sogar die Getäuschte der Liebe? Genau weiß ich es nicht. Genau will ich es nicht wissen. Ich werde schließlich nicht vernachlässigt.«

Bei diesem letzten Wort blickte Billie ihrem Mann ins Auge und schwankte ein wenig zwischen Widerspruch und weiterem Nachsinnen.

»Es ist wahr«, sagte sie, »du vernachlässigst mich nicht.«

»Darauf würde ich nicht alles geben«, setzte Roman nach mit einem genüßlichen, fast übermütigen Vertrauen in die Überzeugungskraft seiner Worte. »Es könnte ja ein Trick sein. Bedenke, was alles sonst gegen mich spricht. Könnte ich etwa sagen: schon aus beruflichen Gründen kann ich mir eine Geliebte nicht leisten? Ganz und gar nicht. Ich könnte sie mir sehr gut leisten, und nicht nur eine. Ich bewahre mir genug Zeit für den Müßiggang, ich komme mit vielen Menschen zusammen, darunter sehr schönen Frauen. Ich hatte nie den Eindruck, besonders abstoßend auf sie zu wirken. Sieh mal, Billie: das Gefühl, die Getäuschte zu sein, erstreckt sich von der niedrigsten bis zur höchsten Stufe der Liebe. Doch nur auf der höchsten rührt es von der Unglaubwürdigkeit des Glücks. Und wenn *du* dich als eine Getäuschte der Liebe empfindest, dann mißtraust du nicht mir, sondern deinem Glück. Es kann ja nicht sein, sagst du, daß mir davon ein solch ungewöhnliches Maß zuteil wird! Es ist der Punkt erreicht, wo der Mensch gegen die Gnade Verdacht schöpft. Er entspringt ganz ohne äußeres Zutun der schönen Bewegung, mit der man sich in höchster Sicherheit wiegt. Wobei der erste Anhauch des Zweifels sich im *ungläubigen* Staunen, im wohligen Es-nicht-fassen-können regt, um dann gleich wieder in die Bewegung des Wiegens einzuschwingen. Nach einer gewissen Zeit wird er dann endgültig eingelullt, der kleine Zweifel, oder aber er bricht abrupt hervor, wird schrill und furchtbar. Aber doch ohne jeden Grund, ohne äußere Veranlassung. Du hast keine andere Wahl, als mir, meinen Worten, Glauben zu schenken. Ich kann dir meine Unschuld nicht beweisen.«

Billie erkannte sehr wohl die vorbereitete Schlinge dieser Worte, dieser immer frechere, engere Schlüsse ziehenden Worte, und sah sich gezwungen, einen Ausbruch wenigstens zu versuchen.

»Es gibt noch eine andere Möglichkeit. Es gibt noch die Möglichkeit, daß ich mich mit Julia treffe und sie frage, was sie eigentlich mit ihrer Stichelei bezwecken wollte. Ich könnte sie genauso zur Rede stellen wie dich.«

Roman Fischer, der diese Unterhaltung mit größter innerer Anspannung führte, konnte nicht verbergen, daß diese Absichtsbekundung seiner Frau ihn mißmutig, ja mutlos stimmte. Eigentlich hatte er mit all seinen Ausführungen zuletzt nichts anderes erreichen wollen, als sie daran zu hindern, auf genau diesen Gedanken zu verfallen.

»Wenn du das tatsächlich für eine Möglichkeit hältst, bitte. Stell dir aber vor, daß dieser Versuch nur dann einen Sinn hätte, wenn er in meinem Beisein durchgeführt würde. Aber ein solches Treffen oder Wiedersehen wäre mit Sicherheit für alle Beteiligten verhängnisvoll.«

»Du fürchtest dich vor Julia?«

»Ja. Ich fürchte sie. Warum soll ich es nicht zugeben? Aber wenn ich eine solche Begegnung unbedingt vermeiden möchte, dann am wenigsten aus Eigeninteresse.«

»Was hast du mit ihr angestellt?«

»Nichts. Oder zuwenig. Ihrer Meinung nach. Ich habe

mich eben nicht genug auf sie eingelassen. Nicht so, wie sie es in ihrer krankhaften Phantasie erträumte und erzwingen wollte. Daraus nimmt sie den ganzen Stoff für ihre Passionsgeschichte. Daraus, aus meiner Zurückweisung, leitet sie ihren Niedergang her, ihren beruflichen, ihren gesundheitlichen, ihren weiblichen Niedergang. Billie, diese Frau ist ein magisches Strahlenbündel von Glücklosigkeit. Und wenn ich je wieder – wenn du jemals mit ihr in Berührung kämst, so wird es, ich schwöre es, keine unbeschwerte Stunde mehr für uns geben.«

Diese letzten Wendungen waren schwach, das spürte er selbst, hilfloses Pathos, Appelle ohne jeden Kunstgriff. Mit ihnen entließ er Billie aus dem Bann, in den seine seiltänzerische Rede sie zeitweilig gelockt hatte, dem sie jedenfalls soweit erlegen war, als sie niemals seine Gedankenführung verlassen und etwas ganz Unverhofftes dazwischengefragt hatte.

Nun also reagierte Billie gelöst, fast leichtfertig, sie sagte:

»Also: ich soll dir Glauben schenken? Ein großzügiges, ein wertvolles Geschenk, meinst du nicht?«

»Du hast mich zur Rede gestellt. Und ich habe geredet. Du kannst beurteilen, was ich gesagt habe und wie ich es gesagt habe. Ausschließlich im Bereich meiner Worte befindet sich die Wahrheit. Im übrigen glaube ich nicht einmal, daß sich Julia auf eine Begegnung, wie sie dir vorschwebt, so ohne weiteres einlassen würde. Wie sollten denn auch ihre Lügen wirksamer sein als der flüchtige Biß, mit dem sie dir das Gift beinah im Vorübergehen einflößte?«

Da ihr Mann seine Zustimmung zu einem gemeinsamen Treffen mit Julia endgültig verweigerte, entschloß sich Billie, eine kleine unlautere Vorkehrung zu treffen. Sie machte diese rothaarige, sie mehr und mehr beunruhigende Person ausfindig und verabredete sich mit ihr hinter Romans Rücken. Und an denselben Ort, einem Passagencafé in der Stillen Straße, bat sie ihren Mann zu einem etwas späteren Zeitpunkt. Schon nach den ersten Schritten des Erkundens konnte sie nicht mehr einhalten, und es begann ihr unabsehbarer Abstieg ins Wissen.

Julia schwieg. Sie machte einen hilflosen, erschöpften Eindruck. Es war wenig aus ihr herauszubekommen, offensichtlich war sie betäubt von Tabletten und Alkohol. Glanzloser als zuerst im Spiegel hing ihr eine Strähne vom gefärbten Haar übers Ohr bis in die Schlüsselbeinkuhle. Als Roman erschien und sah, daß er in eine Falle geraten war, ließ er sich nichts anmerken, keine Miene zu Billie hin, überwand aber sichtlich mit Mühe den Abscheu, den der Anblick Julias ihm bereitete. Sie hatte sich hinter der Maske eines starren süßsauren Schmunzelns versteckt und rührte sich nicht, als Roman ihr gegenüber am Tisch Platz nahm.

»Sieh sie dir an!« sagte Billie forsch, als wäre sie sicher, daß Julia nichts mehr wahrnahm außer in undeutlicher Entfernung ihren Liebsten und Schinder, »diesen Menschen hast du ruiniert. Eine kurze Begebenheit? Acht volle Jahre hast du gebraucht, um sie restlos auszulöschen. Du kannst sie überall kneifen, es tut ihr nichts mehr weh. Sie kann sich nicht mehr genau besinnen. Doch wer *die andere* ist, vor der sie mich auf der Toilette gewarnt hat, das glaube ich nun zu wissen. *Die andere* heißt in Julias Sprachgebrauch jene Person, der du sie damals geopfert hast. Die Frau, um derentwillen sie von dir verlassen oder zurückgesetzt wurde. Ihren Namen bringt sie nicht über die Lippen. Du wirst schon wissen, um wen es sich handelt. Für Julia ist sie die ewig andere geworden, und sie geht als Schatten an deiner Seite. Sie weiß aber nicht mehr, wie sie heißt.«

Und zum Zwecke der Demonstration rüttelte sie an Julias bleiernem Arm und rief energisch: »Stimmt's, Julia? Du weißt nicht mehr, wie sie heißt?« Und die Kranke richtete ihren Blick mühsam auf und sah, während sie Billie antwortete, in Romans Gesicht. Sie sagte: »Ja, es stimmt. Es stimmt, was du gesagt hast.«

Als Roman Fischer das hörte, strömte eine große Dankbarkeit aus seinem Herzen zu der vollkommen Erschöpften hinüber. Sie hatte, gütiger Himmel, *diese andere* auf sich genommen! Sie hatte sie aus dem Verkehr gezogen, sie historisiert oder mystifiziert oder was auch immer. *Alice war in Sicherheit!* Unwillkürlich nahm Roman Julias Hand, und ebenso unwillkürlich legte sie ihre Schläfe auf seine Hand und sah mit ihrem unvergleichlich süßsaurem Schmunzeln von unten zu ihm hinauf.

Billie war außerstande, diese Gebärde, diese vertrauliche Berührung zwischen ihrem Mann und dieser ihm ungeniert ergebenen Frau richtig einzuschätzen, sie im Schema ihrer bisherigen Erkundungen unterzubringen. Auf einmal wurde sie sehr unsicher. Sie meinte plötzlich das ganze Ausmaß des Schadens zu erkennen, den sie sich selber und ihrer Ehe-Liebe zugefügt hatte, indem sie sich an die Aufklärung eines halb gelallten Spruchs gemacht hatte. Wißbegierig war sie nur aus Eifersucht geworden, aus Mangel an Vertrauen listig und aus Unsicherheit bösartig.

Sie wollte nun ihr schreckliches Wissen wieder löschen, ihre vorwitzigen Schritte ungeschehen machen, indem sie Roman mit großer, warmer Zuwendung begegnete.

Doch ihr Mann reagierte ungewohnt spröde, ja kühl. Er wich ihr aus. Julia hat immer noch Macht über ihn!

schoß es ihr durch den Kopf. Der böse Zauber der Glücklosen ... Sie erinnerte sich an Romans Voraussage, daß diese tief liebeskranke Person alles versuchen würde, um sie, Billie, zu beeinflussen und zu verderben für das Zusammenleben mit ihrem Mann. War es nicht schon geschehen? Andererseits war es ihr unvorstellbar, daß ihr auf Schönheit und Figur achtender Mann mit dieser formlosen Gestalt, mit diesem Bündel Sucht noch etwas anfangen könne ...

Roman beobachtete Billie durch das Fenster seiner Kälte und liebte sie um so mehr, als er sah, daß sie unter ihrem (irrigen) Wissen litt. Nur aus taktischem Grund, nur zum Schein und mit einiger Selbstüberwindung hielt er sich vorerst zurück. Und er liebte sie auch auf ganz neue Weise, nun aus seiner frohen Lage heraus, in die der wunderliche Großmut seiner zerrütteten Freundin ihn versetzt hatte. Jetzt besaß er alle Freiheit für *diese andere*! Alice und er waren vor jeder weiteren Nachstellung geschützt. Und dann: niemand würde je herausfinden, daß er Billie, seine Frau, umarmte, um zu bereuen. Daß er sie aufrichtig und über alles nur lieben konnte, wenn er ein ausgesprochen schlechtes Gewissen besaß.

Ihr Brief zur Hochzeit

Du, mein Mann, wirst heute eine andere zur Frau nehmen. Eingeladen kann ich nicht sein, aber einen Brief sollst du von mir bekommen. Eingeladen sind alle jene, die wir bis vor kurzem gemeinsam zu Freunden hatten, auch wenn sie mehr deine als meine Freunde waren. So werden sie zu dir kommen und werden mit euch feiern, obwohl, ich weiß es, mancher unter ihnen ist, der zögert ein wenig und will sich nicht so schnell daran gewöhnen, daß sich um dich herum so viel verändert hat.

Nein, ich will dich nicht beirren, mein einziger Freund. Ich kann nicht sagen, es ist gut so, wie es geschieht. Kann auch nicht sagen, es sollte besser nicht geschehen. Weil es mir weh tut. Aber was kümmert das noch? Es ist nicht der Tag, an dem du dich fragen sollst, ob du richtig handelst oder ob du die ›Richtige‹ gefunden hast – ich bin ganz sicher, daß es die Richtige ist. Du machst sie dazu. Ich kenne wohl die Macht deiner Einwirkungen, die Großzügigkeit deines väterlich starken Herzens – sie zieht jedes Wesen, das du liebst, groß. Nur fragen kannst du dich einmal – vorsichtig! –, ob du überhaupt jemanden gesucht hast und nicht vielmehr sofort jemanden gebraucht hast, um nicht zu stürzen …

Mich hast du nie gebeten, deine Frau zu werden. Das Geschenk der Förmlichkeiten, zu dem du neuerdings bereit bist, darf nun eine andere annehmen. Es hätte mir zuweilen auch gefallen, ein bißchen Huld, ein bißchen schönen Zierat von dir zu empfangen. Aber wahrscheinlich waren wir zu sehr Mann und Frau, sind wir zu sehr aus einer Wurzel, einem einzigen Gewächs hervorgegangen und konnten uns nicht trauen lassen. Damals, als wir uns begegnet sind, war das unter den Unruhigen auch gar nicht üblich. Damals hielt man sich viel zugute auf die nötigen ›Regelverletzungen‹. Wer hätte gedacht, daß sie sich, die Regeln, so schnell erholen würden von ihren Verletzungen!

Ich habe dich gekränkt und bin unbedacht gewesen. Du hast mir Kälte und Bosheit vorgeworfen. Jedoch, als ich diesen Mann traf, meinen Liebhaber, habe ich nicht an dich gedacht. Ich hatte keinen Zweifel, daß ich dich nicht betrog, ich wußte, daß ich dir nicht mehr angehörte, daß ich endgültig von dir geschieden war. Schließlich bin ich schlimm genug bestraft worden. Ich erkannte ihn gar nicht. Ich liebte ihn ebenso flehentlich, ebenso besitzgierig und mit der gleichen Selbstaufopferung, wie ich dich geliebt hatte. Er war vollkommen an deine Stelle getreten, und ich war blind dafür, daß es nicht du warst, sondern nur, wie sich bald herausstellte, ein Fremder, ein Vorübergehender. Ich glaube, er wollte nur mein nacktes Entsetzen sehen. Er wollte nur eine sehen, die es nicht fassen kann …

»Welche Jahre!« schreibt sie.

Nie habe ich besser verstanden, was es bedeutet hat, an deiner Seite zu leben, zu kämpfen, zu reifen, zu leiden, zu lernen, als gerade jetzt, da dies alles unwiderruflich vorüber ist. Vorüber sein muß. Dieser Einschnitt geht tief, so daß ein Teil meiner Seele für immer von mir abgetrennt bleibt, und ich kann ihn vor mich hinhalten und betrachten wie eines fremden Menschen Inneres. Ich kenne nun meinen Weg; und auch den, den ich fortan alleine gehen werde. Ich werde meine Leidenschaft, meine Irrtümer und meine Niederlagen zu ertragen wissen. Aber sie werden mich nicht mehr formen können, sie werden mich nicht mehr in die Angst und Ungewißheit, in die Schmerzen und die Hingabe hineintreiben, wie es doch geschah mit dir, als ich jeden Tag neu mich bewähren mußte, um gegen deine ernste Übermacht zu bestehen. Darunter habe ich viel gelitten. Darunter aber ist auch die Stärke herangewachsen, die es mir eines Tages erlaubte, gebot, unabweislich machte, meinen Weg von dem deinen zu lösen.

Wenige Tage, bevor du mit deinem großen Fest unsere stolze und traurige Geschichte besiegeln wirst, sitze ich unter der Lampe und schreibe diese eiligen Worte, die dir alles freigeben und doch eine schmerzliche Revolte anzetteln gegen die Unterdrückung unserer Zeit, gegen das eiserne Verdrängen und Vergessen, das du dir verordnet hast. Es wird ein Brief sein, der nichts fordern, verurteilen, erklären oder beklagen will, sondern nur eine einzige große Verwunderung ausdrücken vor diesem *gemeinsamen* Leben, das nun überblickt wird, erkannt und gewürdigt; und schließt mit dem leisen Versprechen, dem leisen Befehl: am Ende wird es nur uns gegeben haben. Niemand anderen.

Da ist nichts, weshalb ich dich hassen müßte. Aber es gibt diese tiefe Verwunderung, einem Mann so angehört zu haben und kein Kind von ihm zu besitzen. Das wirst du nicht verstehen. Aber ich, Freund, habe dir mein Leben gegeben und habe jetzt nichts, nichts in den Armen. Ich habe kein Leben von dir bekommen, keines, das über das meine hinauswachsen würde, das sich von selbst aufrichtete und mich auf eine erfüllte Weise überflüssig machte. Es brennt jetzt zuweilen dieser ungeheuerliche Verzicht im ganzen Körper. Jetzt spür ich's als Frevel, als Verstoßensein. Es gab ja keine Zeit für ein Kind. Der

Beruf, die schwierigen Anfänge, immer irgend etwas, das dagegen sprach. Die Frucht ist fleißig zwischen unseren Lippen zerredet worden. Wie konnte ich ahnen damals, in welche Ungerechtigkeit ich eingewilligt habe, da doch mein eigener, tiefster Wille dir gehörte?! ... Aber ruhig, ruhig. Ein Hochzeitsbrief, kein Klaggesang. Ich werde mich schon wieder aufrichten. Warte noch ein paar Zeilen ... Denn, weißt du, es ist nicht gerecht, daß ich mit dir alt geworden bin und hab nun weder dich noch ein Wesen, in dem wir vereint blieben. Es ist nicht gerecht, daß du mit deiner strengen Klugheit mich soweit von mir selber abbringen konntest. Und daß es ein schwerer Irrtum war, dir hierin folgsam gewesen zu sein, spür ich mit aller Gewalt erst jetzt, da ich nichts sonst mehr habe als diesen ›Mann meines Lebens‹, an den ich mich rettungslos festklammere, an diesen Niemand-Anderen, den ich nicht mehr sehe und der doch mein Ein-und-Alles ist. Hab keine Angst, ich verfolg dich nicht. Ich laß dich ganz in Ruhe. Hab keine Angst, dies ist nicht der Monolog einer kranken, einsamen Frau. Dir, dir schreibe ich! Wenn ich denn auch weiß, daß du mir niemals antworten wirst ... Ich aber berufe dich, ich lasse dich wiederaufleben, mit mir leben, wann immer mich danach verlangt. Ich habe die Worte gefunden – du entkommst mir nicht ...

Du. Damit fange ich an. Damit fange ich an zu denken, zu fühlen, zu atmen.

Vielleicht glaubst du, dieser Brief möchte nur die endlose Ausschweifung eines kurzen Rufs sein: ›Halt ein! Ich komme! Warte! Tu's nicht!‹ ... Nein. Tu's. Ich komme nicht. Ich komme nicht mehr.

Vielleicht genügt es dir nicht, aber ich nenne dich jetzt am liebsten ›Gefährte‹, und was ich am meisten vermisse, ist deine Hand. Ich gehe allein und geh immer tiefer hinein in das neue fremde Land, das mir die Entfernung von dir auftut. Vielleicht ist es mein Stolz, der dir all dies Neue zeigen möchte, das ich nun ohne dich sehe und empfinde; vielleicht ist es auch der zerrissene Pakt unserer gemeinsamen Schritte, die klopfen und nachhallen, wenn ich mich auf den Weg mache; die Paarung unserer Fragen und Antworten, die nicht aufhören, in mir Generationen von Nachfolgern zu zeugen. Ich habe gewiß nie vor dir, wohl aber in dir gekniet. In deinem reichen Wesen und war eingenommen von ihm, umschlossen, erfüllt bis über den Rand der Lippen. Heute weiß ich aber, daß dies nicht Schwäche war, sondern die ganze Bereitschaft zum Tausch der Kräfte, denn auch ich habe gegeben und nicht nur genommen. Ich war der Rhythmus, du der fertige Satz. (Denn bei aller Klugheit und Wörterfülle, ist nicht zuletzt der Mann nur die Glosse oder der Radebrecher der Frau?) So trage ich doch wenigstens dein Wesen in mir und viele deiner Wörter, von denen ich nicht loskomme. Aber ich will auch nicht mehr loskommen von irgend etwas, das unbestreitbar uns beiden gehört. Ich habe das Ziel meines Loskommens erreicht und bin nun befreit von allen Befreiungen. Ich hüte, was hinter mir liegt, als einen wertvollen und kostbaren Schatz. Manchmal denke ich, ich wäre fortgegangen, bloß um mich so an dir zu bereichern. Was gäbe ich denn für deine leibliche Anwesenheit? Sicher nicht das Vermögen meiner Entbehrungen, zu dem du mir verholfen hast. Wenn du kämst, so würdest du mir die Erfüllung nehmen, in der ich jetzt lebe und auflebe – all das, was einmal war, das *Ganze* zwischen uns, dem nichts mehr hinzuzufügen ist.

Nur, nur ... ich will dir nichts verschweigen ... ich gebe zu, von Zeit zu Zeit der rohe Schmerz, das blutige, gierige, entfesselte Vermissen, das wie eine Schar wilder Vögel auf mich stürzt, mir den Schatz rauben will, meinen kostbaren Verlust, mich zerfleischen will, indem ich nur noch Fleisch bin, Leib, Haut und Bauch, und nicht Erinnerung! ... Ich liege starr hellwach die meisten Nächte, und die Hände sind kalt, ruhen neben mir wie im Grab. Alle Hitze klumpt und ballt sich um das Herz ... Wo ist er? Warum kommt er nicht? Er weiß doch, wo ich bin ... Eine Überraschung, ein kleines Wunder wär ich wohl noch wert! Unten auf der Straße müßte er sitzen vor dem Café und lachen, daß er mich so überraschen konnte! Ja, ich spreche von ihm. In diesem Fall von ihm. Wenn du verzeihst. Von ihm, der nicht den Namen des ›anderen‹ verdient. Es handelt sich, wie du weißt, um einen unwürdigen, feigen Menschen – und andererseits um die bitteren Passionen einer alleinliegenden Frau, die auch etwas Heiliges sind, wie ich meine. Du weißt ja nicht, wie schlimm es war ... Die Betrunkenheit habe ich lernen müssen. Die Ausschweifung, die erbärmliche Sucht, die haltlose Erniedrigung. Ich habe gelernt, mich mit einer Kälte selbst zu verachten und mit einer Schäbigkeit selbst zu betrügen, wie ich es gegen einen anderen Menschen nie könnte. Ich habe mich angezogen und aufgeputzt wie eine Siebzehnjährige auf Spanienurlaub und rastlos das kurze Abenteuer gesucht. Ich habe mich erlebt so aus der Form gegangen, so ohne jeden Rest von Fassung, dreckig und getreten wie ein Straßenmädchen aus dem billigsten Milieu. Ich habe meine letzten Freunde beleidigt und einen gegen den anderen verraten.

Ich habe Geld verschwendet, um die Gesellschaft irgendeines lächerlichen Kraftprotzes zu erwerben. Ich habe auf Tapeten gespien und in Treppenhäuser gepißt. Ich habe mich mit Taxifahrern geprügelt und Verkäuferinnen ins Gesicht gespuckt. Ich bin durch und durch übel, verdorben und unerträglich gewesen. Häßlich und gewalttätig. Und mit alledem wollte ich mich strafen, strafen und nochmals strafen. »Ich verdiene nicht, geliebt zu werden!« schrie jede meiner abstoßenden Handlungen, »tretet und schändet mich und werft mich dann in die finstere Verlassenheit!« Doch Schleim und Geifer, soviel ich auch von mir gab, ich habe keine Beruhigung gefunden, keine Bescheidenheit.

Mein Gott, was haben wir getan? Herz, hörst du mich? Es gibt Tage, da kann ich nur schreien. Schrei ich nach dir. Das nackte Grauen würgt mich, sobald ich gewahr werde, daß ich dich nichts mehr fragen kann, nie wieder von dir angesprochen, erblickt, verführt, verstanden, verlangt, gesucht, umarmt werden soll ...

Es ist zu spät. Ich habe alles verwirkt. Ich bin allein. Ich werde diesen Brief niemals abschicken. Niemals!

»Zum Glück gibt es dich«, schreibt sie, »zum Unglück mich.«

Ich bin die Magd, von den Kindern unten in der Waschküche eingesperrt. Die Traurige, Beladene, Niedergeschlagene, die noch zu allem Überfluß geärgert und gehänselt wird. Sie hat ihren großen Korb mit frisch gemangelten Bettüchern abgestellt und sich auf einen Hocker gesetzt. Die Hände im Schoß lose gefaltet, sieht sie durch das kleine Fenster ins Freie hinauf. Sie ruft schon nicht mehr oder zetert, nein, sie ist ganz still und läßt es über sich ergehen, und die Kinder oben im Garten rennen prustend über den Kies. Ich bin diese Magd, die ihre Zeit überdauert hat in der zeitlosen Sphäre der Demütigung, alles fühlend, nichts mehr erwidernd. Ein Mensch, längst aus dem Verkehr gezogen, der nur in der Form seines Leidwesens noch fortlebt und da ist. Unter ihnen, den

Aufgeräumten, die keine Waschküche mehr besitzen, die keine Magd mehr gebrauchen oder sich leisten können; wohl aber ein Wesen, das alle Kümmernisse von ihnen ableitet und durch die Spitze seines Herzens ab in die Erde lenkt.

Ich bin auch die Begleiterin von Tür zu Tür in deinem neuen, großen Haus. Wer immer eintritt zu deinem Fest, ich bringe ihn von der Glastür bis zum Eingang in den Empfangsraum. Mehr bin ich nicht; nur eine sehr kurze Begleiterin. Nur eine Hilfe des untersten, vordersten Empfangs. Aber in meinem schönsten Kleid bin ich es, mit der vertrauenswürdigsten Gebärde, mit den ermunterndsten Schritten, nur mit einer einzigen freundlichen Frage ausgestattet und mit einem einzigen ins Haus weisenden Satz. Das ist alles. Das ist mein Weg. Erwarten, begrüßen, begleiten, weisen, umkehren und wieder von vorn.

Hör zu, der Schatten spricht. Warum hast du gesagt, ich sei ein schwerer Schatten für deine junge Frau? Du, der du in Sorge für sie vergehst, wirst ihn von ihr nehmen. Warum hast du nicht gesagt, ich sei ein Schatten auf deinen Wegen? Das wäre ehrlicher gewesen. Wenn das Unsere über jemanden seinen Schatten wirft, so bist du es, nicht die Kleine, die davon nichts weiß, die noch nicht gelebt hat. Du bekommst ihn nicht los, den Schatten, und das mag sie wohl stören – aber deshalb mußt du mich nicht tadeln. Denn es ist gut so, ich bin bei dir, anders soll es nicht sein. Laß es zu. Sieh, der Schatten kriecht. Der Schatten hat Weh.

Als ich dich das letzte Mal sah, hast du noch ein Wort fallenlassen, das gerade so gut wie ein Kanaldeckel auf meine offene Wunde paßte ... »ich hoffe, daß sich unser Verhältnis irgendwann wieder normalisieren wird« ...

Himmel, wie sprichst du zu mir?! Ich will dir antworten jetzt, denn ich konnte es nicht, als ich dir gegenüber saß, ich war wie gelähmt. Hör zu: ich teile deine Hoffnung nicht. Ich werde dich nicht wiedersehen in einer kalten, erloschenen Gegenwart. Dir mag es wünschenswert erscheinen und bequem, daß wir zu abgeklärten Menschen werden, die sich eines Tages wiedertreffen wie zwei Veteranen einer großen Liebesschlacht, solche, die sich gegenseitig die Ehrennadel der Tapferkeit und des Verzeihens an die Brust stecken. Zwei glücklich Davongekommene, die sich einst durch Himmel und Hölle jagten, und jetzt sitzen sie friedlich in deinem Garten, die Libelle des Rasensprengers kreist träg auf der Stelle, und ich spiele mit deinen Kindern, während du ein wenig von deinen Berufssorgen plauderst und ich mich schäme, etwas über die Nöte meiner Einsamkeit und meiner Armut beizusteuern. Deine Frau bringt uns den Tee und verschwindet diskret ... Du mußt wissen: mir ist diese Vision ein Greuel! Ich verabscheue den Gedanken, daß auch über uns die Zeit siegt, wie sie über alles und jedes hinweggeht. Warum lehnt sich auch niemand gegen sie auf? Sie ist nicht so allmächtig wie man immer glaubt und dann nichts tut und ihr das Feld kampflos überläßt. Wo ich bin, war und sein werde, soll niemals Gras drüber wachsen. Und wenn ich immer so fortschreiben müßte, um dich zu behalten, würde ich keinen Augenblick zögern, denn so bin ich dir nah, so erhalte ich uns und spreche mit dir und vergnüge mich mit meinem gutgewesenen Leben.

Sieh mir nach, daß ich dich nicht verstehe. Daß ich nicht verstehe, weshalb du nicht alles, was dich umgibt, verlassen hast und fortgegangen bist wie ich, damit du irgendwo niederhockst und ausharrst und überhaupt erst erfährst, wie dir geschehen ist. Ich begreife nicht, wie du hoffen kannst, mit anbefohlenem Glück und schnellem Feiern neue Sicherheit zu gewinnen; und wie du fast erbittert weiterliebst zum Trotze der verlorenen Liebe. Du wirst heute einem jungen Menschen ein falsches Versprechen geben! Was treibt dich zu diesem überstürzten Wort? Was treibt dich, deine Verhältnisse so rasch und blind zu ordnen? Welche Furcht, welche tiefere Beängstigung? Hältst du es nicht aus, daß wir nicht und niemals zu überwinden sind? Du mußt aber das Bleibende ertragen können! Ich staune, wie der Mann, von dem ich auch dies und soviel mehr noch gelernt habe, auf einmal nicht mehr wie mein Meister handelt, staune, wie er so plötzlich nachlassen konnte in seinem vorbildlichen Gewissen und Gefühl und sich benimmt wie ein fahriger Jüngling, der zu mir in die Schule der Erinnerung gehen muß.

Die erste Unterweisung, die ich dir geben will, ist diese: du bist nicht von mir geschieden, bloß weil du jetzt mit einem Mädchen getraut wirst. Und die zweite gleich: versuche nicht, ein anderer zu werden, als du für mich bist und immer sein wirst. Versuch nicht, mir weiszumachen, ich hätte siebzehn Jahre lang einen Feigling oder eine Hängematte geliebt. Ich weiß, wer du bist. Es klingt anmaßend, was ich sage. Doch es ist mir schwer genug gewesen, dich zu erringen, mir einen Weg zu dir zu bahnen. Ich mußte dich, du Anderer, genau sehen, genau erkennen, um selbst allmählich zu jemandem zu werden. Das hat mich viel Leid und Kraft gekostet, aber es hat mir auch den Blick geschärft und mich davor bewahrt, dich mit vagen Träumereien zu verfehlen. Ich bin es, die dich ermißt, und an mir erkennst du dein sicheres Maß. Ich bin die Unabwendbare, die deine Uhr dreht, und die Stimme, die Lärm schlägt. Ich bin die Fülle des Hinnehmens und der starke Jähzorn. Ich bin die, die ich gewesen bin. Du bist glücklich und blind. Ich bin unglücklich und sehe.

Eile, eile, mein Brief! ... Halt ihn, halt ihn auf, den Kirchgänger, den Bräutigam ... dein Fest unter meinem Geschrei ... geht unter ... verschlungen von der Schallwoge deines Namens, mit dem ich dich rufe ... die Glocke! Ist das deine Geliebte? Die hübsche Lügnerin dort? Ach, die bittere Wahrheit ist, daß dein Herz für niemanden schlägt, und das verträgt es schlecht. Wozu das ewige Gepump? Ja, nur zu, verabscheue mich! Sieh, ich bring dir Geschenke, ich bring dir meine glücklichsten Stunden, meine schlimmsten Erniedrigungen, meine Sorgen, meine Schmerzen und Enttäuschungen, meine Gelüste und meine Verwünschungen ... Ich für dich, zur Feier des Tages ... schroff – gläubig – zaudernd – keusch – hitzig – offen – verklärt – getrieben – nächtig – pflanzlich – wissend – hohl – bäuchig – fingrig – menschlich – niederträchtig – stolz – süß – still – exkremental – krötenschlukkend – feuerspeiend – verzückt – verdorben – bleich – nackt – wund – stählern – wachsweich – fruchtbar – unbefruchtet – grob ... ich kann mich auf Erden nirgends mehr blicken lassen. Klug. Schön. Und Stimme. Das ist zuviel. Die Leutchen fürchten mich. Ich muß mir meinen Mann schon selber machen, der mir voranschreitet, der führt und verzeiht. Der gutmütig ist und unerschrocken.

Ah, Bräutigam, was lachst du so froh?

Du warst es doch, du warst verletzt, du hast dich auf dem Boden gewälzt, bist mir an den Hals gegangen, hast geschrien und gefleht. Ich verstehe nicht, wie jemand so schluchzen konnte und heute wieder schallend lacht – und das aus einer Kehle! Die nicht gerissen ist, bevor du dein Ja-Wort gabst. Hörst du? Deine Gäste ziehen über mich her. Sie lästern und zischeln. Sie reden schlecht über mich. Über eine, die es verdient hat, abgeschrieben und vergessen zu werden. Die betrogen und gelogen hat, die man ausmerzen muß aus seinem Gedächtnis … Was, Liebster, ist meine flüchtige Untreue verglichen mit der ungeheuerlichen Untreue deines Gedächtnisses? Was mein angeblicher Betrug mit einem Fremden gegen deinen furchtbaren Betrug des eigenen Gefühls? … Nur zu! Schimpfen und schlagen könnt ihr mich. Doch was ich sage, ist so sicher und fest wie das Dach zweier Hände im Gebet. Ich spreche im Zorn mit dir, ich rufe dich zärtlich, ich frage dich, ich verurteile dich, ich krieche zu dir, ich trete dir auf den Nacken – nichts, nichts hör ich von dir. Keine Antwort, kein Zeichen, keine Nachricht. Als gäb es dich nicht. Bin ich denn nur noch ein Stück schreiendes, lallendes, entsetztes Papier? Das sich gleich ein letztes Mal aufbäumen wird in den Flammen deines schönen Kamins – ich schreibe mir die Seele aus den Pfoten und du wirfst sie ins Feuer!

Nein, du wirst mir niemals antworten. Du wirst nicht mit mir den Stolz und das Glück teilen wollen, zu sehen wie ich, daß das Werk unserer Liebe vollendet ist und daß es gut geworden ist. Ich habe dich nicht betrogen. Es gibt kein Vergehen gegen die erfüllte Liebe – außer, sie ein zweites Mal zu suchen. Wir nahmen Abschied auf der Höhe.

»Niemand anderes«, schreibt sie, »gibt es den?«

Was sucht dies Schweigen in meinem Haus und breitet sich aus? Erfüllt das Bett und sitzt am Tisch, dringt durch die Schränke, nimmt mir das Licht aus der Lampe. Du rückst näher, immer näher, ich seh nicht mehr dein Gesicht … was wirst du mir tun?

Meine Kammer ist dunkel, und die Luft ist verbraucht. Ich sitze neben dem Bett auf einem Hocker. Ich starre auf das leere, zerwühlte Laken. Ich bin sicher, daß du bei mir warst in der Nacht. Was soll ich tun? Daran zweifeln? Ich kann es nicht. Also warte ich den ganzen Tag, bis du zurückkommst am Abend von deiner Arbeit, von deinem Ausgang, von unserer Unterbrechung, die mir so weh tut; unter der ich begraben liege wie unter den Balken eines eingestürzten Hauses. Die mir so endlos erscheint wie ein nordischer Winter. Gut – es wird Abend, es wird spät, und du kommst nicht. Ich gehe allein zu Bett, ich liege und danke, daß es dich gibt. Die ersten Träume kommen schnell und, gleich was sie bringen, es ist immer ein Frieden, eine Erlösung von der Starre des Tags.

Ich erwache in der Nacht, und du liegst neben mir. Ich prüfe deinen Rücken, den Mund, das Haar. Ja, du bist es. Die Augen sind ruhig unter den Lidern, die Lippen staunen oder lächeln, es ist nicht auszumachen. Der Schlaf verleiht dir die vollkommene Anwesenheit. Sprächst du zu mir oder spürte ich deinen Blick, so wär ich mir sehr viel weniger gewiß. Unantastbares Neben-Mir. Dies Endlich. Dies Nie-wieder-Weg. Diese tiefe Beruhigung, mit dir zu atmen und dich morgen früh berühren zu dürfen.

Was ist? Willst du den Brief beiseite legen? Tu's nicht! Ich bitte dich: noch ein Wort! Bevor du dich deinen Freuden hingibst, noch ein letztes vor deinem rauschenden Fest, dem Fest, auf dem unser beider Leben endgültig verrauscht, unser schweres, wunderbares *gemeinsames* Leben – noch ein Wort.

Wer immer von uns beiden der erste sein wird, der aufhört und zu Ende geht, er wird den anderen rufen, nicht wahr? Denn nur eine, eine ist es gewesen, der du alles gesagt hast, die dein ganzes Vertrauen besitzt und bewahrt hat, und du holst deine einzige Freundin, bei allem Nahen, was dich sonst noch umgibt, nur sie; zu ihr allein richtest du dich auf, wenn auch sonst viel Gutes noch war. Eine aber, die mehr weiß; am Ende doch nur eine, die dich für immer berührt hat; eine, die zu dir eilen wird, wo immer sie sich befindet auf dieser kärglichen Erde, und der du ein letztes noch anvertrauen wirst: ›Leb wohl, meine Liebe‹, und einen Stempel des Anfangs drückst du auf ihren Mund.

Dies ist ein Versprechen auf Gegenseitigkeit. Und mit diesem Versprechen ist unsere Geschichte beschlossen. Jeder von uns wird sein Leben gut und mehr oder minder glücklich dahinbringen, aber wir werden bald erkennen, daß es von nun an eine Neigung hat, eine unaufhaltsame, hin zu jenem Wiedersehen, bei dem einer von uns dem anderen die Erscheinung allen Anfangs gewähren wird. Du wirst es sehen – ich werde es sehen: dann ist noch einmal der Tag, an dem wir *uns* erschufen, an dem wir heiter und mit hellen Gesichtern die Stadt an der grauen Felsküste hinunterliefen zum Hafen und, wie wir so abwärts schritten, der Nebel sich plötzlich verzog, als hätte unser Licht ihn geteilt ...

Mein Leben, komm!

Das Fleischhemd

Ich bekam nur ein paar Zeilen von ihr: daß sie wieder in der Stadt sei, nur übers Wochenende, ob man sich nicht sehen könne? Ich schrieb zurück, daß ich mir den kommenden Sonntag nachmittag freihalte, um sie in ihrem Hotel zu besuchen.

Loredana de Waard war Beauftragte der holländischen Regierung für Zivilschutzfragen, und ich hatte vor Jahren eine längere Auseinandersetzung mit ihr, als ich für eine Reportage zu diesem Thema ihre Hilfe in Anspruch nahm. Sie war dann auch in meinem Film zu Wort gekommen. Wie es zuweilen geschieht, riß die Verbindung nicht gleich wieder ab. Wir korrespondierten noch miteinander, nachdem der Film ausgestrahlt worden war und ich schon wieder andere Projekte im Kopf wälzte. Mein Interesse an einem Thema, auf das ich mich einmal eingelassen habe, erlischt nicht sogleich wieder. Auch das ist sicher nicht ungewöhnlich für einen Fernsehjournalisten, obgleich ich mir zugute halte, ein besonders gewissenhafter »Nacharbeiter« meiner Filme zu sein. Ich bemühe mich in den meisten Fällen, auch nachträglich alle möglichen Informationen zu sammeln, zu archivieren, und ich bringe – zumindest im Computer-Entwurf – meine documentaries auf den jeweils neuesten Stand.

Als ich an jenem Sonntag nachmittag die Holländerin besuchte, hatte ich ein genaues Bild von der Frau, die ich wiederzusehen erwartete. Doch derjenigen, die mir die Zimmertür öffnete und mich als bekannten und befreundeten Menschen empfing, war ich nie zuvor begegnet. Sie entsprach auf erschreckende Weise meiner Erwartung, meiner Erinnerung nicht. Da ich in meinem Beruf mit sehr vielen Menschen flüchtig in Berührung komme, dachte ich zunächst an einen Fehler in meinem Personengedächtnis. In der folgenden Unterhaltung aber, in der wir die üblichen Erkundigungen austauschten und scheinbar an unser früheres Gespräch anknüpften, festigte sich in mir der Verdacht, daß die Loredana de Waard, die ich vor einigen Jahren kennengelernt hatte, und die Frau gleichen Namens und offensichtlich auch gleicher beruflicher Stellung, die mir jetzt gegenübersaß, auf gar keinen Fall ein und dieselbe Person sein konnten. Es würde ja nicht lange dauern, und ich hätte mir Gewißheit verschafft. Ich brauchte mir zu Hause nur die Kopie meiner damaligen Reportage abzuspielen. Dort war sie in zwei Interview-Ausschnitten zu sehen, Loredana, Regierungsbeamtin in der Haager Zivilschutzbehörde.

Es war ein auffälliges Körpermerkmal, das Verwechslungen eigentlich unmöglich machte und das mich auf dumpfe sinnliche Weise schließlich davon überzeugte, daß sie die Wahrheit sprach. Sie hatte ganz einfach zu lange Arme. Sie wußte nicht, wohin mit ihren Armen. Sie verschränkte sie nicht unter den Brüsten wie andere Frauen, sondern beinahe über dem Nabel. Nie hingen sie gerade herunter. Nur als sie: »Essen Aufessen Aufgefressen!« schrie, stützte sie die abgeklappten Handrücken in die Hüfte, die Ellbogen standen nach hinten ab wie Zikadenschenkel.

Sie hatte zu Hause Videokameras in den Zimmern installiert. Sie überwachte sich selbst auf allen ihren Gängen. Es war mir nicht möglich, herauszufinden, ob sie sich einen festen Anstellungsvertrag in der Behörde erschlichen hatte oder ob sie dort illegal arbeitete. Jedenfalls gab es nach wie vor das Büro de Waard, und sie hatte dort, offenbar unter der stillschweigenden Duldung aller Mitarbeiter, den Platz ihres Opfers eingenommen. Es gehörte zu dem paradoxen Bann, der um ihr Verbrechen lag und es vor Aufklärung schützte, daß sie zwar alles, wirklich alles tat, um auf die *Einverleibung*, wie sie es nannte, aufmerksam zu machen, doch je dringlicher sie es tat, um so entschiedener weigerte sich ihre Umgebung, irgendeinen Verdacht zu schöpfen. Es schien wie in einer beklemmenden Version des Dornröschen-Märchens zuzugehen: das Verschwinden der Erst-Loredana hatte ihre Kollegen und Kolleginnen in eine Art Trance, in einen partiellen Schlafzustand versetzt.

Videokameras beobachteten Groß-Loredana auch bei ihren zwanghaften Ritualen. Anschließend sah sie sich die Aufzeichnungen an. Sie hatte gestanden, sie war wieder einmal vor ihren Richter getreten und hatte gestanden. Auf den Bändern hatte sie ihr Verbrechen bis in die grausamsten Einzelheiten geschildert und nachgestellt. Der Film endete mit der Vorführung schaurigster Beweisstücke und war mit nüchterner Sorgfalt zu einer gerichtsmedizinischen Dokumentation ausgearbeitet. Sie dachte jedoch nie daran, ein solches Band der Polizei zu überlassen.

Ich fragte mich natürlich, weshalb ausgerechnet ich der Erwählte ihres ersten realen Geständnisses sein sollte. Vielleicht weil ich als einziger Filmbilder von der ersten Loredana besaß? Sie forderte mich auf, mit ihr zu schlafen, unmittelbar nachdem sie es »geschafft« hatte, das heißt, nachdem alles ausgesprochen war. Aber das war mir unmöglich. Ich sah ihre zu dunklen Schlitzen verkniffenen Augen, die sinnliche Enttäuschung und Verhaltung, die sie zittern ließ. In diesem Augenblick, da sie mich mit einem plötzlichen Schwenk selbst ins Visier genommen hatte, verlor ich den Respekt vor dem Pathos ihres Verbrechens, und auf einmal war sie mir nichts als die bestialische Frau, die triebgeschädigte Kreatur. Sie roch unter den Achseln nach Angstschweiß. Jedenfalls für diesen Augenblick, jedenfalls für mich. Arbeitsschweiß riecht kaum, Angstschweiß stinkt sofort stechend. Ich fragte mich, ob sie auch geschwitzt hatte, als sie Loredanas *Fleischhemd* auftrennte. Und ob es Angstschweiß oder Arbeitsschweiß war. Sie sagte Fleischhemd statt Leiche, Leichnam, und es kam vom althochdeutschen lihhamo, hamo gleich Hemd. Weiß der Teufel, wie es in ihr aufgetaucht war.

Gleichzeitig war es mir unmöglich, den Raum zu verlassen. Ich fürchtete, nie wieder in Freiheit zu gelangen. Sie hatte mich zum Eingeweihten gemacht. Ich, und zwar als einziger, als überrumpelter Mensch, besaß nun die intimsten Kenntnisse über eine Greueltat, die noch nicht geahndet war. Ich war indessen nicht *ein* Mitwisser, ich war *ihr* Mitwisser. Was sollte – was mußte ich tun? Sie war eben verflucht, und die meisten Menschen suchten sich vor der Entdeckung zu schützen, daß ein solches Monster unter ihnen weilte.

Sie reiste ab, sie telefonierte mit mir, telefonierte zwei-, dreimal in der Woche, so daß die Kinder aufmerksam wurden und meiner geschiedenen Frau erzählten, ich hätte eine neue Geliebte. Sie kam wieder, mehrmals übers Wochenende, es war tatsächlich wie in einer frischen Liaison. Sie sprach unablässig über ihre »Spielwiese«, fêtes champêtres, chymische Hochzeit, Ausgelassenheit – in immer neuen verdeckend-enthüllenden, maskierten Begriffen. Sie schilderte mir nachgerade von Stunde zu Stunde den genauen Zustand ihrer jeweiligen Empfindungen, vor allem die Wellenverläufe, den Glücksflow, die ungeheure Erleichterung, die sie verspürte, nachdem sie mich zum Eingeweihten gemacht hatte. Ich war nicht ihr Richter, sie hatte mich fest in der Hand.

Sie sprach vom Einswerden als Schöpfungsprinzip. Die vier Arten der Auslegung der Heiligen Schrift müßten konsequent auf ihre heilige Handlung angewendet werden. Auch der Weltenwurm ernähre sich durch Selbstauffressung, und darin vollziehe sich die Menschheitsgeschichte. Sie sprach lebhaft, ungezwungen und charmant, um so bedrohlicher näherte sich ihr verrückter ekstatischer Geist dem meinen, der die archaische Deponie, den Kult der Zergliederung mit Verstandeskräften nicht mehr zu bewältigen vermochte. Vor der Verwesung habe sie »die Frau« (ihr Opfer, das sie verschlungen hatte) bewahren wollen – es mußte mir fast einleuchten. Wie die heilige Katharina einen Ring am Finger trug aus der Vorhaut des Herrn, so trage auch sie vom Leib der Ersten … aber hier wurde die konkrete Angabe von einem Sturzbach hagiographischen Plunders überschüttet, den ich nicht zu durchdringen vermochte.

Gleichwohl gelang es ihr, mich nach und nach zum Mitsprechen zu bewegen (wohin hätte ich auch sonst vor ihr ausweichen sollen?). Ja, auf einmal *besprachen* wir es wahrhaftig gemeinsam, das Unfaßliche, wir ließen uns auf Begriffe und Symbole ein, und siehe da, die Untat verwandelte sich Zug um Zug in ein Problem der Deutungskunst. Die bittere Freude des Verstehens untergrub das Ungeheure.

Nackt, unverhüllt habe das Haupt gelegen in einer dieser großen blaurotweißen Nylontaschen, mit denen die Polen zum Einkauf aus ihren Bussen steigen. So habe sie das »Haupt« davongetragen. Nur davon, Näheres wollte sie nicht sagen, denn das Haupt muß man für sich bewahren, damit die »Weltkuh« es niemals findet, davontragen wie Seth das Haupt des Osiris. Alles übrige verschwand durch *putrefactio* (Auflösung). Durch »eine linde Kochung der Glieder« (Kochung: ursprünglich die Verjüngung) ... »sie war tot und war doch aufs hübscheste am Leib ganz weiß wie Salz« ...

Ich konnte nun feststellen, daß die Mörderin tatsächlich dieselbe Handschrift hatte wie die Ermordete.

Eine Frau begeht ein Triebverbrechen. Niemand deckt es auf, niemand will es entdecken. Sie irrt umher, sucht irgendein lebendes, verständiges Wesen, dem sie gestehen kann: damit die Tat überhaupt geschehen ist! Nicht die ermittelnde Behörde kann dies sein, denn die *muß* es selber herausfinden. Es gelingt ihr aber nicht, vielleicht weil auch sie unbeabsichtigt um die grausige Entdeckung einen hypnotisch-ehrfürchtigen Bogen macht.

Es gibt nur zwei Möglichkeiten für den Mörder, der nicht entdeckt wird, mit seinem Verbrechen weiterzuleben, das, solange er nicht verurteilt ist, immer wilder in ihm arbeitet. (Schließlich ist er weit besessener von der getanen Tat, die im Geheimen verbleibt, als er es von dem Trieb war, sie zu begehen.) Entweder es gelingt ihm, in einer Ekstase des Gestehens von seinem Verbrechen loszukommen, oder aber er ist gezwungen, es zu wiederholen.

Sie saß in unserer Wohnung neben mir auf der Couch. Ich führte ihr den Film vor, in dem die Erst-Loredana erschien. Sie zeigte mir die Einstiche am Hals und im Bauch. Sie setzte den blinkenden grünen Cursor auf die Stellen.

Was wollte sie jetzt noch von mir? Daß ich einen zweiten Film machte, in dem *sie* auftreten würde und mir neue »revidierte« Informationen über den holländischen Zivilschutz gab?

Sie saß neben mir, und ich mußte mit ansehen, wie ihr kannibalischer Mund Ruth und Toni, meinen Kindern, aufs Haar küßte beim Gutenachtsagen.

Nach ihrer ersten großen Entäußerung besaß ich noch die Kraft und die Scheu, ihren unvermittelten Wunsch nach einer Umarmung abzuweisen. Sie wollte den Eingeweihten taufen mit dem Wasser, dem Schweiß des Gestehens, der ihr von der Stirn, den Brüsten, den Schenkeln lief. Gab es jetzt noch irgendeinen Widerstand in mir? Was ich auch sah und empfand in ihrer Gegenwart, alles zog mich tiefer in den Wirbel, in die Verworrenheit dieser Frau, die »Sternkakerlaken« sagte, wenn sie zum Nachthimmel blickte, und überhaupt Licht und Finsternis in ihren Mitteilungen derart vermengte, daß ihr niemand mehr folgen konnte. Sie lebte in einer inneren, fest abgeschlossenen Sphäre der Gewalt. Plötzliche Brocken aus Urzeit, Unzeit, blutiger Frühe erschütterten wie Kraterauswürfe ihre Sinne. Sie war das Opfer unzähliger mythologischer Notzüchtigungen; überrannt von galoppierenden Kentauren, umstellt von einem gestaltreichen, gestaltflüchtigen Jupiter-*Richter*, sah sie sich gezwungen, ebenso schnell die Gestalt zu wechseln, um als unstetes Subjekt durch die Sprache zu entfliehen.

So war sie denn auch, mit mir in den Armen, noch nicht angelangt. Sie drang weiter in mich, hielt meinen Leib, meine Hände, mein Gesicht für das Versteck jenes anderen, der sie von überall ansah und überwachte. Man stelle sich vor: Wer wäre man noch, wenn eine Frau aus den heftigsten Atemzügen der Liebe bekennt: Du – du bist es nicht! Du bist nur die Maske, hinter der sich jener andere, jener *Richter* verbirgt und mich bespäht!

Eines Tages, spät genug, entdeckte ich etwas an ihr, das mich ein letztes Mal erschauern und einen letzten Versuch unternehmen ließ, mich von ihr zu entfernen. Ihre rechte Hand hatte schlanke feingliedrige Finger, die langen Nägel waren matt lackiert und hatten spitze weiße Ränder. Die linke aber, das sah ich nun zu meinem Entsetzen, war von ganz anderer Gestalt. Kurze Knubbelfinger mit abgenagten verstümmelten Nägeln streckten sich aus einer runden geschwollenen Handfläche! Es sah aus, als wären beide Hände nicht an ein und demselben Körper gewachsen. Eine von beiden schien nicht zu diesem Menschen zu gehören, die schlanke oder die plumpe, als wäre sie ihrem Arm angestückt worden! Es war bei weitem abscheulicher anzusehen als ungleiche Augen oder Beine ... Ich hatte immer nur die Rechte von ihr bekommen, die Rechte zur Begrüßung, die Rechte, als wir nebeneinander saßen und sie wie achtlos liegengelassen auf meinem Knie ruhte, während wir den Film sahen ... aber niemals hatte ich beide Hände zugleich gesehen. Sie stand ja immer mit diesen hängenden, über dem Bauch verschränkten Armen da und versteckte ihre Hände unter den Ellbogen ...

Inzwischen habe ich sie viele Male mit beiden Händen in Schubladen kramen sehen und mich auch an diese körperliche Mißbildung oder zumindest Asymmetrie gewöhnt. Ihr Rücken buckelt, die Hände verkrümmen sich zu beinahe gleich großen Pfoten, und sie nimmt den Umriß eines Tiers an, das seine Ausscheidungen verscharrt. Dabei gibt sie vor, nach einer Haarspange, einem Steckkamm zu suchen, irgendeinem Teil, das sich jedoch in der betreffenden Lade und eigentlich im ganzen Haus nicht befinden kann. Sie wühlt offensichtlich nur um des Wühlens willen in den Fächern, bringt die oberflächliche Sortierung und Anordnung der Gegenstände rasch durcheinander, und sobald der Inhalt der Lade unübersichtlich geworden ist, beginnt sie blind zu scharren. Der

Gedanke liegt nicht fern, daß es auch für den kaltblütigen Mörder von Vorteil sein könnte, um sich herum eine heillose Unordnung zu stiften, einen Wirrwarr von Spuren zurückzulassen, anstatt zwanghaft zu versuchen, die eine zu tilgen, die geradeaus zu seiner Tat führt.

Wie gesagt, der Schrecken ihrer ungleichen Hände war die letzte Verwirrung, die mich ihrer Einflußsphäre für eine kurze Atempause entriß. Ein letztes Mal erblickte ich nichts als das häßliche Monster, Groß-Loredana, das sich an einer anderen überfressen hatte, verfolgte es mit einem kalten, halb biologischen, halb mythographischen Interesse, dieses gemeine Ungeheuer, das dennoch im wesentlichen unschuldig war. Ich meine, ihr Verbrechen stellte eine heilige Handlung dar, zur Unzeit geschehen, also zur Untat geworden. Es hatte nichts mit ihrer individuellen Geschichte, ihrer sozialen Herkunft, ihrer Erziehung und dergleichen zu tun. Es war viel eher vergleichbar einem genetischen Atavismus, der bei einigen, sehr wenigen Menschen zutage tritt, etwa mit einem abnormen Knochenauswuchs am Steiß oder einem dicht behaarten Rücken ... Tatsächlich scheint es ja nur eines kleinen zivilisatorischen »Enzym-Fehlers« zu bedürfen, und jemand wird zu einer »abartigen« Bestie. Ein bestimmtes Ferment, das für die Synthese unserer Empfindlichkeit und allgemeinen Gesittung verantwortlich ist, wird in einem solchen Fall nicht hergestellt, oder eine notwendige Filtermembrane wird nicht aufgebaut, und plötzlich bricht ein dunkles, vorzeitliches Verhalten ein in die Sinnenwelt einer modernen, hübschen, doch keineswegs überspannten Frau. Sie selbst vermag nicht die mindeste Abwehr zu empfinden (ebendas ist ja der Enzym-Fehler!) und gehorcht nur dem Bedarf und der Not des Ritus. Das Heilige, das abgewiesen durch die Zeiten irrt, hat genau diesen kleinen Fehler, den pneumatischen

Riß in der Seele eines arglosen und völlig unbegnadeten Menschen ausfindig gemacht, Einzug gehalten und sich in schrecklicher Verkehrung Geltung verschafft ...

Und damit endete für lange Zeit meine Fähigkeit, einen nüchternen Gedanken zu fassen oder Loredana mit gesundem Abscheu zu betrachten. Ich war endgültig in den Nimbus ihres Verbrechens eingetreten. Man wird sagen, daß dies bereits mit dem ersten Wort ihres Geständnisses geschah und daß ich von diesem Zeitpunkt an dem Sirenengesang der Einswerdung hoffnungslos verfallen war. Ich wußte alles von ihr. Und dies Wissen verfügte über mich. Es band meine Schritte, es lenkte sie wie auf magischem Pfad bis zu dem erbarmungslosen Geschehen, von dem ich nach wie vor glaube, daß Loredana es im Tiefsten ihrer Widernatur von mir erwartet, ersehnt, ja gegen sich selbst herbeigeführt hatte. Ich war betört, und zu meinem Glück handelte ich in einer dichten und sicheren Benommenheit, die bei allem, was nun geschah, nicht wieder von mir wich. Jedenfalls nicht bis zu dem Tag meiner Verhaftung.

Mikado

Zu einem Fabrikanten, dessen Gattin ihm während eines Messebesuchs entführt worden war, kehrte nach Zahlung eines hohen Lösegelds eine Frau zurück, die er nicht kannte und die ihm nicht entführt worden war. Als die Beamten sie ihm erleichtert und stolz nach Hause brachten, stutzte er und erklärte: Es ist Ihnen ein Fehler unterlaufen. Dies ist nicht meine Frau.

Die ihm Zu-, jedoch nicht Zurückgeführte stand indessen hübsch und ungezwungen vor ihm, wachsam und eben ganz neu. Außerdem schien sie schlagfertig und geistesgegenwärtig zu sein. Den Beamten, die betreten unter sich blickten, gab sie zu verstehen, ihr Mann habe unter den Strapazen der vergangenen Wochen allzusehr gelitten, er sei von der Ungewißheit über das Schicksal seiner Frau noch immer so durchdrungen und besetzt, daß er sie nicht auf Anhieb wiedererkenne. Solch eine Verstörung sei bei Opfern einer Entführung und ihren Angehörigen nichts Ungewöhnliches und werde sich bald wieder geben. Darauf nickten die Beamten verständnisvoll, und auch der tatsächlich verwirrte Mann nickte ein wenig mit.

Aus seinen dunkelsten Stunden war also unversehens diese völlig Fremde, diese helle und muntere Person aufgetaucht, die den übernächtigten Fabrikanten von seinen schlimmsten Befürchtungen zwar ablenkte, diese aber keinesfalls zerstreute.

Schon am nächsten Morgen – sie schlief im Gästezimmer – fand er sie in der Garage vor einem am Drahtseil aufgehängten Fahrrad, dem kaum benutzten Fahrrad ihrer Vorgängerin. Sie hatte die Reifen abmontiert, die Schläuche geflickt, die Felgen geputzt und die Pedale geölt. Eine Fahrradflickerin! dachte der Mann, der ihr eine Weile bei den Verrichtungen zusah. Eine gelehrte Frau habe ich verloren und dafür eine Fahrradflickerin bekommen!

Aber dann spekulierte er für den Bruchteil einer Sekunde, was die Zukunft wohl für sie beide bereithalte und ob er je mit ihr auf große Tour gehen werde. Neben den flüchtigen erbaulichen Momenten bewegten ihn aber Zweifel, ob die Anwesenheit dieser einfühlsamen Unbekannten nicht ein tückischer Hinterhalt sein könnte. Ob die Entführer nicht aus reinem Zynismus und nur um die Liebe zu seiner geraubten Frau, der gelehrten, zu verhöhnen, ihm diese naive, bedenkenlos patente Heimwerkerin geschickt hätten. Als zusätzliche Marter, aber auch zur Vorbereitung neuer Erpressungen.

Ganz verstehe ich es immer noch nicht, sagte er auf einmal mit entwaffnender Unbeholfenheit.

Sie lächelte hinter flimmernden Speichen und sagte: Genau wie seinerzeit in Madrid. Du erinnerst dich? Ich hatte doch immer dies lähmende Vorausgefühl.

In Madrid? fragte der Mann, schon mit einem Anklang von gewöhnlicher Ehegattennachfrage.

Ja, als wir mit dem ganzen Club, unseren besten Freunden auf der Plaza Mayor –

Natürlich. Ich erinnere mich.

Meine Handtasche war gerade noch da. Und hätte mich nicht dies lähmende Vorausgefühl ergriffen, daß sie mir im nächsten Augenblick gestohlen würde, dann hätte ich besser aufgepaßt. Schon war sie weg!

Und das am Morgen deines dreißigsten Geburtstags!

Ausgerechnet. Man lädt die besten Freunde ein, und irgendein Dieb ist immer darunter.

Aufhören! rief der Mann ungehalten. Schluß mit dem Falschspiel! Du kannst das nicht wissen. Nicht du!

Na, so war's aber. War's nicht so? So war's doch aber.

Am Nachmittag war er mit einem guten Freund verabredet. Er traf ihn in der Hoffnung, einen Zeugen dafür zu gewinnen, daß man ihm die falsche Frau nach Hause gebracht hatte. Es stellte sich jedoch heraus, daß dieser echauffierte Mensch auf einmal über alles anders dachte, als er bisher gedacht hatte – über Politik, Geld, seine Kinder und seine Vergangenheit. Mit einem Schlag hatte sein Geist die Farbe, den Geschmack, die Richtung und sogar die Geschwindigkeit gewechselt. Da dachte der Mann der Entführten: Es muß doch wohl an mir liegen. Die Menschen wechseln offenbar ihr Inneres genauso schnell wie ihr Äußeres. Sie stülpen sich um und bleiben doch dieselben! Mir scheint, ich habe da eine bestimmte Entwicklung nicht ganz mitbekommen. Also wäre die junge Fahrradflickerin am Ende doch niemand anderes als meine umgestülpte Frau, ja, sie ist wohl die meine, wie sie's immer war. Ich habe weit mehr als mein Vermögen für sie geopfert. Da sitzt sie nun auf meinem Bett, hübsch und rund: mein Schuldenberg. Es bleibt mir keine andere Wahl, ich muß nehmen, was sich bietet, ich könnte nie ein zweites Lösegeld bezahlen.

Da trat aus seinem Inneren ein Bild hervor, und er sah die Entführte in ihrem Kellerloch, in ihrer Haft. Ein Stuhl, ein Schlafsack und ein Campingklo. Und gänzlich ohne Bücher. So sah er die Gelehrte, und so verharrte sie in der Gefangenschaft.

Eines Tages würde sich alles klären. Oder aber es würde sich niemals klären. Zu beidem war er bereit: zu des Rätsels Lösung wie auch das Rätsel zu leben. Nur eine Entscheidung zwischen dem einen und dem anderen konnte er sich nicht abringen.

Am Abend lud er die Geschickte zu einem Mikadospiel mit kostbaren, uralten japanischen Stäben, die er seit Jahren einmal am Tag auswarf und zusammen mit seiner Frau auflas. *Nur um füreinander die Fingerspitzen ein wenig zu sensibilisieren* – so hatte es stets geheißen, wenn seine Frau ihn zum Spiel bat und sich mit dem schiefen Lächeln der Gelehrten eine dezente Anzüglichkeit erlaubte. Dieselbe Bemerkung kam nun von der Geschickten, und sie lächelte dazu vollkommen ungezwungen.

Die Stäbchen aus lackiertem Zedernholz lagen auseinandergefallen auf dem hellen Birnbaumtisch. Da rieb sich der Mann die Hände und sagte in einem veränderten, aufgeräumten Ton: Nur zu, du kleines Rätsel. Nun zeig, was du kannst!

Dazu gab er ihr einen burschikosen Klaps auf die Schulter. Sie entgegnete mit einem unterdrückten Fluch, da sie den Arm gerade zum Spiel ausgestreckt hatte. Ihre ruhige Hand löste nun etliche Stäbe aus labilster Lage, ohne andere zu bewegen. Seine unruhige hingegen war nicht einmal fähig, freiliegende Spitzen zu drücken, ohne daß sich im Stapel etwas rührte.

Schließlich lüpfte die ruhige Hand den ranghöchsten Stab ohne die geringste Einwirkung auf die kreuzenden und überliegenden. Sie nahm ihn in beide Hände und zerbrach den Mikado in stillem Unfrieden. Das Spiel mit den wertvollen Stäben war für immer zerstört. Die unruhige Hand ergriff zitternd einen der untergeordneten Stäbe und hielt ihn wie einen Spieß umklammert. Der Mann betrachtete die nadelfeine Spitze. Er hatte kein anderes Empfinden mehr, als diese Spitze durch die linke

Wange der Frau zu stoßen, durch ihre Zunge zu bohren und aus der rechten Wange wieder hinaus. Gestoßen und gestochen. Nicht jetzt. Aber eines Morgens, ja. Eines Morgens bestimmt. Eines Morgens wird es zu einigen sich überstürzenden Ereignissen kommen ... Man wird sich im nachhinein fragen, wie es überhaupt so lange hat dauern können, daß nichts geschah.

Der Arglose

Ich kenne die Geschichte eines Mannes, der zum Othello wurde und seine Frau erwürgte zwanzig Jahre nach einer Affäre, die sie angeblich mit seinem besten Freund gehabt hatte. Er entdeckte Indizien für ihre Untreue erst im Nachlaß seines Freunds, den er nicht mehr zur Rede stellen konnte.

Der Gedanke ließ ihn nicht mehr los, daß seine Frau, die er unverbrüchlich liebte, ihn zwanzig Jahre in dieser elenden Täuschung eingesperrt hatte. In Wahrheit aber konnte er den *Gedanken an seine Arglosigkeit* nicht ertragen. Den Gedanken, daß sie ihn in seiner Arglosigkeit zwanzig Jahre lang still beobachtet, wenn nicht gar bemitleidet hatte. Sein Mangel an Argwohn brachte ihn nachträglich zur Raserei. Nicht die, die ihn vermutlich betrogen hatte, wollte er töten, sondern jene einzige Zeugin seiner erbärmlichen Arglosigkeit.

Die Möbel

Ein junger Telefontechniker, Züchter von Dalmatinern im Nebenberuf, kam am frühen Nachmittag, etwas zu früh, von seiner Arbeit nach Hause. Er fand seine Wohnung kahl, vollkommen ausgeräumt. Seine Frau aber stand an der nackten Wand, lehnte mit dem Rücken an, und ihr gegenüber, ebenfalls mit dem Rücken an die Wand gelehnt, stand ein Mann, den er nie zuvor gesehen hatte. Beide atmeten erschöpft in den letzten Zügen eines langen Streits, eines die Affäre beendenden, wie es schien, denn die Worte, die sie jetzt noch wechselten, troffen wie aus einer ausgepreßten Leidenschaftsfrucht und ihr Sinn entglitt ins Abstruse.

Er, dieser Fremde, sagte: Wenn wir die Möbel tiefer ins Zimmer gerückt hätten … Tiefer, ganz tief, nach hinten, noch tiefer …

Seine ihm nicht weniger fremde Frau sagte: Das Zimmer ist nicht so tief, daß man sich irgend etwas hätte vom Leib rücken können. Und schon gar nicht, um es genau zu sagen, mich etwa.

Da bemerkte er an seiner Frau ein vorher nie gesehenes Rucken des Kopfes, und zwar zu dem anderen hin, dem Fremden, so wie man jemanden mit angehobenem Kinn auf- oder herausfordert: Komm Komm Komm! … Ich zeig es dir! Aber nichts kam mehr von der anderen Seite. Sie ruckte den Kopf auffordernd, ohne noch etwas zu erwarten, als sei es ihr schon zur Marotte geworden.

Der Mann, der heimkehren wollte, drehte dieser ihm vollkommen unbegreiflichen oder unzugänglichen Realität kurz entschlossen den Rücken, verließ die Wohnung und unternahm erst Stunden später einen zweiten Versuch nach Hause zu kommen. Tatsächlich fand er diesmal seine Wohnung getreu so eingerichtet, wie er sie am Morgen verlassen hatte. Auch begrüßte ihn wie an jedem Feierabend seine Frau, wenn auch die Zeichen der Erschöpfung nicht ganz von ihr gewichen waren. Doch ein dritter Mensch befand sich augenscheinlich nicht mehr in seinen vier Wänden. Also ließ er die Sache auf sich beruhen.

Rückkehr

Da gab es den Bäckermeister Alwin, der eines Morgens nicht mehr in seine Backstube kam, seine Frau Myriam verließ und nach Mexiko auswanderte. Dort kaufte er sich in eine Papierfabrik ein und wurde ein erfolgreicher Fabrikant. Schließlich gehörten ihm zwölf Papierfabriken in ganz Lateinamerika. Nach fünfundzwanzig Jahren kehrte er nach Hannover zurück. Dort lebte seine Frau immer noch in der kleinen Wohnung am Rande der Eilenriede. Sie war inzwischen fünfzig Jahre alt und litt eine bittere Armut. Als ihr Mann davon erfuhr, nahm er sich ein Herz und besuchte seine Frau in ihrer beider alten Bleibe. Die Frau saß bei einem Glas Pfirsichlikör an ihrem Tisch, an dem sie immer gesessen hatte, wenn die Küchenarbeit beendet war. Sie blickte auf, als ihr Mann plötzlich wieder neben ihr stand, und sah dann zurück auf die Tischplatte. Sie hörte, welch ein Angebot er ihr machte und welche Unterstützung er ihr versprach. Doch sie schüttelte den Kopf und bat ihn, sie wieder mit ihm allein zu lassen.

Zu Besuch

Ein Heizungsmonteur, der vor acht Jahren von seiner jungen Frau geschieden worden war und seither kaum noch Verbindung zu ihr unterhielt, faßte sich endlich ein Herz und besuchte sie auf einer Reise, die ihn in den Süden Deutschlands führte, in ihrem neuen Heim. Sie hatte sich binnen kurzem wiederverheiratet und lebte nun an der Seite eines Professors für Wirtschaftsgeschichte in gänzlich veränderten Verhältnissen. Zwei Kinder im Alter von fünf und sieben Jahren umgaben sie, eine Villa mit Garten und ein Landhaus am Bodensee – insgesamt ein Lebensstil, der mit den biederen und schwierigen Gewohnheiten in ihrer ersten Ehe nicht zu vergleichen war.

Der Monteur, der seit der Trennung allein geblieben war, wurde von seiner geschiedenen Frau freundlich, aber doch nicht herzlich begrüßt und ins Haus geführt. Sie und mehr noch ihr jetziger Mann erkundigten sich eine höfliche Zeit lang nach dem Verlauf der Reise, seinem Urlaubsziel sowie seinen gegenwärtigen Eindrücken von B., der Stadt, aus der er kam und die sie seit längerem nicht besucht hatten. Die Kinder wurden vorgestellt und ein Abendbrot wurde aufgetischt. Unterdessen nahmen die sich gegenübersitzenden Eheleute, der Professor und seine bildschöne Frau, ein sachkundiges Gespräch wieder auf, das sie, wie es den Anschein machte, nur bei der Ankunft des Gastes einstweilen unterbrochen hatten. Es war ein temperamentvolles und hochinteressantes Gespräch, das tiefreichende Fragen an die Zukunft der Industrienation stellte, und es wurde von den beiden bestritten wie von sehr erfahrenen Debattanten. Einem unbefangenen Besucher wäre diese Darbietung eines regen Gedankenaustauschs gewiß befremdlich erschienen. Er hätte zweifellos den Mangel an geziemender Intimität, der zwischen den Eheleuten herrschte, sofort bemerkt und ihn als blendende Abschirmung empfunden gegen jeden unerwünschten Einblick in den wahren Charakter ihrer Verständigung. Nun war aber der Heizungsmonteur ein äußerst befangener Gast. Zudem hatte er große Mühe, dem Stil und dem Gehalt der Erörterungen überhaupt zu folgen und konnte sie daher nicht leicht als kühlen Vorwand durchschauen. Jedesmal, wenn ihn von den Rednern ein blitzender Seitenblick traf, mit dem sie lediglich ihre Wirkung auf ihn prüften, lief es ihm kalt über den Rücken und er fühlte sich immer dringender gebeten, endlich den Mund aufzumachen und sich der weitläufigen Unterhaltung anzuschließen.

Er saß da und kam sich vor wie ein Bettler, der von dem reichen Gabentisch des Geistes, der sich vor ihm ausbreitete, so geblendet und gelähmt war, daß er nicht einmal die geringen Brocken, die für ihn abfielen, aufschnappen konnte.

Das Gefühl, daß man ihn hier auf eine provozierende Weise offenbar für klüger hielt, als er wirklich war, machte ihn erst recht unsicher und beklommen. Er gehörte nicht zu denen, die arm an Verstand sind und doch immer dazwischenplatschen, schon deshalb, weil sie klügere Leute nicht ausstehen können, und sich mit ihrer Dummheit auch noch überheblich gebärden. Das soll einmal seine Frau gewesen sein? Dieses Wunder an blühender Schönheit und müheloser Intelligenz? Hatte sie nicht alles bei ihm entbehren müssen und dazu sich nur verbraucht in Beruf und Hausarbeit, ohne irgendeinen Wert oder Sinn zu schaffen – keine Kinder, kein Garten, kein Reichtum, kein geistiger Austausch? Wie hatte sie es überhaupt so lange aushalten können bei ihm? Jetzt erst erschien ihm ihre Ehe wirklich null und nichtig. Er trank mit von dem Wein, aß von der kalten Platte und hörte von fern die klugen Worte schallen. Doch er sagte nichts und verbarg seine Traurigkeit hinter einem schwach, aber regelmäßig beipflichtenden Kopfnicken.

Das sichere und umfassende Wohlsein, zu dem seine Frau gelangt war, nachdem sie ihn verlassen hatte, schien ihrem unbilligen Entschluß nachträglich alles Recht zu geben und ihr früheres Leben zur reinen Bedeutungslosigkeit zu verurteilen. Als nun das Gespräch zwischen ihr und dem Ökonom sein natürliches (oder eingespieltes) Ende gefunden hatte, war auch der Abend schon spät, und er schämte sich seines ungeselligen Schweigens.

Da eine verlegene Pause entstand, wuchs der Druck von Raum und Mensch, der auf ihm lastete, so übermäßig, daß auf einmal, ganz ungewollt, fast unkontrolliert, wie aus einer undichten, alten Leitung, Worte aus ihm hervordrangen und er zu sprechen begann. Erst sickerte es leise heraus, schwoll dann an, sprudelte für einen Moment, um dann bald wieder zu sinken und zu verrinnen ... »Wissen Sie, die Leute, ach, wenn ich schreiben könnte, Sie ahnen ja gar nicht, was ich alles mitkriege. So'n dickes Buch, aber ungelogen, so dick! Mein Gott, in was für Wohnungen hab ich schon reingesehen! Was hab ich nicht alles mitgekriegt. Die Leute nehmen ja kein Blatt vor'n Mund. Ganze Romane könnte ich erzählen. Glaubt mir ja keiner, was man da alles zu hören kriegt. Sie können sich nicht vorstellen, wie es in den meisten Wohnungen aussieht. Das ist zum Teil eine richtige Zumutung für den Monteur, sag ich Ihnen, so'ne Löcher im Parkett, ist keine Seltenheit, ich schwör's Ihnen, und da klebt die Katzenscheiße in den Ritzen, die Kinder haben ihren Dreck nicht aufgeräumt, hinter der Heizung klemmen die Käsereste, als hätten sich die Leute das Abendbrot um die Ohren gehauen, und Ungeziefer, ganze Ameisenstraßen laufen durch die Küche, Sodom und Gomorrah ist nichts dagegen. Und dann plötzlich heißt es: Scheidung! Mir nichts, dir nichts. Was für ein Geschrei! Was für ein Gewese! Scheidung. Spielen aber weiter in derselben Tippgemeinschaft –«

Bei niemandem hinterließen diese Worte eine größere Verlegenheit als bei dem Redner selbst. Er ergriff seine Serviette, die er klein und kleiner faltete, um damit die Brotkrümel vom Tisch in seine Hand zu kehren und die Hand schließlich über dem abgegessenen Teller zu leeren. Nur seine frühere Frau hatte einmal flüchtig gelächelt, fast liebevoll, als dieser unverwechselbare Ton aus vergangenen Tagen zu ihr drang. Der Professor sah auf seine Armbanduhr und mochte sich entschuldigen, denn er hielt eine Vorlesung früh am nächsten Vormittag. Somit erhoben sich alle drei vom Tisch, und die Eheleute wünschten dem Besucher eine angenehme Nachtruhe und eine erfreuliche Weiterreise. Der Heizungsmonteur überwand seine Verlegenheit und gab seiner Frau beim Abschied zwei Wangenküsse. Sie lächelte wieder und strich leicht mit dem Daumen der gegebenen Hand über einen seiner Fingerknöchel. Der Mann verließ die Villa des Wissenschaftlers und begab sich zu seinem Hotel, in dem er ein Zimmer für diese Nacht seit langem vorbestellt hatte.

Am nächsten Morgen fuhr der Monteur noch einmal vor das Haus, in dem er zu Gast gewesen war, und klingelte aufgeregt an der Eingangstür. Es war ein Schaden an seinem Wagen aufgetreten, der ihn beunruhigte, denn er hatte noch eine weite Strecke vor sich. Nach einigen Minuten erschien seine erste Frau in der Tür. Er fragte, ein wenig umstandslos, ob sie nicht eine Werkstatt wüßte, irgend etwas sei mit der Lenkung nicht in Ordnung. Jetzt, da er sie plötzlich allein vor sich sah, in ihrem halboffenen Morgenmantel nur leicht bekleidet, da er sich mit dem alten, alltäglichen Vertrauen an sie wandte, traf ihn ein Blick, wie er abweisender nicht sein konnte, und beförderte ihn zurück in die kühlste Entfremdung, in das respektabelste Gegenüber, das zwei Menschen, die sich einmal geliebt hatten, überhaupt nur erreichbar war.

Die Frau mit ihrer vom Schlaf zerdrückten Frisur gähnte und schüttelte den Kopf. Sie wies zu einem nahe gelegenen Kiosk, an dem er sich erkundigen sollte, und schloß wieder die Tür.

Der Mann ging zurück zu seinem Auto. Er ärgerte sich über seinen unbesorgten Auftritt, seine verfluchte grobe Harmlosigkeit, mit der er schon soviel Schaden angerichtet hatte. Natürlich, dachte er, sie mußte ja glauben, daß das nur ein billiger Vorwand war, sie noch einmal zu sehen, allein, am frühen Morgen … Dabei hatte er jetzt doch tatsächlich ganz andere Sorgen.

Die Zahlen

»Es wird mir zu eng!« sagte der Rohrleger Zerner, »es wird zu eng in der Wohnung, wenn deine Freundin uns besucht. Wir kommen zu dritt kaum aneinander vorbei auf den zweiundvierzig Quadratmetern.« Größer war die Anderthalb-Zimmer-Wohnung in der Schöneberger Martin-Luther-Straße nicht. Man hätte sich längst verändern können, aber es sollte gespart werden. Und die Freundin würde auf der Couch vor dem Fernseher schlafen. Was, wenn sie früher schlafen ging als er, falls er noch die Sportschau sehen wollte? »Es wird mir zu eng.«

Seine Frau erwiderte: »Ich habe in Kempten drei Wochen in ihrer kleinen Wohnung wohnen dürfen, umsonst, bei großer Gastfreundschaft alles in allem. Ich bin es ihr einfach schuldig.«

Roswitha kam also, blieb aber nur fünf Tage, die sie allerdings von früh bis spät in der Wohnung verbrachte. Sie ging nicht ein einziges Mal aus. Sie fühlte sich nicht danach. Sie wollte nur ganz eng mit ihren Freunden sein. Diese fünf Tage wurden, wie vorausgesehen, für Zerner und auch für seine Frau Renate eine harte Belastung. Denn Roswitha tat nichts, redete kaum, war zu keiner Unternehmung zu bewegen. So erreichte sie ihr Ziel, ganz eng mit den beiden zu sein.

Zerner sagte zu seiner Frau nach dem dritten Tag: »Morgen schmeiße ich sie raus. Sie ist mir mehr als nur im Weg. Sie drückt mir auf die Seele. Morgens vor der Arbeit, wenn es dringend ist, sitzt sie auf dem Klo. Mittags, wenn ich zum Essen komme, verleidet sie mir mit ihrer Appetitlosgkeit, ihrem lustlosen Stochern in den

Speisen, die Mahlzeit. Wenn du vor jemandem sitzt, der das, was du gerne ißt, derart verachtet und angewidert von sich schiebt … Nein! Das geht zu weit. Abends, wenn ich heimkomme, sitzt sie auf meiner Couch, sieht Programme, die ich niemals sehe, und hat gerade das letzte kaltgestellte Bier getrunken. Dazu noch ist sie ein hochgestochenes Mensch. Man hat das Gefühl, selbst wenn sie schweigt, fährt sie einem über den Mund.«

»Sie ist krank!« rief Renate laut und wies ihn mit dem einem Wort zurück.

»Aber warum ausgerechnet in meiner Wohnung? Sie kommt zu Besuch und breitet sich krankheitshalber in meiner kleinen Wohnung aus. Das ist rücksichtslos. Die Birne im Lampenschirm geht kaputt, sie läßt es, wie es ist. Der Kleiderhaken unter ihrem schweren Wintermantel bricht ab. Sie läßt es, wie es ist. Du auch. Bist du auch krank?«

»Ich bin glücklich, daß ich ihr die schönen Tage in Berlin noch bieten kann.«

»Sie setzt ja keinen Schritt vor die Tür.«

»Das ist auch gar nicht nötig. Sie fühlt sich bei uns mehr zu Hause als bei sich in Kempten.«

Am Vorabend ihrer Abreise, es war der vierte Tag, weigerte sich Roswitha, die übliche Partie Rommé zu spielen, und wollte auch kein Fernsehen. »Ich möchte nur noch einmal ganz eng mit euch sein. Es ist ja das letzte Mal«, sagte sie.

Zerner kramte den Lottoschein aus der Schublade, den er am nächsten Tag abgeben mußte.

Er kreuzte drei Kästchen an, da kam ein Anruf, und er hatte für die nächsten Minuten ein ärgerliches Telefonat zu führen. Roswitha bemächtigte sich unauffällig des Scheins und kreuzte die fehlenden drei Zahlen an. Als Zerner mit hochrotem Kopf vom Telefon zurückkehrte, nahm er in Gedanken den ausgefüllten Schein und steckte ihn in seine Brieftasche.

In der Woche nach ihrer Abreise fand er beinahe jeden Tag irgendwo eine geringe Spur von ihr, die er sofort beseitigte. Dann kam der Lottogewinn. Er machte ihn zwar nicht mit einem Schlag zum Millionär, erhöhte aber seine ohnehin beträchtlichen Rücklagen um immerhin 7936,85 Euro.

Die Summe, die er gewann, war identisch mit den Zahlen, die gewonnen hatten!

Er betrachtete das beispiellose Ziffernwunder, und es wurde ihm fast schwarz vor Augen. Seine ungläubigen Blicke hoben sich von den Zahlen, streiften über die Wände seiner engen Wohnung und blieben schließlich auf einer weißen Taube stehen, die sich draußen auf dem Fensterblech niedergelassen hatte. Seine Frau schien weit weniger als er vom Wunderbaren verwirrt. Sie nahm der Taube ein weißes Band aus dem Schnabel, auf dem noch einmal die Gewinnzahlen liebevoll mit rotem, grünem und blauem Garn gestickt waren. Auf der Rückseite aber stand: Es gratuliert Euer Engel Roswitha.

Seine Frau hatte sofort eine düstere Ahnung befallen. Daher konnte sie vom Wunder nicht berührt werden. Roswitha war in Kempten aus dem neunten Stock der Versandhaus-Zentrale gesprungen, direkt von ihrem Arbeitsplatz in die Tiefe.

Ein Zeichen

Unsere drei Büros grenzen an einen Mittelflur, meist stehen die Türen offen, und wir hören einander, korrekte Stimmen in der weiträumigen Altbauetage, wenn dreimal in der Woche am späten Nachmittag ratsuchende Personen vor uns sitzen. Wir haben zu dritt, Jost, Günther und ich, unzählige Male die ähnlich erlogenen Geschichten gehört und darauf unsere einzig mögliche aufrichtige Auskunft erteilt. Ich weiß meinen Freund Günther nebenan hinter seinem aufgeräumten Schreibtisch, dort wird er einen Bleistift zwischen den Fingern drehen und einem süchtig nach Rat blickenden Wesen Auskunft erteilen, nur Auskunft, keinen Rat, während ich in unserem Zimmer in etwa dieselben Worte gebrauche.

Ich bemühe mich, von diesem steten Schlafwandel namens Tätigkeit zu berichten, als sei es einem Menschen ausnahmsweise gelungen, durch einen winzigen Riß seiner hypnotischen Hülle zu spähen und sich selbst für kurz einmal wandeln zu sehen, und wo nicht zu sehen, so doch wenigstens seine eigenen, eben vergangenen Schritte zu vernehmen … Es ist mir, als sähe ein Teil meines Wesens, der unentwegt säumt und Löcher in die Luft starrt, einem andern zu, der unentwegt eilt und sich emsig beschäftigt.

Jedenfalls war Jost, mein jüngerer Kollege, zu mir herübergekommen, hatte sich auf die Lehne des Klientenstuhls gesetzt und mich gefragt: »Was machen wir mit Koszniew und seinem Anhang?« Da ich keine Antwort wußte, hingen wir beide eine Weile schweigend dem Problem nach. Dabei bemerkte ich, daß Carola, unsere Gehilfin, mit der ich das Arbeitszimmer teilte, aufstand und das schalldichte Fenster zur Straße öffnete – es war ein silbriger Spätsommertag, und der Lärm des einsetzenden Feierabendverkehrs überschwemmte augenblicklich unsere Räume. Ich weiß nicht, weshalb sie es gerade zu diesem Zeitpunkt tat, und ich hätte kurz aus der Koszniew-Frage aussteigen sollen, um sie zu bitten, das Fenster wieder zu schließen. Inzwischen hatte sie sich an die Schmalseite ihres Schreibtischs gelehnt, die Beine übereinandergeschlagen, und ich dachte noch, daß sie kein Recht habe, sich so ungeniert unserer Pause anzuschließen. Ich sah sie im Profil, in einer Perspektive, deren Vordergrund von Jost beherrscht wurde, der ihr den Rücken zukehrte. Ohne ihre zum Fenster hingestreckte, scheinbar verträumte Haltung zu verändern, ergriff sie plötzlich mit überkreuzten Armen den Saum ihres ockerfarbenen Mohairpullis und zog ihn über den Kopf. Obgleich ich keinen Millimeter vom Auge meines Kollegen abwich, erkannte ich im hinteren Gesichtsfeld ihre nackten Rippen, den erhobenen Busen und sogar die zarten Wirbelknoten auf ihrem langen Nacken. Und es war derselbe Augenblick, in dem ich Jost fassungslos angestarrt haben muß ... Ich wußte jetzt, daß er es war, mit dem sich meine Frau eingelassen hatte. Jost also ... gegen ihn hatte ich niemals den geringsten Verdacht geschöpft. Blitzartig hatte mich die Gewißheit im Anblick der nackten Gehilfin getroffen.

In Günthers Zimmer trillerte das Telefon. Es wurde nicht abgehoben. Ich hörte ihn Akten in den Schrank rücken, und die Türen rollten zu. Ich hörte ihn die ganze Zeit überdeutlich, mit hellem, scharfen Gehör. Warum ging er nicht an den Apparat? Ich sah immer noch Jost hilflos ins Gesicht, und als ich mich aufstützte, um aufzustehen und irgend etwas in Erfahrung zu bringen, griff er mir in den Arm und zwang mich, auf meinem Platz zu bleiben. Ich sah, daß Carola ihren Pullover lediglich gewendet und jetzt mit der steingrauen Seite nach außen wieder übergezogen hatte. Noch immer schien sie, die beiden Hände auf den Jeans-Schenkeln, in irgendein Fenster des gegenüberliegenden Hauses zu starren. Es sah aus, als streckte sie sich vor jemandes Augen hin, der auf der anderen Straßenseite im Fenster lag, oder vielmehr, es sollte nur so aussehen, sie gab sich den Anschein, ich brauchte den Kopf nicht zu wenden, um mich zu vergewissern.

Ich sah sie nackt, und sie wußte, daß Jost mich nicht vor ihr verdeckte. Jeder im Büro hatte inzwischen mitbekommen, daß sie hinter Jost her war. Der aber hatte sie nicht gesehen, er kehrte ihr den Rücken zu, während er mich in die Koszniew-Frage verwickelte. Und doch, ich kann mir nicht helfen, auf mich wirkte es wie ein verträumtes und tückisches Zusammenspiel zwischen den beiden. Ich bin davon überzeugt, daß allein Josts Anwesenheit sie dazu reizte sich in seinem Rücken zu strecken und zu entblößen. Und gerade das, die ungeheure Achtlosigkeit, es *vor* mir für ihn zu tun, hatte mich zusammenfahren lassen. Es war dieser Schock meiner männlichen Degradierung, der mir die Augen öffnete und die Nachricht vermittelte, daß sich für mich alles um Jost drehte.

Einige Wochen später, nachdem das Schlimmste überstanden war, lachte Marion hell auf, als ich ihr die Geschichte des Zeitpunkts erzählte, an dem ich die böse Entdeckung machte, daß sie mich mit Jost betrog.

»Carola ist ein hoffnungsloser Fall«, sagte sie nur. Und:

»Ist sie wenigstens schön? Findest du, daß sie einen schönen Körper hat?«

»Ich sah in dieser Sekunde ausschließlich deine Untreue. Ihr Leib war für mich durchsichtig wie eine magische Kugel, in der ich ganz winzig und entfernt, doch unverkennbar … ihn und dich erblickte.«

Wieder lachte meine Frau so, als hätte ich eine besonders geistreiche Bemerkung gemacht. Es war dieses kleine helle, allzu befreite Lachen, das mir mißfiel. Ich war mir nicht sicher, ob es nur ein wenig aufgesetzt, ein wenig affektiert klang oder ob es von einem Verstand herrührte, der weitaus besser als der meine überblickte, was mit uns vorging.

Verkennung

Nach einem Streit lief sie allein durch die Felder, auf dem Plattenweg von Gölßen zum Wald hin. Sie trug einen langen Stoffmantel, den Schal um den Scheitel geschlungen, eine eher städtische Winterfrau. Auf einmal drehte sie sich um und entdeckte auf dem abzweigenden Feldweg weit hinter sich, beinah einen Kilometer zurück, eine männliche Gestalt, die ihren Weg ging, mich.

In ihrer Erregung hielt sie mich sofort für ihren Mann, von dem sie nach einem Zerwürfnis davongelaufen war. Sie sah ihn, ohne zu zweifeln, seinerseits untröstlich durch die Felder rennen, verstört wegen der ungewohnt bösen Worte, die zwischen ihnen gewechselt worden waren.

Auf der Stelle kehrte sie um, lief, eilte zurück, rief mich über das Feld mit seinem Namen. Ich ging ungerührt weiter. Sie nahm es für ein Zeichen der tiefen Kränkung, die sie ihrem Mann zugefügt hatte. Eine Art Reuekoller ergriff sie, ihr Gesicht war von Tränen überschwemmt. Sie wollte, sie mußte mich umarmen und mich bis zuletzt verkennen. Nun wandte ich mich um, da stand sie verwirrt und erstarrte. Stammelte etwas von einem Versehen.

»Wohnen Sie hier im Dorf?« fragte ich überflüssigerweise. »Hier in Gölßen?«

»Ja. Wir sind erst vor kurzem hierhergezogen. Mein Mann hat drüben im Forst sein Jagdrevier. Von Bielefeld nach Gölßen ins Barnimer Land. Wissen Sie, was das bedeutet!? Ich habe Sie für meinen Mann gehalten. Wir sind zu Haus ins Streiten gekommen. Ich bin aus dem

Haus gerannt, und als ich dort in der leeren Landschaft jemanden gehen sah, dachte ich, es kann nur mein Mann sein, der es wie ich zu Hause nicht mehr aushielt.«

»Ich sehe ihm wohl ähnlich«, fragte ich mit gespielter Unwissenheit.

»Nur von der Größe, nur von fern. Aus der Nähe dann nicht mehr. Ich war besessen von dem Bild, daß er da allein durch die Felder rennt, ich *wollte* ihn sehen, und deshalb bin ich auf Sie zugerannt, um mich ... bei ihm zu entschuldigen –«

Sie brach ab und sah unschlüssig zu Boden.

»Tun Sie es. Sie müssen es loswerden, was Ihnen auf der Zunge brennt. Es wird Sie erleichtern. Sagen Sie es *mir.*«

Mit einem einzigen mutigen Augenaufschlag sah sie mich an, so daß ich niemand anderes als ihr Mann sein konnte.

»Ich bitte dich um Entschuldigung. Ich habe böse Worte gebraucht, um dich zu kränken. Du mußt mir glauben, daß das nur ein kleiner, winziger Bruchteil meiner Gefühle für dich ist, alles andere an mir bleibt für immer an dich gebunden.«

Und ich antwortete ihr: »Auch ich bitte dich um Verzeihung. Denn ich habe dich ja in die Lage gebracht, daß du dich so boshaft wehren mußtest. Für mich ist nun alles vorüber. Du bist für mich der Inbegriff von Anmut und Herzlichkeit. Es ist, als wäre zwischen uns ein dunkler Vorhang aufgezogen, und ich stehe endlich vor der, die ich wirklich liebe.«

Ihre Hände umgriffen meinen Nacken, wir küßten uns und gingen schnell auseinander.

Wohnen

Er war einfach sitzen geblieben. Seit dem Abbruch seiner Studien, wie er es nannte, seit nun bald zwanzig Jahren lebte er bei einem Freund, der längst sein Freund nicht mehr war. Anfangs, als sie gemeinsam die Hochschule verlassen hatten, waren sie zu viert in der großen Wohnung. Sven, der Architekt, und dessen Frau sowie er selbst mit Elsa, seiner Jugendliebe, die sich in dieser Wohnung das Leben genommen hatte. Danach war er in das kleinste Zimmer, die ehemalige Mädchenkammer, gezogen, nicht nur weil ihm aus Geldmangel nichts anderes übrigblieb, sondern auch weil er das Zimmer, das er zusammen mit Elsa bewohnt hatte, nicht für sich allein behalten wollte. Es war jetzt das Gästezimmer, nichts erinnerte mehr daran, daß es einmal ihr Raum gewesen war, in dem das Unglück geschah, in dem sein früheres Leben zu Ende gegangen war.

Es war ihm manches fehlgeschlagen. Als Baugeschichtler gelang ihm die erhoffte akademische Karriere nicht. Irgendwann hatte er jeden Ehrgeiz verloren, ging schon auf die Mitte Vierzig zu und lebte von Hilfsarbeiten, die er sporadisch für Denkmalpfleger oder Stadtplaner ausführte.

Sven Breuer, inzwischen Senatsbeamter, lebte mit einer neuen, jüngeren Frau und teilte mit ihr die Wohnung neu auf, modernisierte und renovierte gründlich, auch die Kammer des Untermieters, nur ihn selbst ließ man unbehelligt. Die Hauptmieter verließen jeden Morgen gegen acht das Haus und kehrten gewöhnlich nicht vor dem späteren Abend zurück. Die beiden Männer trafen sich nur noch im Vorübergehen auf dem Flur, hatten kaum ein persönliches Wort füreinander, allenfalls gab es irgendeine sachliche Regelung zu treffen. Jörg Helty wohnte nun neben dem Freund wie in einer Pension, er litt unter der wachsenden Entfernung und Entfremdung innerhalb derselben Mauern, in denen sie einst so ganz anders zusammengelebt hatten! Er konnte sich nicht erklären, weshalb er von den beiden überhaupt noch in der Wohnung geduldet wurde. Vielleicht nahmen sie, nicht ohne ihn heimlich zum Teufel zu wünschen, Rücksicht auf seine Armut, vielleicht waren es sentimentale Gründe, die Sven daran hinderten, den schon ziemlich abgedrängten Mitbewohner ganz hinauszuweisen.

Für zwei Stunden am Nachmittag zwischen vier und sechs rückte er den Stuhl in den Flur, dicht neben die Wohnungstür. Treppensteigen hören! Die Zeit, da sich nach und nach alle Mieter und Untermieter, Frauen, Männer, Kinder allmählich im Haus einfanden, zurückkehrten zum Abendbrot und zum Vorabendprogramm im Fernsehen. Es ging ihm nicht um ein neugieriges Lauschen an der Tür, es ging darum, mit vielerlei Stiegenschritten fertig zu werden. Die Wahrnehmung immer wieder auf die Individualität einzuschärfen, die Unverwechselbarkeit jeder Schrittfolge, jeglicher Schrittart, die Wahrnehmung täglich zu üben, hellhörig und messerscharf die Unterscheidungen zu treffen, nicht nachzulassen ... Es durfte nie wieder dazu kommen, wie schon einmal geschehen, daß er die Kontrolle über die subtile Wahrnehmung verlor und Menschen in einer furchtbar ungesonderten All-Schritt-Lawine die Treppe hinunterstürzen hörte. Die Unterscheidungsmerkmale bimsen! Jedem schon unten im Angang des Hausflurs das passende Stockwerk, die richtige Tür zuweisen! Und ihm bis dahin ein wachsamer, vertrauter Wegbegleiter sein.

Stella aus dem vierten Stock, die mit den etwas vorstehenden Augen, flaches dunkelblondes Haar im Pagenschnitt, lebte allein mit ihrem dreijährigen Söhnchen Sylvio, sie mußte bis zum Jahresende aus der Wohnung, ihr Mann, Linguist, hatte eine Stelle in Austin/Texas erwischt, sie durfte nicht zu ihm, die beiden verstanden sich nicht mehr besonders. Die Makler legten sofort das Telefon auf, wenn sie ihren Wohnungswunsch ausgesprochen hatte, sie geriet nun langsam in Panik. Psycholinguistin, promoviert. Sie hatte eine Arbeit im Gesundheitsamt angenommen, wertete Fragebögen aus, das Kind blieb manchmal für sieben Stunden am Tag bei der Tagesmutter. Sie hatte kein Geld, ihr Mann mußte noch für eine ältere Tochter aus erster Ehe sorgen, sie wußte nicht, wo sie hinsollte. Stella solle vorbeikommen und sich persönlich vorstellen, verlangte eine Immobiliengesellschaft, die verfügte noch über genügend Leerraum. Sie log natürlich, was das Zeug hielt. Sie war gezwungen zu lügen, sonst wäre es von vornherein aussichtslos gewesen. Ihr Mann kam zwei Wochen vor Weihnachten aus den Staaten, um den Jungen zu sehen. Freundlicherweise war er bereit, noch einmal mit Stella Familie zu spielen auf der Wohnungssuche.

»Hätten wir uns das je vorzustellen gewagt? Wir wußten immer, daß es nicht leicht sein würde, nicht leicht, eine gute Anstellung zu finden. Aber daß wir niemals dazu kommen würden, den Beruf, den wir erlernt haben, auch einmal auszuüben ... jedenfalls ich nicht. Mein Gott, wie glücklich waren wir damals über unsere ersten Erfolge, wie glücklich über das bestandene Examen, und hatten ja keine Vorstellung davon, daß das alles nichts wert war. Aber einmal wenigstens – damals waren wir ungeheuer mutig, und noch verliebt, sehr sogar. Und gescheit. Und schön. Ja, schön waren wir, Hannes, du vor allem und ich auch ein bißchen schöner als jetzt, nicht wahr? Könnte ich nur rüberkommen zu dir.«

»Ich habe es dir oft genug erklärt: es gibt drüben genausowenig Möglichkeiten für dich wie hier. Ich hatte großes Glück. Nichts weiter. Die Stelle ist ja auch bescheiden genug.«

»Ja, ich weiß. Du kannst nicht einmal etwas zur Miete dazugeben. Es wäre sehr viel billiger, wenn wir drüben ein kleines Haus mieten, ich denk mal, vielleicht etwas außerhalb. Deine Tochter könnte mit einziehen, von mir aus, wenn du willst.«

»Wenn *sie* will, entschuldige. Sie will aber nicht. Es wäre sinnvoller, du gäbst mir Sylvio mit. Sie könnte sich um ihn kümmern.«

»Deine Tochter – um unseren Sohn? Aber wenn er nicht bei mir wär, wenn ich nicht jeden Tag an seiner Freude und Wärme Anteil hätte, dann besäße ich jetzt kaum noch die Kraft –«

»Sicher. Es klingt hart, mag sein, aber es steht mir das Leben meines Sohns näher als deines. Du hast jetzt etwas Kümmerliches an dir. Ich fürchte, daß du ihn seelisch belastest.«

»Es ist nichts Kümmerliches da, nichts, wenn er und ich vergnügt sind … du täuschst dich. Wie schlimm. Wie abgestorben. Wie glanzlos erscheine ich dir. Wie grau. Wir haben nicht einmal mehr die Chance, es drüben wenigstens zu versuchen? Nicht … die geringste Chance?«

Sie führte weiter die beiden Namen, ihren und den ihres Mannes, Frau Wagner-Riek, eine unter sechshundert Bewerbern, wie man ihr sagte, für dieselbe Zweizimmerwohnung zu einem gemäßigten Preis.

»... ich konnte doch nicht wissen – es fielen mir ja seine kurzen Finger schon beim ersten Mal auf, kurze, knorrige Finger mit abgekauten, entzündeten Nägeln, rötliche Finger, wie scheuermittelverätzt, stummlig –, ich konnte damals schlecht ahnen, als sie das Bierglas umfaßten, sich darauf preßten, als sie hastig, reinlich die Salzkörner von den Brezeln pflückten, abpulten – kein Natrium, kein Salz! –, daß es sich letztlich um die Hände eines Unmenschen handelte ...«

Helty war jetzt an manchen Abenden hinauf in den vierten Stock gekommen, um Sylvio zu Bett zu bringen und ihm etwas vorzulesen, während die Mutter unterwegs war, um Bekannte zu treffen, die von irgendeiner Wohnung gehört hatten, eventuell und unter Umständen. Wenn sie spät in der Nacht heimkehrte, saß Helty in ihrem Ohrensessel im Wohnzimmer, las und hörte Gesualdos Madrigale. Sie dachte schon unterwegs daran, sie freute sich, während sie noch mit den anderen Menschen sprach, daß zu Hause jemand auf sie wartete und zuverlässig in ihrem Sessel sitzen würde, wenn sie heimkehrte.

Sie holte dann noch ein Bier aus dem Kühlschrank, und da Helty keinen Alkohol vertrug, mixte sie für ihn eine Fruchtmilch oder bereitete ein Eis mit heißen Himbeeren. Es folgten dann noch ein, zwei Stunden, in denen sie erzählten und zunehmend auch aufeinander hörten, bevor Helty dann in sein Zimmer hinunterging. Beiden fiel auf, daß das Klagen in ihren Unterhaltungen allmählich nachließ und die gegenseitige Aufmerksamkeit nicht mehr allein im Stoff der Mitteilungen gründete, die sie tauschten. Helty jedenfalls spürte zu seiner Erleichterung, daß er wieder bereit war, sich einer Frau anzuschließen, zumal es jemand war, der Elsa noch gekannt hatte. Denn es befriedigte sein tiefes Bedürfnis, zu bleiben, wo er war – daß die entscheidenden Wechselfälle des Lebens und der Zuneigung alle unter einem Dach stattfanden. Daß er das Haus nicht zu verlassen brauchte, um einem Menschen, dem er seit vielen Jahren auf der Treppe begegnete, schließlich bis ins Bett zu folgen. Eines Abends blieb er über Nacht, schlich aber im Morgengrauen aus dem vierten Stock, worum sie ihn gebeten hatte, damit Sylvio ihn nicht sähe.

Es war der erste Sommer nach der Grenzöffnung, und Berlin war wieder eine freie Stadt, frei zu seinem Umland hin, zu der alten, stillen Landschaft der Mark Brandenburg. Ungehindert, ohne Kontrollen, lästige Verwarnungen konnte man die unbekannten östlichen Stadtteile entdecken, und Helty, selber wie befreit, verließ sein einzelnes Zimmer, schwärmte alle Tage aus mit S-Bahn oder Bus, nach Grünau, Strausberg, Ferch und immer wieder in den Potsdamer Park. Allein welch unfaßbare Passage, zu Fuß über die Glienicker Brücke zu gehen! Wie sie Jahrzehnte in ihrer sagenhaften Geschlossenheit dalag als das symbolische Gegenteil einer Brücke, ja als das sinnfälligste Zeichen für das tote Ende von Geschichte überhaupt, in das die Herrschaft im Osten geführt hatte. Niemand, der in diesem Sommer die Brücke betrat, hätte wohl geglaubt, daß sich zu seinen Lebzeiten die Stacheldrahthecke je öffnen würde, hinter der dies wunderschöne Land in seinem unseligen Dornröschenschlaf lag.

Sie verbrachten Sylvios große Ferien mit Ausflügen in alle Himmelsrichtungen, sie zogen auf Fahrradtouren durchs Havelland und durch die Uckermark. Und als Stella schließlich sogar eine neue Wohnung fand, drückte sie Helty noch fester an sich, gestärkt durch Glück am ganzen Leib. Ein Verlangen, das ihn ein wenig überraschte, da es sich ohne Ansehen seiner Person, seines ziemlich hängenden, verkrümmten Körpergestells zu steigern schien.

Der einzige Schatten, der auf diese unbeschwerten Tage fiel, war die seltsame Sorge Heltys, daß er kein ungezwungenes Verhältnis zu Stellas Söhnchen finde. Er könne eben nicht mit Kindern umgehen, so sagte er von sich selbst. Und Stella blickte ihn mit Verwunderung an: wie viele Male hatte er nicht an Sylvios Bett gesessen, hatte ihm vorgelesen und mit ihm gespielt! Wie tut das ein Mann, der Kinder eigentlich nicht mag? Zuviel Schlechtigkeit stecke in ihm, gestand er in einem Anfall von Selbstquälerei, zuviel verdorbenes Leben, als daß er einem Kind wirklich nahekommen dürfe; und da Sylvio unter der Abwesenheit des Vaters schon genügend zu leiden habe, müsse er wenigstens von den düsteren Launen eines Gestrandeten verschont bleiben ... Wie er auch redete und sich bezichtigte, Stella glaubte ihm nicht. Sie war überzeugt, daß er mit seinen umständlichen Worten letztlich nur eine Frage stellte: Wer soll in Zukunft Sylvios Vater sein? Doch darauf konnte sie ihm vorläufig noch keine Antwort geben. Sie versuchte hingegen seine Selbstzweifel zu zerstreuen und führte, ein wenig zu absichtsvoll, Gelegenheiten herbei, die ihm die Zuneigung des Jungen beweisen sollten.

In der schlimmsten Phase seiner Trunksucht, wenn er es nicht mehr verbergen konnte, kehrte Helty in sein Heimatdorf zurück. Ein abgerissener, früh verfallener Mann quartierte sich dann bei seiner alten Mutter ein.

»Jemand hat etwas Ungutes gesagt«, war die einzige Begründung, die er für seinen plötzlichen Besuch gab. Jemand hatte ein falsches Wort gewählt, und er war vom Tisch aufgestanden, war gedemütigt durch die Nacht gerannt und hatte sich vierzehn Tage um die Besinnung gebracht durch Trunk.

Er war »einfach zum Fallen aufgelegt«, wie er sich ausdrückte. Er fiel tatsächlich und verletzte sich im Gesicht. Er wurde genäht und zog weiter durch die Gasthäuser.

Die Mutter hörte es rumpeln und poltern oben in der Kammer. Der Betrunkene stand auf mitten in der Nacht und versuchte zu telefonieren. Der Apparat fiel zu Boden, er ließ ihn liegen und ging wieder zu Bett.

Morgens saß er brettgerade am Tisch und nahm die Zeitung vor. Lange nichts gelesen. Früher zuviel. Jetzt war er stolz, daß er noch lesen konnte, als läse er wie am Schnürchen. Teilweise begriff. Zusammenhänge verfolgen konnte. Dann wieder gab's nichts, was zusammenhing. Es waren nur Lücken, eine Strecke mit unberechenbar vielen Lücken, durch die man woandershin denken mußte.

Er fuhr mit dem Bus hinauf in den Wald zum bewirtschafteten Forsthaus, um seinen ersten Durst zu löschen. Er sah die Hänge mit Wiesen und Obstbäumen und mußte laut flüstern: »Wie schön! Mein liebes Land!«

Er ging wie in einem Schlaf, der vor dreißig Jahren begonnen hatte, über die Höhen, wo in jedem Wegknick zwischen Schlehe und Holunder noch ein Gedanke hing, den er als Neunzehnjähriger an gleicher Stelle, bei *diesem* Blick faßte, hier an ein Auto, das er sich nicht kaufen konnte, dort an eine Formulierung von Sartre, die er mit Elsa besprach. Schwer zu verstehen, daß hier die Saat unzählig achtloser Blicke, die man auf die Felder und Bäume warf, spät aufging; wo einst keinerlei Sinn für die Schönheit der Landschaft bestand, wurde diese Schönheit jetzt zu einem hegenden Versteck der Anfänge, die er zwischen den Zweigen überall flüstern hörte. Und plötzlich, in dieser tiefen Vereinsamung der Rückkehr, schien es fast gleich, ob er damals mit der einen sprach oder heute mit einer anderen: man sprach jeweils aus Gelüsten, die nichts mit den Wörtern, dem Sprechen zu tun hatten, und sie allein ließen einen übermütig werden, vorlaut in einer geduldig lächelnden Landschaft und unter den sanft das Reden parodierenden Erlenblättern mit ihrem viel schnelleren, aufgeregteren Geräusch. Der violette Klee, der Eisenhut, die Sumpfdotterblume, die Rispen der Gräser, die eine vorbeistreifende Hand im Gespräch zerbröselte …

Als seine neue Geliebte ihn nach tagelanger Suche, verzweifeltem Forschen schließlich am Telefon erreichte, redete er in einem ihr unverständlichen Heimatdialekt und lallte nur in dumpfen Brocken. Stella konnte ihn nicht wiedererkennen, verwirrt fragte sie immer wieder nach Helty. Sie mochte einfach nicht glauben, daß da derselbe Mann sprach, mit dem sie einen ganzen heiteren Sommer verbracht und dem sie sich eben erst fest angeschlossen hatte.

Drei Wochen später kehrte er in die Stadt zurück, saß wieder in seinem einzelnen Zimmer und tat so, als hätte er die Besuche im vierten Stock aus dem Gedächtnis verloren. Er ordnete sein Material, wie er es immer getan hatte, früher Industriebauten, jetzt Kornspeicher und Dorfkirchen in Brandenburg. Sein Leben lang hatte er sich mit losem Material beschäftigt, hörte nie auf zu sammeln, fand immer neue Ansätze für mögliche, aber nie zwingend notwendige Untersuchungen. Nach drei oder vier Tagen beim Schrittehören im Stiegenhaus erkannte er Stella und Sylvio, die auf der Etage anhielten und an der Wohnungstür lauschten.

Er rührte sich nicht, aber es gab ihm einen Stich ins Herz. Am Abend ging er hinauf in den vierten Stock. Er zeigte keine schamhafte Verlegenheit, kam nicht demütig und suchte nicht einmal um Verzeihung nach. Er war einfach wieder da und – bis auf die Platzwunde über dem rechten Backenknochen – derselbe stille, aufmerksame Mann, der sie in den hellen Sommermonaten begleitet hatte, keine Schönheit, aber trotz seiner krummen Schultern jemand, der zuverlässig zu halten und zu umarmen Kraft genug besaß. Stellas Freude, als sie ihn wiedersah, war herzlich, kam aber nicht aus ganzer Seele.

Natürlich mußte man sich, wie es üblich ist, aussprechen über alles, was vorgefallen war. Aber da dies mit Worten und auf eine Weise geschah, die grundvernünftig und einsichtig war, wurde das eigentliche machtvolle Dunkel gar nicht berührt. Die schlimme Verwandlung Heltys erschien daher nur halb so gefährlich und, dank der soliden Begriffe, in jedem Fall veränderlich zur Besserung hin.

Nach einiger Zeit erst bemerkte er, daß sie ihn um ein geringes leichtsinniger und despektierlicher ansprach als früher – als vor dem Zeitpunkt, da sie ihn hatte lallen hören. So wie man zuweilen einem Ausländer, der nur unbeholfen Deutsch spricht, um genau die Nuance zu ungeduldig antwortet, die ihn zum Beschränkten stempeln muß. Es schmerzte Helty, aber es gab ihm auch den nötigen Anstoß, alles zu tun, um Stellas Vertrauen zurückzugewinnen. Zuallererst wollte er mehr Zeit mit Sylvio verbringen, mehr zum Vergnügen des Kindes unternehmen als je zuvor. Obgleich er sich ernsthaft bemühte und gegen seine tiefere Trägheit ankämpfte, um ihre zurückweichende Liebe anzuhalten, wollte sich das unbeschwerte Verhältnis zwischen ihnen nicht wiederherstellen. Wenn er sie umarmte, blieben ihre Augen seltsam fragend, und ein Lächeln der Ungerührtheit verschwand nicht von ihrem Gesicht. Gleichzeitig suchte sie seine Nähe und beteuerte immer wieder, daß es für sie keine schönere Erwartung gebe, als ihn die Treppe hinaufsteigen zu hören, ihn bei sich zu haben, und daß er für den Jungen längst unentbehrlich geworden sei.

Zum ersten Mal seit den Tagen ihrer hektischen Wohnungssuche beanspruchte Stella einen Abendausgang für sich allein. Ein Freund ihres Mannes, den sie nicht kannte, hatte sich bei ihr gemeldet. Er war von einem Gastvortrag in Austin/Texas gerade zurückgekehrt und wollte ein paar Fotos übergeben. Mit unruhiger Sorgfalt hatte sie sich zurechtgemacht, auffallend geschminkt, die Haare getönt und die Nägel mit grünschwarzem Lack bestrichen. Nach verschiedenen Anproben blieb sie bei einem breitdekolletierten Kleid, schlang ein fliederfarbenes Tuch um den nackten Hals und hatte sich, wie Helty fand, insgesamt mit unsicherem Geschmack, mit zu billigem Effekt herausgeputzt. Er brachte Sylvio zu Bett und aß in der Küche die Reste der Kinderpizza.

Wie in den ersten Tagen ihrer Verbindung setzte er sich anschließend in den Ohrensessel in Stellas Arbeitszimmer. Er versuchte die Zeitung zu lesen, vermochte seine Gedanken aber von dem bevorstehenden Schmerz nicht abzulenken. Am bittersten würde es ihn ankommen, wenn er das Kind nicht mehr sehen könnte. In letzter Zeit fühlte er sich unter dem Einfluß des lebhaften, anhänglichen Knaben regelrecht »gebessert«, was seinen Charakter, aber auch seine Gesundheit betraf. Er war glücklich, wenn er mit ihm zusammen war, und manchmal meinte er, daß er die Nähe des Kinds sogar nötig brauche, daß es ihn stabiler und widerstandsfähig mache gegen die zeitweilig heftige Versuchung, wieder abzutauchen und … die Sprache zu verlieren.

Zu seiner Überraschung drehte sich nach kaum anderthalb Stunden der Schlüssel in der Wohnungstür, und Stella war zurück. Bleich, fassungslos, verheult. Sie lief ins Schlafzimmer, warf sich aufs Bett. Er folgte ihr, versuchte sie zu beruhigen, wurde jedoch abgewiesen. »Was ist geschehen?« hatte er besorgt, aber zu bedächtig gefragt, der Ton stimmte nicht, es schwang ein Aufatmen darin, ein Gefühl von Erleichterung und Zufriedenheit, so daß sie besonders schroff, ja verächtlich entgegnete: »Was verstehst *du* schon!?«

Er ging zurück zu seinem Ohrensessel. Schließlich schien sie sich wieder unter Kontrolle zu haben. Sie setzte sich zu ihm, sprach ruhig, doch immer noch kopfschüttelnd und verständnislos. »Ich habe so etwas noch nicht erlebt.« Sie schilderte ihm die Begegnung mit »diesem Freund« ihres Mannes. Obgleich ihrem Bericht nichts zu entnehmen war, das den Ausdruck tiefen ungläubigen Staunens auf ihrem Gesicht rechtfertigte, wiederholte sie die Worte »Ich habe so etwas noch nicht erlebt« mehrere Male.

»Was denn nur?« fragte Helty zaghaft. Sie fuhr indessen fort, eine nüchterne, nichts Anstößiges verratende Beschreibung ihres Abendessens zu geben. Nur daß sie sich vielleicht ein wenig zu ausführlich über die Kleidung, das angenehme Äußere des Mannes, seine berufliche und private Lage ausließ.

»Was ist das bloß für ein Mensch?!« fragte sie mitten hinein mit einer verhaltenen, innigen Empörung. Nach wie vor konnte Helty ihrer Erzählung beim besten Willen nicht ablauschen, was sie zu einem solch schicksalhaften Seufzer veranlaßte. Je ernster sie sich nach dem Wesen dieses Mannes fragte, um so belangloser, so schien es, wurden die Mitteilungen, die sie über ihn machte. Gleichwohl mußte irgend etwas vorgefallen sein. Eine einzige, aber tief treffende Bemerkung mochte sie beleidigt oder entsetzt haben. Aber davon erwähnte sie nichts. Einen Augenblick zweifelte Helty noch, ob die vielen Worte, die sie machte, nur ein verhüllendes Kleid über ein tatsächlich einschneidendes Erlebnis werfen sollten, über das sie nicht offen zu sprechen wagte, nicht jetzt, nicht zu dem guten Freund ... Doch dann kam er zu einem anderen Schluß. Er sah, daß das Unerhörte, das sie erregte, gerade und ausschließlich in der Bedeutungslosigkeit lag, in der die Begegnung mit diesem fremden Menschen verlaufen war. Daß sie mit überspannten Erwartungen aus dem Haus gegangen war, hatte er ausgiebig beobachten können. Und da es ein Freund ihres Mannes war, mit dem sie sich traf, mochte sie sogar von einer besonderen Schmach geträumt haben, die sie dem Entfernten zuletzt noch beibringen würde. Aber Helty spürte einfach, daß nichts geschehen war und daß dieser ihr mißglückte Abend dennoch auch für sie beide der letzte sein würde. Die frühzeitige Rückkehr einer so hemmungslos Enttäuschten war für ihn ein ebenso bitterer Abschied, als wäre sie die ganze Nacht über ausgeblieben.

»Es war ein schöner Sommer«, schrieb er einen Monat später an Sylvio und Stella zu ihrem Einzug in die neue Wohnung, »es war ein schöner Sommer, in dem wir unversehens in einer offenen Stadt lebten und viele Male hinausfuhren in das neue Land. Wir waren zusammen – zusammen im Park von Babelsberg und in den einsamen Oderwiesen. In Güstrow und Neuruppin. Im Spreewald und am Sarkower See. In Rheinsberg und Chorin, in der Märkischen und in der Mecklenburgischen Schweiz. Zweimal an der Müritz bei Störchen, Kranichen und Seeadlern. Und einmal in der Kirche von Jericho im Havelland! ... Wieviel Beginn! ... Von Eurem ehemaligen Haus läßt sich nur Betrübliches berichten. Unmittelbar vor meinem Fenster wird ein Bürohaus gebaut. Mit meinem freien Ausblick ist es für immer vorbei. Hier habe ich gesessen, neunzehn Jahre sind hier abgeflossen an mir, und in diesen Tagen setzt man mir Kräne und Gerüsttürme ins Licht, Hebebühnen quietschen, Betonmischer knirschen (wie mein Kopf!) – ich fühle, als ob mein Bleiben, mein letztlich doch sehr starkes Bleiben nicht einfach ausginge, sondern gewaltsam beendet, ja massakriert würde. Jedenfalls habe ich Breuers die Kündigung überreicht. Ende eines langen Aufenthalts. Eine kleine Habe wird gepackt (ein Scherbenhaufen zusammengekehrt, sagen wir lieber). Eine andere billige Unterkunft steht nicht in Aussicht. Die Sachen – die Habe! – werden vorübergehend bei der Mutter gelagert. Man wird für die erste Zeit wieder ein bißchen unseßhaft werden. Euch beiden aber wünsche ich ein neues, glückliches Wohnen.«

Das Geschenk

»Mein Geschenk ist ja nicht besonders angekommen.« Diesmal hatte sie für den Jungen ein beleuchtbares Labyrinth gebastelt aus zahllosen kleinen Stücken von Plexiglas und Chromstreifen. Obgleich sie viel Sorgfalt und Geschick darauf verwandt hatte, war es am Ende etwas unbefriedigend ausgefallen und sah nicht sehr hübsch aus. Es überforderte die Phantasie des vierjährigen Knaben. Er ließ es nach der ersten Überraschung bald unbeachtet und beschäftigte sich begierig mit dem neuen Plastikbagger und dem Rennwagen mit Fernsteuerung. Hillas Schwester hatte es sich mit Geschenken nie leichtgemacht, und doch blieb sie eine glücklose Geberin. Es sollte stets etwas Anspruchsvolles, Ausgefallenes sein, und ihren Einfall verfolgte sie mit erbittertem Ehrgeiz, ohne Rücksicht auf denjenigen, dem damit eine Freude gemacht werden sollte.

Es kränkte sie tief, wenn diese nicht spontan geäußert wurde und ihr Geschenk nicht die gebührende Beachtung fand. Sie sah nun ihr durchsichtiges Labyrinth, kunstvolles Handwerk ihrer Feierabende, beiseite stehen, während der Junge seinen protzigen Bagger verschob, um Legobausteine vom Teppich zu schaufeln. Sie konnte es nicht unterdrücken, das Kind mit einem verächtlichen Gefühl zu betrachten. Indem es ihre Gabe mißachtete, gewann es Macht über sie, unweigerlich und aus tiefsten Gründen des Tauschens und Gebens. Unabhängig von seinem geringen Alter, seiner Kleinheit und Unschuld – das Kind *»machte etwas mit ihr«*, es ließ sie kleinlicher und hintersinniger empfinden, als ihre Selbstachtung es zuließ. Sie dachte: Wenn ich ein Kind hätte, *mein* Kind sollte wohl mit vier Jahren genügend Wachheit besitzen, um für das feine Gebilde und das Rätsel seines Plans empfänglich zu sein. Der Junge ihrer Schwester Hilla schien ihr einfältig und durchschnittlich. Ja, sie verstieg sich in ihrer Befremdung sogar zu der Frage: ob ein solches Wesen überhaupt imstande sei, zu spüren, wie sehr es einen nahen Menschen, der sich ihm aufopfernd zugewandt hatte, verletzt und zurückgesetzt hatte? Es spielte ungestüm und ohne seine Tante überhaupt zu bemerken am Boden. Zwei Kameraden, die aus dem Nebenzimmer gekommen waren, wurde das Spielzeug aus den Händen gerissen. Wie brutal! Sie fand, daß er ein grober Sonderling war, kein Wunder, daß niemand mit ihm spielen wollte, nicht einmal an seinem Geburtstag. Wie sollte ein solch verkapseltes Geschöpf etwas vom Unglück eines anderen Menschen mitbekommen? Aber dann wieder war es ihr, als ob er sie doch heimlich erforsche, indem er sich beharrlich in ihrer Nähe aufhielt und keine andere Gesellschaft suchte ... Als saugte er sie geradezu aus ihrer Wunde: die gehässigen Beobachtungen, die sie an ihm traf. Verlangte er nicht in seinem abgewandten Dableiben, daß sie sich schäme für ihre egoistischen Verurteilungen eines gesunden, unbekümmerten Kindes, das sich nur getreu dem Gesetz seiner Launen verhielt?

Sie kam zu dem Schluß, daß er ein Biest sei; jemand, der sie dazu vermochte, sich Regung für Regung tiefer ins Unrecht zu setzen. Sie bereute aber auch, daß sie anfangs nicht verzeihlich genug reagiert und dem Kleinen dabei geholfen hatte, ihr Geschenk zu verstehen, es durch Erzählungen und Beispiele ihm näherzubringen. Sie verurteilte ihre eigene Gehemmtheit, den Mangel an Spontaneität und Großmut, von dem dieses Kind sie wieder einmal überzeugt hatte. Und sie schämte sich jetzt für die gieprige Erwartung, ja für die obszöne Erregung, mit der sie ausschließlich das Auspacken und das Enthüllen des Labyrinths, nicht aber für einen einzigen Augenblick die Miene des Jungen, des Beschenkten beobachtet hatte. Dieses teuflischen Jungen, dem es immer wieder gelang, sie auf ihre niedrigsten Antriebe zurückzuwerfen, sie daran zu fesseln und verzweifeln zu lassen.

Schon seinen Namen hatte sie nie aussprechen mögen: Ansgar. Der Name schien ihr so unwegsam, schien zu einem Kind überhaupt nicht hinzuführen. Und außerdem hatte sie aus ihren Jahren im Rundfunkchor einen Ansgar in denkbar schlechter Erinnerung. Vielleicht mußte ihr ein Kind, das sie niemals ungezwungen beim Namen genannt hatte, auch für immer verschlossen und unzugänglich bleiben. Eigentlich grübelte sie ohne Ende, wer von beiden, sie oder das Kind, den ersten Pfeil der Abneigung gegen den anderen losgelassen hatte.

Aber tatsächlich, wie *»gewaltbereit«* er sich aufführte beim Spielen! Gleich mußten die Klötze einem anderen entrungen, gleich ein falsches Teil in die Ecke geschleudert werden. Plötzlich fuhr sie ihn an und schlug mit der flachen Hand auf den Geburtstagstisch: »Hör auf! Geh anständig mit deinen Sachen um!« ... Sie erschrak. Der Ton war ihr zu schrill ausgeschlagen, so hätte sie gern einen Mann angeschrien.

Das Kind blickte sie nicht einmal an. Es hörte nicht auf sie. Sie senkte den Kopf. Sie spreizte die fünf Finger der rechten Hand, die neben dem Likörglas flach auf der Tischdecke lag. Ansgar hatte kein kindliches Gesicht. Diese erschreckend ältlichen Züge, dieses ganz klein Ausgeprägte, Männleinhafte an diesem Kind hatte sie schon immer angewidert. Er war wie die Puppe eines blonden, unerfahrenen milchbübischen Studienrats mit gelichtetem schlappen Kopfhaar. Es waren jedenfalls nicht die Züge seines Vaters, dessen Gesicht viel wechselhafter und unbestimmter erschien. Eher schlug der Junge seiner Mutter nach: ihr früh schon zur Maske erstarrtes Gesicht, das öde Frätzchen der jüngeren Schwester, die sich vor dem Spiegel schminkte, kam ihr jedesmal in den Sinn, wenn sie den Jungen ansah.

Sie war allein an der Kaffeetafel sitzen geblieben. In ihrem Rücken lag das Kinderzimmer, in dem jetzt Thomas und Hilla für die kleinen Geburtstagsgäste eine Vorstellung im Kasperletheater gaben. Das Geburtstagskind fand kein Vergnügen daran und hatte zwei Jungens mit sich fortgezerrt, um ungestört im Wohnzimmer seine Rabaukenkräfte zu messen ... bis sich die beiden anderen wieder losmachten und er allein mit ihr im Zimmer blieb.

Aber so ist er ja gar nicht! dachte sie plötzlich, halb erfreut, halb erschrocken. Es hatte ein zufälliger Blick des Jungen genügt, ein kurzer, offener, freundlicher Blick, der sie eben nur streifte, und schon fühlte sie sich wie erlöst, zutiefst dankbar berührt ... Er ist lieb! Ich bin es, die nur Falsches, Kleinliches, Häßliches in ihn hineinsieht. Ich verderbe ihn mir mit unfreien Gedanken, mit mißtrauischen und gekränkten Gefühlen, mit meiner ganzen verstockten Art! ... Der Junge kam zu ihr an den Tisch und fragte mit einer anmutigen Sorge: »Warum sitzt du so allein hier? Warum spielen wir nicht zusammen?« Sie blickte ihn an und war bezaubert von seinen runden braunen Augen, seinen niedlichen, halbgeöffneten Lippen. Sie versuchte zu lächeln und den sicheren Ton der endgültigen Zugewandtheit zu treffen. Doch seltsamerweise fragte sie: »Warum schaust du nicht beim Puppentheater zu?« Antwortete ihm also nicht, sondern parodierte ihn geradezu mit einer Gegenfrage, äffte ihn sogar im Ton ein wenig nach. Der Junge sah beiseite und beschied mit trotzig-geniertem Lächeln: »Möcht ich nicht.«

Ansgar besaß einfach zu viele Spielsachen, er war verwöhnt. Die Schenkenden, so mißbilligte sie die anderen, überhäuften ihn mit Gegenständen des schlechten Geschmacks, des billigen Materials, die keinerlei erzieherischen Einfluß auf die ordinären Schönheitsbegriffe und Gelüste eines vierjährigen Knaben nahmen. Im Zuge dieser Feststellungen überwand sie sich und löste mit einem kräftigen Ruck die Verschnürung von ihrem Herzen: »Wir spielen ein bißchen mit dem Labyrinth, wenn du willst?«

»Was für ein Labünth? Wo?«

Ihr Eifer hielt es aus, sackte nicht gleich wieder ab, sie vermerkte es dankbar. Ungeniert wies sie nach dem eigenen Geschenk, das auf dem Gabentisch neben den Anziehsachen und dem Zeichenblock stand und damit im Bereich der nützlichen, unbegehrten Dinge. Sie nahm ihn bei der Hand und zeigte ihm das verwinkelte, lichte Gebilde aus Plexiglas und spiegelnden Chromplättchen, das als Designer-Objekt gut in die Auslage eines Juweliers gepaßt hätte. Sie hatte zwei Figuren aus Fichtenholz geschnitzt, einen Jungen und ein Mädchen (oder Mann und Frau), die sich in diesem Labyrinth, wie sie ihm erklärte, verirrt hatten und wieder zueinander finden wollten.

Sie erzählte auch die Geschichte von Ariadne, Theseus und dem Stier, die Geschichte des roten Fadens (sie betonte tatsächlich den »roten« Faden), und forderte ihn auf, es einmal zu versuchen: die beiden Figuren durch die ineinandergeschachtelten Gänge so zu bewegen, daß sie sich entweder irgendwo träfen oder nacheinander zum Ausgang fänden (beides schien ihr eine gleichwertige Lösung).

»Wo ist der Stier?« fragte Ansgar. Sie hatte keinen Stier geschnitzt. Ihre Konstruktion sollte auch nicht das Verlies von Knossos darstellen, sondern war eine eigene Erfindung mit Blenden und Spiegelfallen. Er wollte aber den Stier. Er holte aus seinem Plastikzoo einen Büffel mit geschwungenen Hörnern und setzte ihn in den schmalen Gang, in dem der holzgeschnitzte Junge stand. Er ahmte den wutschnaubenden Stier nach und stürzte das Tier auf die Holzfigur. »Er spießt ihn auf, er spießt ihn auf!« schrie Ansgar und brach dem Figürchen Arme und Beine ab. Das gleiche wollte er dem weiblichen Teil antun, als Carmen ihn anherrschte. In einem wunderbar sicheren, unerbittlichen Ton drückte sie ihren Abscheu aus. Thomas und seine Frau riefen aus dem Nebenzimmer nach dem »Geburtstagskind«, und Ansgar rannte schnell davon, ehe Carmen ihn greifen und schütteln und für seine Zerstörungswut mit einer Ohrfeige bestrafen konnte.

Gewiß hätte die Ohrfeige sie für immer von diesem Kobold befreit – das hübsche Kind und seine schwermütig-schöne Tante hätten sich zum ersten Mal offen und verwundert angeblickt.

Carmen setzte sich wieder an die Kaffeetafel und nippte zitternd an ihrem Mandellikör. Mein Gott, was stellt das Balg mit mir an! Wie weit noch will es mich bringen? Es kann mich in die verkehrtesten Empfindungen hineintreiben, die je eine Frau gegenüber einem Kind hegte … ja, schlimmer: Es ist mit seinen zwergmännlichen Schikanen imstande, eine Frau, die selbst kinderlos geblieben ist, so abschätzig zu behandeln, daß sie sich tatsächlich als unwert, schwach, abnorm empfindet. Was an mir, wenn ich's durch den Neffen fühle, wäre nicht verkehrt? Was, außer, als letztes noch, diesen beiden Händen, die basteln und werken können, nicht linkisch?

In der Woche, die auf Ansgars Geburtstag folgte, erhielt sie gleich zweimal Besuch von ihrem Schwager, den sie sonst nur sporadisch und niemals ohne Hilla, ihre Schwester, traf. Dabei waren sie einige Male beruflich miteinander in Berührung gekommen, wenn es um die Gestaltung öffentlicher Anlagen ging und sie, die Gartenarchitektin, sich mit dem Gewässerschutz, bei dem Thomas arbeitete, abstimmen mußte. Es war ihr jedenfalls angenehmer gewesen, ihn alleine zu treffen, er kam ihr heiterer und aufgeschlossener vor als zu Hause in der Familie.

Was ihn jetzt bewegte, unangekündigt nach Feierabend in ihrem Apartment zu erscheinen, war für sie nicht gleich ersichtlich. Er gab an, und wirkte dabei etwas zerstreut, sie etwas Bestimmtes und Unbestimmtes zugleich fragen zu müssen, wie er sich ausdrückte. Zu Beginn des Gesprächs vermutete sie, er wünsche etwas Besonderes über ihre Schwester zu erfahren, aus ihren Jugend- oder Kindertagen, forsche vielleicht nach der Ursache eines bestimmten Verhaltens oder Fehlverhaltens, mit dem Hilla ihm Rätsel aufgebe. Doch in Wahrheit erkundigte er sich wenig, fragte nicht viel, sondern räsonierte zuerst verhohlen, dann immer freimütiger über die »kleinen Eigenarten« seiner Frau, die ihm einmal besonders gefielen, das andere Mal eher befremdlich waren. Er beschrieb sie ihr besessen und kühl wie eine interessante Begegnung, eine Unbekannte, die er redend Zug um Zug für sich entdeckte, so daß Carmen den Eindruck gewann, von der eignen Schwester ihr Leben lang nur die gröbsten, täuschendsten Umrisse wahrgenommen zu haben. Gleichzeitig fragte sie sich, wie Thomas dieses Objekt seiner indezenten Beobachtungen überhaupt noch als seine Frau erkennen konnte. Auch blieb sie unsicher, ob es sich um die Zeremonie einer besonders verstiegenen Leidenschaft oder um den Ausbruch der reinen Lieblosigkeit handelte, dessen Zeugin sie plötzlich ohne eigenes Verlangen und Zutun geworden war. Mit botanisierender Genauigkeit unterschied er die vielfältigen Empfindungen, die er im stillen hegte, wenn er mit Hilla zusammen war. Und so widersprüchlich und reich verschlungen, wie sie waren, ließen sie sich im Grunde vor niemandem aussprechen, am wenigsten sicherlich vor der Lebensgefährtin selbst. Carmen aber lieh ihm ihr Ohr. Obgleich es sie verwirrte und sie anfangs noch widerstrebte, derart schrankenlos ins Vertrauen gezogen zu werden. Dann aber wehrte sie sich nicht mehr, sie ließ sich gehen, es erregte sie, ihm zuzuhören, sie tat es schließlich mit wachsender Lüsternheit. Und Thomas, der Schwager, verstand es, ihre fragwürdige Aufmerksamkeit noch zu steigern mit Einschüben wie: »Ich hoffe, es belastet dich nicht, wenn ich dir nun berichte …« oder: »Bitte, du mußt mich wissen lassen, wenn es dir zu weit geht, was ich hier erzähle …« Es gelang ihm, ihr freundliches unruhiges Zuhören bis auf die nackte schamlose Neugierde zu entblößen.

»Nach vierzehn Jahren ungebrochener Ehe, in denen die Treue eine souveräne Macht über uns gewann, in denen Hilla zu einer stolzen und reifen Frau heranwuchs, bleibt mir nur noch eines zu tun, Carmen: den Teil ihres Wesens zu zerstören, der sie imstande sein ließ, die unwürdige Geliebte anderer Männer zu sein, die es vor mir gab … Von anderer Seite wurde sie einmal gehaßt, gedemütigt und viele Male erniedrigt. Weißt du übrigens, wer es war?«

Sie erschrak und dachte, sie müsse nun etwas berichten, aber natürlich gab er sich selbst ausreichend Antwort.

»Wo findet sich an ihr eine letzte Spur jener Bosheit,

die ihr widerfuhr? Wo verbirgt sie, was dieser Mann einmal an ihr verdammte, hassenswert und widerwärtig fand? Wäre es denn möglich, einmal derart verachtet worden zu sein und nicht die geringste Narbe davongetragen zu haben? Nein! Sie trägt's ja noch in sich, irgendwo liegt er verschüttet, der Teil ihres Wesens, der sie imstande sein ließ ... Ich kann es je länger, um so weniger ertragen, daß sie zu einem früheren Zeitpunkt ihres Lebens das willenlose Geschöpf, die Hörige, die Sklavin eines hergelaufenen Möchtegern-Genies war. Ich könnte es hingegen leicht ertragen, nein, es würde mir sogar eine heimliche Genugtuung verschaffen, wenn sie es gewesen wäre, die mit einem nichtswürdigen Kerl gespielt, mit seiner Liebe Schindluder getrieben hätte. Jedoch umgekehrt ... und umgekehrt ist es leider tatsächlich gewesen. Ich habe es selbst mit ansehen müssen, der Zufall wollte es, daß ich meine Frau zum ersten Mal sah, als sie von einem anderen mißhandelt wurde. Etliche Jahre bevor wir uns kennenlernten, wurde ich zufällig Zeuge ihrer haltlosen Unterwerfungssucht gegenüber diesem räudigen Bastard von Künstler, dem sie sich an den Hals geschmissen hatte und der sie durchaus nicht haben wollte, sondern sie in seiner betrunkenen Wut quer durch den Wirtshaussaal schleuderte. Ein Vieh, zu dem sie mit blutendem Mund aufblickte wie zu einem Halbgott und zu dem sie immer wieder hinkroch, um sich an seine Beine zu klammern ... O hätte ich das niemals gesehen! Wäre ich niemals Zeuge dieser ihrer schlimmsten Erniedrigung geworden! Gewiß, ich habe die Macht dieses Schubjacks längst gebrochen. Ich bin davon überzeugt, daß sie heute so gut wie keine Erinnerung mehr an ihn besitzt, aber dieses Wesensteil, Carmen, dies kleine grauenvolle So-Sein, das ihr die lallende, obszöne Kriecherei erlaubte, es befindet sich weiter in ihr, es lebt mit uns, wenn auch auf das geschickteste verborgen, und ich werde mein Lebtag eifersüchtig sein auf diesen Wüstling, den sie anbetete und der in den Stunden und Tagen, da sie seine ungeliebte Kreatur war, eine bei weitem größere Macht über sie besaß als ich je in den vierzehn Jahren unserer wohlregierten, gerechten Partnerschaft ...! Jahre, in denen wir einander unausweichlich und unverwechselbar geworden sind, etwas Einziges, Individuelles ... und doch, Carmen, ich weiß nicht, ob du mir so weit folgen willst ... im Liebesspiel drei, vier Berührungen, die sie aus den Tagen früherer Liebe bewahrt in ihrer Hand ... und wie es mich jedesmal graust, wenn diese langen Fingernägel, wenn ihre zarte Kralle mir über Rücken und Schenkel streift ... nur diese kleine, allzu unpersönlich eingesetzte Zärtlichkeit, die sie schon mit in die Verbindung brachte und von der ich in diesen schrecklichen Sekunden nur spüre, wie sie einem anderen, gar *jenem* anderen einst dieselbe Belebung verschaffte!«

Carmen blieb unter den sie bedrängenden Geständnissen gar keine andere Wahl, als sich einer großen Täuschung hinzugeben. Sie suchte geradezu Zuflucht zu der Überzeugung, daß ihr Schwager eine tiefere und im tiefsten gehemmte Zuneigung zu ihr gefaßt hatte und daß diese umständlichen Eröffnungen, dieses ehebrüchige Reden letztlich nur dazu dienten, eine exzessive Vertraulichkeit zwischen ihnen herzustellen, die dann um so leichter und schwellenlos zum tatsächlichen Ehebruch führen würde. Ja, es würde eine Geschichte zwischen ihnen geben, daran hatte sie nun keinen Zweifel mehr, und sie würde von jetzt an in allem auf der Hut sein müssen. Sie mußte viel Vorsicht und Geschick an den Tag legen, zugleich aber auch unbedenklich bereit sein für diesen Mann, den sie zwar nicht liebte, der indessen an die uralte geschwisterliche Fehde gerührt hatte, so daß sie ihn unbedingt eine Weile an sich fesseln wollte.

Eines Abends schien alles für den Übertritt vorbereitet. Er hatte sie zum ersten Mal zum Essen ausgeführt und begleitete sie anschließend nach Hause, wo sie ihm Kaffee kochen wollte. Als hätten sie nicht schon ein dutzendmal unter dem Weihnachtsbaum zusammen gesungen! ... Sie sah, als er zwei Stufen vor ihr die Treppe hinaufschritt, daß er leider schon *»perfekt«* gekleidet war, daß er seinen ausgeprägten Stil besaß, daß sie es mit kleinen Geschenken bei ihm schwer haben würde. Es würde ihm bestimmt niemals gefallen – nichts würde ihm gefallen, was sie ihm heimlich schenkte. Was für ein *»Konzept«* hätte sie denn auch für ihn, der seine Erscheinung genau unter Kontrolle hatte und ihr keine Möglichkeit ließ, nach ihrem Geschmack etwas hinzuzutun, ihn zu beeinflussen, ihn zu bestücken nach und nach? Was war es denn schon, das sie sich unter ihm vorstellte? Was war das schon wert, verglichen mit der Art und Weise, in der er sich selber sah? ...

»Was werden wir jetzt tun, liebe Freundin?« seufzte Thomas linkisch und drehte sich auf der Treppe zu ihr um. Sie lächelte, weil sein Lächeln auf sie gefallen war. Sie hielt es für ein Zeichen von gespielter, verliebter Befremdung, daß er sie »Freundin« genannt hatte. Er hingegen hatte lediglich ein wenig ironisch beklagen wollen, daß es auch in der kommenden Stunde unvermeidlich um das gleiche gehen würde wie die Male zuvor. Ein winziger voreilender Zungenschlag, ein Hauch von Wechselwirkung zwischen ihnen hatte aber den beabsichtigten Ton dahin abweichen lassen, daß *sie* ihn mißverstehen und daß er ihre Erwartung steigern *mußte.* Während er im selben Moment sich dafür entschieden hatte, diese Frau sehr unsanft zu enttäuschen.

Es dauerte ein paar Wochen, bis Carmen begriff, welcher Seelenintrige sie zum Opfer gefallen war. Sie suchte nach dem genauen Impfpunkt der Verführung, seit dem die perfekte Illusion sie umfing, daß sie *»schwellenlos«* von der Vertrauten zur Geliebten des Schwagers aufsteigen würde. Das Ende der Täuschung ließ sich hingegen exakt bestimmen. Es war ein Satz, den Hilla beiläufig zu ihr gesprochen hatte und den sie nicht verstand. Er ging ihr so lange im Kopf herum, bis er ihr schließlich die Augen öffnete … Kurz nach den geheimen, aufdringlichen Besuchen, die Thomas ihr abgestattet hatte, war sie überraschend von Hilla zu einem Spargelessen eingeladen worden. Beim Abschied, als Thomas den Jungen zu Bett brachte, hatte Hilla in der Garderobe über den unruhigen Zustand ihres Mannes Besorgnis geäußert, so jedenfalls klang es für Carmen, als die Schwester nebenbei in einem fast düsteren Ton sagte: »Ich hoffe nur, daß er mir nicht in meinen Armen zerfällt« …

Für Carmen war es ein quälender Abend gewesen. Ihr Schwager, der sie noch wenige Tage zuvor in seine subtilsten Beschwerden eingeweiht hatte, behandelte sie auf einmal abschätzig und anmaßend. Was immer sie am Tisch zur Unterhaltung beitrug, wurde von ihm lächerlich gemacht, er fuhr ihr über den Mund und erteilte ihr völlig ungerechtfertigt Ermahnungen. Es dauerte eine Weile, bis ihr plötzlich bewußt wurde, weshalb Thomas sie immerzu maßregelte: er wollte sie zweifellos daran hindern, daß sie mit ihrer allzu leichten, ungewohnt heiteren Gesprächigkeit bei Hilla einen Verdacht auslöste. Also hielt sie sich auf der Stelle zurück. Doch er griff sie auch an, als sie schwieg. Da sie aber zu diesem Zeitpunkt noch tief in seiner Verführung steckte, machte sie sein ungehöriges Benehmen ganz hilflos und anhänglich. Zu ihrem Trost sagte sie sich, daß seine Schroffheit nur vorgetäuscht sei und zur Tarnung ihrer geheimen Vertraulichkeit diene. Dennoch fühlte sie sich behandelt, als liege ihrer beider Geschichte oder Affäre nun schon Jahre zurück und ihm, dem einstigen Geliebten, sei davon nur ein bitterer Nachgeschmack geblieben, während sie mit warmherzigen und dankbaren Gefühlen daran hing.

Wie wenn man im Dunklen eines fremden Hauses nach dem Lichtschalter tastet, so suchte sie nach einem verborgenen Wink, einem Kassiber des Herzens in den verächtlichen Augen und Worten ihres Schwagers. Und alles geschah in Gegenwart des seltsam stillen, lauernden Knaben Ansgar, der wie ein arglistiges Meßgerät am Tisch saß und jedes unterschwellige Ereignis, Schweben und Schwanken zu registrieren schien. Ja, wenn Carmen ihn ansah, so glaubte sie im Herzen des Kindes den geheimen Umschlagplatz all der Unaufrichtigkeiten, der Gefühls- und Gewissenskonterbande zu entdecken, die die drei Erwachsenen untereinander verschoben.

Was ihr aber ärger zusetzte als die Unhöflichkeit ihres Schwagers, war der Umstand, daß dieser sich ungewohnt liebevoll und einläßlich seiner Frau zuwandte, als ob er mit ihr zu einer neuen Verständigung gefunden hätte. Hilla selbst blieb davon freilich so gut wie unbeeindruckt; sie zeigte sich kaum verwandelt, gab sich zurückhaltend und spröd. Sie war so wie immer – vorher ohne Herz und jetzt auch ohne. Und es gab ein Vorher und Nachher, das spürte Carmen nur zu deutlich. Aber was war geschehen? Wie notwendig wäre es jetzt gewesen, mit Thomas allein auf ihrem Zimmer all dies vertraulich zu erörtern – wie es sich dann klären würde! Doch er kam nicht mehr zu ihr.

Die Begierde des Verräters war längst gestillt. Er hatte sie – für immer – zur Mitwisserin seiner intimsten Zweifel gemacht. Nachdem nun dieser Exzeß abgeklungen und verrauscht war, haßte er und verachtete er niemanden stärker als jene Person, vor der er sich zwanghaft entblößt hatte. Dies üble Geschäft zwischen ihrem Ohr und seinem Mund hatte für ihn offenbar eine reinigende Wirkung gehabt. Nun empfand er nur noch Ekel vor Carmens immer noch gierigem, duldsamen, allesverschlingenden Ohr …

Wie schal und bitter war ihr nun zumute! Und das mußte ihr passieren, die zeitlebens der Überzeugung gehorcht hatte, daß ein großes Maß an Verschweigen, an Tabu, an Nichtberührbarkeit den innersten Schwerpunkt einer Person ausmache. Thomas besaß eine solche innere Beschwerung nicht mehr. Er war fahrig, zerstreut – er würde niemals leidenschaftlich und großmütig handeln. Seine verschlagene Vertrauensseligkeit war an die Stelle einer echten Leidenschaft gerückt – und sie war eine Folge seiner Geltungssucht, die er weder beruflich noch im Kreis seiner Freunde befriedigen konnte. Er mußte sich die Brust aufreißen – um eine arme Verwandte, nicht einmal eine stolze Fremde, mit der Propaganda der Aufrichtigkeit in den Hinterhalt zu locken.

Ja, sie war bereit gewesen, die Schwester mit *diesem Mann* zu betrügen. Die kalte und herzlose Schwester, die *diesen Mann* schon deshalb nicht verdiente, weil ein herzloser Mensch nicht einen anderen zur Ernährung seiner Herzlosigkeit mißbrauchen sollte! Nein, sie schämte sich auch jetzt im nachhinein dieser Bereitschaft zum Betrug nicht. Sie kam nur über diesen einen Punkt nicht hinweg: weshalb es schließlich nicht dazu gekommen war?

Weshalb es von einem bestimmten Zeitpunkt an nicht *»ganz von selbst«* dazu gekommen war, was also den Ausschlag gegeben hatte, daß das Unvermeidliche sich im letzten Augenblick von ihnen abwandte?

Sie saß an jenem Abend angelehnt neben ihm auf dem moosgrünen Ledersofa. Sie starrte vor sich hin und dachte, daß es im nächsten Augenblick geschehen müsse. Aber sie wagte nicht, als erste die Hand auf seinen Unterarm zu legen – sie wollte es dann eben doch nicht gewesen sein. Offensichtlich scheute aber auch er in diesem Augenblick vor dem lächerlich kleinen Griff zurück – obgleich im Innersten alles bereits getan war – nur ohne das Glück, es mit Haut und Haaren zu spüren …

Und so ging sie Minute für Minute noch einmal gründlich durch und legte sich die ganze Sache so zurecht, daß nur ein winziger Fehler übrigblieb – ohne ihn wäre alles gutgegangen.

Der Kinderfeind

Mein Kind lief freudig auf einen fremden Menschen zu, der uns auf dem einsamen Feldweg entgegenkam. Dieser Mann aber krümmte seine hageren Schultern und zischte es an: »Laß mich in Ruhe! Verschwinde!« Nun muß man das Halten, nicht etwa Innehalten, das schiere Halten und Stutzen, die Unfähigkeit des Jungen gesehen haben, diesem Mann irgend etwas zu entgegnen, und sei es, ihm die Zunge rauszustrecken. Kaum war ich in Blickweite, rief er mir zu: »Halten Sie mir das Kind fern!« Ich eilte voran und wollte den Kerl zur Rede stellen: »Warum behandeln Sie mein Kind, das Ihnen froh entgegenkommt, wie einen räudigen Köter? Was haben Sie mit Ihrem Ingrimm, Ihrer tiefen Feindseligkeit aller Unschuld, allem Schönen und Gefälligen gegenüber in dieser herrlichen Landschaft verloren, in der Sie herumschleichen wie ein nie zum Zuge gekommener Verbrecher!?«

Der Mann in seinem tiefsitzenden Groll ließ sich vom Auftritt des beleidigten Vaters nicht einschüchtern. Er ließ sich nicht einmal zur Rede stellen, sondern hatte längst, während ich in sein vorgestrecktes Gesicht hinein schalt, selber zu erwidern begonnen, und zwar mit einer sofort erhobenen Stimme, so daß sich unsere beiden Anreden, beinah vom ersten Augenblick an, überlagerten und gegenseitig zu einer wirren Brüllerei steigerten, die meinen immer noch erstarrten, kopfscheu gewordenen Jungen erst recht beängstigen mußte.

Dabei hatte der Mann dem Inhalt nach etwa folgendes ausgestoßen:

»Sie haben nichts, aber auch gar nichts gegen mich

vorzubringen. Ich liebe die Kinder nicht. Das nehme ich mir gerne heraus, und ich frage mich nicht einmal selbst, warum. Warum ich sie nicht liebe. Ich liebe sie nicht, und damit basta. Ich habe mir deshalb noch lange keine Herzenskälte vorzuwerfen. Denn ich liebe ja die Feldblumen am Wegesrand. Tausend Ähren im Abendwind nikken mir zu und bestätigen mich auf meinem Weg. In dieser tiefen Übereinstimmung von Feld, Feldrain, Weg und mir, mitten in meine empfindlichste Ausgeglichenheit, springt ihr Gör hinein, begrüßt mich, buhlt um meine Zuneigung, wie nicht die dürrste Ackerdistel es nötig hat, verlangt, daß ich ihm schön tue – und wenn ich's getan hätte, wär's wieder um eine kleine Verwöhnheit verdorbener, Ihr Zuckerbengelchen.«

»Ein Kind!« brüllte ich, brüllte fassungslos und beinah verzweifelt: »Ein Kind!«, um ihm das rechte Maß ins Gedächtnis zu rufen.

»Eben«, antwortete der Kinderfeind trocken. »Ich fliehe die Kinder, wie andere die Menschen insgesamt. Schon Johannes Chrysostomos aus Antiochien war der Meinung, daß die Erde bevölkert genug sei. Bereits im vierten nachchristlichen Jahrhundert: genug! Die Ehe hatte zu nichts Besserem zu taugen, als daß Mann und Frau einander halfen, die Gebote der Keuschheit einzuhalten. Ein Prinzip, gegen das Leben gerichtet? Daß man sich nichts vormache! Ist Keuschheit lebensfeindlicher als Vermehrung? Was kostet die Erde mehr: das Aussterben oder die Überzahl unserer Rasse? Das fragen Sie sich einmal mit letzter Konsequenz.«

Es kam nun zu einer natürlichen Erschöpfung, so daß wir aufhörten, uns gegenseitig anzubrüllen. Ja, wir standen nebeneinander und schritten gemeinsam am Feldrand mit den meterhohen Brennesseln und den Disteln, die ihre lila Blüten ausgefahren hatten wie empfindliche

Abhörgeräte. Wir gingen eines Wegs, und das Kind lief hinter uns her. Ich bedachte mit der mir möglichen, vielleicht nicht allerletzten Konsequenz, was er von seiner abnormen Gesinnung bisher preisgegeben hatte. Wir sprachen auf einmal recht leise miteinander, doch blickten wir uns von der Seite erst recht unversöhnlich an. Der Junge verbrannte sich am Unkraut und jammerte ein wenig. Ich herrschte ihn an. Er blieb nun zurück, trödelte hinter den debattierenden Männern und schluchzte leise.

Ich war entschlossen, tiefer in die bizarren Windungen der Grausamkeit, tiefer in die Gedankenwelt des Unholds vorzudringen. Nicht zuletzt in der Hoffnung, sie dann mit besseren Argumenten bekämpfen und erschüttern zu können. Ich hatte das Gefühl, vorerst nur die äußeren Ränder, nur die limbohaften Ausläufer seiner abgründigen Bosheit berührt zu haben. Wir waren unterdessen zu einer einsam in der Senke gelegenen, moosbedeckten Scheune gelangt, in der mein Widersacher, wie anzunehmen, als Einsiedler hauste. Ich bat ihn, ohne mein Interesse allzu dringlich erscheinen zu lassen, mir noch ein paar weiterführende Fragen zu gestatten, da mich das ganze *Thema* am Ende doch nicht kaltlasse. Ich sprach, als wäre ich schon zur Hälfte von ihm umgestimmt und eingewickelt. Er musterte mich mit seinem lahmen, bitteren Hundeblick und fragte verdrießlich, ob ich bereit sei, den Jungen einstweilen im Schuppen *abzustellen*? Dann nämlich böte er an, mich einen Blick in seine *Kathedrale* werfen zu lassen. »Der Anblick meines ekligen Plunders möchte Ihrem süßen Fratz nicht guttun.«

Ich ging zu meinem Jungen, hob sein Kinn und bat ihn, mir gerade ins Auge zu schauen.

»Nico, mein Lieber, bitte, erlaube es mir. Es ist von einem übergeordneten Interesse, daß ich diesem Unmenschen sein elendes Geheimnis entreiße. Ich muß versuchen, ihn bei der Wurzel seiner Übelkeit zu packen. Hilf mir dabei, geh einstweilen in den Schuppen und warte auf mich. Ich habe dich sehr lieb. Soviel Helles und Gutes habe ich von dir empfangen, daß ich jetzt fest gerüstet bin, diesem Wahnsinnigen wenigstens das Vergnügen an sich selbst zu verderben.«

»Geh nur, Vater«, antwortete Nico, doch sah er eher traurig als ängstlich beiseite, denn er wäre für sein Leben gern an meiner Seite geblieben und mit mir in die *Kathedrale* vorgedrungen. »Ich werde im Schuppen sicher etwas finden, womit ich mich beschäftigen kann.« Ich dankte ihm, küßte und umarmte ihn und gab ihm zu guter Letzt noch meinen Schal mit, den ich wegen des kühlen Abendwinds um meinen Hals geschlungen hatte.

Kaum hatte ich mich abgewandt, da hörte ich, wie der Einsiedler hinter mir den Schuppen verriegelte. Er führte mich mit eiligem Schritt zu seiner Scheune. Die *Kathedrale* war tatsächlich im Inneren wie ein Kirchenschiff dreifach gegliedert, doch die Gliederung wurde nicht durch Säulenreihen, sondern durch ein sonderbares Gehänge hervorgehoben: an hauchdünnen, unter Halogenlicht glitzernden Nylonfäden hingen unzählige Kleinteile, wahlloser bunter Krempel, tatsächlich der gesamte Plunder, den der Mann aus seinen Kindertagen aufbewahrt hatte, säuberlich aufgehängt, hohe Spitzbögen bildend, ein schimmerndes Gewölbe der Andenken, vom ersten Coladeckel bis zum Indianerhäuptling aus Bakelit, von den Federbolzen der Luftdruckpistole bis zur Haarspange, vom Tintenfaß bis zur kleinsten Schraube aus dem Stabilbaukasten … Unendlicher Krempel oder Unendlichkeit hervorrufender Krempel, Abfall der Frühe, der Mann war ein Messie seiner Kindheit. Alles, was er nicht in seinem Herzen trug, hing an langen Fäden im Raum.

Oder war es gar nicht sein eigener Plunder? Vielleicht hatte er diese Dinge nur als blasphemische Stimulanzien aufgehängt, um darunter seine schwarzen pädophoben Liturgien abzuhalten ... Ich verwehrte es mir, nach Erklärungen zu suchen, es schien mir völlig unangebracht, dieses Scheusal mit Hilfe irgendwelcher Erklärungen, etwa der Bloßlegung traumatischer Kindheitsereignisse, zu verstehen oder gar zu entschuldigen. Ich wollte ihn im Innersten treffen und überwinden.

Er zeigte auf zwei Kirchenbänke, die mit einer langen Reihe von Büchern gefüllt waren. »Lauter Literatur zum *Thema*!« murmelte er verächtlich. Er selbst hatte sie offensichtlich nicht zur Kenntnis genommen, sie waren samt und sonders ungeöffnet geblieben, in Folie geschweißt.

Der Plunder-Priester setzte sich in einen alten, mit Schweinsleder bezogenen Autositz. Leicht erhöht auf einem Podest, umgab ihn wie eine Kanzel halbrund eine Armatur von Schalttafeln, Displays und Tastaturen. Dort saß er in kurzen Jeans mit nackten Waden und begann mit Lichteffekten zu spielen, die das Gehänge seiner Kindheitsreliquien in einen funkelnden Theaterhimmel verwandelten. Aus mehreren Lautsprecherkanälen strömte jetzt Straßenlärm oder der Lärm eines öffentlichen Platzes. Darüber erhob sich salbungsvoll die Stimme des Einsiedlers, der Verse aus einem alten Poem rezitierte ...

> *Wer bist du denn, triste cœur? Eine verschlafene Kammer, wo, die Arme auf das geschlossene Buch gestützt, der verlorene Sohn*

Dem Ton der alten blauen Fliege der Kindheit lauscht?
Du weißes Haupt, schon wie Bruder Wolke …

Hier brach er ab und rief mich zu sich: »Sehen Sie sich das hier an!« Doch er winkte wieder ab. »Nein, zuerst schließen Sie die Tür zur Sakristei.«

Ich folgte seiner Anweisung und ging zu einer halbgeöffneten Pforte, die zu einer Art Abstellraum führte. Neugierig warf ich einen Blick hinter die Pforte und erschrak über eine dort niederhockende breite Gestalt mit einem vollkommen kahlen, glänzenden Schädel. Der Mann saß ebenfalls auf einem alten Autositz, trug einen algengrünen Sportblouson mit schwarzen Armstreifen und rührte sich nicht. Also war er doch nicht ganz allein, der Einsiedler! Oder war dieser Unbewegte, sein Faktotum, sein Küster, nur für Stunden ihm dienstbar, nur zur Vorbereitung der »Messe« …?

»Blick nicht so viel herum«, grollte der Gebeugte, ohne den Kopf zu heben. »Schließ ab.«

»Abschließen!« polterte von der Kanzel ebenfalls der düstere Meister.

Ich schloß die Pforte und begab mich nun, da er mich endlich heranwinkte, zum technischen Pult, von dem aus er seinen Plunder bewegte und belebte.

»Man kann die übelsten Verbrechernaturen bessern, indem man ihre Unterwerfungslust weckt«, erklärte er mir teils zur Einstimmung auf das nun Folgende, teils um ein weiteres seiner abwegigen Bekenntnisse loszuwerden.

»Wissen Sie das? Eine Strafanstalt ist nur dann gut, wenn ihre Insassen am Ende ihrem Wärter, ihrem Exerzitienmeister, dem, der sie wieder in Form brachte, die Füße küssen. Wenn sie von seiner Gerechtigkeit *träumen*.

Das Reglement nicht etwa bloß anerkennen – verrückt nach dem Reglement sein! Nichts begehrt der Verbrecher mehr als die legitime Gewalt. Sein Blut lechzt förmlich nach dem exzessiven Gehorsam. Härte, metaphysische Härte des Gesetzes verlangt sein ganzes Wesen!«

»Sehen Sie sich das hier an«, murmelte er ein zweites Mal, und wir starrten beide auf einen Monitor, während er mir wie eine Art Spielanweisung beschrieb, was ich auf dem Bildschirm selber sah.

»Eine Straßenkreuzung in der Stadt. Einige Passanten überschreiten bei Grün die Fahrbahn. Eine dunkle Limousine nähert sich. Sie sehen: ein Wagen, der den Namen Limousine noch verdient! So. Sie hält an. Werfen wir gleich einen Blick ins Innere dieses schönen Fahrzeugs. Hier laufen Namen und Daten über ein Display, sehen Sie rechts von Ihnen ... wie auf einer Taxiuhr. Die Namen gehören zu den vorübergehenden Personen. Ein DNS-Lesegerät, eine Art Röntgenkamera für den »genetischen Fingerabdruck«, vernetzt mit dem zentralen Versicherungsrechner, ermittelt absolut zuverlässig die Identität jedes einzelnen Passanten, der vor Ihnen die Straße überquert. Namen und Daten laufen über die Anzeige. Sie werden sich nicht irren. Es besteht kein Zweifel über die Identität dessen, den Sie suchen.

Jetzt startet die schwarze Limousine. Sehen Sie genau auf die Kreuzung!

Heben Sie jetzt den Kopf ...!«

In diesem Augenblick entstand aus den vibrierenden Schnüren, aus dem phantastischen Gehänge der Kathedrale ein vollkommen plastisches, in unübersehbaren Einzelheiten gestochen scharfes *Gebilde,* wie aus einem seidenen Wasserfall traten Menschen in anmutigster Bewegung und zugleich mehrfacher Ansicht hervor, der ganze Kirchenraum war auf einmal erfüllt von ihnen, und man hörte ihre beim leichten Gehen rauschende Kleidung, ihr feinstes Nasenatmen sowie das helle Schwirren und Knistern ihrer schnell wechselnden körperlichen Anziehungskräfte.

»Sie startet also, die Limousine. Ob Sie wollen oder nicht, Sie fahren jetzt auf die Kreuzung zu. Da! ... Ein Nachzügler. Ein Schuljunge. Ein hübsches behendes Kind, das mit vollständigem Namen Stefan August Osswald heißt. Der Name blinkt auf dem Display. Genau diesen Burschen suchen Sie. Diesen fröhlichen Burschen, der jetzt – noch ist für ihn die Ampel grün – auf die Fahrbahn springt. Ihre Limousine jagt auf ihn zu, er prallt gegen den Kühler, er wird an den Straßenrand geschleudert, wo er leblos liegenbleibt, Sie aber rasen stadtauswärts. So. Der Spieler muß jetzt Schritt für Schritt aufklären, in welchen Fall er verwickelt wurde. Schritt für Schritt wird dabei aus dem unschuldigen Fratz ein Teufelskind, ein Wesen mit einer enormen genetischen Abweichung, zum Beispiel ein gefährlich Höchstbegabter, der unter uns nicht leben darf. Sie werden sich wundern, wer am Ende hinter dem ganzen Gespinst von Nachstellungen steckt, mit dem der Kleine eingekreist und schließlich zur Strecke gebracht wird! Niemand anderes als seine eigene Familie. Denn ... passen Sie auf! ...«

»Nein!« schrie ich, »nicht noch einmal.« Ich protestierte, als sich der Plunder-Priester anschickte, mich ein zweites Mal der grauenhaften Suggestion zu unterwerfen und die alptraumhafte Szene des Überfahrens zu wiederholen.

Ich brüllte wieder, ich stampfte voll Abscheu und Wut auf dem Podest herum, ich wollte dies ganze *Phänomen* vernichten, ausrotten von der Erde. Doch je mehr ich mich entsetzte, um so ungewisser wurde ich meiner selbst, ja es war mir, als ob ich bereits auf technische Weise, auf mir unverfolgbarem Weg in dies teuflische Spiel verbannt worden sei. All meine Empfindungen strebten danach, die Aufklärung des Verbrechens weiterzubetreiben, das ich am Simulator (war es wirklich nur ein solcher?) begangen hatte, begehen mußte. Meine Situation, die ich als Spieler zu meistern hatte, konnte ich in meinem Herzen von derjenigen, in der ich mich tatsächlich befand, nicht mehr unterscheiden, sie waren mir identisch geworden. Darin enthalten und befangen war alles, was ich im folgenden ausführte und empfand. Selbst die reine oder eben nicht mehr ganz reine Empörung, mit der ich mich von der Seite des Plunder-Priesters losriß, und auch die wüsten Flüche, die nicht mehr ganz aus meinem Inneren kamen, als ich seine Kathedrale verließ. Ich rannte zum Schuppen, holte Nico heraus und hielt ihn an meine Brust gedrückt. Er hatte sich vor Traurigkeit und Selbstbezwingung das rechte Handgelenk mit einem Gartendraht fest abgebunden, so daß die Finger schon blau angelaufen waren.

Wir liefen so schnell wir konnten von der Scheune fort und aus der Senke hinauf zu unserem Feldweg. Unterwegs versuchte ich ihn und mich abzulenken, indem ich uns die schönsten Erlebnisse unserer letzten gemeinsamen Wanderung im Schweizer Jura ins Gedächtnis rief. Aber er widersprach mir in allen Einzelheiten, es waren ihm die Ärgernisse und Störungen unseres Ausflugs viel deutlicher in Erinnerung geblieben als die glücklichen Begebenheiten. Wir waren kaum einen halben Kilometer vom Ort der abartigen Vortäuschungen entfernt, da sagte Nico: »Vater, ich habe den Schal im Schuppen liegengelassen.«

In einer Anwandlung, die nicht mehr mir selber zu gehören schien, in einer Anwandlung von schneidender

Strenge erwiderte ich: »Dann gehst du zurück und holst ihn wieder.«

»Nein, Vater, bitte nicht!«

»Du gehst zurück und holst den Schal.«

»Bitte, Papi, schick mich nicht zurück.«

»Du gehst jetzt.«

»Aber ich habe ihn doch nicht absichtlich liegengelassen. Bitte nicht, liebster Vater!«

»Ich werde dir beibringen, auf teure Sachen zu achten, mein Junge. Los, mach dich auf den Weg!«

»Ich habe Angst, Papi. Ich will nicht wieder in den Schuppen.«

»Ob du willst oder nicht, das steht nicht zur Debatte. Du holst diesen Schal, Nico. Hast du mich verstanden?«

»O lieber Papi, tu's nicht, tu's nicht!«

Und mit diesen Worten begann er, erbärmlich weinend, rückwärts voranzustolpern, und dann drehte er sich um, rannte ein Stück vorwärts, und wieder blickte er zurück, ob ich nicht doch einlenkte.

»Lauf zu! Ich warte hier.«

Nun rannte er los, und ich sah, wie er die Wegbiegung zur Senke einschlug und schließlich unter dem Horizont des Felds verschwand. Ich mochte nicht länger als drei oder vier Minuten gewartet haben, da tauchten zwei Männer, die ich für Forstarbeiter hielt, neben mir auf und baten mich um Feuer für ihre erloschenen Zigarrenstummel. Ich erklärte, daß ich zu meinem Bedauern kein Feuerzeug bei mir trage. Ich sah noch, daß sie beide gleichzeitig ein Schulterzucken mehr andeuteten als tatsächlich ausführten. In meiner Beunruhigung begann ich heftig zu reden. Ich erzählte meine Erlebnisse beim Eremiten, ich beurteilte ihn unentwegt und wagte doch nicht, ihn beim vollen Namen des Verderbers zu nennen, den er verdiente. Sie stimmten mir zu, als wüßten sie weit besser Bescheid als ich. Sie stimmten mir auch zu, wenn ich gleich darauf meine Worte halbwegs zurücknahm und statt dessen *sie* verächtlich ansprach. Sie stimmten mir zu und gaben mir die eigenen Worte, leicht variiert, als Anwort zurück. Doch es war ein Ja-Sagen ohne Bedeutung, es war nur eine List. Es gab keinen anderen Grund, mir, halb ängstlichem Schätzer, halb ängstlichem Verschweiger, zuzustimmen als den, mich in Sicherheit und Unvorsicht zu wiegen. Um im nächsten Augenblick keinerlei Rücksicht mehr zu nehmen, mich zu ergreifen und zu zerbrechen.

Und schon hatten sie mich gepackt. Sie schlugen mich zu Boden. Sie warfen sich über mich, und einer drückte sein Knie auf meine Kehle. Mit der Kraft der Verzweiflung stieß ich mich frei und schrie:« Mein Sohn! Laßt mich hier! Ich flehe euch an! Nicht! Tut's nicht! Ich muß hier auf meinen Sohn warten ...!« Doch die Männer hatten mich wieder mit eisernen Griffen gepackt und schleppten mich fort.

»Nico! Hilfe! Nico! Warte auf mich, warte! ... Ich komme zurück!«

Als ich wieder zu mir kam, befand ich mich an einem unbekannten Ort, vermutlich weit entfernt von unserem Feldweg. Meine Entführer hatten mich auf einem öffentlichen Gelände mitten in einer dichten Menschenmenge ausgesetzt. Mich gewissermaßen im Menschengewühl versteckt, worin ich mich kaum zu rühren vermochte, so eng standen Männer und Frauen Schulter an Schulter, Brüste gegen Rücken, Becken an Becken gepreßt. Unendlich langsam schob sich dieser Tatzelwurm aus Menschenleibern vorwärts. Halb noch benommen flüsterte ich in das Haar einer Frau, mit der ich auf die verfänglichste Weise zusammengedrängt wurde: »Laß uns versuchen zu fliehen.«

»Fliehen?« antwortete sie ein wenig keuchend und zeigte mir ein zweideutiges Lächeln. »Wir brauchen nicht zu fliehen. Die Menschen tun uns nichts.« Ich sah nun ein, daß sie meines unsinnigen Vorschlags wegen gelächelt hatte, denn Fliehen war hier völlig unmöglich. Ich geriet in große Unruhe, und zusätzlich brach mir der Schweiß aus bei dem Gedanken, daß meine Unruhe sich auf den riesigen Haufen übertragen und eine Panik in der Menge auslösen könnte. Offenbar war ich aber der einzige hier, der das Gedränge als höchste Not empfand. Andere schienen es sogar zu genießen oder hatten ihren natürlichen Distanzreflex verloren. Jeder um mich herum schien hier das sprichwörtliche Bad in der Menge zu nehmen. Ich sah nur lüsterne oder sogar lustverzerrte Gesichter. Schließlich hatte die Menschenmasse eine solche Dichte erreicht, daß sie zu völligem Stillstand gelangte. In der absoluten Bewegungslosigkeit, in der endgültigen Blockade eines gegen den anderen, begann nun die Auflösung jeder Einzelgestalt. Schweißbäche, Luftmangel, Körperdruck – sie führten keineswegs zu Panik oder Hysterie, sondern im Gegenteil zu einer stillen, ergebenen Benommenheit, da und dort sogar zu heiterer Benebelung und Trance. Da seine Körperhaltung niemand mehr selber bestimmen konnte, standen Männer und Frauen in bizarren Formen aneinander geschmiegt. Und die vollkommen schmiegsame Person gewann – gleichsam kurz vor dem Erdrücktwerden – eine besondere Grazie der Willenlosigkeit. Auf den Stirnen dieser jeglicher Bewegungsfreiheit Beraubten glitzerten zuweilen die Schweißperlen wie ein zauberhaftes Diadem. Sie waren glücklich. Ihr Stillstand kam dem einer in Marmor gehauenen Menschenwoge gleich – sie waren eine einzige atmende, *noch* atmende Skulptur. Denn das bedeutete ja am Ende der gänzliche Verlust an Bewegungsfreiheit: ein Bildwerk zu sein. Doch welches Ereignis erzeugte dies vieltausendköpfige Gebilde? Ich erfuhr, daß dieser unabsehbare Menschenauflauf in Erwartung der letzten öffentlichen Hinrichtung stand, die es in diesem Jahrhundert geben und die dieses beschließen sollte. Angemeldet unter dem harmlosen Vorwand eines Open-air-Konzerts, stand uns eine Veranstaltung bevor, deren geheime Hauptaktion durch Flüsterpropaganda längst überall bekanntgemacht war. Hier, auf einem stillgelegten Militärflughafen der sowjetischen Armee, waren die Musikprogramme inzwischen abgelaufen und alle Vorkehrungen für die Enthauptung getroffen. Und wer sollte auf den Block geführt werden? Ein Lamm. Der weise Knabe, hieß es. Das einzige Kind unter zehn Jahren, das die sorgfältige Auslese und eingehende Prüfung durch den Henkermeister bestanden hatte und für würdig befunden wurde, als unser aller Weihegabe, unser aller Gedenkopfer an die zweihundertjährige Geschichte der Revolution unter der Guillotine zu sterben. Soweit das mühselige Geflüster der Frau, mit der ich unausweichlich zu einer Art Vereinigung gedrängt wurde.

Nun kroch eine schwarze Limousine die Rampe zum Schafott hinauf – ein Fahrzeug, das mir noch nebelhaft in Erinnerung war. In der Menge wurde es mucksmäuschenstill. Der hintere Wagenschlag öffnete sich, und niemand anderes als der Furchtbare selbst, der Plunder-Priester stieg aus dem Wagenfond. Statt der ausgefransten kurzen Jeans war er nun in einen dunkelblauen Gehrock gehüllt, trug eine rote Schärpe um die Brust, und sein Knecht, sein Faktotum, hatte über seinen kahlen Schädel die phrygische Mütze gestülpt. Die beiden traten vor die Guillotine und verbeugten sich tief. Dann kehrten sie zur Limousine zurück und stellten sich neben dem offenen Wagenschlag in Positur. Es dauerte jetzt eine geringe Weile, die Spannung wurde noch verschärft, als die Lautsprecheranlage in kaum erträglicher Eindringlichkeit die Atemzüge, die sehr ruhigen, eines Knaben direkt aus dem Wageninneren übertrug. Der Henker und sein Knecht streckten nun beide einen Arm in den Fond und führten mit besonderer Vorsicht das Kind heraus. Und das Kind war Nico! Nico im weißen Hemd, in weißer Bundhose und mit einer schwarzen Binde vor den Augen! Für einen Bruchteil der Sekunde, als aller Atem stillstand, blieb auch ich starr bis an die Zungenspitze. Dann ergriff mich ein unbändiges Entsetzen, ich schrie seinen Namen, aber dieser mein innigster Schrei ging in den hervorbrechenden Heilrufen der Menge unter. Der Junge flüsterte jetzt etwas – und es wurde zu einem Sphärengeflüster über der Menge: »Wo bist du, mein Vater?« Und die Menge schrie und antwortete aus einem Mund: »Mein Sohn! Mein lieber Sohn!«

Nach diesem Ritus war ich nicht mehr zu halten, in meiner Not stieß ich die Frau, mit der ich unfreiwillig zum Paar verschmolzen war, zu Boden, ich schlug und trat sie nieder, so daß sie sich zwischen den Füßen der anderen wand und ich den geringen Zwischenraum, den sie zurückließ, nutzen konnte, um wenigstens auf die Schulter des Nächststehenden zu klettern und von dort über alle aneinandergedrückten Schultern, wie ich eben konnte, zu kriechen, zu laufen, vorwärts zu stolpern, immer auf den Richtplatz zu … Doch der Einsiedel und sein Handlanger hatten mein Kind schon zur Opferstätte geführt. Es wurde bereits sein zarter Hals in die Enthauptungsrinne gebettet. Aus der Menge erhob sich ein schwebender Gesang, der einlullende Ton eines düsteren Entzückens. Ich kämpfte mich vorwärts, ohne je den Boden zu berühren, bahnte mir den Weg über die Schultern der fühllosen, entrückten Männer und Frauen. Ich erreichte den Block, erklomm ihn im selben Augenblick, da das Messer in die Tiefe sauste ... Ich fing den Lockenkopf meines Kinds, bevor er in den Korb rollte. Die Menge gab einen einzigen Schrei der Erlösung von sich, ein ekstatisches Gebrüll folgte und hielt sekundenlang an. Ich sah unterdessen in das weiße Gesicht des Jungen, es war ein schmerzliches Lächeln auf seinen Lippen geblieben, und da glaubte ich plötzlich seine Stimme zu vernehmen, seine wirkliche, unvergrößerte Jungenstimme ... »Vater, wo warst du? Warum hast du mich nicht gerettet?« Ich brach in die Knie und küßte das liebe Gesicht. Unter meinen Küssen aber bewegte es sich. Ich bemerkte, wie sein Lächeln zunahm, wie es sich vergröberte, wie es schief und albern wurde. Außerdem spürte ich, wie die Ausdehnung meines Körpers, den ich während der Flucht über die Schultern der Menge weit und konturlos wie eine zerwehte Wolke empfunden hatte, sich zurückbildete, schrumpfte, und spürte, wie ich wieder in harte enge Umrisse gepreßt wurde, ohne daß ich dabei mehr Schmerzen empfunden hätte, als wenn man mich in eine zu enge Kleidung gesteckt hätte, die sich erst später dem Körper anpaßt. Mich empfing das schallende Gelächter meines Sohns, der neben dem Einsiedler stand, als ich aus den schwirrenden Fäden in die Plunder-Kathedrale niederstieg und über mir der silberne Schriftzug erschien: *Diesmal hast du es leider nicht geschafft. Du solltest einen neuen Versuch wagen!*

»Nein! Niemals wieder!« schrie ich aus Leibeskräften.

»Doch, bitte, bitte!« rief Nico, und der Einsiedler packte ihn bei der Hand, beide rissen die Arme empor, denn diese Runde war an sie gegangen und sie wollten gemeinsam ihren Sieg feiern. Voller Abscheu über diese Pose riß ich meinen Jungen aus der Hand des Plunder-Priesters, ich zerrte ihn gewaltsam hinter mir her, denn halb schon schien er diesem höllischen Ort verfallen, dieser Kathedrale der Seelenfolter und des blasphemischen Zynismus. Auf dem Heimweg durchs Feld weinte er verärgert und redete störrisch vor sich hin, es war keine Verständigung mit ihm möglich.

Dem technothymen Monster war es wahrhaftig gelungen, mein Kind für seine kinderfeindliche Phantasie zu begeistern! Ich hatte zum ersten Mal das Gefühl, daß Nico mich verraten und unsere Gemeinsamkeit verlassen hatte. Zugleich warf ich mir vor, lediglich den humorlosen Spielverderber gegeben zu haben und keine vergleichbare Verlockung zu bieten, nichts, das mein frohes Kind davon abhalten konnte, in Kürze tatsächlich als ein Lamm, und sei es ein *heruntergeladenes,* zur Opferbank zu trotten.

Früher

»Er hätte damals alles mit mir machen können. Ich liebte ihn einfach. Ich war verrückt nach ihm. Kaum zu glauben. Ich war ihm restlos verfallen. Er hatte dieses ansteckende Lachen ... Wissen Sie, was aus seinem großen ansteckenden Gelächter geworden ist? Unsere besten Jahre hat es erschüttert. Heute sind wir lauter kleine hektische Alleinlacher. Solche, die keine Miene verziehen, wenn du mal was zum Lachen für alle sagst. Die nur über den eigenen Schund, den sie zum besten geben, ihre meckernden, völlig abgehobenen, einsamen Lachgarben schütten. Dadurch wird's auch nicht interessanter. Kein Lachen streut noch den kitzligen Bazillus aus, es hat überhaupt nichts Ansteckendes mehr. Völlig an anderen vorbei und idiotengleich in sich hinein wird jetzt gelacht ... Und wie gewaltig haben wir alle miteinander gelacht! Wir haben uns geschüttelt und gebogen vor Lachen, am Boden gewälzt, buchstäblich halbtot gelacht, damals. Vielleicht könnte man heute wegen erhöhten Blutdrucks ein solch gewaltiges Gelächter gar nicht mehr verkraften ... Das letzte Mal, als mich der Hauptlacher anrief, das war, als man ihn irgendwo nachts nicht in ein Hotel reinließ mit seinem Hund. Früher hätte er sich mit dem Portier geprügelt. Heute dreht er leise ab, setzt sich ins Bistro, trinkt drei Gläser Rotwein und ist so verhangen, daß er dem treuen Hund nicht mehr fest ins Auge blicken kann. Er verträgt nicht mehr viel. Der Alkohol, der ihn früher schnell ausfallend machte, läßt ihn heute genauso schnell zaghaft werden. Er ist eben doch ein schwacher Mann geworden von seinem vielen Wein. Die ihm früher im Weg standen, die schlug er nieder. Heute macht er sich gleich aus dem Staub und schleicht selber davon wie ein geprügelter Hund. Einen Bogen mache ich lieber um ihn! Er hat offenbar nicht mehr die Kraft, so einem Livrierten die lächerliche Rezeptionsschnauze einzuschlagen, wie es sich doch gehörte, wofür er berühmt war! Offenbar nicht mehr die Kraft, so einer schwulen Torsion, Rückgrat eines Handtuchs, die Ununterscheidbarkeit von Leid und Beleidigtsein aus der Visage zu klopfen, die flatternden Augendeckel, die von schwächlicher Überheblichkeit vibrieren, blau zu färben! Worüber will dieser Fingerhut voll Mut, diese Flaumfeder von Selbstvertrauen sich letztlich erheben? Aber nein. Er wird rausgeschickt. Er läßt sich rausschmeißen. Und er nickt dazu, demütig-höhnisch. Was soll ich mit ihm anfangen? Früher hätte das niemand mit ihm gewagt. Ich träume nicht einmal mehr davon, es noch einmal mit ihm zu versuchen. Schon der erste Schlag auf die Schnauze muß eine solche Wucht haben! Sonst kommt nichts weiter dabei heraus. Er hätte nicht einmal mehr den Zorn für die Wucht, geschweige denn die Kraft im Arm. Mit dem Schwächerwerden nickt man eben immer häufiger und denkt sich raus aus der Affäre. Man kennt das alles zur Genüge, man hat schon jede Menge Schlüsse aus unzähligen Zwischenfällen gezogen. Früher, als er noch zuschlug, waren die Menschen trockener und düsterer. Mehr seinesgleichen. Heute sind sie samt und sonders ihm Wesensfremde. Munter und glitschig. Wer was werden will, dreht auf und begibt sich auf die Überholspur. Wer's hinter sich hat, wer auf dem Randstreifen hängt, sieht das natürlich alles etwas genervter. Ich habe offengestanden jetzt manchmal die Nase gestrichen voll von der ersten Person Singular. Mehr ist nicht drin. Lassen wir's sein Bewenden haben mit ihr. Tatsächlich, nach genau drei vollen Pokalgläsern ging der Vorhang runter über seiner Weltanschauung. Über seinem Namen. Über jeglichem Stolz und Selbstbewußtsein. Es blieb nur noch ein Glühwürmchen Unzufriedenheit mit seinem Hund. Unzufriedenheit, das schwache Licht, das ihn schließlich mit dem Hund zu mir führte … So geht jeder von uns mit seinem Hund in der Runde und verläßt die Arena nicht. Über den Rand der Galerie beugen sich allerhand »gute Bekannte«. Manch einer gibt einen ermunternden Zuruf, die meisten aber brüten düster und machen lange Gesichter. Die sehen uns doch gar nicht! Die gucken nicht mal hin! Für die ist unsere Vorstellung längst abgelaufen. Die greifen sich an den Kopf und fragen sich: Wie kann es bloß sein, daß es mal anders war?«

Die Schlaflose

»Du hast eine Schlaflose erwischt! Verfluchter Mißgriff!« dachte ich. Das Mädchen, es mochte kaum älter als sechzehn oder siebzehn Jahre sein, ging wieder im Schlafzimmer auf und ab. Es hob die Vorhänge am Fenster und spähte hinaus, ob nicht der erste Faden des Morgens zu glühen beginne ... Sie sind ja in diesem Alter keine Kinder mehr, es ist unzutreffend, von Minderjährigen zu sprechen. Sie sind schon geplagte, durchtriebene Geschöpfe und erledigen die Liebe so unfroh, daß es schwerfällt, sie nicht für mürbe Vierzigjährige zu halten. Ja, ich meine sogar, es ginge in ihrer kleinen Seele ein Jahrhundert seelischer Selbstbefingerung zu Ende. Es endet nicht wie das vorangegangene mit verfeinerten Sinnen, mit kühnen Erneuerungen, sondern vielmehr mit zerfahrenem Sichbefinden und ratloser Rhetorik.

Wenn sie ihr elfenlockiges, schwarzes Haar gern mit der Hand ergriff, aus den Schläfen hob, den mächtigen Schopf auf den Scheitel warf, wo er sich wie Wasser teilte und nach beiden Seiten zurückfloß ins Gesicht – was hieß die Geste? Den Schopf zurückwerfen, Naturhaar ohne Halt, nicht gesteift und nicht gestylt, nur um immer wieder hineinzugreifen, die eigne Macht fassen, ein wenig Münchhausen, ein wenig Samson. Vamp und Beladene, Schönheit und Unruhe ... während die Brüste, nicht sehr mächtig, nur zwei Stipse unter dem T-Shirt, kaum Aufsehen erregten ... Ich sah ihr rundes Mädchengesicht ... Mein Alter, das Auge der fortgeschrittenen Jahre, diese trügerische Sonde sah ... ja, es sah leider immer mehr Durchschein, immer weniger festen Vordergrund, es sah immer mehr Ähnlichkeiten, immer weniger Unverwechselbares … In dem hübschen Gesicht des Mädchens entdeckte ich Züge eines anderen Menschen, sein Ausdruck war mir von früher vertraut, ich wußte aber nicht mehr, zu wem er gehörte und wann es war … So geschieht es zuweilen, wenn man später im Leben seinen Heimatort besucht und längst vergessene Schulfreunde in den Gesichtern junger Frauen, ihrer Töchter, wiedererkennt.

Ich hätte sie kaum zu küssen gewagt, ohne im letzten Moment vor dem Gesicht, den durchscheinenden Zügen, den vertrauten, gestrengen eines Mannes, zurückzuschrecken. So blieb nur der schmale, beinahe hüftlose Leib, den ich berühren, einmal nur mit der Fingerspitze umfahren wollte, Linie der Linien, unausgeprägt, biegsam und fest wie ein frischer Weidenzweig.

Sie aber, die zu Gast war, konnte nicht einschlafen. Knipste das Nachtlicht an, stahl sich eine Zigarette, ging wieder im Zimmer umher. Nahm ein paar Postkarten von der Kommode und las sie ohne Interesse. »Warum nimmst du kein Bad?« fragte ich mürrisch, schlaftrunken. Sie schritt wieder, die schönste Linie der Welt schritt wieder am Fenster vorbei, hob den Vorhang, suchte den Morgen. Doch draußen war es noch finster, es gab kein Straßenlicht in der Umgebung. Immer wenn ich in flachen Schlummer sank, knarrte die Diele, oder ich schrak auf, weil sie, die Unbekannte, in meinem Halbschlaf einen entsetzlichen Schlußstrich gezogen hatte: sie warf die brennende Zigarette auf mein Bett und verschwand mit einer ordinären Verwünschung. In Wirklichkeit saß sie, bis auf das T-Shirt nackt, in meinem Sessel, die Beine angezogen, und rauchte. Ich erwachte schließlich unter ihrer eintönigen Stimme, die mich leise anredete und nicht mehr versiegen wollte.

»Was hast du dir eigentlich vorgestellt? Du bist doch nicht Herr über meinen Schlaf. Ich bin doch dein Gast, du mußt doch nicht so tun, als wärst du allein hier die ganze Nacht. Ich hab dich nicht lieb, aber ich bin doch nun mal hier. Es geht eben nicht alles so, wie du denkst. Jeder ist anders. Du kannst offenbar durchschlafen, bis es Morgen wird, bis der Morgen kommt, der schöne Morgen, ganz egal, ob ein weißer oder schwarzer Tag draus wird. Ich kann das nicht. Aber auch wenn ich's könnte, würde ich es trotzdem nicht tun, solange ich hier mit jemandem im Haus bin, schon auf die Gefahr, daß ich den nicht gut genug kenne und erst mal herausfinden muß, wer ist das eigentlich, schon deshalb würde ich mich erst mal wachsam verhalten und mich mit ihm beschäftigen, solange noch Zeit bleibt, gar nicht aus übertriebener Neugierde, sondern weil das auch eine Frage der Höflichkeit ist, sich miteinander zu beschäftigen, und weil man nachts in einem Zimmer auch Dinge tun kann, um sich kennenzulernen, die man woanders, am Strand oder im Kino, auf Anhieb nicht so ohne weiteres tun kann. Reden *und* vögeln. Und sich ausdenken, was die Zukunft bringt. Eine Zukunft ohne Wahnsinn und Krieg, eine richtig weiße Zeit, in der man keine Angst mehr haben muß, der nächste zu sein, der draufgeht. Schon deshalb würde ich niemals einschlafen, selbst wenn ich's könnte, solange noch Zeit bleibt und man die nötige Ruhe hat, sich miteinander zu beschäftigen, wie man's schon bald nicht mehr kann, vielleicht überhaupt nie mehr. Du hast ja auch nicht gewußt, auf wen du dich einläßt, und auch nicht wissen können, daß ich schwanger bin und eigentlich ständig furchtbare Angst habe, daß etwas Unvorhergesehenes passiert. Seit dem Vater des Kindes war ich praktisch mit keinem Mann mehr zusammen, auch aus Angst, ich könnte schlecht behandelt werden. Wenn du das Schlimmste hinter dir hast, bist du nicht mehr so naiv. Bei dir war es etwas anderes, und ich wußte ja, daß du mir schon manchmal auf dem Nachhauseweg vom Sport was Kluges gesagt hast, also war ich gespannt auf den Erfahrungsaustausch. Ich hatte gehofft, du würdest mir bei der Gelegenheit über den einen oder anderen Punkt die Augen öffnen, mir was erzählen, wovon ich mir unter Umständen eine Scheibe abschneiden könnte, zum Beispiel was die schlimme Geschichte mit deinem Sohn angeht, Thaddäus heißt er, klingt schon von vorneherein ein bißchen nach Opa. Thaddäus würde ich mein Kind nie nennen. Ein Kind hat für mich in erster Linie mit Zukunft zu tun. Mit einer Zukunft, in der man leben kann, mit dem ersten Morgenlicht, mit der weißen Zeit. Ich versteh auch nicht, nachdem dir jemand einen solchen Schlag versetzt hat, eine so tiefe Verletzung, eine Frau, mit der du zusammen ein Kind hattest und immer haben wirst, ich versteh letztlich nicht, wie man da überhaupt noch ruhig schlafen kann, als wenn das nicht das Schlimmste wäre, das Schlimmste überhaupt, verletzt zu werden, erniedrigt, betrogen ... ich hab mich jedenfalls entschlossen, daß ich allein bleiben will mit dem Kind, so allein wie möglich, soweit es die Schule eben zuläßt, wenn ich mal davon ausgehe, daß ich die Schule zu Ende mache. Ich laß mich bestimmt von niemandem mehr zu etwas zwingen. Und ich werde auch mein Kind nie zu irgend etwas zwingen ...«

»Es ist furchtbar, daß du nicht schlafen kannst, Myriam«, sagte ich und richtete mich ein wenig im Kissen auf. »Ich bin hundemüde. Ich bin glücklich und zufrieden. Das Schlimmste habe ich hinter mir. Ich wollte dich, weil du so schön bist, einmal vor mir am Fenster sehen. Ich habe dich beim Sport oft heimlich berührt, ohne daß wir miteinander gesprochen hätten. Aber als es schließlich dazu kam und du hast mich angesehen, da war es wie eine lichte Hochrechnung in meinem Gefühl: in Sekundenbruchteilen hatte ich alles nur Mögliche zwischen uns beiden durchgespielt, durchempfunden bis zum bitteren Ende. Manchmal denke ich: Vielleicht ist das schon der Beginn der Apparate in uns, der Apparate, mit denen wir uns tagtäglich abgeben, wenn wir irgendein Szenario, ein Stück Zukunft bis in das winzigste Entscheidungsquantum durchrechnen, und wir wissen schon alles, was möglich ist, ohne nur das geringste erfahren und ausprobiert zu haben. Das Auge, besser gesagt, der gegenseitige Anblick, ist dabei wahrscheinlich der schnellste und leistungsstärkste Rechner, der uns gegenwärtig zur Verfügung steht ...«

Sie hörte zu, als erzählte ich eine intime Geschichte. Dabei waren es nur ein paar abstrakte Bemerkungen, die mir dazu dienten, mein Herz fest zu ummanteln. Sie blieb ruhig und aufmerksam und unterbrach mich nicht. Ich fürchtete, sie habe sofort die zerschlissene Stelle, das Loch in meinem Redemantel entdeckt, durch das sie nun stumm vor Entsetzen auf meine Blöße, meine ungeheure Verdorbenheit und Herzensleere starrte. Es beunruhigte mich und trieb mich an, immer weiter zu reden. Ich hielt es für meine Pflicht (und gottlob besaß ich dies letzte Pflichtgefühl noch), diesen verödeten Innenraum vor dem jungen, leidenden Menschen um jeden Preis zu verbergen. Nur nicht in die Nähe des von ihr ersehnten »Erfahrungsaustauschs« kommen!

Natürlich hätte ich sie bei mir behalten können. Ich hätte sie und ihr Kind in meinem Haus aufnehmen und sie beide erziehen können. Und sie hätte mir Modell gestanden für meine noch unfertige Lehre von den Maßen und dem Unermeßlichen, von der welterlösenden Gesandtschaft der Schönheit, die im Anblick, unter dem Einfluß ihres makellosen Bilds immer strengere und fanatischere Züge angenommen hätte. Jedoch: niemals hätte sie mein graues Herz erblicken dürfen, Tag und Nacht, unentwegt hätte ich vor ihrem kindlichen Blick, ihrer Schutzsuche, ihrer unbeholfenen Warmherzigkeit auf der Hut sein müssen. Vielleicht war, was mich davor zurückschrecken ließ, tatsächlich die letzte sittliche Order, die ein Mensch empfing, der im übrigen einem rücksichtslosen Immoralismus der Schönheit und der technifizierten Empfindsamkeit huldigte …

Wahrscheinlich also, daß sie schon jetzt einen ersten verbotenen Einblick genommen hatte. Ohne ein Wort zu erwidern, nachzufragen oder hinzuzusetzen, legte sie sich zu Bett und streckte sich neben mir aus. Sie zog die Bettdecke zwischen die nackten Beine und sah zum Fenster. Die Hände verbanden sich lose über ihrem Bauch. »So bist du eben, weil sie dir Thaddäus weggenommen hat«, sagte sie leise.

Wenn jemand oder etwas von oben, von der Zimmerdecke oder aus noch größerer Höhe, auf das Bett herabgeschaut hätte, auf dem wir halb bedeckt, halb entblößt nebeneinander ruhten, so hätte er oder es zwei Menschen getrennt, jeden in seinem Zeitraum, wach liegen gesehen. Nicht lange, nachdem sie das Nachtlicht gelöscht hatte, entdeckte sie draußen, nun endlich … »wie der erste Faden des Morgens zu glühen begann«. Beruhigt schloß sie für ein paar Sekunden die Augen.

Späte Schüchternheit

Sie treffen sich zum Abendessen im chinesischen Restaurant. Sie ist eine Woche im Tessin gewesen, allein. Es gäbe eine Menge zu erzählen. Aber es fällt ihr nicht leicht. Angst in vielen Fächern. Angst, zu langweilen oder zu enttäuschen. Angst vor seinem Desinteresse, Angst, sich ungenügend auszudrücken. Angst, unter einem Erdrutsch seiner Neigung zu verschwinden.

Sie hat ein kleines Geschenk mitgebracht und schiebt es ihm unter die Serviette.

Sie ist Angestellte in einem Phonoladen, er ein Lokalreporter beim Rundfunk. Die Geschichte spielt – nein, sie hält an, steht still – nach dem Glück, nicht lange danach. Jenes Glück, mit dem er sie überrumpelt hatte, das sie für kurz in unbekannte Höhen des Selbstbewußtseins (oder der Selbsttäuschung) emporriß, um sie dann, nachdem es über sie hinweggezogen war, ratlos, doppelt unsicher, schüchtern und nur noch anhänglich zurückzulassen.

›Wieso ich?‹ – das hatte sie sich anfangs wohl gefragt. Aber wie schnell war die scheue Skepsis verflogen, wie schwach und süß hinfällig war diese Frage bald geworden und wie kurzlebig war sie, verglichen mit jener anderen jetzt: ›Wieso ich nicht mehr?‹ Eine Frage, die beharrlich offenblieb und ohne Hoffnung, je wieder von einer kreatürlichen Unbesonnenheit zerstreut zu werden.

Sie macht einen Versuch, von der Reise zu erzählen. Aber nur ein Hündchen schlüpft dabei heraus, das Hündchen mit dem scharlachroten Cape um den Leib, das sich auf einem Arkadenhof nach ihr umdrehte.

Der Mann neigt den Kopf, die Arme über der Brust gekreuzt, Kinn und Wange zwischen Daumen und aufgerichtetem Zeigefinger.

Sie kann nicht erzählen. Sie kann einfach nichts plastisch darstellen. Die Frau sitzt mit aufgestützten Ellenbogen am Tisch. Die beiden Hände sind flach ineinandergesteckt. Mal knickt sie das rechte, mal das linke Handgelenk ab. Und zuweilen legt sie das vorgeschobene Kinn auf die verflochtene Fingermatte. Sie sieht sein Gegenübersitzen und sein drohendes Zuhören. Sie sieht, wie er die Hand aus dem Gesicht nimmt und beide Arme fest um die Brust verschränkt. Gemütlich-gefaßt sieht es aus. Aber auch wehrhaft-selbstverstrickt. Herz und Brust abgeschirmt. Man umarmt sich selbst als Armierung. Und zupft mit verdeckten Fingern unter den Achselhöhlen am Pullover. Man thront, aber bloß als Selbstbeherrscher.

Sie mit ihrem Kopf voll Musik – die unzähligen Einspielungen aller Beethoven-, Liszt-, Skriabin-Sonaten unterscheidet sie kenntnisreich – diese Musik mit ihren streunenden Versprechungen, plötzlichen Erregungen, tiefen Trosten; diese Kunst, die so sehr zum anderen drängt – er hört keine Musik. Er macht sich nichts daraus. Er kommt ohne Musik aus. Er hört mit, ja, aber er hört nicht hin. Woher nimmt er bloß den Stoff für seine Leidenschaft, die er besitzt, das ist erwiesen, wenn doch Musik ihn letztlich nicht berührt? Er liest nicht viel. Er geht gern spazieren. Ein Augenmensch? Nicht unbedingt. Eher nach innen gekehrt. Er ist auch feinfühlig, aber eben unmusisch.

In dieser verdammten Nähe werfen unsere Augen Schleier über den anderen! Jedesmal, wenn sie nicht da ist und ihre Abwesenheit ihn wie eine ideale Nähe umgibt, dann reuen ihn die harten Zensuren, die er ihrer Gegenwart erteilte. Dann spürt er, daß nur Gutes von ihr kommt und sie von Grund auf gut ist. Ungenügen bereitet allein ihr leibhaftiges Gegenüber.

Man selbst ist es, man selbst ganz allein breitet den Schleier des Wohlgefallens, des Geheimnisses, der freundlichen Fremdheit über den geliebten oder auch nur dringend benötigten Menschen. Kein Ich ertrüge die nackte Nähe eines anderen. Und jeder kennt den plötzlichen Riß im Schleier; es genügt ein querständiges Meinen, irgendeine auffällige Nachlässigkeit, und die Spitze eines umwölkten Massivs von Unverträglichkeit wird jäh erhellt – wen lieb ich mir da?

Sie traut sich nichts mehr zu. Still sieht sie ihn an, die Wange schräg auf die Handrücken gelegt, mit mutlosem Lächeln. ›Ich kann nicht gehen‹, sagt ihr Blick, ›du mußt es tun.‹

Er weicht jeder Entscheidung aus. Wirklich? Im Grunde hat er sich längst entschieden: er möchte alles so lassen, wie es ist. Obgleich das kaum gehen wird. Die Gefühle, die Erwartungen ecken überall an in diesem schrägen Verhau.

Er spricht nicht zu ihr. Schwere von Du und Raum. Sitzen, beiseite starren, immer scheuer werden. Vom Schweigen in den Schwitzkasten genommen. Verwickelt, zugeschnürt. Kein Mund, kein Wort, keine Hand. ›Ich habe dich verloren. Du antwortest nicht mehr.‹

Und all das Flüstern, Sagen, Rufen, wie es einmal zwischen ihnen war, verrauscht zu einer Meereswelle über der Frau, die schwer, gefüllt mit unsäglichen Steinen, auf den Grund sinkt. Oben, weit oben, wo die Lichtflecken schaukeln, ist Sprache, von Luft und Sonne verwöhnt; wie ein hohes Segel liegt sie am Hauch verständigter Menschen.

Es gibt keinen zwingenden Grund, es sein zu lassen. Dazu gehören Zusammenstöße, Aufbruchsstimmung. Die Ermüdung jetzt zuweilen ist – so paradox es klingt – auch eine Methode der Achtung. Es muß doch statthaft sein, daß man sich ein wenig geniert nach dem Fest begegnet. Ein wenig wieder auseinanderrückt nach diesem Vorfall von größter Heftigkeit, von blinder Wucht. Von ihm aus könnte es in Ruhe so weitergehen. Allein der Gedanke an Abschied erzeugt in ihm einen Überschuß an Wärme und Zuwendung, der zur Zeit in ihrem Verhältnis nicht unterzubringen ist.

Er sagt ohne das mindeste Zucken des Zweifels: ›Ich bin froh, daß es dich gibt.‹ Oder: ›Ich danke dir, daß du bei mir bist.‹

Wenn sie angesprochen wird in Zuwendung, dann beginnt sie für einen Augenblick, wie erweckt, zu reden. Kurz darauf aber sinkt ihre Stimme, sie hält inne; sie spürt einem Berührtsein nach, so wie ein junges Mädchen früher die Augen niederschlug. Aber es ist auch, als befiele sie eine leichte Trauer, eine mélancolie dévote im Angesprochenwerden.

In Ascona beim Bunten Abend, der Conférencier, der sie auf die Bühne holte, obwohl sie sich nicht gemeldet hatte, und der zu ihr sagte: ›Bitte ziehen Sie Ihre Schnürsenkel aus‹ –

Unvorstellbar jetzt, wie aus diesem zersetzenden Gegenüber, aus diesem zersetzenden physischen Bemerken je ein Weg hinausführen könnte in die freie Dunkelheit der Umarmung, mit der notwendigerweise auch dieser Abend schließen wird. Ihm unvorstellbar jetzt: sie mit weiter Pupille, flehmender Lippe, sie mit den rauhen, jähen Erhebungen, die den Körperschlägen eines gefangenen Fischs gleichen. Sie – die Einsame dort vor ihm, *seine* Einsame, die er jetzt niemals umarmen könnte. Sie über den Teller gebeugt beim Essen, die langen, frisch gewaschenen Haare, die auf die Mahlzeit zu fallen drohen, mit der rechten Hand zusammenfassend, nach hinten und oben zurückwerfend, die leicht ordinär verzerrten Mundwinkel, wenn sie das Frittierte mit den Zähnen zerknackt, ihre dünnen, um nicht zu sagen spillrigen Finger, bei denen das vorderste Glied auffallend stark abknickt, wenn sie die Stäbchen in den Reis drückt …

Wir haben uns aufeinander vermindert bis auf den Knoten des Glücks. Den soll er mir erst einmal lösen! Es ist dann in den Nächten doch immer wieder ein Wunder, trotz soviel Stau und Stocken vorher. Ich fühle dich, ich rieche dich, ich schmecke dich …

Auffallend übrigens ihre Hemmung gegenüber Kellnern und Taxifahrern. Sie kann allgemein schwer danke sagen. Besonders aber bei Dienstleistungen, für die man bezahlen muß. Es würde ihm leichter fallen, das Wort an sie zu richten, wenn endlich das schief-wissende Lächeln von ihrem Gesicht verschwände, mit dem sie so notdürftig ihre Unsicherheit maskiert. Glimmt da nicht im ängstlichen Auge dauernd ein Nebenlicht von Spott? Der stünde ihr schlecht zu Gemüt! Und will sie nicht die Zähne zeigen, wenn sie die Brotkrümel zwischen die Schneiden steckt?

Es wird immer etwas geben, über das man nur schwer hinwegkommt. So wie ihr letztlich unverständlich bleibt, daß einem Menschen, dem sie nahesteht, eine bestimmte Melodie, die sie über alles liebt, nicht das gleiche sagt wie ihr. Sie wird es hinnehmen müssen, daß er Musik, die sie erhebt und entspannt, die sie braucht, um überhaupt einen anderen Menschen fühlen, berühren zu können, daß er Musik im Grunde nicht bemerkt, daß sie ihn kalt läßt.

Stärker als alle getrost zupackenden Hände, die je an seine Haut gelangten, wird ihm ihre gehemmte, notleidende Hand in Erinnerung bleiben. Die nicht fassen, nicht greifen, nicht einmal streicheln konnte, sondern nur immer dies periphere, verwischende Reiben über sich brachte. Ein Liebkosen, das Gänsehaut erregen konnte. Darf man überhaupt, wenn man an solcher Behinderung krankt, einen anderen zu sich bitten? Wie sehr hat er darunter gefröstelt und es doch erduldet, sich damit abgefunden schließlich, weil sonst nur Gutes von ihr kam, vor allem ihre ernste, unbeholfene Körperkraft, die ihn noch immer fesselt!... Nur dieses trockne Schürfen, das seine Haut für Augenblicke zu Pergament erstarren läßt, zu einem toten Gewebe, zu einem Kopfkissenbezug –

Er sieht mich wohl nicht mehr. Dieser Mensch, der neben meiner Hand beginnt, verliert mich aus den Augen. Bei halber Nacht, in der Dämmerung, auf unserem langen Weg.

Was bleibt übrig, wenn wir alle Stummheit und alle Enttäuschung einmal abziehen? Immer noch ein Wunder. Immer noch etwas Wunderbares.

In Flammen

Ich war fast zwanzig Jahre älter. Ich stand vor einer Person, nicht besonders füllig, nicht besonders schmal, nicht unansehnlich, aber auch nicht sehr reizvoll, genau wie meine Vergangenheit, aus der sie gemacht war, von der sie sich ernährte, als deren Rachegeist oder leiblich-sinnliche Wiedergängerin sie aufgetaucht war.

»Was willst du von mir?«

»Ich werde dich in allem unterstützen.«

»Es gibt nichts mehr, wobei ich Unterstützung brauche. Erörtern ist mir nur noch ein leerer Eifer, tatsächlich kaum mehr als eine Spiegelfechterei in der gekachelten Kabine eines Badezimmers.«

»Es könnte doch sein, daß du zu deiner alten Leidenschaft zurückfindest. Wir sind ja nun zu zweit. Damals warst du allein.«

Ich erwiderte ihr, daß mein Leben inzwischen gut ohne politische Leidenschaft auskomme. Ich sei zu der Überzeugung gelangt, daß in einer Welt ohne Weltanschauung auch keine weltanschauliche Rede mehr geführt werden könne. Und wo das dennoch geschehe, unter Leuten, die nichts zu entscheiden hätten, suche eben nur eine Kannegießerei sich gegen die andere zu behaupten. Wobei der Eifer, der sie juckt, schon deshalb unvermeidlich korrupt sei, weil er stets *noch auf etwas anderes* ziele, als tatsächlich zur Sprache komme. Was wiederum die Sprache zu grundsätzlich falschem oder fadenscheinigem Ausdruck verleite.

Das Wesen, das aus dem Lehm meiner Vergangenheit geformt war und nun als unruhige unternehmungslustige Braut vor mir stand, sagte, nachdem sie mir aufmerksam gefolgt war, mit entwaffnender Unschuld: »Das ist aber enttäuschend für mich.« Darüber mußte ich lachen und legte sogar flüchtig meinen Arm um ihre Schulter, als wollte ich sie trösten. Zum Trost fiel mir aber nichts anderes ein, als ihr vorzuschlagen, fürs erste unsere Reise, die ja ganz ungeplant begonnen hatte, über eine beliebige Strecke fortzusetzen. Ich hatte noch einen knappen Monat, der für das Arbeitsstipendium in der Villa reserviert war, zur freien Verfügung.

Dieser Vorschlag, mit dem ich unüberlegt Antwort auf ihren charmanten Satz gab, entsprang natürlich ihrem Einfluß. Er stand bereits im Zeichen des Verderbens, das nun, an ihrer Seite, auf unserer Reise nicht mehr aufzuhalten war.

Von den schrecklichsten Auswirkungen, die sie hatte, den beiden Brandkatastrophen von Andernach und Bielefeld, ist in der Öffentlichkeit ausführlich berichtet worden. Meine Rolle bei diesen furchtbaren Ereignissen blieb zu meinem Glück unbekannt. Manchmal frage ich mich heute, ob ich sie hätte verhindern können. Vielleicht wenn ich der düsteren Inbrunst dieser Person, ihrer *Weltanschauungsanimalität*, nachgegeben hätte. Aber kann man einer solchen Inbrunst nachgeben? Man kann ihr allenfalls entsprechen. Ich hätte mich auf berauschende Erörterungen einlassen müssen. Aber ich konnte es nicht. Sie küßte mir ihren Eifer auf die Lippen, aber er drang nicht ein, wir vermählten uns nicht. So zog die Stunde der Feuerbrünstigen herauf ... *Lavinia* tauchte auf, der erste weibliche Feuerteufel, den das Land bisher kannte, und er drohte es mit einer Brandspur »durchzukreuzen«, wie die Zeitungen in üblicher Übertreibung schrieben. *Lavinia* nannte sie sich selbst in etlichen Bekennerschreiben. Sie beging ihre Verbrechen im Namen und im Kostüm der geschändeten Tochter des *Titus Andronicus*.

Zu ihren Brandstifter-Gängen stülpte sie über den Unterarm eine goldene Prothese der Verstümmelung. Auf den Unterbauch setzte sie eine rote Prothese der Schändung, einen kupfernen Flammenbusch. Sie band ihre Zunge ab, gurgelte und stammelte wie eine Zungenlose, wenn sie zurückkam von ihrer »Reinigung«. Ich höre noch das dumpfe Geröll und Geröchel, das aus ihrem Mund quoll, ein schauriges Radebrechen. Eines Tages stand sie dann frühmorgens am Straßenrand, ich konnte weit zurückblicken auf ihre Lohe ... die reine Flamme.

Gewiß hätte ich dieser Frau frühzeitig das Handwerk legen müssen. Ich hatte ja mit angesehen, daß sie einfach alles anzünden wollte oder wenigstens immerzu etwas zum Kokeln haben mußte. Wo wir auch unterkamen, sie verschwand sofort im Bad, um einen Klumpen Handtücher zu verbrennen auf den Kacheln. Aber ich konnte sie nicht dauernd überwachen und sie am Zündeln hindern. Auch war ich unterdessen selbst nicht mehr gefeit gegen die unheimliche Anziehung des Feuers.

»Wir haben es immer gemeinsam getan«, sagte sie. »Für unser Tun müssen wir auch gemeinsam büßen.« Und wir büßten auf unsere abseitige Weise. So wurde uns schnell übel beim Essen und wir vertrugen die gewohnten Speisen nicht mehr. Wir erlitten gemeinsame Zustände von Geistesverwirrung. Wir bekamen Ekzeme an denselben Körperstellen. Uns plagte das Bedürfnis, dauernd etwas anzupflanzen auf unserer Reise, um zu sühnen. Sobald wir die Städte verlassen hatten, in denen Häuser in Flammen standen, pflanzten wir schnellwachsende Haine von Birken und Weiden. Denn, wie Lavinia es in ihrem Bekennerschreiben formulierte, *die Straßen des Reichtums wie die Straßen des Elends zeigen dasselbe Gesicht der Verwüstung.* So war aus den beiden Welterörterern ein Gespann keuscher Hysteriker geworden, die sich nicht mehr voneinander zu entfernen wagten. Am schlimmsten aber litten wir unter der schmerzhaften Verfeinerung unseres Geruchssinns. Jede Menstruierende (mit Ausnahme Lavinias) erkannten wir von weitem am ungeheuren Gestank des Trimethylamins, und auch dabei mußten wir uns erbrechen. Wir rochen sogar den Kot der Fliegen. Einer suchte den anderen ständig nach Flecken und Spitzern geringster Fäulnis ab. Manchmal sahen wir aus wie zwei Schimpansen, die sich gegenseitig die Läuse aus dem Fell pflücken. »Schmutz! Halt still und laß dich säubern.«

Jedes Gewand kann man spalten bis auf die nackte Haut, die es verbirgt. Jeden sorglosen Ton spalten bis auf den Schrei, den er zurückhält. Und die Nacktheit weiter spalten bis auf das purpurne Herz! Lavinia war eine einzige restlose Entblößung, welche die übliche Nacktheit von Haut und Fleisch wie einen billigen Spuk vergessen ließ. Das lichte Entsetzen war sie.

Und so stand sie eines Morgens am Bordstein in ihrem schönsten Kleid. Gelbrote Flammen schlugen von ihren Knöcheln aufwärts über den versengten Kopf. Sie hinkte am Straßenrand, ein Fuß ging auf dem Bürgersteig, einer in der Gosse. Hinkte im Abfall, den sie noch zertreten wollte, aus den Autos geworfenen Plastikflaschen und zerknüllte Alufolie. Stolz hinkende Lohe in giftgrünen Halbschuhen ... Denk dir nur, hatte sie gesagt, ich in meinem schönsten Kleid! Es ist ein nach oben steigendes

Kleid, die prasselnde Fackel, nichts fällt da schlaff über die Hüfte, über den Busen, das Knie. Das Kleid steigt, steigt, geht hoch, von den Knöcheln aufwärts … ich in Flammen!

Staustufe

Ich weiß noch genau, wie der letzte Satz lautete, den ich bei vollem Bewußtsein aussprach. Ich sagte: »Man muß nur eine höhere Stufe der Erkenntnis erreichen, so wird das Unzählige zählbar. Und der Unsinn zeigt seinen Sinn.«

»Ach? Gibt's die noch? Gibt's noch Erkenntnis?« fragte mein Widersacher. So als fragte er: Trägt man noch Galoschen heute? »Erkenntnis! Die alte Schelle, mit der uns Kongreßleiter in den Ohren bimmeln.«

Im selben Augenblick sah ich mich versetzt an den Fuß einer kolossalen Staumauer, höher als der Kölner Dom, und das Angehaltene dort oben war das große Reservoir. Wasser, das von den eisbedeckten Gipfeln des menschlichen Geistes herabstürzte und im künstlichen Becken sich löste zu kristallklarer und undurchdringlicher Poesie. Es blieb mir keine Wahl, ich mußte hinauf, ich mußte davon kosten. Also begann ich mit meinem senkrechten Aufstieg an der gewaltigen Bogenmauer. Mit dem Mund saugte ich Halt, mit den Handmulden suchte ich zu haften. An ein Klammern und Klettern nach Steiger Art war hier nicht zu denken, der glatte Beton wies nicht die geringste Unebenheit auf.

Das Ausmaß an Zeit wie auch an Kraft, dessen ich bedurfte, um in unmerklichen Fortschritten aufwärts zu gelangen, verlor sich bald aus meinem Bewußtsein. Alles muß sich unendlich langsam vollzogen haben, im Banne einer Dauer, von der der Mensch in horizontaler Fortbewegung keinen Begriff hat. Ebenso verloren sich bei dieser über das Menschenmögliche hinausgehenden Anstrengung Gefühle wie Todesfurcht, Schwindelgefühl und Absturzgefahr.

Zentimeter um Zentimeter klomm ich in die Höhe, ein menschlicher Haftzeher, eine Gecko-Mutante, die eine ungeheuer steile, in praller Sonne erwärmte Betonwand zu bezwingen hatte. Den Staudamm. Die Talsperre. Dabei war ich selbst recht zufrieden mit meinem Fortkommen. An keinem Punkt der minimalen Abstandsverringerung erschien mir der obere Rand der Staustufe, die Sperrenkrone, unerreichbar. Gleichzeitig würde es die höchste Stufe des Schauens und Erkennens sein, die ein Mensch ersteigen konnte. Der obere Rand jedenfalls schien mir bereits näher zu rücken, kaum daß ich mich senkrecht wenige Meter vom Boden entfernt hatte. Die Weile meines Aufstiegs war nicht mehr nach menschlicher Zeit bemeßbar, sondern eher nun nach dem Urzeitmaß des Kriechtiers. Andererseits war die Weile der Mauer, wie bei jedem Bauwerk von Menschenhand, durchaus abhängig von ihrem Material und dessen Verschleißfrist. Folglich bemerkte ich irgendwann, nur noch wenige Körperlängen entfernt vom Kronenrand, neben mir feinste Auslässe im Beton, eine nur tropfenweise hervortretende Flüssigkeit, die für mich bereits zur großen *Lösung* gehörte. Sie zu entdecken, sie in ihrer Reinheit zu kosten, hatte ich schließlich diese ganze vorweltliche Anstrengung auf mich genommen.

Ich sah, solange ich stieg, vor mir nichts als glänzendes Wasser, in dem sich alles nahrhafte Wissen in lichte Poesie gelöst hatte. Ich sah vor mir das gewaltige, für den zukünftigen, den bildnerischen Menschen bereite Reservoir von Träumen, Chiffren und Symbolen, das in Form einer kristallklaren Flüssigkeit dort oben ruhte, durchsichtig bis auf den Grund und von Schwärmen paradiesisch schimmernder Fische durchweht.

Was sich zunächst wie eine schwitzende Pore des Betons ausnahm, hatte sich bald zu einem dünnen Haarriß verlängert. Daneben begannen nadelfeine Lücken zu klaffen, aus denen – wie zu meiner Begrüßung! – dünne Fontänen der Lösung hervorzischten. Diese feinen Spalten vergrößerten sich und an manchen Stellen wurde abbröckelndes Material herausgespült.

Dann zuckten auf einmal Risse wie schwarze Blitze über die gesamte Schalung, ein Teilstück der Mauer brach heraus und durch die Lücke ergoß sich ein wilder breiter Schwall – die Lösung, die Erlösung! – in die Tiefe.

Wohl nur um das letzte Erschrecken eines Menschen zu erfahren, wurde ich wieder in dessen Zeit zurückversetzt. Es ist aus mit dir! sagte mein armseliges Bewußtsein. Die Mauer bricht. Du hast deinen Aufstieg nicht vollenden können. Ich haftete, wie mir schien, im oberen Drittel der Strecke an dem Wall, als er um mich herum nachgab. Er brach auseinander, ich war zu langsam gewesen. Das Reservoir zerbarst, die Lösung stürzte mit ungeheurem Tosen ins Tal. Der gestauten Träume ungeheure Wucht verwüsteten die Weiden und Siedlungen der Anwohner, die Flut riß alles mit sich und wälzte ein schäumendes Geröll, darunter ich.

Der Wald

Bis an den Feldrand trug sie spitze Schuhe mit hohen Absätzen; diese sowie ihre seidenen Strümpfe zog sie nun aus und lief mit rohen Füßen über die borstigen Ackerrippen. Als sie danach durch die vordersten Büsche und Sträucher vordrang und bald schon unter der dunklen Nadelholzkuppel stand, kam es ihr vor, als hätte sie den Wald durch seinen übelsten Hinterausgang, als hätte sie ihn geradezu durch seinen After betreten, so von Abfällen übersät war hier die Gegend. An den Zweigen, als wären es Caféhausständer, hingen Papierfetzen und Kleiderreste, Limodosen und Schutzgummis lagen auf dem Nadelteppich, die Steine hatten schwarze Rußflecken, leere Plastikbehälter und Hähnchenknochen umgaben sie, ein zerrissener Liegestuhl, ein giftgrüner Gummistiefel, Zeitungen, Watte, Polaroidschachteln, lauter scheußlicher, schlüpfriger Unrat bedeckte den Boden. Die Kauffrau bückte sich unter den tiefhängenden, abgestorbenen Kieferzweigen hinweg und suchte auf einen sauberen, bequemen Weg zu kommen. Da herrschte sie plötzlich eine schrille Weiberstimme an. »Verzieh dich!« schallte es durch das öde Gehölz. Sie fuhr herum und entdeckte die junge Einsiedel-Nutte, die auf drei aufgestapelten Autoreifen hockte und neben einem Spirituskocher ihre nackten Beine wärmte. Auf ihrem runden Gesicht lag die grelle Schminke fad und zerlaufen, im halb verwilderten Haar stak ein Kranz violetter Kleeblüten. Sie trug nichts weiter als einen langen, durchlöcherten Pullover, der bis auf die Oberschenkel reichte und aus dem viele lose Maschen heraushingen, sowie ein Paar hohe Korksandalen an den bloßen Füßen. Die Kauffrau, zu diesem Zeitpunkt ihrer Wanderung noch nicht um Spott und Geistesgegenwart verlegen, betrachtete ihre schiefe, verworfene Geschlechtsgenossin ein wenig herablassend und fragte, wie sie denn hier im abgelegenen Forst überhaupt auf ihre Kosten, nämlich auf eine genügende Anzahl von Freiern käme. Die junge Waldhure griff nach einem Stein und drohte ihn dem Eindringling an den Kopf zu schleudern. Doch ließ sie den dürren, ungelenk zum Wurf ausholenden Arm kurz darauf wieder sinken und erklärte mit gedämpfter Stimme: »Hier ist noch keiner an mir vorbei. Wenn er nur kommt, so läßt er die Gelegenheit nicht aus. Das ist im Wald eben so. Sonst aber ist mein Zuhaus drüben in der Jagdhütte. Jedenfalls die Woche über, wenn der Bonze nicht da ist.« Die Anlageberaterin wendete sich in die vom Hurenkinn gewiesene Richtung, und wirklich, dort sah sie an einem frischen Montagvormittag dies selbe Mädchen unter der offenen Dusche stehen, die neben der Hütte im Freien angebracht war. Hinter einer hölzernen Klappjalousie seifte sie die Achseln und die hochgestreckten Arme. Im dichten Wassergespreng bildete sich ein großer, mehrpfündiger Fisch und floß an ihr herunter.

»Ja, das ist nicht schlecht«, sagte die Kauffrau nach einem kurzen Blick auf den Wochenbeginn, »man könnte dich beneiden.«

Die Kauffrau verabschiedete sich von der Einsiedel-Hure, fand bald heraus aus dem dunklen Nadelgrund und konnte auf einem breiten Waldweg ihre Suche und Wanderung fortsetzen. Doch schon nach der nächsten Biegung stand sie unversehens vor einem Schlagbaum, der an verschlossener Kette lag, ähnlich jenen, die dem motorisierten Verkehr den Durchgang versperren. Der Balken trug indessen einen empfindlichen blaßblauen Anstrich und schimmerte beinah durchsichtig und ungreifbar. Die Farbe erinnerte sie an einen hohen, offenen Winterhimmel, an Ferne aus unzerbrechlichem Porzellan. Doch die im Wald unerfahrene Kauffrau zögerte, die Schranke ohne weiteres zu überschreiten oder zu umgehen. Irgend etwas ließ sie vermuten, daß sie dahinter höchst unsicheren Boden betreten würde. Daß dort womöglich der Zusammenhalt ihrer Person nicht länger gewährleistet bliebe und ihre Beine, ihre Augen und ihr Herz getrennte Wege einschlagen könnten, ja daß ihre kostbare und erfolgreiche Vernunft wie ein Haufen aufgescheuchter Hühner auseinanderstieben würde.

So verhielt sie sich unschlüssig, vergrub die Hände in ihren Manteltaschen und fäustete ihre fünf Sinne. Als sie sich jedoch einmal, nur probeweise, umkehrte und plötzlich vor ihrem Rückweg stand, da traf sie der goldrote Pfeil, den die absteigende Sonne durch die Tannenwipfel schickte, und nun war kein Zweifel mehr, daß sie unbedingt voranzuschreiten hatte.

Auf der anderen Seite ging es indes sehr merkwürdig zu. Als erstes erkannte sie eine gewundene Vereinigung von Marschierern, eine träge Menschenschlange kroch ihr entgegen. Die Prozession, in Zweierreihe gebildet von einigen Dutzend Männern und Frauen, wurde angeführt von einem dickwanstigen Bauarbeiter-König und seiner jungen, derben Frau, auf die sich der schwere und betrunkene Machtmensch stützte, während er seine Wanderung in schlängelndem Kurs fortsetzte. Den beiden an der Spitze folgte in gegliedertem Zug das kleine Volk, das, wie sein schlaffer Gesang verriet, aus seiner ›Ödnis‹ herausgeführt werden wollte. Die Menschenschlange war in enge Gruppen und Kasten unterteilt, obgleich sich hierbei keine deutliche Rangfolge abzeichnete, denn es schlossen die Physiker hinter den Köchen auf, es folgten die Busfahrer und -fahrerinnen den Datenverarbeitern, den Kämmerern die Kneipenwirte und denen die Makler, die Müllmänner, die Animateure und viele, viele andere, bis endlich die hübschen, nichtsnutzigen Fotomodelle den Abschluß der wohlgeordneten Gesellschaft bildeten. Der Obmann oder die Obfrau jeder Sektion trug auf der Schulter einen rückgewandten Lautsprecher, durch den das heisere Erlösensgeflüster des Bauarbeiterkönigs bis zum hintersten seiner Gefolgsleute übertragen wurde. Hin und wieder spritzte aus einer Gruppe ein Einzelner hervor und lief zu einer anderen über, die weiter vorn oder auch weiter hinten marschierte. War aber das entlaufene Fotomodell erst einmal zum Clan der Busfahrer gestoßen, hatte es sich gehorsam einzugliedern und an die dort geltenden Sitten und Sorgen anzupassen. Erst wenn es durch und durch die echte Busfahrerschaft angenommen hatte, durfte es weiter voraus- oder in seine alte Gemeinschaft zurückspringen. Einmal in die Fremdgruppe eingedrungen, wurde der Wechsler, auch wenn er vorher ausgesprochen friedliebend war, sofort zum Streithansel. Immer entstand um ihn herum Zank und Gezeter, und er wurde so lange unsanft behandelt, bis er sich fügte. So herrschte an den Flanken des Zugs viel Bewegung und Unruhe, während im ganzen die Kolonne sich in gefestigter Ordnung dahinwand. Denn auch der Kopf der Menschenschlange, der auf seine Frau gestützte Bauarbeiterkönig, schien trotz Schlagseite und Rausch weder an Ansehen noch an Führungskraft verloren zu haben. Jedoch, wenige Meter von der Schranke entfernt, hinter der die Kauffrau den befremdlichen Umzug beobachtete, legte der König plötzlich das Kinn in den Wind, verharrte einen Augenblick in tiefer Benommenheit und drehte sich mit dem nächsten Schritt über die linke Schulter zur Seite, um nun gewaltsam die Richtung zu ändern. Daraufhin begann sich die Schlange zu ringeln, sie rollte sich in einer großen Innenwendung zusammen, so daß schließlich ihr Kopf hinter ihre Schwanzspitze gelangte. Im nächsten Augenblick begann nun das grausamste und widernatürlichste Schauspiel, das den nüchternen Augen der Geschäftsfrau je dargeboten wurde. Die Schlange fraß sich von ihrem Ende her Stück um Stück selber auf. Der Bauarbeiterkönig, offenbar von einem bösen Verdacht, von unstillbarem Mißtrauen angetrieben, fiel seiner hintersten Kaste in den Rücken und machte sie samt und sonders nieder. Und schon ging es weiter, schon biß sich das Tier weiter nach vorn, ergriff es eins ums andere die Organe und Gliedmaßen seines eigenen Körpers, verschlang die verblendete Majestät die geradeausschauende, treu ihm folgende Kolonne, stach und bohrte sich durch die ahnungslosen Rücken ihres kleinen Volks, bis der mörderische Argwohn – ja bis er endlich ganz vorn angelangt war und nichts mehr übrigblieb als die Führung selbst, hinter ihr aber nur Blut und Zerfall. Da spaltete sich auch das Haupt der Schlange und ein Auge blickte scheel und mißtrauisch in das andere, denn nun standen König und Königin einander mit blutigen Waffen gegenüber.

»Halt! Halt!« schrie da die Kauffrau hinüber, »ich weiß euch was Besseres, als daß ihr euch umbringt!« In höchster Not setzte sie über die Schranke zur Gleichen Zeit hinweg, doch kaum hatte sie den Boden des wandernden Reichs betreten, da befand sie sich auch schon an einem gänzlich anderwärtigen Ort. Von einem gespaltenen Schlangenhaupt war hier nichts mehr zu sehen. Oh, hätte sie ihn nur von hinter der Schranke laut hinübergerufen, jenen besseren Rat, den sie zu geben hatte, ihn gleich beim Namen genannt und wär nicht gesprungen!

Jetzt, den Schlagbaum in ihrem Rücken, war es ihr nämlich entfallen, was sie den beiden zerstörerischen Menschen empfehlen wollte. Es muß wohl ein wunderkräftiger Rat gewesen sein. Doch schon erging sie sich auf einer friedlichen, abendfeuchten Lichtung, fernab von eben, und dabei war es ihr, als hinge der Greuel noch in derselben milden Luft, die sie jetzt einsog. Das Verhängnis des verwirrten Herrscherpaars, sein furchtbares Ende schien nur für kurz angehalten zu sein, der Blutrausch stockte nur für eine Atempause, um dann vollends den Rest zu besorgen – falls ihr nicht schleunigst das passende Wort, der erlösende Ratschlag beifiele. Daher war die Frau nun bereit, auf *jedem* Weg zu den beiden zurückzufinden, bevor noch der Zerschlagung der Gesellschaft die Zerschlagung des Paars folgte und die Geschichte besiegelt sein würde.

Es fiel ihr indessen nicht leicht, sich auf diesem launischen Territorium, das nicht von Wegen und Fährten, sondern von unsichtbaren Strömungen und Sogkräften durchbahnt war, zurechtzufinden und so behende fortzukommen, wie sie es selber wünschte. Sie hatte sich bereits nach mehreren Seiten umgeblickt und sich für keine Richtung entscheiden können, als sie zu ihrem Erstaunen bemerkte, daß sie sich unmittelbar neben einem turmartigen Bauwerk aufhielt, das die ganze Weile nur auf ihren Anblick gewartet hatte. Ein stumpfer Wehrturm, aus breiten, fast schwarzen Steinquadern errichtet, der weder Fenster noch Scharte aufwies und um die sechzig Meter in die Höhe ragte. Unverzüglich hielt sie auf die düstere, mächtige Ruine zu, in der Hoffnung, dort zu einer Aussichtsplattform aufzusteigen und einen Überblick über die ganze Gleiche Zeit zu gewinnen. Neben dem niedrigen Einlaß, der schmucklos in das rohe Gemäuer gebrochen war und anscheinend die einzige Öffnung des Bauwerks darstellte, saß dösend der Turmwärter und kippelte auf seinem angelehnten Stuhl. Er nahm die Besucherin freundlich in Empfang und erklärte, daß sie keineswegs vor einem Aussichtsturm, sondern vielmehr vor einem Kaufhaus stünde, das nach allen Seiten, auch zum Himmel hin, abgeschlossen sei, seiner reichen und empfindlichen Bestände wegen, und wie jede andere Schatzkammer in einem unluftigen Dunkel gehalten werde. Das Kaufhaus trug auch einen Firmennamen, und zwar hieß es ›Der Turm der Deutschen‹. »Hier ist so ziemlich alles zu finden, was in unserem Land und in unserer Sprache je nur beim Namen genannt worden ist.« So pries es der Wärter an. Obgleich sie eigentlich nichts kaufen wollte und nur dringend einen Ausblick gebraucht hätte, konnte die Beeilte ihre Neugierde kaum zügeln und wollte selbstverständlich den Turm von innen sehen. Der Wärter ließ sie eintreten, während er selbst draußen blieb und auf seinen Sitz zurückkehrte.

Im Inneren schlug ihr stockfinstere Nacht entgegen. Erst unterschied ihr Auge gar nichts, und nur der hingeworfene Tagschein von draußen, der als schiefe Raute um die Turmöffnung lag, bot ihr eine schwache Orientierung. Plötzlich aber sah sie sich umgeben von unzähligen blassen gelben Flämmchen, die überall durch die recht feuchte Luft schwebten und auch die Höhe des Turms erfüllten. Indem sie sich in solch genauer und plastischer Anordnung befanden, mußte wahrhaftig der Eindruck eines mehrgeschossigen Magazins entstehen, das ganz aus flackernden Lichttupfern erbaut zu sein schien. Dazu umkreiste sie nun auch ein hundert-, ja einhunderttausendfaches Gewirr von Stimmen, die gleichsam aus allen Poren des Gemäuers stiegen und darin wieder, wie eingesogen, verschwanden. Schwärmen von winzigen, unsichtbaren Vögeln gleich, flatterten die menschlichen, die deutschen Stimmen im Turm auf und ab. Flüstern, Lachen, Schwätzen, Schreien, Beten, Jasagen, Wünschen und Schimpfen, alles war hier zu hören, und auch jede Eigentümlichkeit und jedes Zubehör an Timbre, Dialekt, Volumen, Tönung und was man sonst noch von einer Stimme verlangen wollte, hier war es auf Lager. Eher verwirrt als angetan von diesem schallenden Spuk, wollte die Kauffrau sogleich wieder hinauslaufen, denn sie meinte wohl, einem billigen Jahrmarktsschwindel, einer hohlen Ton- und Lichtschau aufgesessen zu sein. Im Ausgang stand nun allerdings der Turmwärter, und sein breiter Rücken versperrte ihr den Weg. Sie hörte, wie er sich gegen jemanden aussprach, der draußen vor ihm stand und dem er den Einlaß verwehrte. Doch konnte sie nicht hören, was da verhandelt wurde, denn der volle Leib des Manns stopfte die Öffnung beinah schalldicht ab. So rief sie laut in seinen Rücken: »Laß mich raus! Hier gibt es nichts zu kaufen!« »Ach so?!« antwortete der Wärter unmittelbar aus seinem Disput heraus, indem er sich leicht über die rechte Schulter zurückbeugte, »da gäbe es nichts zu kaufen? Und die Stimmen? Haben Sie die nicht gehört?« »Natürlich«, gab die Frau zurück, »die Stimmen, lauter schnelle Stimmen, man wird schier verrückt!« Darauf der Wärter – nachdem er wieder nach vorn gestritten und befohlen hatte –: »Die Stimmen, liebe Frau, sind nun einmal dieserorts die Waren. Hören Sie sich erst in Ruhe um. Prüfen Sie vor allem unsere preisgünstigen Gelegenheiten. Sie werden gewiß etwas Passendes für sich finden. Ich muß unterdessen dieses Monstrum hier abwehren, das seit langem Kaufhausverbot hat und unter keinen Umständen einen menschlichen Ton in seine entartete Kehle bekommen darf.«

Nun kehrte die aufgehaltene Frau ein wenig betrübt

zurück in den schimmernden Stimmenladen, und die von den Flämmchen durchschwommene Luft erschwerte ihr das Atmen. Unweit des Eingangs erhob sich eine breite, flache Holztreppe und wand sich in einer Spirale, wie eine säuberlich entfernte Apfelschale, rund an der inneren Mauer des Turms in die Höhe. Hier stieg sie etwas mühsam aufwärts und glaubte dabei mehrere Etagen und Abteilungen zu unterscheiden, bemerkte auch, daß alle Stimmen, die vorher wild durcheinanderschwirrten, in Wahrheit nach vielerlei Ordnungen sortiert in den Mauersteinen einlagen, ganz so wie Kleider, Schmuck und Haushaltswaren in den Regalen und Ständen gewöhnlicher Kaufhäuser. Die gelben Flämmchen hier, vom Hauch der Stimmen genährt, bildeten Aufschrift und Preisschild. Einmal waren die Stimmen und Redeweisen nach Berufsständen eingereiht, man konnte den Automechaniker, den Frisör, den Meteorologen in ihrer jeweiligen Fachsprache reden hören; ein andermal wurden sie nach Klangfarbe, Tiefe und Tragweite unterschieden. In einer nächsten Etage gab es Stapel von Jargons und Redensarten aus den verschiedensten Epochen und Gebieten. Selbst ausgefallene Wünsche konnten berücksichtigt werden. Jugenddeutsch um 1920 war ebenso erhältlich wie Teufelsaustreibung oder Vaterlandspathos. Natürlich gab es auch eine Pornographieecke sowie unter besonderem Verschluß: die Sprache der Dichter und Philosophen, ähnlich den edelsten Weinen, die man im Kaufhaus in der Vitrine oder hinter schmiedeeisernem Gitter verwahrt. Und überall die ›offenen‹ Steine: das waren die Krabbelkisten, die Sonderangebote. In einer solchen kramte die Bankfrau gerade – es waren Dialekte und Mundarten im Ausverkauf –, da plötzlich hörte sie einen westfälischen Klang, jemand aus Münster! Sie beugte sich näher an den Stein und glaubte schon die Stimme ihres

Vaters zu erkennen – als im selben Augenblick jemand sie hart am Arm packte, und für den Bruchteil der Sekunde sah sie vor sich den aufgesperrten haarigen Rachen eines Wolfmanns, von dem die Einsiedelnutte erzählt hatte, und sie erschrak zu Tode. Glücklicherweise war es aber nur der Kaufhausdetektiv, ein hagerer, grauhäutiger Mann, der vorgab, sie soeben beim Stehlen beobachtet zu haben.

»Aber was soll ich denn hier gestohlen haben?« rief sie beschämt und erregt, »hier gibt es doch gar nichts, was ich gebrauchen könnte!« Der Mann mit einer flachen Stirn und einem verknitterten kleinen Gesicht wies auf ihren Hals: »Und was ist das da?« »Mein Hals!« »Und darin?« »Darin? Darin ist … meine Stimme.« »Es ist keineswegs Ihre Stimme. Noch vor kurzem habe ich Sie unten mit dem Wärter reden hören, und das klang mir doch verteufelt anders. Es war erstens ein dunkles, zweitens ein durch und durch dialektfreies Organ.« Daran war nun leider etwas Wahres. Die Frau hatte es wohl selbst schon bemerkt: im Augenblick des Schocks, als sie *gleichzeitig* den Vater zu hören glaubte, hart am Arm gefaßt und vom Bild des Wolfsmenschen angefallen wurde, da war ihr die Stimme in die alte heimische Tonart verrutscht, und seither sprach sie auch ein wenig hell und schroff wie zu ihrer Kinderzeit. Sie kam da gar nicht mehr heraus, sosehr sie sich auch bemühte und räusperte.

»Sie haben gestohlen!« wiederholte der Aufseher barsch, »kommen Sie, wir wollen uns Ihren Fall etwas näher betrachten.« Er faßte sie wieder an, zog sie hinter sich her, die Treppe hinunter und dann, vermittels einer absenkbaren Bodenplatte, schwebten sie in sein unterirdisches Büro. Das war ein seltsamer Raum, rund wie eine Taucherglocke, ausgestattet mit Video-Schirmen und Lauschanlagen, die mit restlichtverstärkenden Kameras und Schweigesonden verbunden waren, so daß man den Turm von hier aus immer beobachten und abhören konnte, auch wenn nachts vollkommene Stille und vollkommene Finsternis herrschten. Der Detektiv hatte zwar kaum eine Nase, dafür aber einen schwabbligen, feuchten Mund, an dem sich beim Reden Speichelblasen bildeten so groß wie Christbaumkugeln. Nun hatte er also die Bescholtene in seinem ungelüfteten Arbeitsraum. Er setzte sich schlaksig vor sie hin auf die Tischkante und zog beständig einen kleinen degenförmigen Brieföffner durch die Fingerritzen. Er beobachtete seinen Fang mit lüsterner Wachsamkeit und warf sich in die Pose eines verhörführenden Beamten. Doch die Frau gab bereitwillig Auskunft zu ihrer Person, nur daß sie durchaus nicht zugeben wollte, eine gestohlene Stimme in ihrer Kehle zu haben. Als er nun weiterhin auf ein Geständnis drang und sogar drohte, die Polizei zu rufen, da mußte sie über den erbitterten Fleiß des Detektivs rundheraus lachen, denn der hatte wohl seit langem niemanden mehr überführt und mußte schon um die Einsparung seiner Stelle fürchten. Erregt griff er zum Telefonhörer und herrschte sie an: »Ich werde Ihre Frau Mutter anrufen und ihr erzählen, was aus ihrer hübschen Tochter geworden ist. Nämlich eine tückische, schmutzige Ladendiebin! Wollen Sie das?«

Die Kauffrau zuckte die Schultern, denn sie wußte ja, daß ihre Mutter immer und in jeder Lebenslage zu ihr halten würde und daß sie sich im übrigen nichts vormachen ließe. Ihr Gleichmut reizte den überflüssigen Turmbediensteten, und er spielte sich nur noch unverschämter auf. Nun stürzte er sich in die sogenannte Motiv-Ermittlung, das heißt, er ermittelte gar nichts, sondern hieb mit einem trockenen Bündel psychologischer Begriffe auf sie ein. Sie sei doch die sattsam bekannte Wohlstandskleptomanin, die aufgrund irgendwelcher sexueller Versagungen nun im Kaufhaus ihr Unwesen treibe, krankhaft nach Dingen greife, die sie gar nicht benötige, und dies nur zu dem Zweck, endlich entdeckt, gedemütigt und abgeführt zu werden, um sodann das intime Verhör mit dem Detektiv in vollen Zügen zu genießen. So schaufelte er blindwütig in den Hintergründen, wollte sie förmlich zunichte erklären und in den Zusammenbruch hineintreiben. Doch das gelang ihm nicht. Denn obschon ihr seine Ausführungen schmerzlich und widerlich anzuhören waren, fielen sie doch recht musterbogenhaft aus und verloren sich jedesmal im Allgemeinschweifigen, bevor sie ihre Person berühren konnten. Da er nun einsah, daß er seinem Opfer nicht beikommen konnte, plumpste der Detektiv augenblicklich von seiner höchsten Erregungsstufe hinunter in eine Pfütze des Trübsinns. Er wandte sich von ihr ab, brabbelte noch etwas Undeutliches hinterher und sortierte planlos auf seinem Schreibtisch herum. Offenbar war für ihn damit der Fall beendet; sein unglückliches, dreistes Werben um ein Geständnis hatte wieder einmal keinen Erfolg erzielt, und die Sache mußte nun höheren Orts zur Entscheidung gebracht werden. »Ich führe Sie jetzt zum Besitzer der Deutschen. Wenn Sie so freundlich sein wollen, mir zu folgen ...«

»Zum Besitzer der Deutschen?« fragte die Kauffrau belustigt, »seit wann gibt es denn so etwas?«

»Ich spreche vom Eigentümer des Turms und darf ihn wohl rechtmäßig so nennen. Kommen Sie!«

»Eine Frage noch, Meisterdetektiv«, sagte die Frau, »womit bezahlt man eigentlich, wenn man sich eine Stimme kaufen will?«

»Das wissen Sie natürlich nicht«, brummte der Unterermittler, »denn Sie haben ja gestohlen. Bekanntlich bezahlt man bei uns mit gültiger Identitätsenergie. Eine oder mehrere Fingerspitzen werden in die dafür vorgesehenen milden Flämmchen gehalten und der Preis wird sodann in Ich-Quanten abgerechnet und verbucht. Sie hingegen haben sich mit dem Mund an den Stein gebückt und die Ware einfach in sich hineingeschlürft.«

»Ich habe gar nichts in mich hineingeschlürft. Dabei bleibt es.«

Die beiden verließen die Büroglocke durch eine runde Öffnung, die unter dem Schreibtisch aufgedeckt wurde, und nun ging es wiederum ein langes Stück treppabwärts, bis sie eine weitverzweigte unterirdische Kanalanlage erreichten, die sich unter einer niedrigen, tropfenden Höhlendecke wie ein großstädtisches Abwässersystem ausbreitete. Es waren aber keineswegs Abwässer, sondern vielmehr die Grundwässer des Menschen, ›Ströme des Lebens‹, wie es hieß, die hier vielfarbig und still, hell und trüb, glänzend und matt dahinflossen. Unter den verschiedenartigsten Substanzen und Stoffen, die alle in flüssige Form gebracht worden waren, befanden sich solche, die ein Mensch für seine Nahrung und seine Körperkraft braucht, und andere, die er für seine Arbeit benötigt. Die Kanäle verliefen geradlinig nebeneinander, und in keiner Richtung war das Ende der Anlage abzusehen. Der geringe Teil, den man überblicken konnte, ließ keinen Schluß auf die Anordnung des Ganzen zu, so daß es den Anschein hatte, als herrsche eine willkürliche Nachbarschaft unter den Flüssen. Einander unnahe Stoffe wie Knochenmark und weißer Gummi, wie Tränen und Benzin, Wildbret und Tinte rannen Seite an Seite durch die halben, nach oben offenen Betonröhren, und die anorganischen wechselten mit den organischen, die raffinierten mit den rohen; doch Säfte waren sie alle. Selbst Glas und Holz, selbst Dralon, Leder und Quarz hatten sich aus ihrer natürlichen Beschaffenheit gelöst und erhielten sich in dieser strömenden Schmelze. Doch konnten weder Hitze noch Hochdruck die spröden Stoffe derart verflüssigt haben, sondern eine der üblichen Welt unbekannte chemische Berührung oder Einmischung mußte hier wirksam gewesen sein. Aus den Bächen stieg gleichmäßig eine feuchte und eher kühle Luft. »Das ist die große Reserve«, erklärte der Detektiv seiner verwunderten Begleiterin, während sie auf eisernen Stegen und Gitterplatten die bunten Bahnen überquerten, »sie gehört ebenfalls unserem Besitzer, den wir auch kurz nur ›den Deutschen‹ nennen. Dort hinten, wo Sie gar nicht mehr hinblicken können, sind auch jene Stoffe im flüssigen Zustand bewahrt, die oben, unter freiem Himmel, nur als mehr oder weniger materielose bekannt sind, vornehmlich die sogenannten geistigen Güter, Geschichte und Kunst, Magie und Technik und manch anderes mehr. Es ist also kein Mangel, Sie sehen es selbst, und wenn oben – oben in der Gesellschaft – einmal der eine oder andere Stoff zur Neige geht, so kann *er* noch lange für Nachschub sorgen. Seiner Macht wird dann nichts gleichkommen. Denn so gut wie alles, was man oben zu einem menschenwürdigen Leben braucht, ist hier in Hülle und Fülle vorhanden, läuft um und wird frisch gehalten.« Unterdessen waren die beiden vor einer eisernen Hütte angelangt, die auf den ersten Blick an jene Kabäuschen für das Stromaggregat erinnerte, wie sie sich zuweilen auf den Dächern großer Büro- oder Warenhäuser befinden. Auch das Innere erweckte nicht gerade den Eindruck, zum persönlichen Büro des allesvermögenden Deutschen hinzuführen. Es sah eher aus wie in der Schaltzentrale eines Kraftwerks, ringsum standen lange technische Pulte mit unzähligen Tastaturen und Reglern, mit Bildschirmen und schimmernden Tafeln, auf denen es unablässig flackerte, aufschien, pulsierte und informierte, obgleich niemand anwesend war, der Messungen vornahm oder kontrollierte. Auf- und niedersteigende Datensäulen, blitzschnell in den Vorschein geworfene Auskünfte, die im Nu wieder ins Nichts abkippten, vorüberhuschende Pictogramme, vor- und abschwellende Siegel präziser Nachrichten, all dies perlte und zuckte, entwarf und überholte sich und schien einen fernen, lebendigen, kunterbunten Daseinsprozeß zu bewachen und zu bezeugen. Der Detektiv setzte sich hinter ein solches Steuerpult und flüsterte ein unverständliches Codewort in die Metallknospe eines vorgebogenen Mikrofons. Im selben Augenblick verringerte, mäßigte sich die quirlige Betriebsamkeit von Glühpunkten, Zahlenausschüttungen und Leuchtrufen. Die Bildschirme senkten ihren Schimmer. Das, was zuvor hüpfte und heftig ausschwang, glitt nun in einen ruhigen, mittleren Tonus über, gleichsam als würde der erregte Traum der Apparate von einem tieferen, schweren Schlaf abgelöst. In dem Maße wie sich das Licht von den Bildschirmen zurückzog, dämmerte vor den Augen der Anlageberaterin eine hohe, gläserne Fläche herauf, hinter der allmählich ein schaukelnder Wasserrand sichtbar wurde. Ein riesengroßes, die ganze Wandbreite einnehmendes Aquarium tauchte nun auf, und es dauerte nicht lange, da begannen die Wellen an der Oberfläche sich stärker und angespannter zu bewegen. Aus dem braungrünen Dunkel entstand eine ferne, leichte Aufhellung, und die ganze Stimmung war jetzt so, als ob gleich etwas Übermäßiges und Formgewaltiges herannahte. Aber, da gleichzeitig ein süßer flötenähnlicher Ton durch den Raum drang, mochte es sich auch um etwas kolossal Liebliches handeln. Doch plötzlich, ohne sichtbares Ankommen, war es bereits in Erscheinung getreten: ein Kopfungetüm von unvorstellbaren

Ausmaßen schwamm und schwebte körperlos hinter der Scheibe. In seiner oberen Hälfte war es das Gesicht eines reifen, alternden Mannes. Jawohl, bis zu den Backenknochen war es Mensch; darunter aber krümmte sich das mißlaunige Maul eines feisten Hünenkarpfens. Das Haupt des Besitzers … der Deutschen. Es ragte wohl gut drei Meter über der kleinen Frau in die Höhe. Die Augen des Wesens blickten gut und gerecht, das Fischmaul aber blickte düster und gemein. Die vier langen Barteln wehten träge wie schlappe Festtagsfahnen. Das dunkelblonde Lockenhaar wogte leicht um seine Stirn und schien immer neu hervorzuquellen. Jedoch – so wenig diese guten treuen Augen irgend etwas sahen, so wenig konnte dieser verächtliche Mund etwas aussprechen. Die Organe der Wahrnehmung und der Äußerung mußten sich noch woanders befinden, und der eigentliche Wesenskern des Besitzers verbarg sich hinter dieser ungeheuerlichen Mißbildung wie hinter der Narrenmaske einer Karneval feiernden Evolution. Es verwunderte daher die Kauffrau nicht, als sie kurz darauf die Stimme des Besitzers vernahm, ohne daß sich dabei sein Fischmaul bewegt hätte. Diese Stimme erklang vielmehr dicht hinter ihrem Ohr und sie war so einschmeichelnd und wohltönend, wie es eine heutige Menschenstimme gar nicht sein kann. Nur ein untergegangener Überirdischer konnte so machtvoll und zärtlich zugleich eine Frau ansprechen.

»Ich bedaure es außerordentlich«, so tönte es gemessen und unbeschwert, »daß sich kein freundlicherer Anlaß gefunden hat, Ihre Bekanntschaft zu machen, meine Verehrteste. Ich meine, wir täten gut daran, diese verdrießliche Geschichte so schnell wie möglich aus der Welt zu schaffen.«

»Das meine ich auch«, entgegnete beherzt die Kauffrau und fügte noch hinzu, indem sie tapfer hinauf in das gespaltene Antlitz blickte: »Und von Ihnen erwarte ich, daß Sie mich von all den üblen Vorwürfen, die Ihr übereifriger Angestellter gegen mich erhoben hat, umgehend lossprechen.«

»Ich finde«, antwortete das Haupt und legte sich ein wenig schief, »Ihre neue Stimme steht Ihnen ganz ausgezeichnet. Wie angeboren. Sie sollten doch dafür einen angemessenen Preis entrichten.«

»Ich brauche für meine eigene Stimme keinerlei Preis zu entrichten. Sie gehört mir. Von Geburt an. Und ich will durchaus keine andere kaufen. Und selbst wenn ich eine zum Wechseln gebrauchen könnte, so würde ich niemals dafür in Ich-Quanten bezahlen.«

Nun lachte das Haupt heiter hinter ihrem Ohr und sagte: »Lassen wir das mit dem Bezahlen. Ich bitte Sie lediglich um eine geringe Abgabe von Ihrer kostbaren Zeit und möchte Sie, wenn Sie es erlauben, zu einem kleinen Abendessen in ›Jerrys Luftblase‹ entführen. Ich würde mich wirklich von Herzen freuen …«

Von Herzen, von Herzen, dachte die Umworbene, wo mag bei diesem Nur-Schädel-Monstrum bloß das Herz sitzen?

Dienstfertig, als seien ihm derlei Umschwünge seines Herrn bestens vertraut, rückte nun der Detektiv von seiner Schaltbank ab und begab sich linkerhand zur äußeren Begrenzung des Bassins. Er winkte jetzt die Kauffrau zu sich, während diese noch dem schauderbaren Haupt nachsann, das ebenso plötzlich wieder enteilt war wie es sich vorher offenbart hatte. Aus reiner Neugierde, aus angeborener Unternehmungslust war sie bereit, der sie noch im Ohr kitzelnden Einladung Folge zu leisten. Der Detektiv wies ihr den Gebrauch einer Luftschleuse an, die sich hinter der Glaswand befand und durch die sie, wie er versicherte, ohne mit dem Wasser in Berührung zu kommen, innerhalb eines Sauerstoffschachts nach oben zu dem verabredeten Treffpunkt aufsteigen könne. Gleichwohl wurde sie aufgefordert, zuvor alle Kleidungsstücke abzulegen, da sie von außen durch ein weiches, hautdicht abschließendes Gummiventil in die Schleuse hineingesogen würde. Die Kauffrau verzog ein wenig unwillig die Augenbrauen, denn sie hatte durchaus nicht die Absicht, sich in eine zweifelhafte Situation zu begeben. Jedoch der Detektiv, der jetzt zu einem reinen Knecht und Diener zusammengeschnurrt war und keinerlei Verfügungsgewalt mehr über sie besaß, legte ihr noch einmal die technischen Notwendigkeiten so nüchtern dar, daß sie sich schließlich ihres Popelinemantels sowie aller übrigen Kleidungsstücke entledigte und sie ihm über den Arm gab. Dann steckte sie ihr offenes Haar am Hinterkopf fest und kroch schließlich vollkommen nackt in die engen Ventillappen. Sie hörte noch, wie der Gehilfe von außen die Vorrichtung verschloß, die Saugturbine in Gang setzte, und schon wurde sie mit geschoßartiger Geschwindigkeit verschleust. Die zurückgelegte Wegstrecke konnte ihr kaum bewußt werden, denn eigentlich im gleichen Augenblick fand sie sich schon, freilich halb betäubt, in ›Jerrys Luftblase‹ wieder ausgesetzt. Hier umgab sie ein durchsichtiges, breit ausgefaltetes Sauerstoffzelt, unter dem zu ihrem Empfang eine üppige und festlich geschmückte Tafel vorbereitet war. Frische Austern, warmes Fleisch, Pilze und Früchte, Wein, Tee und allerlei Backwerk waren zur Auswahl hergerichtet, und nichts brauchte mehr angefordert werden. Nur war es lediglich die halbe Tafel, die sich ihr darbot, der andere Teil befand sich jenseits der Zeltplane, setzte sich durch einen luft- und wasserdichten Schlitz nach draußen ins dunkle Wasser hin fort. Dort am anderen Ende saß denn auch, schwebte sitzend oder einfach: thronte das unmäßige Haupt des Gastgebers. Die Entblößte setzte sich an den gedeckten Tisch, ohne sich jetzt noch zu genieren, denn obgleich die guten und gerechten Augen des Kolosses beständig auf ihr ruhten, wußte sie doch ganz sicher, daß es blinde oder nur scheinbare Augen waren. Und das schiefe Maul, das sie freilich nach wie vor entsetzte, konnte ihr durch die feste Plane nicht näherkommen. Allein dieser sonderbare Kitzel seiner Stimme, so dicht an ihrem Ohr, machte ihr noch zu schaffen, und gerade wieder, als er sie auf seine altmodische Weise willkommen hieß, da hätte sie doch lieber seine Worte aus etwas geziemender Entfernung vernommen. Im übrigen war die Luft angenehm trocken und warm in diesem erhellten, gastlichen Zeltpavillon, und sie spürte, wie auf ihrer bloßen Haut die Poren genüßlich aufgingen. Plötzlich aber fuhr ihr ein Schreck durch die Glieder. Etwas gleichermaßen Zartes-Schweres-Kühles hatte ihren nackten Fuß berührt und glitt mit quälender Langsamkeit darüber hin. Der Karpfenkopf, der ihr Entsetzen bemerkt hatte, beruhigte sie sogleich und sagte: »Das ist nun Jerry selbst, der Eigentümer und Küchenchef unserer freundlichen Herberge. Falls es Ihnen an irgend etwas mangelt, so richten Sie sich freimütig an ihn. Er wird für alles Sorge tragen. Nur daß Sie sich unter Umständen ein wenig gedulden müssen.«

Aha, dachte die Kauffrau, eine Schildkröte führt also dieses Restaurant. Kein Wunder, daß bereits alles aufgetragen ist, bevor man sich zu Tisch setzt, und daß es beinahe alle erdenklichen Leckerbissen gibt, nur keine Schildkrötensuppe! Und auch keinen Fisch!

Sie fühlte sich wohl, und beinahe hätte ein frecher Übermut sie dazu gebracht, ihren Appetit auf einen kapitalen Karpfen anzumelden.

Vor dem geteilten Haupt stand ein silbernes, mit Drähten bespanntes Gestell, ähnlich den Schiebebrettern, an denen Kinder früher das Rechnen erlernten. Doch statt Kugeln waren hier faustgroße Fleischbällchen aufgefädelt, die vermutlich aus verschiedenerlei Würmerhaschee geformt waren. Dies war die Speise des gesitteten Monsters und die allesmißbilligende Karpfenschnute schnappte rüde daran herum. Während der Mahlzeit machte ihr der Mächtige viele Komplimente, lobte ihre Schönheit und versetzte ihr ab und an einen sanften, handkußgleichen Hauch hinter das Ohr. Seltsamerweise lobte er aber auch ihre feingewählte Kleidung – die sie doch gar nicht trug. Es mag wohl so sein, dachte die Frau, daß er mich *gegenwärtig* gar nicht sieht und also auch nicht bemerkt, wie ungeniert ich mich nackt auf meinem Stuhl rekle. Während doch Männer gewöhnlich eine Frau mit Blicken ausziehen, scheint dieser hier vielmehr mit seinen manierlichen Blicken mich auszustatten und einer hilflos entblößten Person ein anständiges Gewand umzulegen.

Ihre gute Laune hatte sie jetzt etwas leichtsinnig gemacht, und sie wollte nun auch bei dem Mann einmal hinter seine Manieren blicken und auf sein sagenhaft mächtiges Wesen zu sprechen kommen.

»Wie weit reicht denn Ihre Macht nun wirklich?« fragte sie recht salopp und leckte sich ein wenig schmatzend die Fingerspitzen.

Das Zwitterding wurde auf der Stelle todernst. Sie spürte nämlich, wie eine eisige Welle, das geistig Todernste, sogar durch den undurchlässigen Zeltvorhang zu ihr drang.

»So weit deutsche Seele reicht«, lautete die verschlossene, herrische Antwort.

»Wissen Sie aber auch, daß wir oben mittlerweile zwei verschiedene Deutschlands haben?«

»Ich bin das Wesen aller Deutschen«, erklang es dunkeltönend aus dem Koloß, »keiner denkt deutsch ohne mich.«

Die Kauffrau bemerkte, daß ihr Gastgeber in dieser empfindlichen Materie keinerlei Leichtsinn duldete.

Unbedacht hatte sie an geheiligte Begriffe gerührt, die sich nicht necken ließen, so wie man auch einen gottesfürchtigen Menschen nicht mit Pfaffenwitzen zum Lachen reizt.

Doch dachte sie auch: er lebt hier unten wahrhaftig hinter dem Mond, der Mächtigste. Es steckt doch etwas erschreckend Zurückgebliebenes in unserem Seelengroßbesitzer!

Nun aber hatte sich die Stimme des Haupts wieder an ihr Ohr geschmiegt, doch diesmal verströmte sie keine Schmeichelworte, sondern suchte die Nüchterne mit einem leisen Singsang in eine schummrige Gesinnung zu wiegen.

Es schwebt ein Haupt in tiefer Erde
Es ordnet das Reich, es gründet den Dom
Schon ragen die Türme, es streben die Brücken
Weit über Land legt sich der Arm
Eiserner Arm der Einigkeit

Neuer Ruhm und neue Kraft
Steigt aus dem Feuer einiger Macht
Jeder erspürt's, jeder erbebt
Sonne, zerspringe! Äther, verglühe!
Deutsche Erde, ewig erblühe!

Der unter Wasser Tafelnden mißfiel dies Gesäusel gründlich, ihr einfacher moderner Verstand empörte sich dagegen.

»Was sind das für trübe Verse! Was für ein modriger Sinn! Hören Sie, Turmbesitzer, ich möchte doch wissen: aus welcher Zeit stammen denn Sie?!«

Nach diesen Worten hob ein gewaltiges Donnergrollen an hinter ihrem Ohr; eben noch ein Hauch wurde die Stimme zum Sturm und stieß sie auf die Tischkante nieder, und im Winzigwerden sprangen ihr die hellen Tränen der Ohnmacht auf den Teller, ein krachender Blitz ging nieder und schrie sie maßlos an:

»Ich zeite!«

Da nun im selben Augenblick das enorme Karpfenmaul aufging – es hätte sie mitsamt ›Jerrys Luftblase‹ ohne weiteres verschlingen können –, entstand rings eine finstere Welt, das ganze Restaurant flatterte und schien sich bereits wild um die eigene Achse zu drehen, nur wenig fehlte und der Zeltbau hätte sich aus der Algenverankerung losgerissen und wäre davongeschwemmt worden. Jedoch, glücklicherweise, blieb es bei diesem einen Donnerschlag. Das Zornesgewitter verzog sich rasch wieder. Wie ein abgebogener Grashalm richtete sich die Nackte langsam auf und blickte in die gleichbleibend guten, gerechten und scheinbaren Augen des Mammutgesichts. Gleich lehnte sich auch die herrschaftliche Stimme wieder an ihr Ohr, doch diesmal schwang sie in einem milderen Ton.

Ich komme und gehe
Besetze und weiche
Bin Welle am Strand
Wind in den Bäumen
Dem Neuen entschwunden
Dem Alten entbunden

»Jaja«, seufzte die Kauffrau, »ich sehe schon, in welch schändlichen Schlaf Sie mich hineinschaukeln wollen.« Da war sie nun hierhergekommen, aus reiner Neugierde und angeborener Unternehmungslust, und wo andere Männer vielleicht eine solche Gelegenheit nutzen, um unzüchtige Anträge zu machen, da umgarnte sie nun das Wesenshaupt, nicht weniger zweideutig, mit seinem deutschen Getuschel. »Nein!« platzte es aus ihr heraus, »ich bin wahrhaftig für die freie Selbstbeherrschung des deutschen Volks, und das ist meine unerschütterliche Gesinnung!« Sie hatte schließlich aus Legende und Geschichte gelernt, daß Mut vor Herrscherthronen sich allemal bewährt habe und eine ureigene Meinung ihren Effekt selten verfehle. Sie wirkte denn auch auf ihren Gastgeber ebenso abkühlend, als hätte sie sich bei einem zudringlichen Liebhaber nach dem Essen mit gewissen Unpäßlichkeiten entschuldigt. Die leblose Maske, wenn man so sagen darf, zuckte regelrecht zusammen. Ein Schwall bitterer Kälte breitete sich aus. »Ich habe gar nicht genau verstanden, was Sie meinen«, erwiderte das Haupt, höflich, jedoch mit eisgrauer Distanz, »ich hatte eigentlich nichts weiter im Sinn, als mich mit Ihnen in einen offenen Gedankenaustausch zu begeben. Ich habe indessen das Gefühl, Sie mit meiner Gegenwart ungebührlich zu belästigen …« Eben wollte die Kauffrau noch einmal deutlicher werden und ihm seine verfänglichen Einflüsterungen vorhalten, da spürte sie plötzlich ein unfreundliches Stupsen an ihrer großen Zehe.

»Es ist Jerry«, sagte das Haupt, »er möchte Ihnen behilflich sein, den Weg zum Ausgang zu finden. Ich weiß es wohl zu schätzen, daß Sie soviel von Ihrer kostbaren Zeit für mich verschwendet haben.«

Die Nackte trat nun auf den Rücken der Schildkröte und ließ sich gemächlich hinaustragen. »Kostbar ist sie, da haben Sie recht«, murmelte die Anlageberaterin und dachte an den Bauarbeiterkönig und seine Frau, die, wie sie hoffte, noch immer unverändert zögerten, sich gegenseitig zu erschlagen. »Das Merkwürdige ist nur, daß ich nicht mehr weiß, wieviel Zeit ich eigentlich zur Verfügung habe. Im Grunde fühle ich mich überall gleichermaßen rechtzeitig zur Stelle. Und auch hier unten bei Ihnen bin ich sehr gerne gewesen und habe nicht im mindesten das Gefühl, auch nur eine Minute verloren zu haben. Ich wollte Ihnen übrigens nichts Böses ...« Doch in diesem Augenblick steckte sie auch schon im Sauerstoffaufzug und stieg umgeben von vielen anderen, leeren Blasen nach oben.

Es war ein tiefer, moosgrüner Waldsee, in dem sie schließlich auftauchte und wieder ans Tageslicht zurückkehrte. Enten und Bläßhühner flatterten erschrocken beiseite, als unter heftigem Gurgeln und Sprudeln der zusammengerollte Leib herausgestoßen wurde und das stille Wasser durchbrach. Sie mußte gehörig nach Luft schnappen, denn zuletzt war ihr in dem dünnen Aufzug der Atem doch knapp geworden. Mit kräftigen Stößen schwamm sie an das nahe Ufer, das mit hohen Binsen dicht bewachsen war. Dahinter lag ein schmaler Streifen Sand, auf dem sie sich ausstrecken und von ihrem rauhen Abenteuer ein wenig erholen konnte. Als sie die Augen schloß und noch einmal das geheime Haupt der Deutschen in die Erinnerung rufen wollte, da gelang ihr dies nur höchst ungenau. Die Braue ein Aal, die Nase ein Hüne, die Augen zwei feurige Salatköpfe: sein wahres Zwitterbildnis war in ihr ausgelöscht und restlos in ein künstliches Emblem übergegangen.

Nun, wir wissen ja, daß es unserer geliebten Hermetia bisweilen gefällt, den Bedürfnissen ihrer Sinne und ihrer Seele unter nicht ganz gewöhnlichen Umständen Befriedigung zu verschaffen. So trat sie eines Tages vor eine größere Menschenmenge, die sich am Fuße einer weitläufigen Freitreppe versammelt hatte, wo eben noch Feuerschlucker und Pantomimen ihre Kunststücke vorgeführt hatten.

»Wer unter euch ist vergeßlicher als der andere?« rief sie den Leuten zu.

»Wir sind alle gleich vergeßlich«, antwortete erheitert die Menge.

»Wer ist der munterste unter euch?« wollte sie darauf wissen.

»Alle sind wir gleich munter«, kam es zurück.

»Ich brauche aber den vergeßlichsten und muntersten Menschen von allen, denn was ich zu sagen habe, muß *einem* sofort, auf der Stelle wieder entfallen, damit er es überlebt.«

»Munterer als die Menge selbst ist niemand, vergeßlicher als alle ist kein Einzelner.«

»Jedoch, wenn ich es der Menge selber anvertraute, was ich zu sagen habe, so würde sie, wie von einem zerstörerischen Bazillus getroffen, als selbständiges Gebilde im Nu zerfallen, so daß ich auf einmal zu zahllosen Einzelnen spräche, die niemals vergessen könnten, was ich ihnen anvertraute.«

»Was also hast du zu sagen?« verlangten die Leute zu wissen.

»Es ist etwas, das einerseits unbedingt heraus muß, gesagt sein, erklungen, erschollen; andererseits aber sogleich wieder wie vom Erdboden verschluckt, aus jedem Gehör und Gedächtnis sofort wieder getilgt sein muß.«

»Dann sind es so ernste oder so grausame Worte, die du zu sagen hast?«

»Es sind seelenlose Worte«, antwortete Hermetia rasch und bestimmt.

»Warum mußt du sie überhaupt aussprechen?«

»Damit sie vom Erdboden verschwinden.«

»So sprich sie in den Schweinetrog. Sprich sie ans Meer, an die Kiefern, den Bienenkorb.«

»Die würden alle daran verderben.«

»Und der Mensch, der deine Worte hörte?«

»Er könnte sie eben vergessen. Sie sind allein durch Vergessen zu tilgen.«

»Warum vergißt du selber sie nicht?«

»Es gelingt mir nicht.«

»Woher kamen dir die Worte?«

»Sie entstanden in mir selbst.«

»Du bist also die erste, die sie weiß?«

»Gewiß, ja.«

»Dann mußt du mit ihnen zugrunde gehen.«

»Sie sind stärker als mein Leib. Sie kämen noch aus meinen Knochen, aus den Gebeinen, die von mir übrigblieben, ja selbst aus meiner Asche kämen sie noch hervor, und ich könnte es nicht mehr hindern.«

»Dann such dir ein Kind, das gerade beim Ballspiel gewinnt, abgelenkt und übermütig ist, und flüstere ihm rasch im Vorbeilauf zu, was du zu sagen hast.«

»Ein Kind nicht …«

»Oder ein Weib, das sich gerade mit einem kräftigen Mann vergnügt!«

»Oh, das wäre nun wirklich das Allergefährlichste. Da hätte ich schnell ein Unheil gestiftet.«

»Dann machen wir dir einen letzten Vorschlag. Wir stehen alle hier dicht beieinander und könnten schnell eine lange Reihe, eine lückenlose Kette von gleich munteren und gleich vergeßlichen Geschöpfen bilden. Deine Worte könnten, von einem zum anderen gerufen, wie eine Zündschnur durch die Riege dahinzischen, bis sie irgendwo zu reinem Schall zerplatzen und ihr unerträglicher Sinn in alle Winde stiebt.«

Hermetia sann einen Augenblick nach und sagte dann: »Gut. Das könnte angehen. Wenn ich schon nicht den Gipfel der Munterkeit, den Gipfel der Vergeßlichkeit finde, um meine Worte unschädlich zu machen, dann sollten sie, durch die breite Ebene getrieben, doch ein ähnliches Verschwinden erreichen. Also: ich will es wagen. Sind alle bereit, unverzüglich, was ich sage, von einem zum anderen fortzurufen?«

»Ich denke ja«, sagte jemand. »Ich bin hier der erste neben dir. Mein Mund steht schon zum nächsten offen. Ich brauche nur noch zu hören.«

»Recht so. Erschrick aber nicht und überdenk nicht, was ich dir sage, sondern ruf es auf der Stelle fort und sprich's so schnell wie ich *jetzt:*

ICH LIEBE DICH ... ***ich liebe dich*** ... ich liebe dich ... ich liebe dich ... ICH LIEBE DICH ... ***ich liebe dich*** ... ich liebe dich ... ***ich liebe dich*** ... ich liebe dich ... *ich liebe dich* ... ICH LIEBE DICH ... ich liebe dich ... ICH LIEBE DICH ... **ich liebe dich** ... *ich liebe dich* ... ich liebe dich ... ich liebe dich ...

Nachwort

Der Riß wird zur Fuge

»Verkennung« heißt die kurze Geschichte. Eine Frau läuft nach einem Streit mit ihrem Mann durch die Felder, da sieht sie hinter sich jemanden kommen, »eine männliche Gestalt, die ihren Weg ging, mich.« Sie kehrt um und muß erkennen: Er ist nicht, wie sie es erhofft und erwartet hat, ihr Ehemann. Er ist der »Erzähler«, doch nun beginnt die Frau zu erzählen, erzählt weinend vom Streit, der sie in die Flucht getrieben hat, und dann, plötzlich, geschieht's: »Mit einem einzigen mutigen Augenaufschlag sah sie mich an, so daß ich niemand anderes als ihr Mann sein konnte.« Sie / Er. Eben noch Passanten auf weiter Flur, schon ein Paar. Oder wieder ein Paar, das seine Fremdheit überwunden hat. Der Schrägstrich trennt nicht mehr, er verbindet. Der Riß wird zur Fuge. Sie / Er.

Im vorletzten Satz, da »Er« und Erzähler zu einer Person werden, »ist es, als wäre zwischen uns ein Vorhang aufgegangen.« Eigentlich fällt er an dieser Stelle, denn die Verwechslungskomödie, das Lebensdrama, ist hier zu Ende. Aber der Text ist dem Buch »Vom Aufenthalt« entnommen, und dort steht er in einem Gefüge, das ihm ein vielfaches Echo gibt, so daß sich der Vorhang tatsächlich öffnet, etwa zu dieser Passage hin: »Ich will ihn noch einmal beschwören, bevor es zu spät ist, diesen Aufenthalt, ein Mann vor einer Frau, an der er nicht vorbeikommt. Noch einmal der einzigen Gegenwart huldigen, die unter Menschen menschlich ist –

nämlich unter zweien, die sich nicht lassen. In ihrer Asozialität, in ihrer Höhle voller Schreie und Flüstern. Knochenarbeit der Hörigkeit, der Zugehörigkeit. (...) Sich lieben bis es zu Ungeschehenem wird und wieder zum ersten Mal beginnt. Wege des Mannes, Stunden der Frau.«

»Vom Aufenthalt«, ein wahrhaft großes Buch, das zugleich Poesie und Philosophie ist, Dichten und Denken, beginnt mit einem Mann, der nach vielen Jahren in der Fremde seine Heimreise antritt, doch ist die Grenze nach einem Putsch geschlossen. So muß er sich in einer kleinen Grenzstadt einem unfreiwilligen Aufenthalt überlassen. Er bleibt draußen und macht jene Reise, die ihm durch die politische Lage verwehrt bleibt, in Gedanken und Geschichten – er geht »die Wege des Mannes«, er erlebt »die Stunden der Frau«. In dieser Zeitreise im Warteraum wird angehalten, festgehalten, aufgehalten, was »in sich zusammenstürzt«, und das Wunder geschieht: Die explodierenden Splitter verweisen auf ein Ganzes, »Sich-Erfüllendes, von dem du nichts weißt und das du lebst.« Vielleicht ist es ein »Präludium für nichts« – und vielleicht, ein schönes Vielleicht, »zarte Musik«, mit der »der Akt des Erkennens« einsetzt. Also keine Verblendung mehr, »die der Lust vorangeht«, kein Verkennen, nein, jetzt treten »in die kühle Halle zwei Reisende ein, gleich hochgewachsen Mann und Frau in Winterkleidung, ein älteres Paar. Zwei Menschen in Schale, von gerader Statur, die dank formgebender Kleidung hervortrat, den männlichen Mann, die weibliche Frau betonend. Der Stil schirmte sie ab gegen jeden Gedanken an ihre eingefallenen Badezimmer-Körper.« Sie / Er, alt geworden. Dann sind sie wieder jung, gehen wieder über die Felder, »wieder beginnt es zum ersten Mal«, Sie / Er, Sie / Er, ein ewiger Tanz um Riß und Fuge.

Klipp und klar gefragt: Darf man einen solchen Tanz aus dem Wirbel des Ganzen herauslösen? Darf man der kurzen Geschichte ihren Hallraum nehmen?

Im Dezember 2010 lud Sebastian Kleinschmidt, der Herausgeber von »Sinn und Form«, zum sechzigjährigen Jubiläum der Zeitschrift in die Berliner Akademie der Künste ein – zu einem Symposion über die »Metaphysik der Schlaflosigkeit«. Auch Michael Krüger nahm daran teil, von Mexiko kommend, seit achtundvierzig Stunden ohne Schlaf. Am Eingang wurde er von einem Dutzend Jungautorinnen umringt, jede ein Manuskript unterm Arm, aber die Veranstaltung hatte bereits begonnen, jemand schob Krüger aufs Podium, wo er neben mir auf einen Stuhl sank, die Augen entzündet, bleischwer die Lider, Dreitagebart, und während er mit nervösen Fingern Papiere in eine Reihenfolge brachte, seine Gedichte, aus denen er gleich vorlesen sollte, fragte er mich flüsternd, was ich von der Idee hielte, aus den zuletzt erschienenen Büchern von Strauß die erzählenden Passagen herauszuoperieren und in einem Band zu versammeln. Was ich geantwortet habe? Keine Ahnung, auch ich war übernächtigt, man war ja als Schlafloser geladen und mußte befürchten, vor einem aufgeweckten Publikum wegzudösen. Wie Krüger. Den hatte es bereits erwischt, doch nur kurz, dann schreckte er hoch und sagte: Wir müssen darüber reden. Zu diesem Gespräch kam es nicht mehr, denn nach dem Symposion mußte Krüger den ihm hochhackig nacheilenden Jungautorinnen mit wehendem Mantel entfliehen, hinaus in die Berliner Nacht, dem nächsten Termin entgegenstürmend, indes ich, zu Hause wieder wach, schlaflos wie meistens, die Stunden bis zur Dämmerung damit verbrachte, in den Büchern von Strauß zu lesen. Als ich den frühen Roman »Kongreß«

aufschlug, sprach mich auf der ersten Seite die Buchfee an – eine »feine, staubfeine Stimme aus der Ritze zwischen den Seiten, aus der Vertiefung des Buchs«, und auf einmal konnte ich mir vorstellen, diese Fee, die Hermetia heißt, könnte den Erzählungsband, der Krüger vorschwebte, eröffnen.

»Einer muß wachen, einer muß dasein«, heißt es in den Tagebüchern des Schlaflosigkeits-Virtuosen Franz Kafka. Auch Botho Strauß ist ein Schlafloser, auch er muß wachen, muß da sein, und was er im Wachen träumt, schreibt er auf. Es ist eine luzide Traumprosa, die oft die grelle Klarheit einer Fieberstimmung hat – wenn man Geräusche überdeutlich bis zum Schmerz und Vorgänge in einer Art Zeitlupe wahrnimmt: »Durch das Fenster stach das Zwielicht des nahen Unwetters. Eine vertrocknete Hortensie stand in einer kleinen Vase vor dem Spiegel. Die Vase zersprang, die Blume fing Feuer ... es war die Stunde der Barbara.« (»Falsche Vorstellungen«). Die Dinge verraten ihr Geheimnis, sie werden sichtbar wie eine Nachtlandschaft im Aufriß der Blitze, und es setzt den Leser immer wieder in Erstaunen, wie es Strauß gelingt, hinter den Dingen die Menschen aufscheinen zu lassen, die Frauen und Männer, die diese Dinge um sich herum geordnet, verstreut und zurückgelassen haben. »Es war die Stunde der Barbara«, geht die Erzählung weiter. »Doch sie war verschwunden. Auf ihrem ungemachten Bett lag eine Schachtel mit ausgekippten Teebeuteln. Schränke und Schubladen waren leer geräumt. Auf dem Schreibtisch keine Nachricht, nur ein Einkaufszettel, Besorgungen für den Haushalt, die sie nicht mehr erledigt hatte.«

Der Blick kommt aus dem Dunkel, wie im Theater, und geht in Räume, die an Bühnenbilder erinnern, ins Scheinwerferlicht. »Hinter dem Fenster sitzt sie, es ist Sonntagnachmittag, und sie erwartet Tochter und Schwiegersohn zum Kaffee«, beginnt die Erzählung »Drüben«. Dann folgt eine präzise Szenenanweisung: »Der Tisch ist seit langem für drei Personen gedeckt, die Obsttorte steht unter einer silbernen Glocke. Die alte Frau hat sich nach dem Mittagsschlaf umgezogen. Sie trägt jetzt ein russischgrünes Kostüm mit weißer Schluppenbluse. Sie hat ein Ohrgehänge mit Rubinen angelegt und die Fingernägel matt lackiert. Sie sitzt neben der aufgezogenen Gardine im guten Zimmer, ›ihrem Salon‹, und wartet.« »Und wartet«: Bereits aus der Szenenanweisung hat sich das Drama entfaltet, keine große Sache, nur ein kleiner Tod – die Tochter und ihr Mann, teilt der Erzähler lakonisch mit, »haben die Einladung bei der Mutter einfach vergessen.« An diesem Nachmittag sucht die Vergessene ihr Portemonnaie, dann steht sie vor dem gedeckten Tisch, dann räumt sie ihn ab, dann sitzt sie wieder da, am Fenster, in ›ihrem Salon‹, Vorhang.

Diese Erzählungen sind Stücke aus dem Traumtheater, deshalb folgt auf Hermetia, die Buchfee, die den Band eröffnet, das Kapitel »Die Straße« aus dem Roman »Der junge Mann«. Es erzählt, wie ein junger, unerfahrener Regisseur mit den »beiden ersten Schauspielerinnen des Kölner Theaters« Genets »Zofen« inszeniert. In der listigen Bezeichnung »beide erste« steckt schon die ganze Komödie, die ganze Tragödie. Die beiden Rampentigerinnen – keine duldet neben sich eine andere – setzen ihr ganzes Können ein, um den Unerfahrenen, der sie inszenieren soll, zu zerfleischen. Was soll er tun? Davonlaufen, alles hinschmeißen? Nach dem ersten Schrecken beginnt er zu kämpfen, er wächst mit seiner Aufgabe, und siehe da, auf einmal verwandeln sich die beiden Raubtiere in Theaterfeen, und die Bühne, vom Scheinwerferlicht dem Dunkel entrissen, wird zum magischen Raum, zur Offenbarung der Welt.

Dieses grandiose Prosastück, das die Stunden der beiden Frauen und den Weg eines jungen Mannes zeigt, soll auch für diesen Band die Bühne bauen, auf der dann viele andere Figuren, meist in kürzeren Texten, auftreten können. Sie alle haben etwas Allegorisches, als kämen sie aus dem Barocktheater, und sind im Überzeitlichen auch und sehr genau Phänotypen der Gegenwart, immer wieder in Beziehungen verstrickt, von Abgründen erleuchtet, von Hoffnungen bedroht, unerlöst, einsam, auf leerer Bühne ihre Monologe sprechend: »Die Entgegenkommende«, »Der arme Angeber«, das »Mädchen mit Zierkamm«, »Die Eine und die Andere«, »Die Getäuschte«, »Der Arglose«, »Der Kinderfeind«, »Die Schlaflose«.

In diesem Frühjahr geht Cate Blanchett als Lotte in »Groß und klein« auf Welttournee. Strauß könnte sich in volle Säle setzen, die Vorstellungen in London sind seit dem Herbst ausverkauft, aber das tut er nicht – als würde er das Licht scheuen, das er selber entzündet hat. Zurückgezogen lebt er in der Uckermark auf seinem Landgut, einer Gegend nahe der polnischen Grenze, deren Dörfer sich mehr und mehr entleeren. Regelmäßig besuchen ihn seine Frau, die Autorin, die für Radiosender in Berlin und Baden-Baden arbeitet, und sein Sohn, der in Cambridge studiert. Die meiste Zeit jedoch verbringt der Dichter allein, nach Berlin fährt er nur selten, die Stadt rückt immer weiter weg, in klaren Nächten ist sie ein Smogschimmer am fernen Horizont. Dann geht Strauß, um sich vor der Schlaflosigkeit zu retten, vom Haus in eine Stallung hinüber, in der er sich sein eigenes Kino eingerichtet hat, mit allem, was dazugehört. Zuerst bringt er einen Gasofen in Gang, in der Rolle eines Saaldieners und Kartenabreißers. Dann begibt er sich in die rückwärtige Kabine, jetzt in der Rolle des Programmgestalters, der immer wieder auf die gleichen Filme zurückgreift: Fellini, Antonioni, Buñuel – und natürlich Bergman. Mit Bergman verbindet ihn eine persönliche Erinnerung. Der große Film- und Theaterregisseur hat ihn vor Jahr und Tag auf seine Insel eingeladen und mit dem Privatflugzeug einfliegen lassen. Man kann sich das gut vorstellen – wie die beiden an der Küste im Brandungswind stehen, der noch junge Strauß und der schon etwas ältere Bergman, beide Paargeschichten-Erzähler und beide nordische Mystiker, die aus dem Sie/Er-Riß das Licht hervorzaubern. Jetzt, in der Kabine, schlüpft Strauß in die Rolle des Vorführers, legt den Film ein, löscht das Saallicht und kontrolliert, durch die Luke linsend, ob die Bildschärfe stimmt. Wenn er mit Bild und Ton zufrieden ist, schleicht er sich über die Tenne zur Tür, stößt sie vorsichtig auf und betritt als leicht verspäteter Zuschauer den Saal, wo er in einem Ohrensessel Platz nimmt. Draußen heult der Wind. Schon seit längerem erwartet man das Vordringen der Wölfe über die nahe Oder. Der einzige Zuschauer wickelt sich in ein Plaid ein und läßt sich nicht nur von der Leinwand, sondern auch vom Ofenrost beglühen.

Darf man die »Verkennung« aus dem »Aufenthalt« herausnehmen? Ein großer Autor zeigt sich auf jeder Seite, und jede Seite, ob sie das Thema durchführt oder nur variiert, läßt die Melodie der Symphonie erkennen, jeder Splitter verweist auf das Ganze. So läßt die »Verkennung« mit wenigen Sätzen jenen Wirbel entstehen, der den »Aufenthalt« zum Ereignis macht: den Zusammenklang von Einsturz und Aufhalten, von Sein und Zeit, von Dichten und Denken. Aber die Echos, die die »Verkennung« im »Aufenthalt« auslöst, braucht der Leser dieses Bandes nicht zu missen. Die beiden Figuren, Sie und Er, haben in vielen anderen Figuren, die aus der Pancommedia von Botho Strauß hier versammelt sind, Partner und Spiegelbilder, Wieder- und Doppelgänger – der Hallraum ist da. Klar, es ist nicht der Hallraum des »Aufenthalts«, jedoch ein Hallraum aus einem Gesamtwerk, das im Gang der Jahre gewachsen ist, in allen Wandlungen sich selber treu.

Soweit die Passagen ohne Titel waren, hat ihnen Strauß einen gegeben – von ihm stammt auch der Titel des Bandes, »Sie/Er«. Zudem brachte er die von Verleger und Herausgeber ausgewählten Texte zwischen dem gesetzten Anfang und dem Ende, das sich aus diesem Anfang ergab, in die Reihenfolge.

Am Ende steht ein zweites Kapitel aus dem Roman »Der junge Mann«. Darin geht es im Wortsinn in die Tiefe, »in eine weit verzweigte unterirdische Kanalanlage«, »wo die Ströme des Lebens« Abwässer sind und ein Wesen haust, das das Einzigartige des Traumtheaters von Botho Strauß monströs verkörpert und hochkomödiantisch parodiert, »ein herrliches Zwitterding« aus Dunkel und Luzidität, aus Zeitgeist und Allegorie, aus Mythos und Kino.

»›Jaja‹, seufzte die Kauffrau (die zu diesem Wesen hinabgefahren war), ›ich sehe schon, in welch schändlichen Schlaf sie mich hineinschaukeln wollen‹.« Aber dann findet sie den Weg zurück. Sie taucht in einem Waldsee aus der Tiefe wieder auf, und vielleicht, wer weiß, ist die Kauffrau aus dem Kapitel »Der Wald« eine Schwester der Buchfee Hermetia, die ganz zum Schluß ein zweites Mal der Ritze entsteigt, »der Vertiefung des Buchs«. Sie hat das letzte Wort, und es ist das Wandlungs- und Zauberwort, das Sie und Ihn immer wieder trennt, immer wieder vereint. Es hilft selbst den Schlaflosen in den Schlaf, und eines Tages, wenn der Wartende im Aufenthaltsraum über die letzte Grenze hinausgelangt, wird es sich auflösen in unendliche Echos: »ICH LIEBE DICH … ***ich liebe dich*** … ich liebe dich …«

Berlin, im Oktober 2011 Thomas Hürlimann

Nachweise

Die Buchfee (S. 5; S 305); Die Entgegenkommende (S. 57); Die Buchfee (S. 303)
aus: *Kongreß/Die Kette der Demütigungen*. Matthes & Seitz, München 1989

Die Straße (S. 18); Die Händlerin auf der hohen Kante (S. 140); Der Wald (S. 279)
aus: *Der junge Mann.* Roman. Carl Hanser Verlag, München 1984

Leicas (S. 61); Die Getäuschte (S. 156); Der Kinderfeind (S. 240); Früher (S. 256)
aus: *Das Partikular*. Carl Hanser Verlag, München 2000

Der Pakt (S. 66); Falsche Vorstellungen (S. 95); Ein Ausrutscher (S. 152); Das Fleischhemd (S. 178); Ein Zeichen (S. 205); Wohnen (S. 211); Das Geschenk (S. 225); Die Schlaflose (S. 259)
aus: *Wohnen Dämmern Lügen*. Carl Hanser Verlag, München 1994

Verlorene Liebesmüh (S. 91); Mikado (S. 188); Der Arglose (S. 193); Die Möbel (S. 194); Rückkehr (S. 196); Zu Besuch (S. 197); Die Zahlen (S. 202); Staustufe (S. 276)
aus: *Mikado*. Carl Hanser Verlag, München 2006

Der arme Angeber (S. 111); Mädchen mit Zierkamm (S: 116); Drüben (S. 121); Die Eine und die Andere (S. 125); Frau mit Telefon (S. 147); Ihr Brief zur Hochzeit (S. 164); Späte Schüchternheit (S. 265)
aus: *Niemand anderes*. Carl Hanser Verlag, München 1987

Verkennung (S: 209)
aus: *Vom Aufenthalt*. Carl Hanser Verlag, München 2009

In Flammen (S. 271)
aus: *Die Nacht mit Alice, als Julia ums Haus schlich.* Carl Hanser Verlag, München 2003

Inhalt